愛的多重宇宙

Impossible

莎拉・洛茨（Sarah Lotz）◎著
曾倚華◎譯

高寶書版集團

第一部：您有一封電子郵件

寄件者：NB26@zone.com
收件者：Bee1984@gmail.com
主旨：你他媽的有什麼毛病啊？

聽好了，你這個愚蠢至極、腦殘如豆、熱愛羊毛花布的婊子松雞殺手，你也許擁有這片鄉下土地的一半，但我可不欠你。你以為我**喜歡**這樣追著你跑嗎？你覺得這對我來說**好玩**嗎？但如果你覺得我會就這樣坐視不管，任你把我耍得團團轉，就像你耍弄其他不小心闖進你自以為是又臭不拉嘰、充滿著流口水的獵狗、復古吉普車和伊頓學院所帶來的創傷症候群的小世界一樣，那你就大錯特錯了。

拜託你，在你一輩子獵獾殺狐的人生中做一件好事吧。

寄件者：Bee1984@gmail.com
收件者：NB26@zone.com
主旨：你他媽的有什麼毛病啊？

嗨。

你可能要檢查一下收件者的電子郵件喔。就我所知，我從來沒買過吉普車，也從來沒有唸過伊頓學院（缺少了必要的配備）。還是這是某種充滿創意的詐騙手法，你要利用我的回信來散步病毒軟體？如果是的話，你成功了。恭喜！

寄件者：NB26@zone.com
收件者：Bee1984@gmail.com
主旨：你他媽的有什麼毛病啊？

老天。我真的很抱歉。我用的是新帳號，所以我貼錯電子郵件了。我的手指太生氣了。謝謝妳回信讓我知道。不論妳是誰，很抱歉妳讀了那封信。

寄件者：Bee1984@gmail.com
收件者：NB26@zone.com
主旨：你他媽的有什麼毛病啊？

老實說，我差點就不想回了，但你那篇幾乎是麥肯．透克等級的咒罵了，所以我覺得很有趣。你原本的收件者做了什麼，想要謀殺你的貓嗎？

寄件者：NB26@zone.com
收件者：Bee1984@gmail.com
主旨：你他媽的有什麼毛病啊？

更糟。他沒有付我的工錢。相信我，那是已經潤飾過的版本了。寄件之前，我把所有「《」開頭的字眼都拿掉了。原本有很多的。

寄件者：Bee1984@gmail.com
收件者：NB26@zone.com
主旨：你他媽的有什麼毛病啊？

什麼工作啊？你當然不用回答我啦，我只是在打發時間而已。我發誓，我平常不會這樣和陌生人聊天的！

寄件者：NB26@zone.com
收件者：Bee1984@gmail.com
主旨：你他媽的有什麼毛病啊？

但我欠妳一個答案——畢竟我確實是罵妳婊子啊。我是個自由編輯，我那個花布婊子客戶請我幫他編輯一本小說。我後來根本是幫他整本重寫了。兩個月前我回稿給他，但沒有任何回應。也沒有付款。什麼都沒有。

寄件者：Bee1984@gmail.com
收件者：NB26@zone.com
主旨：你他媽的有什麼毛病啊？

真是遺憾。那本小說在講什麼？《松雞獵場裡的女孩》嗎？

寄件者：NB26@zone.com
收件者：Bee1984@gmail.com

主旨：你他媽的有什麼毛病啊？

哈！接近囉！妳真的想知道？

寄件者：Bee1984@gmail.com
收件者：NB26@zone.com
主旨：你他媽的有什麼毛病啊？

好啊。你會拯救我脫離網路購物的罪惡深淵。我已經買了一組我不需要也不想要的床包組，上面還印著大衛．鮑伊的臉。

寄件者：NB26@zone.com
收件者：Bee1984@gmail.com
主旨：你他媽的有什麼毛病啊？

大衛．鮑伊永遠不嫌多啦。我是個直男，我都願意和他上床了。那本書是犯罪小說。劇情還不錯。有人在一間鄉村宅邸裡挖出一具屍體。最後他們發現那是一個在八〇年代就失蹤的激進反狩獵份子。故事的敘事者是那裡的地主，也許是他殺的人，也許不是……

寄件者：Bee1984@gmail.com
收件者：NB26@zone.com
主旨：你他媽的有什麼毛病啊？

你就不要賣關子了。他有殺人嗎？

寄件者：NB26@zone.com
收件者：Bee1984@gmail.com
主旨：你他媽的有什麼毛病啊？

有。那是個刻意為之的意外。就像妳如果手上有槍，那個下等人又試著阻撓你的狩獵行動，妳就會這麼做。這個故事本來應該要讓道德立場再隱晦一點，但我不確定我有沒有成功。如果妳的主角興趣是謀殺動物小寶寶，讀者應該很難同理他吧。

寄件者：Bee1984@gmail.com
收件者：NB26@zone.com
主旨：你他媽的有什麼毛病啊？

這個故事算是半自傳嗎？如果是的話，你可能需要再潤飾一下那封郵件喔……

寄件者：NB26@zone.com
收件者：Bee1984@gmail.com
主旨：你他媽的有什麼毛病啊？

不相信他有本事這麼做啦。不。不。這樣講不公平。他說他不會再幹這種事了。

寄件者：Bee1984@gmail.com
收件者：NB26@zone.com
主旨：你他媽的有什麼毛病啊？

哪種事？打獵還是殺人？

寄件者：NB26@zone.com
收件者：Bee1984@gmail.com
主旨：你他媽的有什麼毛病啊？

兩種吧（我希望啦）。重點是，儘管他做人這麼機掰，我們本人見面的時候，我還是滿喜歡妳的。他是個老混蛋，喜歡喝酒，住在一幢典雅高貴的老房子裡，就像是那種時代劇裡貴族住的、震撼人心的大房子。他說他想要在死前寫一本小說，但「一直都沒有時間」。他們總是這麼說。我為了他的手稿費盡心思，寄給他之後，他只回了我一則訊息說「謝了，會盡快閱讀」，然後就無消無息了。

當然，妳不需要知道這些啦。

寄件者：Bee1984@gmail.com
收件者：NB26@zone.com
主旨：你他媽的有什麼毛病啊？

我理解你的痛苦。不付款的死人客戶是所有自由工作者的詛咒。

寄件者：NB26@zone.com
收件者：Bee1984@gmail.com
主旨：你他媽的有什麼毛病啊？

看來我們是同路人了。妳在哪個領域？

寄件者：Bee1984@gmail.com
收件者：NB26@zone.com
主旨：你他媽的有什麼毛病啊？

如果我告訴你了，我就得殺了你囉。

寄件者：NB26@zone.com
收件者：Bee1984@gmail.com
主旨：你他媽的有什麼毛病啊？

照我的近況來看，那樣也許還幫了我一個大忙。如果妳是刺客的話，我也許還會雇用妳。

只是……我可以分期付款嗎？

寄件者：Bee1984@gmail.com
收件者：NB26@zone.com
主旨：你他媽的有什麼毛病啊？

哈哈。沒那麼有趣啦。我在時裝界。之類的。

寄件者：NB26@zone.com
收件者：Bee1984@gmail.com

主旨：你他媽的有什麼毛病啊？

之類的？跟我解釋一下吧。先告訴妳，不沾滿狗毛的長褲，對我而言就已經是時尚了。

寄件者：Bee1984@gmail.com
收件者：NB26@zone.com
主旨：你他媽的有什麼毛病啊？

我算是特約裁縫師吧。我開了一間小工作室，改造大家的結婚禮服。

寄件者：NB26@zone.com
收件者：Bee1984@gmail.com
主旨：你他媽的有什麼毛病啊？

改造成什麼？壽衣？還是杯墊？

寄件者：NB26@zone.com
收件者：Bee1984@gmail.com
主旨：你他媽的有什麼毛病啊？

抱歉，這麼說太失禮了。我是個混蛋。妳的工作蠻酷的。而且很環保。

寄件者：Bee1984@gmail.com
收件者：NB26@zone.com

主旨：你他媽的有什麼毛病啊？

想吐槽就儘量吐吧！我自己也常這麼做。嗯。壽衣喔。我還沒想過呢。也許我可以開啟一個新的產品線：「至死方休」。

我會把禮服改造成客人想要的任何樣式。「讓你這輩子買過最貴的裙子重獲新生吧」這種概念。其實客戶有蠻多都是離婚的人呢。

寄件者：NB26@zone.com
收件者：Bee1984@gmail.com
主旨：你他媽的有什麼毛病啊？

啊哈。「叫前夫／前妻去吃屎」的洋裝？

寄件者：Bee1984@gmail.com
收件者：NB26@zone.com
主旨：你他媽的有什麼毛病啊？

沒錯。我現在正在等一個客戶來量尺寸呢。老實說，她其實蠻麻煩的，所以我才會用大衛．鮑伊的周邊商品來自我療癒。

寄件者：NB26@zone.com
收件者：Bee1984@gmail.com
主旨：你他媽的有什麼毛病啊？

跟我說仔細一點吧。悲慘的人最喜歡同路人了。

寄件者：Bee1984@gmail.com
收件者：NB26@zone.com
主旨：你他媽的有什麼毛病啊？

她就是下不了決心。她已經回來我工作室三次了。「我一直在想，可以把它做得不對稱嗎？腰車得細一點？可能再配上一件夾克？可以做成黑色的嗎？不，還是算了，桃紅如何？」聽聽我在對一個陌生人抱怨什麼啊。我聽起來有夠壞心的。她當然有權做任何改動。畢竟付錢的人才是老大。

寄件者：NB26@zone.com
收件者：Bee1984@gmail.com
主旨：你他媽的有什麼毛病啊？

對一個陌生人吐苦水簡單多了，而且妳也聽我抱怨過討人厭的客戶啦。等等。馬上回來。

寄件者：NB26@zone.com
收件者：Bee1984@gmail.com
主旨：你他媽的有什麼毛病啊？

抱歉，得放狗出去。牠想上廁所的時候就一定要讓牠出門。

寄件者：Bee1984@gmail.com
收件者：NB26@zone.com
主旨：你他媽的有什麼毛病啊？
什麼種類啊？

寄件者：NB26@zone.com
收件者：Bee1984@gmail.com
主旨：你他媽的有什麼毛病啊？
應該是拉屎吧。

寄件者：Bee1984@gmail.com
收件者：NB26@zone.com
主旨：你他媽的有什麼毛病啊？
很好笑。我是問你哪一種狗！！！

寄件者：NB26@zone.com
收件者：Bee1984@gmail.com
主旨：你他媽的有什麼毛病啊？
雜種的。跟她的主人一樣。如果你需要我幫忙寫一封措辭強烈的信給桃紅太太，就告訴我吧。我可以免費放幾個「ㄍ」開頭的字進去喔。

寄件者：Bee1984@gmail.com
收件者：NB26@zone.com
主旨：你他媽的有什麼毛病啊？

我可以幫你把客戶的爛西裝改造得更爛一點。
我們可以演貧窮版的《火車怪客》耶！

寄件者：NB26@zone.com
收件者：Bee1984@gmail.com
主旨：你他媽的有什麼毛病啊？

火車怪客？

寄件者：Bee1984@gmail.com
收件者：NB26@zone.com
主旨：你他媽的有什麼毛病啊？

那本小說啊？你一定知道！也有拍成電影。兩個陌生人相遇，然後決定幫彼此殺掉對方的仇人之類的。派翠西亞．海史密斯的作品。

寄件者：NB26@zone.com
收件者：Bee1984@gmail.com
主旨：你他媽的有什麼毛病啊？

啊——我這邊的書名叫做《越界》。我讀的大概是美國版吧。有時候他們會把書名也換掉。

寄件者：Bee1984@gmail.com
收件者：NB26@zone.com
主旨：你他媽的有什麼毛病啊？
你住美國嗎？

寄件者：NB26@zone.com
收件者：Bee1984@gmail.com
主旨：你他媽的有什麼毛病啊？
不。更富麗堂皇的地方。我住里茲。

寄件者：Bee1984@gmail.com
收件者：NB26@zone.com
主旨：你他媽的有什麼毛病啊？
好，她剛才傳簡訊給我，說現在要過來了。再跟我說你跟那個婊子客戶的進展吧，陌生人。我得知道事件最後怎麼結束的。然後，雖然我沒有立場這麼說，但你如果能修改一下那封信的內容，可能真的會比較好喔。別讓他們知道自己能惹毛你。

寄件者：NB26@zone.com
收件者：Bee1984@gmail.com
主旨：你他媽的有什麼毛病啊？

妳說得對。那封信被你攔截到真是件好事。也讓我知道妳跟桃紅太太的進展吧。

我們是不是該自我介紹一下？

寄件者：Bee1984@gmail.com
收件者：NB26@zone.com
主旨：你他媽的有什麼毛病啊？

我叫小貝。你則是網路上的N.B.陌生人。如果我們真的有需要對方做什麼事，我們就可以合理推諉（plausible deniability）了；）

她到啦！祝我好運。

寄件者：NB26@zone.com
收件者：Bee1984@gmail.com
主旨：你他媽的有什麼毛病啊？

好的小貝。謝謝妳。妳今天從一個黑暗的洞窟裡拯救了我。真的。

小貝

如果你重讀我們的電子郵件，其實就會發現有這麼多的紅旗散布在其中，數量多得驚人，從一開始就沒少過。《火車怪客》只是諸多小事中的其中一件而已。如果我們沒那麼自滿、早點意識到這些小出入，事情會有什麼不同嗎？也許吧。也許那只會加速讓我們進入接下來的瘋狂漩渦中。也許我們其中一人會認為對方只是我們的幻想，然後就會抽身了。但事實是：我還是不知道，那天我為何會去檢查那個舊Google郵件的信箱。我已經好幾週沒有登入了。誰又會回覆陌生人偶然寄來的郵件呢？（只有傻子會吧。）

是N. B. 先再度開啟對話的（「桃紅太太的事怎麼樣了？她有沒有開口要求妳幫她做一件豹紋貓女裝？拜託說有。」），但教唆我們進行下一步的人卻是我，讓我們從偶爾打打嘴砲的陌生人產生了更深層的關係。這不在我的計畫之中。在那段時間中，我沒有幻想自己搬去里茲、躺在床上讀週日報、或是在沙洲上散步（或者里茲人喜歡做的其他事）。但從一開始，我和N. B. 無疑有著非常美好的開端：我們之間立刻就產生舒服的節奏，沒有批判，只有樂趣和自由，我們也有個默契，就是避開所有爭議性的話題，或是太私人的事情——不談感情事或性方面的主題。不過，展開下一步的種子，卻是在我和另一個網友出門約會時所埋下的，這倒是有點諷刺。

當時我和網友約會了滿多次，但很少有超過一夜情的發展。我最好的朋友蕾拉說我對交友軟體的俄羅斯輪盤成癮，說我享受在觀察他們如何落入「噢拜託別」、「也許不錯」、或是「上床吧！」的分類裡。

「承諾恐懼症的標準行為。」每次她發現我在交友軟體裡右滑時，她就會這麼說。「用和陌生人的無腦性愛來填補空洞。」（蕾拉從來不會放棄任何一語雙關的機會。她對我的看法也沒錯。）

我的約會對象（帳號matt36）提議，我們可以在白城那裡的一間對沖基金投資的小酒館用餐。訊息傳來時，他所選擇的餐廳，就該讓我心中警鈴大作才對。牆上裝飾著假動物頭，復古的油彩配上噴漆客製，皮製座位是為了打卡拍照而設計、而不是為了讓客人坐得舒適，員工身上刺著自以為聰明的刺青、帶著自傲的氣息。我們先前沒有交換過太多文字訊息——我工作忙不過來了；他說他討厭網聊——所以除了他挑選餐廳的品味很糟之外，我對他幾乎一無所知。他帳號裡的照片看起來全都是專業的沙龍照，他的三行自介也看起來不太保險：**強壯。沈默。自我安全感強。**不過我也沒有什麼立場批判他就是了。我的自我介紹是：**膽小。充滿靈魂。喜歡零食。**聽起來又爛又老掉牙，我會這樣寫，只是因為這讓蕾拉笑破了肚皮。

當天我提早到了，剛淋浴完的頭髮還是濕的。我選了一個座位，可以讓我看見餐廳的入口。雖然我每次用交友軟體都會有點緊張，但那天晚上，我的情緒其實很高昂。我在前一天寄出了桃紅太太的洋裝（對，是桃紅的，而且不對稱，車縫時簡直是地獄），她便分享了和好姊妹出去玩時拍的好幾張照片（配上**#大改造**的標籤）。她看起來很快樂——甚至帶著勝利的氣息。她的洋裝象徵著她放下了一段走到盡頭的婚姻，而這使我為她絞盡的腦汁顯得再值得不過了（是的，我對於背著她和別人抱怨的事感到點罪惡感）。我本來想要把她的照片連結傳給N.B.，但因為她指名了我的工作室，他只需要幾秒鐘就會知道我的身份了，而我不想破壞我們「網路上的陌生人」的默契。

Matt36只遲到了五分鐘，在我把第二杯巧克力馬丁尼喝掉一半時現身。乍看之下，他絕對是屬於「也許吧」的那一類人：他有著輕微的泰恩賽德口音；長相和他的照片接近到驚人的程度，點了一杯威士忌，所以他不是個健康魔人。但接下來事情就急轉直下了。我對掛在吧檯上方那顆苦瓜臉的大象頭開了個玩笑，他只是禮貌地笑了一聲，然後就開始自說自話地講起倫敦房價下跌的事；後來還不斷跳針回這個話題上。我試圖幫他找理由，告訴自己，他的自言自語只是代表他和我一樣緊張，但沒什麼幫助——這代表他自介上三分之二的部分都是屁話。

我的手機在口袋裡震動了一下，我在桌子下偷瞄了一眼。又是一封來自 N. B. 的電子郵件：**「所以。妳會比較想當馬頭人身的半人半馬，還是魚頭人身的人魚？」**我們最近在玩「你比較想當哪個」的幼稚遊戲，而我笑了出來。

Matt36 的話說到一半，停了下來。「我說了什麼好笑的話嗎？」

「不，對不起。我只是很緊張。我不太常和網友見面。」

他沒有針對我的謊言多說什麼，只是露出微笑，將一隻手臂掛在包廂座位滑溜的椅背上。「我也是。妳說妳在時尚產業工作？」在和 N. B. 描述自己的工作成就時，我其實輕描淡寫了許多——沒人喜歡自大狂吧——而且老實說，我還是不敢相信我的事業究竟有多成功。自從我為了好玩而改造了蕾拉的結婚禮服後，「看在洋裝的份上」（這是我喝醉時想出的名字）就開始營業了。她在 Instagram 上瘋狂地誇讚我的改造，而幾乎只過了一個晚上，我就開始收到大量的詢問和委託。最後我甚至得排出六個月的工期，讓我可以辭掉我在一間平價成衣賣場設計運動服的爛工作，使我的靈魂不至於被摧毀殆盡。我不得不稱讚一下這位安全感先生，他居然能不恍神聽著我講完這段醉醺醺的歷史，然後問起我客戶的事。

「我最喜歡的委託應該是一對夫妻吧，他們希望我能把他們的結婚禮服做成椅墊。」我覺得這個委託可愛又聰明，而當我告訴 N. B. 時，他也這麼想（**「但希望你有把大頭針拔掉」**）。

Matt36 卻只是看起來很困惑。「椅墊？你認真的嗎？」

就這樣，他從勉強的「也許吧」直接變成了「噢拜託別」。如果服務生沒選在這個時候出現在桌邊，遞菜單給我們，我搞不好當場就會離開了。但回去公寓裡，我也什麼都沒有：我又忘記在特易購（Tesco）下單了，而廚房裡散發出的食物香味，幾乎彌補了糟糕的餐廳內裝。我點了肉汁起司薯條，安全感先生也點了一樣的東西。等到服務生離開之後，他才承認自己不知道肉汁起司薯條是什麼料理，這讓我對他心軟了一點（但還不夠——我也沒那麼缺）。

「基本上那就是一堆馬鈴薯、肉醬和起司啦。都是好東西。」我也只是因為看了《廚神當道》才會知道這道菜。

他笑了起來，這次真心得多。

我的手機再度震動，我便找了個藉口去廁所。廁所裡的鏡子是眼睛的形狀，糟糕的光線則讓我看不出來我的睫毛膏是不是都流到臉頰上了。

「**抱歉N.B.，現在不方便回訊息。**」我想了一下，然後補充道：「**在約會。**」這個回覆跨過了「不談私事」的界線，但我決定把它怪罪在酒精上。

他難得沒有馬上回覆。一分鐘過去。然後又一分鐘。我考慮著要不要再傳一則訊息給他，也許再用更開玩笑一點的口吻，但接著訊息就出現了：「**好喔。那也許等等再聊。好好玩吧！**」

我不太想讓他離開，尤其是考慮到坐在餐廳裡等我的是什麼樣的人之後。「**其實我有一點時間，你想聊天嗎？**」

「**妳的約會對象不會介意嗎？**」

「**我在廁所。**」

「**尿遁嗎？還是偷吸毒？**」

「**我比較喜歡喝垃圾飲料。我只是在休息而已。**」

「聽起來不太妙……」

「我遇過更糟的。」

「他很投入嗎？」

「感覺是吧。反正是他買單。」

「他是做什麼的？」

安全感先生有告訴我，但我不記得了。「不知道。也許在某個公司上班？穿西裝、提公事包的那種：）」

「公事包是吧？也許他是個長得非常老的學生。或是郵差。或者兩者皆是。」

「哈哈。非常會打扮的學生／郵差。」

「不是妳的菜？」

「我沒有特定的菜。」

「每個人都有啦。」

「我沒有。我對每個約會對象都很公平的。」

「啊。心胸很開闊嘛！」

我輸入：「這樣形容一個很缺的人蠻友善的。」然後又刪掉。「不如說我不太挑吧。」

「真的嗎？所以所有經營犬舍的單身新納粹都有機會囉？」

「看狀況。我能拿到免費的小狗嗎？」

「不行。但想想所有的附帶條件。集會、遊行、麥可莫（Macklemore）的髮型、和一大群打赤膊的男人集會、半夜在警局過夜……」

「嗯，真性感。好吧，不然這樣：不要納粹，不管是新的還是舊的都一樣，也不要地產開發商、活體解剖師、順勢治療法醫生、邪教信徒、保守黨員、開休旅車的、拒絕承認氣候變遷的人、打高爾夫球的、趕時髦的人、或是對沖基金經紀人。」然後我加上一句：「也不要已婚男士。」

我挖了一個坑給他，讓他有機會回我：「那我就掰啦！」但我只收到一句：「說得好。」其實直接問他是否已婚、訂婚、或是有交往對象，應該是世上最簡單的事，但我不知怎的問不出口。老實說吧，在那個時候，我還不想知道。如果他在和別人交往，那麼過去一週，他花太多時間和一個陌生女子鬥嘴了，而雖然這還稱不上是出軌，我還是無法接受。

「妳和公事包先生怎麼認識的？」

我考慮捏造一個答案，但何必呢？我又不是在做什麼見不得人的事。「Tinder」

「？？？？？」

「交友軟體。」

「我從來沒聽過耶。我是過氣的老扣扣了。」

又是個警訊：誰會沒聽過Tinder啊？但我決定當沒這回事。我不把這些警訊當一回事，直到一切都來不及。「有多老？你當然不用告訴我。我只是想挖掘你的隱私……」

「用狗的年紀算，我快三百一十五歲了。正在中年危機的邊緣。或是安樂死的邊緣。」

「狗的年紀。那要除以七，對吧？」我算了一下——我當然會算了。如果他說的是實話，那麼他正值四十五歲上下。還可以接受。

「不一定啦。如果結紮過、或是血統純正的話，可能會不太一樣。妳呢？」

「我兩百七十三歲。但沒有什麼名貴血統。我最好回去了。他大概會以為我落跑了吧！」

「祝好運。再跟我說結果。」

回到餐廳時，我的食物已經在桌上等我了。公事包先生還沒開始用餐，似乎有點不滿盤子裡堆積如山的碳水化合物。我大啖起來，餓得無法顧及我的形象。

他帶著優越感打量著我。「我喜歡會吃東西的女人。」

「每個人都會吃東西啊。」

「我前任就不會。」

我暗自嘆了口氣。但是無聊的感情故事，還是勝過房地產的話題，也比宗教或政治更安全，而且他不需要鼓勵就開始源源不絕地提供細節，口氣中帶著濃濃的苦毒。他們在一起六年，沒有小孩，漸行漸遠，信任出現問題，最後撕破臉。他們正在賣位於布里克斯頓的公寓，難怪他對房地產這麼狂熱。

我一邊吃一邊聽他說話，卻不斷被我的手機吸引，好像得了最嚴重的社群軟體成癮症。**再跟我說結果。**「你說你是做什麼工作的？」我在他停下來換氣時問道。

「精算師。」

我偷偷摸摸地打字：「**知道他做什麼了。他在英國情報局工作。黑衣人。**」

「**所以可以合法提公事包囉？**」

如果公事包先生有發現我正在偷用手機，他似乎也不介意。他把盤子推開，伸手要來帳單。「我們要對分，還是……？」

「還是什麼？我們當然對分囉。」

他聳聳肩。「如果我們要上床的話，我不介意買單。」

我笑了起來，認為他在開玩笑。「成交。但還要加上甜點才行。」

「真的嗎？」

「不。我們還是不要這樣做吧。」

他靠了過來，入侵我的安全範圍。他的呼吸帶著酸味。「早該知道妳是個浪費我時間的婊子。給妳一點建議。如果妳想要繼續這樣做，妳最好瘦到可以狩獵的體重，好嗎？」

他沒有提高音量，但邪惡的言下之意仍然使我像是被打了一拳般無法呼吸。他咧嘴一笑，站起身離開，把帳單留在桌上。當我刷卡結帳時，我的手劇烈顫抖著，就連那位多管閒事的服務生都問我我還好嗎?我還好嗎？一點都不好。截至目前為止，我都想辦法避開了尋常的約會鬼故事，愚蠢地認為我把一切都掌握在手中。

在我回家的路上，我繞道去了一趟特易購大賣場，買了品客洋芋片，而當我走到我家所在的街道上時，我的舌頭已經被過多的鹽刺激得灼熱不已。我在公寓裡留了一盞燈，但就連克萊莉絲在窗前的剪影都無法安撫我的心。我沖了個澡，然後來到廚房的桌子旁。那裡是我的臨時工作室，桌面上正擺著我最新的委託，一件九〇年代的洋裝，正準備重新進行法式縫。工作是我最好的解藥；如果進入工作狂模式，一邊戴著耳機聽廣播，就不會耽溺在哀傷中了，但此刻我無法靜下心來。對面屋子的露台——大部分都是不受人喜愛的日租套房或投資客買下的空屋——一如往常地漆黑，而那股彷彿被人拋棄的末世感，對我的情緒毫無幫助。

我把椅子拉向克萊莉絲。她正冷冷地站在她更實用的人檯姊妹身邊。奈特還住在這裡時，他堅持要我把她收到地下室的儲藏間裡去（「她讓我覺得毛骨悚然。」），而他離開後，我做的第一件事，就是把她搬回房間裡。克萊莉絲是我母親的遺物中，我唯一保存下來的東西——一個木頭與塑膠製作而成的無頭繆思女神。

現在傳訊息給N. B. 似乎有點太晚了，但我還是寫了一封郵件，想說他明早會看到。**「抱歉我消失了。」**

他立刻就回覆我，使我跳了起來。**「沒關係，過程如何？」**

那個混蛋對我進行言語暴力。你呢？「懶得說了。他是個混蛋。」

「真遺憾。妳還好嗎？」

淚水威脅著要流下，但我努力憋住，然後換了個話題。「你睡不著嗎？」

「失眠。」

「我也是。」

「為什麼這麼晚的時候，時間都會過得比較慢啊？」

我不可能透過一句話的訊息精準地判斷對方的語調，但我覺得，我們似乎從平時的閒聊進入了某個更認真的領域裡。現在是個挖掘訊息的好時機。這會怎麼發展？你為什麼這個時間和一個陌生女子聊天？但我只是寫道：「你有覺得寂寞過嗎？」我想了一下，然後按下送出。

「有。」毫無猶豫、也沒有說這問題真怪。「妳呢？」

以任何人的標準來說，我都是幸運的人生勝利組了：我熱愛我的工作，沒有健康問題、也沒有任何嚴重的成癮症狀（如果把外帶印度炭烤料理和交友軟體扣掉的話），還有愛我、支持我的朋友。但是。但是。不論我告訴自己幾次，我其實只需要偶爾的一夜情，那股獨自終老一生、獨自死去（也許再被貓吃掉──或者更糟）的恐懼，一年比一年更強烈。我試著對蕾拉闡述這種恐懼，但她不懂。她怎麼會懂呢？她有一對兩歲的雙胞胎，羨慕我的自由，而雖然李維有時候確實有點難溝通，但他總是**在那裡**。彷彿是見縫插針般，我樓上的公寓傳來一聲東西墜落的悶響，然後是微弱的古典樂聲。我的房東們瑪格達和約拿斯，又要晚睡了。

我每天早上都會看見他們兩人，手勾手地走過窗前，往商店走去。約拿斯得了早發型阿茲海默症，只要瑪格達需要出門辦事，我就會去陪他。約拿斯並不麻煩，通常只會坐在他的扶手椅上，自己低聲哼歌。他們的公寓裡塞滿樂器、老書、藝術品和照片：那是他們共享而豐盛的生命所留下的殘渣。當然，他們的公寓裡有時候也會傳來大聲嚷嚷的聲音（不知為何通常都會出現在週四晚上），但儘管有時氣氛緊繃，瑪格達對他的委身從來沒有淡去：你可以從她的眼神看出來。內心深處，那才是我真正想要的：一個像瑪格達這樣的人。一個當我的身心靈崩潰時，還會一直在我身邊的人。一個**靈魂伴侶**，雖然我並不吃這一套（或者我告訴自己我不吃這一套）。

手機震動了一下：「妳還在嗎？」

「在。」**雖然我想問：你的本名叫什麼？你究竟是誰？你對於人生有什麼願望？你想要從我這裡得到什麼？**但我輸入了一個最大、最愚蠢的問題，按下送出，因為我還是很不爽自己這麼可悲：「你快樂嗎？」

一分鐘過去，然後又一分鐘。接著：「我的人生一團爛。我覺得我和一個陌生人同居。我人生接下來的三十年可能還是會一樣窮困潦倒。這樣有回答到妳的問題嗎？」

他沒有用敷衍的幽默感回覆我。沒有自輕自賤的嘲諷，也沒有揶揄。我短暫地感受到一股興奮之情——**現在我們終於有點進展了！**——但接著就被一股不悅感給沖淡了：**他已婚了？**

尼克

你快樂嗎？

我沒想過要說謊，也沒想過用別人問起這種問題時，我們都會用的敷衍答案來搪塞，因為心底深處，我們都知道對方根本不在乎。他們並不真的想聽到你得了黏液囊炎、或是你年邁的父母發瘋了、或者你的狗剛過世了。我會對她坦白，也不是因為我那天晚上正好喝多了、所以戒心低落。不。我**的確**想要坦白，想要剖開我心中那顆自我厭惡的大膿包。**自我厭惡的大膿包。**大啊。如果我們還需要更多證據，這就是我不會得到任何小說獎的最大原因。

在我割開那個膿包、把自己開膛剖肚、或者隨便哪個適合的比喻都行，接下來的早晨，我肩頸僵硬地從沙發上醒來，覺得輕鬆多了、也沈重多了：輕鬆多了，因為我終於向我自己（和別人）承認了我是個失敗品。沈重多了，也因為我終於向我自己（和別人）承認了我是個失敗品。波莉在我身上披了一條毛毯，大概是在她出門上班時發現我的，而這舉動中同時包含了關心與被動型攻擊的意涵。蘿西在牠的睡籃裡翻著白眼看我，很生氣我的自私毀了牠早晨的例行公事。

在通常狀態下，牠和我有一套最能把時間填滿的時間表：

1. 早上六點三十分：起床。幫波莉泡一杯茶。放蘿西出去。假裝自己精神奕奕、心情愉悅。
2. 早上七點三十分：等波莉出門工作後，回到床上睡個一小時的回籠覺。
3. 早上八點三十分：起床。攝取咖啡因。看四十五分鐘的晨間節目。（如果你發現自己穿著睡褲，一邊看《動物寶寶搜救隊》一邊啜泣，那你就知道自己麻煩大了。）
4. 開洗衣機。如果有需要的話，快速吸個地板。

5. 清空洗碗機，搭配音樂頻道，讓自己再度覺得年輕起來。
6. 捲今天份的菸草，搭配國際新聞頻道，讓自己覺得時髦一點。
7. 帶蘿西出門散步／去洗澡。

既然現在已經過了十一點，我決定略過第一步到第六步，直接跳到帶狗出門洗澡的部分。我拿起最靠近手邊的夾克，茶几上的手機似乎正用著和狗一樣鄙夷的眼光看著我。懊惱之情湧進我的腦海，把坦白後的輕鬆感給抹去了。你幹了什麼好事，尼克？感謝上帝，手機沒電了，所以我無法回味自己半夜傳給小貝的那串自怨自艾的屁話。一開始這只是一個遊戲、一個挑戰，想看看我能不能讓陌生人笑出來，現在卻逐漸佔據了我的人生，使我一天花上幾小時的時間構思「慧黠」的內容來跟她說。小貝看見了我身上的某種特質。她懂我的幽默感。並不介意──甚至喜歡──我展露黑暗面。我不能連這個也失去。如果我連這段關係也泡湯了，我實在無法承受。

我把手機接上充電器，為蘿西扣上牽繩，然後離開家門。天空的顏色像是爛泥一般的灰，但就連這樣的光線都還是讓我宿醉的雙眼刺痛不已。我們走上平常的路線：穿過我們家這條街盡頭的一幢新房（橘色的假磚絕緣牆、一台台接著──多半不合法的──電線的出租電動車）；沿著光禿的公園周圍（我暱稱它為「狗屎草原」），經過複合式小商店，然後再繞一圈回到無畏街。蘿西還不打算要放過我。我像個卑躬屈膝的撿屎官跟在牠屁股後面，牠卻把我耍著玩，嗅聞著人行道，好像準備解放，然後又狡猾地繼續向前漫步離去。對牠失去耐性沒有什麼意義。蘿西是隻有主見的老狗了。在小波邀請我搬進來之後，我從一間流浪動物收容機構買了還是幼犬的牠，當作是送給狄倫的禮物，想要使他因此而喜歡上我：壞消息是，媽咪交了新男友啦。但好消息是：我們幫你買了一隻小狗狗唷。只是不知為何，這隻狗後來就黏上我了。這麼多年來——如果我有機會寫一本回憶錄的話（但我不會的，放心），我就會稱呼這段時間為「我在無畏街的那些年」——我們已經成了某種程度上的同盟夥伴。

我們拖著步伐前進，一邊在腦中構思著寫給小貝的信件。很抱歉，我是個自我放縱的混蛋魯蛇。她不需要聽我說那些話的。**對不起，對不起，對不起。**至少我還很擅長失敗。截至目前為止，我已經是：

1. 失敗的作家：我出過一本小說，那種過去被人們稱呼為男性文學的東西。那是我在二十歲時寫的，是本典型的半自傳型作品，而且賣弄趣味賣得有點過度了。一位評論家總結那本書「高傲、自大、而且矯揉造作」。這幾個字深深烙印在我的腦海中，使我會在半夜一點驚醒、在腦中大喊「**幹——**」，並且把我所有的野心、還有寫作的慾望掐熄到一點也不剩。幾年前，當我還在一間頂級大學教英文時，我曾看見幾個孩子看著那本書偷笑，並把性愛場景大聲朗讀出來。書裡充滿了性愛場景。小波當然也讀過了（她能給出最好的評價是「還蠻有趣的」），但我堅決不讓狄倫讀。我不希望讓他有比現在更多的資訊來批判我。
2. 失敗的老師：我和孩子們的相處還可以——我知道要怎麼吸引他們的注意力、要怎麼逗他們笑、甚至挺享受這份工作的——但我沒有耐性應付官僚體制。我的教師生涯，在我對著評鑑週的評審說了滾蛋之後就結束了。
3. 失敗的家庭經濟支柱：我當過一段時間的家教老師，卻使得我開始養成酗酒的習慣。也在藍灣連鎖咖啡店當過短暫的助理經理（真的很短暫——我對員工處處放水）。現在則是一個自費出版小說的自由編輯，工作卻毫無起色。上個月，我只賺了四百歐元。
4. 失敗的丈夫：這沒什麼好解釋的。

5. 還可以（吧）的繼父：但這也不是我說了算。狄倫會對這件事有自己的見解。

6. 很不錯的狗主人：但這稱不上是什麼成就，對吧？你只要別亂踢那些小混蛋就好了。

這一切都會讓小貝避之唯恐不及的。也許她已經開始躲了。誰會想要一個中年的魯蛇呢？五十大關正對我揮舞著蒼老的手，邀請我邁入下一個低潮的十年。所以花布婊子的不讀不回才會這麼傷，因為不知為何，他的委託重新燃起了我英年早逝的創作火花。祖產所傳承下來的遺毒讓我很驚艷，對，非常驚艷。我有讓小波讀那本書，但她累得沒有心思，只想在下班後攤在沙發上看無腦的烹飪節目。我字字斟酌、挑出那本作品的諸多錯誤、重寫過長的句子，把那個爛攤子——那團有著優秀骨架的垃圾——梳理成可讀的故事。還有分段。該死的分段……當我按下「寄出」時，我都哭出來了。我真的哭出來了。這點我沒有告訴小貝。

感謝上帝，我也沒有提到太多我這場失敗婚姻的細節。我對小波的忠誠至少還能阻止我這麼做。當然，只除了我不小心脫口而出的「和一個陌生人同居」。說真的，那是事實嗎？她還是我認識的小波。我才是那個陌生人。一個情感出軌的陌生人，或者正準備要開始情感出軌的陌生人。剛開始時，我和小波有聊過出軌這件事。我們一同蜷縮在床上，心裡知道這件事永遠都不會發生：**如果你真的想要這麼做，尼克，那就不要讓我知道。**

我走到對街，好迴避一個身穿運動服、正在和自己的幼兒及一隻鬥牛犬奮鬥的新住宅家庭主婦，並試著擋下自己黑暗的思想。蘿西終於挑了某人家門口潔白的車道解放了。我彎下腰，聽見膝蓋發出「啪」的一聲脆響，然後撿起牠的糞便。有時候我會像是在揮舞 Prada 的手提包一樣甩動狗便袋：**大家快看！剛才在人行道上的那坨狗屎可不是我的喔。我是個負責的狗主人呢。**

我們繼續回家的路途。經過鄰居家門口時，莉莉立刻衝了出來，手中握著一塊卡士達三明治餅乾。蘿西知道例行公事是什麼：搖搖尾巴，舉起一隻前爪，然後溫柔地叼走那塊餅乾。

「我想你會想喝點茶。」莉莉有些不情願地說，好像我在施捨她一樣。我們都知道這是事實。有時候我會沿著原路回家，好避開她，但除了護理人員和我與蘿西之外，莉莉就沒有別的訪客了。我有時候也會幫她跑腿，這也許讓我聽起來像是個聖人，但說實話，那只是讓我打發時間的另一個差事而已。莉莉對食物的品味已經退回了兒時的記憶，喜歡吃醃核桃、罐頭紅鮭、還有裝在錫罐裡的布丁，而我喜歡為她搜尋這些穿越時空的食物。今天我挺高興能見到她的。

她的陽台和我們家的格局相同，只是小波把門面裝飾得金光閃閃，莉莉的則像是個過熱的小洞穴，包裹在一九八〇年代的時空膠囊裡。蘿西很喜歡這裡：這裡有著數十年來累積的烤肉氣味，所有的平面上都鋪著各種布料。莉莉的雙眼已經越來越不管用，所以她在泡茶時，我稍微打掃了一下，從流理台的邊緣刮起粘膩的食物殘渣，並將水槽裡的茶漬沖掉。

莉莉一邊將茶泡成她最喜歡的工業濃度，一邊懷疑地打量著我。「你今天比較晚。」

「我整晚沒睡。」

「有心事嗎，小夥子？」

「沒什麼。一切都很好。」

「你看起來不太一樣呢。」

「沒刮鬍子吧。」

「不只這樣的感覺。」

「也許是感染了什麼細菌吧。別管我了，妳好嗎？」要轉移她的話題並不難——她有時是頭自私的老母牛，但這一部分是源自於她孤單的生活。她開始長篇大論地說起她的新護理人員，對方在替莉莉購足生活用品時，犯了一個不可饒恕的錯誤，買了杏仁奶而不是牛奶（「我看起來像是會喝那種垃圾的人嗎？我最了解我自己了。」）。我早已透過艱困的方式學會，試圖捍衛成為莉莉的受害者的那位可憐僱員，只會導致她變本加厲之後，我便讓她的話左耳進右耳出，並讓茶慢慢帶走宿醉的不適感。

我逃離莉莉的魔掌，讓蘿西在沙發上睡散步後的回籠覺，然後便躲進我那間位於花園角落，四周種滿刺人蕁麻的寫作小屋裡。就算現在閉上眼睛，我都還是可以回想起那裡的每個細節。違法的瓦斯暖爐，狄倫在「轉換期」時送我當聖誕禮物的骷髏頭造型菸灰缸，早已失去功能的除草機，歪倒成一片的書堆，足以送上火星繁殖的大量蜘蛛，還有我的書桌。那是一張壓縮板製成的二手桌，是我從一輛垃圾車上搶下來的，桌腳搖晃，廉價的螺絲四處散落。那間小屋的冬天太冷，夏天又太熱，而且整年都充斥著鄰居家糟糕的料理氣味，又隨時都聽得見莉莉過大的電視聲。我現在甚至有點想念我那台老舊筆電的風扇運作時怒吼的聲音，它有著像俄國礦工般頑強的生命力，不論自己吸入多少二手菸和灰塵，都堅持要繼續活下去。小波從來沒有進去過，也不能明白為什麼在狄倫去唸大學後，我為什麼不用他的房間來寫作。但我的理由很簡單：因為這是**我的**。

我坐了下來，又抽了一捲菸，然後打開電腦，鼓起勇氣，檢查我的i郵件（i-mail）。我和小貝是怎麼產生連結的呢？我想像著一條無形的繩子，穿越虛擬空間，牽起我和她的心。這當然是俗套的幻想，但似乎夠貼切了。當她說自己在約會時，我有點吃醋了（我就是這麼偽善），所以我才睡不著覺。所以我才熬夜和蘿西一起看一連播兩集的《法警救援》（Bailiff Bail-Outs），一邊喝著小波保留在她媽媽來訪時才喝的琴酒。

我拿出男子氣概，登入帳戶，打開我們的對話紀錄，希望我在帶蘿西出門蹓躂和與莉莉社交的時候，小貝又有傳訊息來了。但我們的對話紀錄就和昨晚結束對話時一樣——也就是沒有結束——因此伴隨著每一封小貝所傳的訊息而來的多巴胺消失了，取而代之的是沈重的打擊。看來我自怨自艾的屁話還是把小貝給嚇跑了。**所以，你打算要怎麼做？哭喪著臉，還是先發制人？**難得一次，「先發制人」的選項贏了，我給了自己五分鐘的時間斟酌用字（好吧——其實是十分鐘），我便又傳了一封信給她：「嘿！抱歉，昨晚讓氣氛變得有點沈重了。妳真的不需要聽那些。我很想怪罪到琴酒頭上，但那不是事實（而且對琴酒也不公平，儘管是很廉價的那種）。總之，如果妳想要慢慢疏遠我（或是逃跑），我也完全理解。」

我向後癱軟在椅背上，為了找事做，又開始捲起另一根菸卷，一邊告訴我自己不要燃起希望，一邊卻又無法抗拒自己偷偷關注對話串的衝動。一分鐘後，當小貝的回信出現時，我驚坐起身的動作，使我的半盒菸草全灑在鍵盤上了。

「你應該知道，我實在很不擅長跑步，所以那不算是個選項：）而且，如果有人應該要道歉，那也應該是我，畢竟是我起的頭。而且，你也不是唯一一個變沈重的人……等等聊嗎？我又要開始幫客戶試裝一整天了：（八點多之後比較有空。」

我像個十二歲小孩一樣對著空氣揮舞起雙拳。「那就當約會啦！八點半再見囉？我會準備咖啡的。妳不需要再和喝醉的我聊天了。祝試裝順利」這樣應該不錯。我的腦子亂成一團，沒辦法想出更聰明的內容了。發現我還沒嚇跑她，老實說，這股放鬆感使我有點性奮，但一個可憐的老魯蛇在小屋裡自己打手槍是哪門的陳腔濫調？**你不會是那種人的。你可以做得更好。**

小貝的訊息振奮了我的精神，我便開始檢視剩餘的其他郵件。一封來自花布婊子的信件就躺在垃圾匣裡。我遵循小貝的建議，並沒有寄出那封滿口穢言的郵件，只是又寄了一份明細給他：

親愛的尼可拉斯：

首先，我要為了這麼長一段時間的沈默致上最深的歉意。我嚴重地摔了一跤，跌斷了我的髖骨，以至於無法即時回覆所有的信件。我現在已經在康復了！！！你對這本書所帶來的改變超越了我的所求所想。我已經將款項和獎金轉帳給你，因為你顯然投入了如此大量的額外精力。謝謝你的耐心。我很享受這個過程，也很高興能看到你如此完美地為我的點子注入了生命。我的孫女波比答應要幫我在網路上出版這本書。

誠摯的

伯納德．伊德里奇　敬上

我重讀一次郵件，然後便檢查了我的銀行帳戶。五千歐元（扣掉我的國民基礎津貼也無力撼動半分的九百歐元負債）。他說有獎金還真不是開玩笑。他付給我的酬勞，是我報價的整整三倍。

但我想要第一個告知這個訊息的人並不是小波，而是小貝。我只打了：「**去你花布婊子的，小貝妳絕對想不到發生什麼事**」，然後就把這封信存到草稿匣。她在工作——這封信可以晚點再寄。所以我先寫給伯納德一封**誠摯**的回信，感謝他的付款，並祝他早日康復。很矯情，但管他的。

整個午後，就在有點期待、有點快樂的氣氛中糊裡糊塗地過完了，有點像是耶誕節前夕的感覺。我踱著步，聽著大衛．鮑伊的專輯——我最愛的一張是《沈默年代》——還跳了一支小小的勝利之舞。我迫不及待地想要出去，甚至還有點想去慢跑的衝動。這筆現金收入象徵著一個新章節的開始。**一個新希望**。我終於可以**呼吸**了。阻止自己寄信給小貝讓我快要發瘋，而小波對於這件事的回應也因此顯得更糟：一句毫無熱情的「很好啊」，後面接著一句「學校要排演，今天會晚回家」。這個如同背稿的回應比預期中還要傷人。天知道為什麼——光是得到回應，我就應該要謝天謝地了，因為1.小波在上班時通常是會把手機關機的；2.我們非口頭的溝通通常都很簡短、也很冷漠，好像我們是躲在一個熱情的面具之下；3.我蠻確定這一點點的財富，雖然是天上掉下來的禮物，卻不足以彌補我多年來的失敗，而且我未來最多也就只能期盼自己繼續沈溺在一灘屎坑中而已。而小波是個喜歡事物（和人）都井井有條又好預測的女人，所以她當然會退卻、並把她的精力投注在人生中沒那麼混亂的領域裡。

最後我打了一通電話給我在教師實習時的老朋友傑西。「要去酒店嗎？」

「現在沒人去酒店了，尼克。」

「我有錢可以還你囉。」

「別擔心了。真要說的話，我早就不打算要你還了。」

「拜託，讓我請客吧。你當初可是及時雨啊。」

「我不知道耶，老兄。我得改作業。還有一份考卷要出。」

「所以才更該好好喝幾杯，你會比較能承受這些痛苦啊。」我不在乎自己聽起來是不是有點太迫切了。

我帶著蘿西和我一起去。我和傑西的對話使我有點不太自在，但我當時有點太飄飄然，所以沒有注意到這番對話的嚴重性。傑西從來就不是喜歡參加派對的類型，而我想我當時以為，他的沈默寡言是因為我在跟他借了錢之後就沒有和他聯絡過了。喝了三杯之後，傑西就說他要去上廁所。酒精應該要是神經抑制劑，但那天的午後，酒精卻讓我產生了一種幻覺，好像什麼都有可能發生。就連埋藏已久的寫作衝動——為我自己而寫，不是當某人廉價的代筆者——都開始蠢蠢欲動。

桌子下的蘿西發出一聲嘆息，放了個屁，好像牠不只是在斥責我不同於以往的樂觀心態，也在預示接下來即將發生的大悲劇。傑西的手機傳來了《法瑞摔角擂台》（Frey Fights Fear）的主題曲，我瞥了一眼他的螢幕，卻看見小波令人血脈賁張的照片。我看了自己的手機一眼，想看看她是不是因為聯絡不上我才打給傑西，雖然我沒有告訴她我要和傑西喝兩杯的事。我的手機什麼也沒有。他的手機又響了一次，接著他就回來了。我不用問他我的老婆為什麼他媽的要打電話給他。答案已經全寫在他臉上了。

*

寄件者：NB26@zone.com
收件者：Bee1984@gmail.com

妳知道，有時候人會事發在幾小時後一直想著，我剛剛為什麼不那麼說呢？法文裡有一句話就是在形容這個。L'esprit de l'escalier（妳可以查查看）。妳看，就連我跌落谷底的時候，我都還是可以當個討人厭的王八蛋。

寄件者：Bee1984@gmail.com
收件者：NB26@zone.com

我真的覺得很遺憾，N. B.。你怎麼跟他說的？

寄件者： NB26@zone.com
收件者： Bee1984@gmail.com

我什麼都沒說。我就只是掉頭走人。結果我忘了把狗帶走，又折回去酒吧一次。我應該要揍他一拳之類的。我覺得對妳吐苦水好糟糕。只是……我不知道我該作何感想。

寄件者： Bee1984@gmail.com
收件者： NB26@zone.com

嘿，跟陌生人聊比較容易，對吧？而且請你不要覺得吐苦水這件事很糟糕，或是有罪惡感。我可以接受的。你現在很受傷。你理應感到受傷。這種背叛是最糟糕的了。

寄件者： NB26@zone.com
收件者： Bee1984@gmail.com

妳也有過這種經驗？

寄件者： Bee1984@gmail.com
收件者： NB26@zone.com

有。

寄件者： NB26@zone.com
收件者： Bee1984@gmail.com

你想說說看嗎？

寄件者：Bee1984@gmail.com
收件者：NB26@zone.com
不要！你才是遇上危機的那個人吧。

寄件者：NB26@zone.com
收件者：Bee1984@gmail.com
說到危機，她的共乘車剛停下來了。祝我好運吧。

寄件者：Bee1984@gmail.com
收件者：NB26@zone.com
如果你需要我的話，我一直都在。任何時候都沒關係。半夜也行。凌晨三點也行。都可以。

寄件者：NB26@zone.com
收件者：Bee1984@gmail.com
謝了。老天。妳讓我快要哭出來了。

*

寄件者：NB26@zone.com
收件者：Bee1984@gmail.com
她剛離開。她什麼都跟我說了。他們的事已經持續一年了，他們是在教師訓練課程時認識的。我覺得自己好蠢。她說她一直不想坦白，因為我過得很不好，而她不想要「完全把我擊垮」。

寄件者：Bee1984@gmail.com
收件者：NB26@zone.com
你想聊聊嗎？我是說面對面的。

寄件者：NB26@zone.com
收件者：Bee1984@gmail.com
雖然很吸引人，但我們最好先保持現狀。妳真的不需要聽我無法克制地啜泣……
重點是，比起小波，我更生我自己的氣。我早該在幾年前就放棄這段婚姻了。

寄件者：Bee1984@gmail.com
收件者：NB26@zone.com
那你為什麼沒有呢？

寄件者：NB26@zone.com
收件者：Bee1984@gmail.com
很多原因。因為惰性。因為我的繼子狄倫。

寄件者：Bee1984@gmail.com
收件者：NB26@zone.com
你有繼子？？他幾歲？你之前怎麼都沒有提過他？

寄件者：NB26@zone.com
收件者：Bee1984@gmail.com
可能是因為我的人生已經夠一團亂了，我不希望妳認為：「天啊，這傢伙的鬧劇到底有完沒完？」他現在二十四歲了。我和小波剛在一起時，他十二歲。我出現的時候，他還有點脆弱。之前他還小，我不想要再度破壞他的人生。但他離家之後我還是繼續留在這裡，對吧？就像我說的。這是惰性。

寄件者：Bee1984@gmail.com
收件者：NB26@zone.com
大家都會這樣。我還住在我之前跟前任合租的公寓裡。
這些事都是什麼時候開始搞砸的啊？

寄件者：NB26@zone.com
收件者：Bee1984@gmail.com

好問題。真的沒辦法確定確切的時間點。我們就只是隨波逐流而已。事情一開始都很好。我想我們只是開始把對方視為理所當然了。我們不再一起說笑。沒有談過這件事。我們不做愛了。但也沒有討論過這件事。開始變成例行公事，坐在沙發上看著電視，一年去一次坦比，和她那群混蛋家人過聖誕節，日復一日。我們都只想得過且過，而不是想要……我也不知道……好好活過人生。

寄件者：NB26@zone.com
收件者：Bee1984@gmail.com

我剛才重讀了一次那封信。我是不是很做作啊？

寄件者：Bee1984@gmail.com
收件者：NB26@zone.com

我懂你的意思。

寄件者：NB26@zone.com
收件者：Bee1984@gmail.com

如果妳見過小波，妳應該會喜歡她的。妳可能會站她那一邊吧。雖然這沒什麼好選邊站的。

寄件者：Bee1984@gmail.com
收件者：NB26@zone.com
總是有一邊可以選的。

寄件者：NB26@zone.com
收件者：Bee1984@gmail.com
我知道。我的意思是，我也不是個聖人，小貝。這點妳可以相信我。總而言之，我受夠我自己了。我不希望妳覺得你好像是我的心理諮商師。
跟我說說妳分手的事吧。

寄件者：Bee1984@gmail.com
收件者：NB26@zone.com
呃。那是個哀傷的故事喔。

寄件者：NB26@zone.com
收件者：Bee1984@gmail.com
妳那時結婚了嗎？

寄件者：Bee1984@gmail.com
收件者：NB26@zone.com

還沒。差一點。訂婚了。

他是馬莎百貨的採購，我則是個卑微的設計師。我們的進展很快。認識兩個星期之後，我們就同居了。

寄件者：NB26@zone.com
收件者：Bee1984@gmail.com

兩個星期。哇喔。一見鐘情？

寄件者：Bee1984@gmail.com
收件者：NB26@zone.com

我想是吧。

寄件者：NB26@zone.com
收件者：Bee1984@gmail.com

我有個問題：妳怎麼知道你戀愛了呢？我問的不是無聊的科學事實，那每個人都知道——多巴氨、血清素之類的。我問的是比較沒那麼有形的部分。

寄件者：Bee1984@gmail.com
收件者：NB26@zone.com

你一直在想著對方。你想要隨時都跟對方待在一起。

寄件者：NB26@zone.com
收件者：Bee1984@gmail.com
對方讓你覺得不寂寞了。

寄件者：Bee1984@gmail.com
收件者：NB26@zone.com
對方會當你的後盾。

寄件者：NB26@zone.com
收件者：Bee1984@gmail.com
對方讓你變得完整。

寄件者：Bee1984@gmail.com
收件者：NB26@zone.com
好，我還想到一句。對方讓你有家的感覺。

寄件者：NB26@zone.com
收件者：Bee1984@gmail.com
哈！好，這次的負面大賽算你贏了。現在繼續說故事吧。
你們為什麼分手？他叫什麼名字？

寄件者：Bee1984@gmail.com
收件者：NB26@zone.com

奈特。

寄件者：NB26@zone.com
收件者：Bee1984@gmail.com

奈特喔。我現在可以想像他的樣子了。有鬍子嗎？高嗎？刺青呢？提公事包嗎？討厭足球但是喜歡橄欖球？講話高高在上？父母在演藝圈工作？

寄件者：Bee1984@gmail.com
收件者：NB26@zone.com

哈哈！錯了。他不高，五尺七而已。跟我差不多。留過落腮鬍，但那讓他看起來很可疑。是很高高在上。父母雙方都是公務員！

寄件者：NB26@zone.com
收件者：Bee1984@gmail.com

分手呢？劈腿嗎？

寄件者：Bee1984@gmail.com
收件者：NB26@zone.com

對。他說只有一次，但是誰知道呢？

寄件者： NB26@zone.com
收件者： Bee1984@gmail.com

妳怎麼發現的？

寄件者： Bee1984@gmail.com
收件者： NB26@zone.com

跟你一樣。看到手機。

寄件者： NB26@zone.com
收件者： Bee1984@gmail.com

該死的手機。

寄件者： Bee1984@gmail.com
收件者： NB26@zone.com

我是偷看的。我知道有事情不太對勁。我就是知道。我感覺得到。他一直在和某個人傳簡訊。我看了他們的訊息。他們的對話……細節很豐富。我想大概沒有什麼事情能那麼傷人了。

我請假一個星期沒去上班。那一週的時間，我幾乎都縮成一團在啜泣，或是不斷看重播的《花樣冰舞》。我很想死。超戲劇化的！如果不是我最好的朋友一直在我身邊，我真的不知道會發生什麼事。然後他又想吃回頭草，我差點就妥協了。重點是，他知道劈腿這件事對我來說有多傷。

我很傳統。很無聊。我相信單一伴侶制。至少我那時候是相信的。但在那之後，我開始認為，愛啊、交往啊、這一類的事都不適合我。

寄件者： NB26@zone.com
收件者： Bee1984@gmail.com

妳現在還這樣想嗎？

寄件者： Bee1984@gmail.com
收件者： NB26@zone.com

我不確定。

寄件者： NB26@zone.com
收件者： Bee1984@gmail.com

但妳還是會出去約會。妳不可能完全放棄了吧。

寄件者： Bee1984@gmail.com
收件者： NB26@zone.com

那幾乎都是一夜情了。想批判我就儘管批判吧。不過在最後那一個之後，我就沒有再約過了。還記得公事包先生嗎？

寄件者：NB26@zone.com
收件者：Bee1984@gmail.com

嘿——沒什麼好批判的。誰忘得了公事包先生和他的情報局工作啊？

寄件者：Bee1984@gmail.com
收件者：NB26@zone.com

你知道，你該運用一下你現在的感覺。把它寫下來。變成一本書。

寄件者：NB26@zone.com
收件者：Bee1984@gmail.com

天啊！這場鬧劇害我完全忘了：我有些好消息唷。花布婊子付錢啦！

寄件者：Bee1984@gmail.com
收件者：NB26@zone.com

真假！！！！！然後呢？？？他喜歡你的成品嗎？

寄件者：NB26@zone.com
收件者：Bee1984@gmail.com

喜歡。

寄件者：Bee1984@gmail.com
收件者：NB26@zone.com

我就知道他會喜歡。所以你就再寫一本啊。你勢必要從這件事裡找出一點好處的，對吧？

寄件者：NB26@zone.com
收件者：Bee1984@gmail.com

妳說得對。妳一直都是對的。謝謝妳一直陪著我。我不知道沒有妳的話我該怎麼辦。

寄件者：Bee1984@gmail.com
收件者：NB26@zone.com

我也覺得。你覺得我們現在是不是可以至少交換一下真名了？

寄件者：NB26@zone.com
收件者：Bee1984@gmail.com

我叫尼可拉斯。妳也可以叫我尼克。

寄件者：Bee1984@gmail.com
收件者：NB26@zone.com
我叫蕾貝卡。或者叫我小貝（Bee）就可以。我最好的朋友都叫我小貝。

寄件者：NB26@zone.com
收件者：Bee1984@gmail.com
因為妳一直都很忙碌嗎？

寄件者：Bee1984@gmail.com
收件者：NB26@zone.com
可能吧。或者是因為，如果我被迫叮了你，我自己就會死去。

小貝

尼克選擇對我坦承這件事，使我們之間保護性的「網路上的陌生人」隔閡又剝去了一層。**現在我們真的有點進展了……**而我們之間逐漸增長的信任與親密是雙向的（「你幫我割開我內心的膿包，我幫你割開你的。」「好嗯，你確定嗎？我的很難搆到喔。而且很噁。」「試試看吧。手術刀（和水桶）已經準備好了。」）。除了和他說了奈特門的鬧劇之外，我還說了我父母的事，這是我很少提起的話題，就連和蕾拉也不會。我童年時看著我爸一次又一次地背叛我媽。每一次我爸被抓到時，都會灰頭土臉地回到我們身邊，哭喊著各種藉口（「我是個病人，麗莎。」「這是最後一次了，我發誓。」）。我看著我媽的自尊心逐漸磨損，每一次都會傻傻相信，這次他真的會改變作法。當他最後終於和一位三十歲的咖啡師遠走高飛到澳洲時（「根據他的為人，我猜他一開始是想要勾搭律師吧，但他寫錯字了。」「這個黑色幽默可以得滿分，小貝。」），我覺得我終於可以呼吸了，但這卻毀了我媽。我討厭他害她經歷這一切，而我內心中比較黑暗的部分，又嫌惡她居然忍受了這麼久。這後來也導致了我數年的罪惡感，因為就在她終於開始恢復生氣時，胰腺癌就來敲門了。

「沒有什麼好罪惡的，小貝。你一直都陪著她，不是嗎？而且批判父母本來就很正常，我們才不會跟他們犯一樣的錯。天啊，聽聽我多麼成熟又理性。下一步，我該買件臧毛衫和 Volvo 電動車了。」

「還有高爾夫，別忘了高爾夫。」

「誰會忘記要在第十九洞和夥伴一起喝一杯呢？但認真說，妳媽一定不會希望妳為這件事這麼痛苦的。把罪惡感收起來吧。」

就比較自私的層面而言，小波的背叛也讓我把我們逐漸茁壯的連結所帶來的罪惡感給收起來了，而我不斷在對她感到生氣與感激的情緒之間輪迴，這使我產生了很不是滋味的比較。「我忍不住會把小波當成奈特，或是我爸那種人。」

「她不是，小貝。我不是說她這樣做情有可原，但她的心很好。對男人的品味有點差啦，但你也不能要求太多。」

他會捍衛她、而且很真心，使我對這人的好感更深了。而且他很會從沈重的話題跳到嬉皮笑臉的對話。「仔細想想，我們都是孤兒。就像狄更斯寫的小說那樣。如果其他事情都失敗了，我們還可以在街上賣火柴。『您好嗎，官員大人？願意施捨我們一先令嗎？』」

「嗯，嚴格來說，我不算是個孤兒。這樣我失格了嗎？」

「那情感上的孤兒算嗎？」

「這樣也行。」

其他的相似之處也一一浮現。我們都有個可恥的壞習慣，容易讓友情消逝（「基本上，我唯一的朋友就是那隻狗，牠會留下來的唯一原因也是因為食物。」），而這提醒了我，我好久沒有和蕾拉聚一聚了。這是一段我不能讓它流逝的關係。我們從學生時代就認識了，因為同樣身為邊緣人而一拍即合（她是「青春痘大花臉」，我是「碰碰大肥妞」）。我人生中所有的低潮都有她的陪伴：媽媽重病的事，還有奈特的鬧劇。我陪著她去做過三次人工受孕，陪她經歷過與李維的分分合合，也伴著她度過生完雙胞胎後放棄了應用會計的懊悔與罪惡感。雖然我們的人生已經分歧，她搬到了郊區、當起媽媽，早上還要顧嬰兒，我則成為了一個工作狂、又愛玩交友軟體，我們還是想辦法和彼此聯繫。就在我準備傳訊息給她，提議我們見一面時，她便打了電話來，要求我們緊急來一趟琴酒散步之旅。

「如果是在家裡舉辦，這樣算什麼散步？這真的是字面上的意思嗎？」

「我們都需要運動，但又寧可去喝酒，而且因為我們都沒有時間好好把兩件事做好，所以我們就把兩件事併在一起了。」

「這是有行為能力的酒鬼所做的一心多用嗎？」

「沒錯！」

「那孤身一人的我，只好拉個琴酒屎了。」

快速搜尋過我自己的靈魂之後，我把手機留在工作桌上，然後動身出門見蕾拉。因為她比熊還要敏銳，而我還沒有準備好和她坦承尼克的事情。除非等我搞清楚我和尼克是什麼**關係**。我們通常無話不談，但她已經夠忙了，不需要多花一份心思擔心我是不是又一頭栽入一段感情，和一個我在網路上隨機認識、很快就要離婚的陌生人談戀愛。如果我們在喝酒時有訊息傳來，我不可能抵抗得了誘惑，而蕾拉一定會從我的臉上看出有什麼事不對勁。

她從奔跑的學生之間鑽了出來，歡迎地給了我一個擁抱。「老天，這正是我需要的。我知道我現在狀況很糟，因為現在對我來說，連搭地鐵都算是放假了。」

「妳有多久時間？」

「四十七分鐘。李維的媽媽在幫我顧雙胞胎，如果她沒辦法準時回家看《零分至上》，她會發瘋的。」她向後退開，好好打量了我一圈。「嗯，妳看起來很棒。閃閃發光。」

「閃閃發光？是我脫太多皮了，還是我太靠近核子反應爐了？」

「都是。怎麼啦？」

我聳聳肩。「嗯，讓人意外的是，我今天終於找到時間洗澡了。」（這既是事實，也是迴避。）

「真幸運。我還沒洗澡，所以不要靠近我。」

琴酒散步時，蕾拉通常都會來找我，因為我住的西倫敦，距離荷蘭公園只有步行可到的距離，而我們都喜歡在蕾拉口中的「可疑有錢人的不動產」附近喝個過癮（「妳是說妳很高尚嗎，小貝？」「恐怕不是。跟你說了，我和奈特一起住了之後就沒搬走了 #被動」）。我們經過幾個外帶小販和我最愛的布行，走進漢默史密斯溪谷，並（半）快走到不動產轉手與貴族化房價的神聖領域。我們幫幾間最鋪張的房子取了綽號。有滑窗和大吊燈的維多利亞式建築叫做閃亮皇宮，沒有窗簾、牆上又掛著一幅巨型抽象畫的房子叫做暴露狂小徑，而我們最喜歡的一間房子，一間有著雙面大露台的房子，則是地精之家，是根據在階梯前各種精緻排列的盆栽與鳥食盆之間，昂然挺立的圓臉花園裝飾小人而命名的。我們總是很高興能看見它，因為便宜而快樂的地精玩偶，並不是你會在這個常常出現在商務雜誌的地區所見到的東西，而且我們都很意外它還沒有被人丟掉。這間房子本身也有點格格不入。它頑強地抵抗了用水泥鋪掉前院的流行，而在夏季時，它的前院便會充滿了長春藤和紫藤，好像它有身份認同危機，並偷偷希望自己是一間鄉村小屋似的。蕾拉遞給我一罐已經調好的琴費司我們便靠在它的牆邊，打開酒瓶，開始喝酒。

她對著屋子的門面打了個手勢。「妳說那個在春天會變成紫色的植物叫什麼？」

「紫藤。」

「我就知道我老了，因為我現在會開始欣賞植物了。而且還不是那種可以拿來當菸抽的。」

「噢哦。那妳接下來就要開始逛植物園，然後妳就會一路滑坡去住在中部、然後投給保守黨了。」

前門打開，一個年邁的女人戴著明顯但還算可人的赫本頭假髮，走了出來，看了我們一眼。蕾拉和她揮了揮手。「別擔心，我們不是來探路的。我們只是在欣賞妳的紫藤。」

女人搖搖頭，又走了回去。

「老天，我好懷念倫敦。」蕾拉嘆了口氣。「這種不信任。這種不友善。」

「布羅姆利**也是**倫敦啊。」

「等我老的時候，我也要像地精之家的女人一樣戴一頂瘋假髮，並且擁抱我的皺紋。」

「妳已經老了，記得嗎？」

「我是說真正變老的時候。例如九十歲。我不會整形。也不會打肉毒桿菌。」

「妳不是三年前就打過肉毒了嗎？」

「靠，對喔。有欸。我忘了。你看吧？我的腦子已經爛掉了。」

「或者是因為你這罐小小的琴酒，已經直接衝到妳的腦子裡了。」

我們繼續向前漫步，蕾拉和我說著雙胞胎的事，並表示她真的很擔心自己的腦子因為太少使用而變笨。「我也可以接一兩個客戶，但妳也知道我這個人，如果我犯錯的話，我會發瘋的。李維說我應該要去當義工，但你可以想像我在慈善商店裡整理手提包和老男人的褲子嗎？我控制狂的做事法會把其他義工逼瘋的。總之，我這邊的抱怨已經夠多啦。跟我說些單身女子的趣事吧。」

尼克的事當然不是選項——至少現在不是——所以我告訴她和公事包先生的災難性約會，試著把這件事說成一個荒唐的小故事。但這點子實在不聰明，因為這讓蕾拉氣炸了。她繼續向前走著，怒罵這些自以為是的混蛋，並威脅說要公開他的個資，還有其他更糟的手段。「妳應該要馬上打給我的。妳不該獨自面對這一切的。」

我沒有告訴她，我其實想的是，我**並不是**獨自一人。「那時候是半夜耶。」

「我一定還醒著。我的小孩都覺得他們可以等到我死了再去睡覺。妳**確定**妳沒事嗎？」

「我真的沒事。沒有爛約會的創傷症候群，我保證。」

我們再度回到溪谷，走過街道，去檢視一間荒蕪卻優雅的喬治王朝式建築。這間屋子最近才出售，顯然也需要房屋界的肉毒桿菌和大型整形手術。蕾拉忍不住在它外頭的垃圾車中翻找了一圈，勝利地挖出一張壞掉的藤編椅：「這還堪用。」

我看了她一眼。「認真的嗎？妳還需要另一張椅子？」我們都知道，這張椅子最後只會出現在她家的儲藏室，和其他她從垃圾車中翻出來的寶物堆在一起，而她永遠也不會有時間去改造它們。

「總是得有人拯救這個老東西，以免它在某個掩埋場腐爛吧。」

我們再度回到公車與炸雞店的世界，回到沒有幾兆英鎊能夠投資房地產的普通人之間，她拿著椅墊，我則拿著它的骨架。

「一起吃晚餐吧。盡快。說好囉？來我家，我會弄點微波的東西來吃。李維可以照顧雙胞胎，我們可以好好發脾氣，一起計畫要怎麼報復那個惡毒的混蛋。」

「我答應妳。」

「妳知道，妳今天真的很好看，小貝。」

我看著她搬著救回來的椅子，努力擠進地鐵站的十字轉門裡，然後轉身回到克萊莉絲和我空盪盪的公寓。但當我從工作桌上拿起手機，打開我們的對話串時，我家突然感覺沒那麼空曠了。

*

寄件者：Bee1984@gmail.com
收件者：NB26@zone.com

除此之外，沒什麼新聞。喔——還有一個不太紅的網紅一直想要我幫她做免錢的。

寄件者：NB26@zone.com
收件者：Bee1984@gmail.com

一個什麼？

寄件者：Bee1984@gmail.com
收件者：NB26@zone.com

我忘了你是個老頭啦；）換你了。你跟狄倫說了嗎？

寄件者：NB26@zone.com
收件者：Bee1984@gmail.com

小波想要等到正確的時機。這有正確的時機嗎？他很敏感，沒錯，但他已經不是五歲小孩了，他不會把爸比和媽咪離婚的事當成自己的錯。希望啦。

寄件者：Bee1984@gmail.com
收件者：NB26@zone.com

他最在乎的事會是你和他媽媽過得好不好。只要你可以向他保證這一點，他就不會怎樣的。

寄件者：NB26@zone.com
收件者：Bee1984@gmail.com
我沒事啊。

寄件者：Bee1984@gmail.com
收件者：NB26@zone.com
你不是沒事，也好一陣子不會沒事。但總有一天會的。

寄件者：NB26@zone.com
收件者：Bee1984@gmail.com
很有智慧。但我不要再把對話變沈重了。現在要打起精神，換妳想一個蠢問題來問了。

寄件者：Bee1984@gmail.com
收件者：NB26@zone.com
好。這個如何：你寧願吃一整隻狗，還是一隻人類的腳？

寄件者：NB26@zone.com
收件者：Bee1984@gmail.com
哇喔，小貝，這真的蠢到很有紀念價值了。幹得好！同時既虐待動物又吃人肉。我可以至少煮過它們嗎？

寄件者：Bee1984@gmail.com
收件者：NB26@zone.com
不行。也不能加醬料。

寄件者：NB26@zone.com
收件者：Bee1984@gmail.com
那就吃腳吧。我不是特別喜歡腳（骨頭太多了），但看過蘿西在散步時吃的東西後，我還是跟狗肉生魚片說不吧。再問一個。

寄件者：Bee1984@gmail.com
收件者：NB26@zone.com
那就問一個沒那麼蠢的：你會想要邀請誰去參加你的夢想晚宴？

寄件者：NB26@zone.com
收件者：Bee1984@gmail.com
晚宴？？我就知道妳很高尚。

寄件者：Bee1984@gmail.com
收件者：NB26@zone.com
那就改成夢想外帶派對好了。

寄件者：NB26@zone.com
收件者：Bee1984@gmail.com
那很簡單。蘿西。還有妳。

寄件者：Bee1984@gmail.com
收件者：NB26@zone.com
但那代表我們要見面囉……

寄件者：NB26@zone.com
收件者：Bee1984@gmail.com
我想是吧。

寄件者：Bee1984@gmail.com
收件者：NB26@zone.com
而我們不會這樣做。因為這是我們的規則。

寄件者：NB26@zone.com
收件者：Bee1984@gmail.com
而雖然規則就是要用來打破的，但這運作得還不錯。至少現在是如此。
除非妳想要打破規則？

寄件者：Bee1984@gmail.com
收件者：NB26@zone.com
不，我喜歡這樣。這感覺很老派。就像古時候人們用寫信的，他們得等一輩子才等得到回覆，還不知道對方是不是死了。

寄件者：Bee1984@gmail.com
收件者：NB26@zone.com
尼克？你還在嗎？

寄件者：Bee1984@gmail.com
收件者：NB26@zone.com
噢，我懂了。很好笑。

寄件者：NB26@zone.com
收件者：Bee1984@gmail.com
我是一定不會停止回覆的。只要不回覆一分鐘，我就開始覺得無聊了。

我也喜歡這樣。這代表我不用梳頭髮、刷牙，甚至不用穿衣服。不過如你所知，我現在有穿衣服啦，不然聽起來有點太變態了。我只是不太會打扮而已。

寄件者： Bee1984@gmail.com
收件者： NB26@zone.com
如果我說我幾乎不想知道你長怎樣，會不會很奇怪啊？
我當然想知道啦。只是不是現在。

寄件者： NB26@zone.com
收件者： Bee1984@gmail.com
不怪妳。我們得慢慢培養。他們稱我為里茲的鐘樓怪人不是沒有原因的，而且不是因為我喜歡敲鐘的關係。

寄件者： Bee1984@gmail.com
收件者： NB26@zone.com
我可不跟你玩雙關喔，太容易了。
也許我們應該要有一個秘密字。等到我們其中一方決定現在是時候打破規則、交換照片、或是約見面的時候？

寄件者： NB26@zone.com
收件者： Bee1984@gmail.com
不錯啊。就像虐待狂用的安全詞（廢話……）
有什麼點子嗎？

寄件者：Bee1984@gmail.com
收件者：NB26@zone.com
呃。花布婊子的著作？桃紅小姐的洋裝？老人的腳？

寄件者：NB26@zone.com
收件者：Bee1984@gmail.com
原來是老人的腳啊？難怪那麼有嚼勁。
妳你知道，小貝。我們不需要秘密字。等到時機正確時，我覺得我們就會知道了。

尼克

我一點也不好。小貝又一次說對了。我**想要**沒事，但你不可能就這樣把十二年的婚姻丟進廚餘桶裡，還一點情感震盪都沒有。但多虧了小貝，她的第六感發現了在我大腦中蠢蠢欲動的黑狗（而我指的不是蘿西——雖然牠確實喜歡埋伏），這股震盪感覺就沒有那麼難熬了。它只是一個次級環境危機，而不是徹底的焦土末日。

我無聊地發現，那個老掉牙的說法「時間能治癒一切傷痛」確實有某些真實性存在。我盡可能地照著我填補時間空洞的行程表做事，跳過早晨假裝精神奕奕的部分，以及泡茶的部分（幫小波泡茶的工作，現在屬於傑西了），但保留了難看的晨間節目、蘿西的解放散步，還有拜訪莉莉的例行任務。我甚至寫了信給花布哥，問他我能不能再看一次手稿，至少讓我在小貝工作時有事可做（（我決定要拿掉「婊子」這個詞了：這個詞是嚴重性別歧視——如果被狄倫聽到我這麼說，他大概會立刻和我解除父子關係——而且花布哥在我心中也不再是這種人了）。

花了一週時間，莉莉愚鈍的同理心雷達才發現有什麼事不對勁。「好久沒看到你家那個壞脾氣的母牛啦。出了什麼事，小夥子？」（在小波禮貌地請她降低電視的音量後，莉莉就開始稱呼她為「壞脾氣的老母牛」。對莉莉來說，那就等同於宣戰。）

「我們要分開一段時間。」

「是這樣啊。也不錯。你值得比她更好的。」

我真心不認為這是事實，所以我用花布哥的消息打發了她。她甚至還想辦法對此發表了一點意見。「這就是他們典型的花錢方式。他寫不了自己的破書，只好付錢請某個窮光蛋倒霉鬼來幫他寫。」

這個愛唱反調的老傢伙倒是說對了一件事。小貝建議我——難得一次，為自己——寫下我的感覺。但我現在**有什麼**感覺？

自尊心受傷的感覺一直都存在（妳為了傑西而離開我嗎，小波？傑西耶！），但我同時也在正義的怒火與鬆一口氣之間搖擺不定。我鬆了一口氣，因為早該發生的事終於發生了；我鬆了一口氣，因為我終於不是壞人了；我鬆了一口氣，因為小波的外務，使我對我自己和小貝的情感糾結再也沒有罪惡感。而在背景蠢蠢欲動的，則是可悲混蛋的忠實夥伴：悲慘、寂寞與後悔。

小波離開後，屋子感覺更空曠、更不真實了，好像她是將這些磚塊和水泥牽在一起的唯一事物。我每天都會突然想念起那些當你和一個人住在一起時，你會視為理所當然的小事——不管這段關係有多麼失格都一樣。我通常會負責採購，但不知為什麼，牙膏貼片都是小波在買的。打該罐子才發現它並沒有奇蹟似地被填滿時，讓我哀傷了好幾個小時。

小波要我出門時傳訊息給她，好讓她可以來拿她的東西（「才不會讓你難過，尼克。」），而我不只一次，花了好一陣子才發現，當我在狗屎草原上散步時，她又把我們生活的哪一個部分塞進了傑西的廂型車裡（「這聽起來好像小孩玩的記憶遊戲喔，尼克。你知道，就是有人把一幅畫或是一個裝飾品拿走，你得找出哪裡不一樣的那種遊戲。」「那我應該玩得很爛。昨天我花了四個小時，才發現廚房的鐘不見了。」）。

漸漸地，小波那一半的衣櫃，也變成了衣架的荒原。她那一半的床位似乎變成了原本的兩倍大，直到蘿西和牠的啃咬玩具擴張上來為止。這間房子聞起來不一樣了（「怎樣不一樣？」「我不知道。沒那麼多香水味了吧。但也許是因為現在臥室是蘿西之水的味道了。」）。佔有整間房子的好處是，我可以在半夜三點看B級動作片、或是隨我開心地把音樂開到最大聲，但這都無法抵銷那股空虛感。

而且這裡很快就不會是我家了。我們還沒有討論到細節，但我怎麼能留下來呢？我也許有幫忙繳一些房貸（在我過去還有能力的時候），但這裡是她家——是我搬進來的。這裡曾經屬於我過嗎？我有我的小屋、還有臥室裡的一個小角落，我有浴室裡的一小座玻璃櫃，還有沙發的座位，一百萬年前，小波還會躺在沙發上，雙腳掛著我的大腿——但也就這樣了。

小波。我們剛認識時，我和她有和小貝這樣的連結感嗎？簡短的回答是沒有。差得遠了。我們的關係是日久見人心，而不是立即性的互相吸引。我們先是同事，接著是朋友，然後是不可避免的酒後亂性。

剛開始的那段日子很舒適，並不特別興奮，但我確實清晰記得在超市的停車場裡和她剛分手的前任——索爾——對質。我們當時正在把咖啡色的紙袋裝進後車廂——那時候我們還會一起去購物、一起做菜——他卻暴跳如雷地朝我們衝來。我準備要和他產生肢體衝突了，但他在攻擊範圍內突然洩了氣。「這持續不了多久的。你等著瞧。這持續不了多久的。」而也許這就是我堅持了這麼久的原因。我不想相信索爾說對了。我和小波的關係很慢熟，但一直到最後都是如此。它並沒有產生火花。它就這樣熄滅了，就像這可悲的比喻一樣，因為沒有人試著去餵養它。

但我和小貝……這段關係會怎麼樣？我再也不用擔心我和小貝算是情感出軌的事了。我只需要擔心自己會不會連**這個**都搞砸就好。

此外，還有狄倫。如果我和小波之間還有一絲連結，那就是他了。很快就必須有人告訴他。他會怎麼樣呢？

一天晚上，當那隻情感的黑狗變得特別張牙舞爪時，我沒有攤在沙發上，而是繞去狄倫以前的房間，坐在床上，看著貼在牆上的海報。小甜甜布蘭尼、周家小隊，還有《超感應系列》中好看到不可思議的主角。我跟小貝講過不少狄倫的事，但我沒有跟她說全部。有些事是不在話題選項裡的，就算對她也是。

我坐在那裡，享受著我日常的一人悲傷派對，然後我就收到了：「你還好嗎？」

我不好。但我會好起來的。這一點，小貝也說對了。

小貝

又一次，是我，將我們之間的關係推往下一個命中註定的階段。是連續三個意外——碰、碰、碰——讓我走上這一步的。我從來不相信巫術，但是若我真的相信有一股外力在引導這一切的發生，誰又真的能怪我呢？

第一個意外是一個客戶，名叫潔瑪。她一路從布里斯托上來見我，和她媽媽一起來找我試裝。我通常會用Skype和不在同一城市的客戶聯繫，教他們怎麼用視訊鏡頭量自己的尺碼（並不是每次都順利——尤其是當他們把公制和英制的尺標搞混的時候），但潔瑪堅持要和我本人碰面。我讓她們進門時，她媽媽冷淡而有禮地和我打了招呼——她顯然很懷疑女兒這麼做的選擇——接著在她女兒身邊瞎忙，問她需不需要用廁所、或是想喝什麼，好像她還是個小孩、或是個殘障。潔瑪對我露出歉意的微笑，但我不怪她母親過度保護的反應。她纖細到血管都從皮膚下浮起來了——我好想給她一份薯條三明治和一個擁抱——而她眼中也閃爍著某種脆弱的光芒。

她的禮服小心翼翼地收在一個霧面塑膠套裡，而甚至在她母親把拉鍊拉開一半之前，我就知道這件禮服十分特別。那是一件王薇薇的禮服，有支撐用的骨架，每一顆串珠都是手工縫上，顏色則是美麗的奶油色。那是設計師禮服：一襲理當變成傳家寶的禮服。我大部分「改造」過的禮服，都是服裝店買的，或是模仿設計師造型量產販售的，而用我的材布剪刀對這套禮服動手腳，是一種暴殄天物的行為。就算是丟上拍賣網站，這件禮服也能換得好幾千英鎊。當我和她們這麼說時，母親高傲地回答：「我知道。這是她的選擇，不是我的。」

我看向潔瑪，尋求她的確認。她的雙眼迷茫，點了點頭。這其中一定有個故事，但我不打算深究。我大部分的客戶最後都會吐實，將我視為半裁縫、半諮商師的存在。從事這份工作幾個月後，我以為我已經聽過所有令人失望的伴侶所帶來的哀傷故事了：劈腿慣犯、控制狂；不想做愛的另一半；整天只想做愛的另一半。有些人只是不想再看著衣櫃裡的禮服了，但卻又無法動手把它捐到慈善團體或是上網拍賣。比較快樂的伴侶——例如那對委託我把他們的禮服改成椅墊的可愛同志伴侶——則是想要留下紀念品。但現在這次不同；故事悲哀的氣味瀰漫在空氣之中。我替她丈量尺寸的同時，淚水便從她臉頰上滑落。她似乎沒有注意到這些無聲的眼淚。我問她需不需要先暫停，但接著她就開口了，話語源源不絕地從她口中冒出，母親則只是陪著她說。

潔瑪二十幾歲時認識了她的丈夫，說他們打從「一開始」就「知道」他們是命中註定的一對。他們一週內就開始同居；一個月之後又同時向對方求婚了（「這聽起來很誇張，但是我們太合了，所以這感覺……很自然。」）。她丈夫沒有落跑。他沒有劈腿、也沒有在證婚人面前拋棄她。他過世了：當他們在托斯卡尼度蜜月時，發生了一場腳踏車意外。

這件禮服是個殘酷的提醒，讓她記住自己所失去的一切，但她又無法完全割捨它。但她對改造的方式也沒有任何想法。我建議她用裡頭的襯裙來做一件經典、無季節性的外套，讓她可以全年都穿（我後來就後悔了——我的裁縫技術還沒有那麼好）。這代表裙子的完整性還是能（部分）保存下來，他也可以在任何時候都她同在。

「永遠在妳心裡，親愛的。」她母親說道，對我的態度終於緩和了下來，在她們離開時低聲對我說道：「他們的時間遠遠不夠。感覺很不對，是吧？」

*

第二個推力則是我去蕾拉家時發生的。我依約來完成微波晚餐與喝酒的約會。我把潔瑪的故事告訴她，想說這會是個有趣的話題，但卻完全低估了這件事對我有多大的影響力。我一開口就聲淚俱下，把我們兩個都嚇壞了。「天啊。」蕾拉邊說邊遞給我一張廚房紙巾。「這故事簡直就是尼可拉斯．史派克斯的電影劇情。」李維悄悄告退，選擇替兩位雙胞胎洗澡、哄他們就寢，而不是幫助他老婆替我擦眼淚。我不怪他就是。

「好吧。」蕾拉說。「現在是怎麼回事？」

然後我就告訴她尼克的事了。他已經成了我人生中不可或缺的一部分，所以我覺得再繼續對她隱瞞下去，就很不對勁了。

「這件事已經多久了啊？」

「一陣子了吧。」

「我**就知道**妳會看起來這麼光彩奪目一定有原因。妳為什麼之前都不跟我說？」

「因為我知道你會說什麼。『不要和網路上的陌生人說太多，小貝。他搞不好是詐騙的。』然後……我發現他已婚，我知道妳會一定會覺得他不可靠。」

「**確實**不可靠啊。他也**真的**可能是詐騙的。」

「他還沒有為了錢打給我。」

「**還沒**而已。妳甚至連他的照片都沒看過，也沒有在網路上查過他的資料。他搞不好是個年過八十的連環殺人犯，妳怎麼知道呢？」

「對他來說，我也是一樣啊。」

「但他為什麼不會想視訊？他一定想要隱藏什麼東西。」

「我跟妳說過了，我們有規則。我們喜歡現在這樣。」

「而且如果妳是個詐騙犯，這些規則就更方便了。」

「妳看吧，所以我才不告訴妳。我知道妳一定會這樣打破沙鍋問到底。」我們正危險地瀕臨爭吵邊緣，這對我們來說實在很難得。

「我只是不想要妳再受傷。」

「我知道。但妳得相信我。我們真的有某種連結。」

她不吃這一套。我可以看得出她在想什麼：**和一個網友是不可能產生這麼強烈的連結的。**但這是屁話。每天都有成千上百的人在這麼做。如果要她支持我，那我就得給蕾拉看證據。我點開我們的往返郵件（現在已經長得可笑了），把手機推給她。「妳看這些。」

我看著她謹慎地滑過一封封信件，而有那麼一秒鐘、那麼一瞬間，我看見一抹從未在她臉上出現過的表情。是羨慕嗎？她把手機還給我，然後沈重地頓了頓，開口道：「好吧，我懂。」

「真的？」

「對。你們一來一往的對話方式……我可以看得出來妳為什麼喜歡他。而且妳對他很誠實。一切都很誠實。包括奈特的事。」

這不完全是真的。我沒有告訴尼克一切關於奈特的事。我甚至沒有把全部的真相告訴**蕾拉**。我沒有告訴她，在我和奈特撕破臉的一週後，我就發現我懷孕了。蕾拉當時正在嘗試人工受孕，雖然我知道她會支持我結束孕期，但這不應該是她要承受的壓力。這並不難下定決心，真要說的話，我只覺得鬆了一大口氣。處理這件事使我覺得自己對人生又有了掌控力，而在當時，我的人生已經變成了一個混亂不已的屎坑。

「妳知道，如果他真的是詐騙，那他真的有創意到不可思議的地步。他們通常都會說自己的士兵被困在戰區、沒有資金，或者說什麼更英雄主義的話。我不知道他說自己是個婚姻失敗的爛作家，究竟想要得到什麼——也許是同情？」

「說得好喔，蕾拉。說好的『我懂』呢？」

「好吧，好吧。聽著，如果妳想要跟這男的更進一步，至少先讓我查查他的底吧。」

「妳要怎麼做？我連他的真名叫什麼都不知道。」

她哼了一聲。「要起別人的底有很多方法啊。」她從一堆孩子磨牙的玩具下方翻出她的筆電，開始工作。「『尼克、自由工作者、編輯』。應該沒有那麼多個吧。」

「蕾拉……妳就不能信任我一次嗎？」

「奇怪了。**Zone.com** 查不到東西。他的 **IP** 位置也查不到。一定是用了阻擋程式。」

李維做完睡前工作，帶著像是士兵殺出血戰重圍的勝利氣息，再度走了出來，從冰箱裡拿出一瓶啤酒。「你們應該不是又在聊那個賤人了吧？」「賤人」是我們幫奈特取的代稱。

「老天，當然不是。」蕾拉說。「小貝找了個新歡。只是我們還不知道他是誰。」

「好——喔。」李維朝門口走去。「如果需要我的話，我就在床上看影集配鎮定劑囉。」

「你不准趁我不在的時候偷看《馬男波傑克》！」蕾拉對著他的背影大喊。她闔上筆電，然後用伯丁頓小熊的眼神，認真地緊盯著我。「如果他的婚姻快要結束了，那代表他就快要是自由之身。這代表他很可能就不只是一夜情了——除非他真的是用馬甲帳號騙人的連環殺人犯啦。妳對這件事有什麼看法？」

「妳說連環殺人犯的部分嗎？」

她又用像熊一般的視線瞪視著我。

我對他恢復自由之身的事情，除了對我們的狀況沒那麼有罪惡感之外，還有什麼想法呢？正面來看，我們無疑擁有某種連結，他能逗我笑，似乎很誠實，而且雖然他可以伶牙俐齒又苛薄，但他是個好人。他不會讓我覺得無聊。但另一方面，他是一團爛攤子。他的事業岌岌可危，而且正在剛分手完的療傷期。誰會想要爛攤子啊？而且他離倫敦很遠。但他是個作家，一個魯莽的聲音在我腦中低語：**他可以住在任何地方。**

「他還沒有離婚。」

「所以呢？他說他的婚姻老早就死啦。妳應該跟他見個面的。一翻兩瞪眼。如果他真的是個詐騙集團，他就會找藉口放妳鴿子。但如果不是，那這可能就蠻值得妳繼續嘗試下去的。」

「我不想搞砸。」

「我懂。這樣對妳來說比較安全。」

她說得對。這種類型的親密可以迴避掉可能令人失望的恐懼。讓事情更近一步或許會毀了我們現在有的一切，並——沒錯——摧毀現在的幻想。我就只是膽怯而已。

*

蕾拉的話陰魂不散地跟著我回到家。當我轉上金鷹路時，一切似乎看起來都變得更邪惡了：似乎就連我最愛的布店櫥窗，都用著惡意的眼神在打量我。我穿過十字路口，來到我家的那條街，黑暗的建築物看起來更像是帶著不祥之兆，而且我一直疑神疑鬼地認為我身後有人。因此當我走進公用的玄關，看見樓梯上站著一個人影時，我便反應過度地尖叫出聲。約拿斯只穿著一條破爛的睡褲，肋骨和胸骨在發皺的黃皮膚下清晰可見。他用俄文對我說了一句什麼，然後便朝門跑了過來。我甩上門，背靠著門板，他則朝我逼近，雖然不是特別具有威脅意味，但似乎有著某種目的。如雷的腳步聲傳來，然後瑪格達就出現了。她的頭髮像是一朵稀疏的灰雲。少了她慣常的妝容和頭巾，我幾乎認不出她來。

「對不起，蕾貝卡。」她說。「他今天一整天都不一樣了。」

我幫瑪格達將他帶上樓，並在她溫柔地引著他進入臥室時，提議讓我來泡茶。

「不，不。我們喝威士忌吧。」她對著手車上的玻璃瓶打了個手勢。

我坐在約拿斯的扶手椅上——椅子已經壓出了他的身形——喝下兩杯，然後聽著瑪格達輕柔地對著他唱歌的聲音。十分鐘後，她再度出現，嘴上塗了口紅、繫上頭巾。她一言不發地為我又倒了一杯酒，然後為自己準備了另一杯。然後她在我對面坐下。

「妳是怎麼辦到的，瑪格達？」

「辦到什麼？」

「應付他？」**妳怎麼有辦法應付自己所愛的人逐漸離妳遠去的那種感覺？這樣比孤獨一人好嗎？**

「有時候我真希望他死了才好。」她不動聲色地說。「但我會後悔我們相處的那些時間嗎？不會。就算結局是這樣，我還是會選擇他的。」我們坐在沈默中，喝完手中的酒。在我離開時，她抓住我的手腕，柔聲說——她的聲音輕到我不確定自己有沒有聽錯：「別等了。」

*

寄件者：Bee1984@gmail.com
收件者：NB26@zone.com
要見個面嗎？

尼克

要見個面嗎？

好啊。不要。**我們當然要見面啊。**刪除。刪除。

我感覺得到，我們之間的那條線正在震盪。她得要有勇氣才問得出口。我不能讓她一直等下去，但我也得好好思考。我坐在廚房裡，時間一分一秒地過去，木椅使我的屁股變得麻木。我努力阻止自己再打開琴酒瓶的衝動。要見個面嗎？

小貝是這世界上我僅有的一件好事了。好吧，她和蘿西都是（狗的監護權在誰手上是無庸置疑的）。我想要毀了這一切嗎？這時我應該就要說：**如果我早知道後續會怎麼發展……**但我從來就不是那種善於埋伏筆的作家。這實在太俗濫了。

我在腦中一來一往地和自己辯論，幾乎沒有意識到前門被人重重撞開的聲音。「有人在家嗎？」狄倫喊道，然後才抓著行李袋現身。他打量了我一圈。「你在這裡啊。」

「我在這裡。」

「媽叫我來幫她拿一些東西。」

「所以你就半夜從伯明罕大老遠跑回來？」

「不是啦。我想看看你還好嗎。」他這麼說讓我好愛他。

「所以她告訴你了。」

「當然。」

「要啤酒嗎？」

「不要。」他從背包裡掏出一根大麻菸。「不要跟媽說喔。」他坐在餐桌旁，連後門都沒開就點燃了菸。「你跟媽……是因為我做了什麼嗎？」

「當然不是。你……」然後我才意識到他是在耍我。「喔，真好笑。」

「對不起。我忍不住嘛。」他在煙霧瀰漫中瞇著眼看我，然後把菸遞給我。

「你對這件事有什麼感覺呢，狄倫？」

「對你跟媽嗎？我已經二十四了。**我想**我可以應付我父母離婚的事吧。」

父母。一股暖流湧起。所以他確實把我視為一個父親的角色。還沒有那麼失敗嘛。「你媽和我永遠都會是朋友的。你知道吧？」我們會嗎？我打了個寒顫，突然想到要在小波和傑西家過聖誕節的畫面——小波和傑西，現在想想，他們的名字聽起來好像某種幼幼台節目的卡通人物。

「知道。」

「我也一直都會在你身邊的。」

他沒有為了這句噁心的陳腔濫調翻我白眼。他知道我是認真的。我在他面前一直都是認真的。我剛出現的時候，狄倫才十二歲，我還不知道該拿他怎麼辦。現在回想起來，模仿我爸媽實際又笨拙寵愛的北方教養方法，不重視擁抱和說「我愛你」，而更加重視「去外面玩吧，一點點凍雨也殺不死你的」這類的方式，其實並不適合他。他聰明、有書卷氣、情感強烈又認真，和我自己在那個年紀時完全不同。我是班上吵鬧的丑角，滿嘴髒話地在青春期和更後來的世界裡磕磕碰碰。名叫尼可拉斯．布雪的我人如其名，我很快就得學會一切的生存技巧，而且除了我姓氏的下流諧音玩笑之外，我也想辦法避開了被學校惡棍霸凌的命運。

但細膩的狄倫就沒這麼幸運了。他們重重地傷害了他，肉體和精神上都不放過，好幾年以來，他都沒有讓小波知道。直到在他十五歲生日的前夕，紙終於包不住火了。那天晚上，小波和我本來應該要幫她父母搬進新的公寓裡，但我得了腸胃炎。我在意料之外的時間回到家，但當我打開門時，我就知道有什麼事不對勁了。狄倫的音樂品味一直都十分清淡，但當時家中卻迴盪著《清白專案》沈重的重低音。還不只是這樣。屋裡的氣氛不知怎麼地很**不對勁**。我爬上樓梯，敲了敲狄倫的門，但他的毫無回應使我渾身冷汗直流。然後我打開門，看見他手中拿著塑膠袋，正準備把繩索的一端綁在他房間裡的木樑上。時間彷彿靜止了一秒，然後我們同時脫口說出：「靠。」

他哀求我不要告訴小波。這不是個該瞞著他媽媽的秘密，但我還是為他牢牢守著——就連後續一步步處理的過程也是。我和老師小聲但堅持地討論了一次這件事，並以訴訟作為底線。我花了好幾小時坐在諮商師的門外，試著偷聽裡頭低沈的說話聲；當他選擇大學中輟、轉唸設計學院時，我站在他那一邊，又創造了我和小波之間的另一道鴻溝。我們用了生死交關的事件才產生了這樣的連結——那是個我們從來不正面談論、但我也從來沒有真正遺忘的事件。我們一起經歷了許多起伏。現在他是個藝術評論家，他賺的錢是我的教學生涯中最高薪的兩倍，所以一切都算是有個善終。至少對他來說是這樣。

我貪婪地抽著菸，他則對我打了個手勢要回。「你看起來……更年輕了，尼克。」

「別胡說八道。」

「是真的。沒那麼有壓力了。更**活在當下**的感覺。」

「嗯，我正在把自己嗑嗨啊。」

「也許你是鬆了一口氣，因為終於結束了吧。」

「什麼意思？」

「你跟媽只是在行屍走肉罷了。你不快樂，而且很無聊。」

「這麼明顯嗎？」

「就是這麼明顯。至少現在你可以放下，不用再假裝了。」

我一定要和某人講講小貝的事。我不該告訴狄倫的，但我確實這麼做了。「我認識了某個人。但不是那種認識。」我很快地澄清道。「我沒有背叛你媽。那是她的專長。」**溫和點，尼克。**

「對不起。」

「沒關係。她確實是出軌了。而且還是跟他。傑西。天啊。」

「我以為你算喜歡他的。」

「他無聊死了。」

他**確實是**無聊死了。這句污辱使我覺得溫暖許多。對，我的心胸就是那麼狹隘。

「那這個女生是誰呢？」

「我不小心在網路上認識她的。我們有聊了一陣子——**只有**聊天而已。」那根大麻菸使我變得口齒不清。「但是我們之間……有點什麼發展了。然後她想要見面。」

「那就去見啊。」

我為什麼猶豫呢？當然是因為害怕了。如果我不夠格呢？還有另一面——因為我膚淺。我一直在從她的訊息裡搜刮資訊，好構築出她的模樣，如果她本人沒那麼有魅力，我會介意嗎？是的。會有一點。這有什麼好說謊的？「我怕我會搞砸。也怕我們之間沒有生理吸引力。」瞧，我就這樣說出口了。

他翻了我一個白眼，讓我彷彿看見了青少年時期的他。「反正你總是可以退回原點的。」

對，老生常談了。「你愛她嗎？」

「我說了，我連她長什麼樣子都不知道。」

「但是你愛她嗎？」

「你知道嗎？我覺得**有可能**。」

*

寄件者：NB26@zone.com
收件者：Bee1984@gmail.com

當然好！

寄件者：Bee1984@gmail.com
收件者：NB26@zone.com

真的嗎？

寄件者：NB26@zone.com
收件者：Bee1984@gmail.com

當然囉。什麼時候？妳決定吧。如妳所知，我的社交行程表是很有彈性的。

寄件者：Bee1984@gmail.com
收件者：NB26@zone.com

星期二／三？那兩天沒有試裝。你確定嗎？不希望你有壓力喔。我知道我們現在的關係很好。如果你不想毀了這一切，我也可以理解。

寄件者：NB26@zone.com
收件者：Bee1984@gmail.com

我很確定。不要現在怯場啊……

兩天我都可以。在哪裡見面？我很樂意去找妳。就排一整天的行程吧。很高興有個藉口可以離開這個垃圾場。

寄件者：Bee1984@gmail.com
收件者：NB26@zone.com

嗯……在奧斯頓車站的鐘塔下面碰面？或是你喜歡別的地方也行。

寄件者：NB26@zone.com
收件者：Bee1984@gmail.com

就鐘塔吧。我要怎麼認妳？

寄件者：Bee1984@gmail.com
收件者：NB26@zone.com

我會穿一件紅大衣。當然，我一定會認得你，因為你會大駝背，還會帶個巨大的鐘吧。

寄件者：NB26@zone.com
收件者：Bee1984@gmail.com
紅大衣？我就只有這個資訊嗎？

寄件者：Bee1984@gmail.com
收件者：NB26@zone.com
我不是個超級名模，如果你想問的是這個的話。這會是個問題嗎？

寄件者：NB26@zone.com
收件者：Bee1984@gmail.com
如果妳是超模的話才會有問題。我也許不是鐘樓怪人，但我也不是傑森・法瑞。

寄件者：Bee1984@gmail.com
收件者：NB26@zone.com
誰啊？

寄件者：NB26@zone.com
收件者：Bee1984@gmail.com
演員？前摔角選手？

寄件者：Bee1984@gmail.com
收件者：NB26@zone.com

啊，對。
但認真說，如果你想要事先交換照片、電話、或是改用WhatsApp聯絡，也都可以喔。

寄件者：NB26@zone.com
收件者：Bee1984@gmail.com

不，就這樣吧。我們都已經走到這步了，何必在最後一刻突然孬掉呢？

寄件者：Bee1984@gmail.com
收件者：NB26@zone.com

嘿，你穿羊毛花布西裝吧。這是個挑戰喔……

寄件者：NB26@zone.com
收件者：Bee1984@gmail.com

我接受妳的挑戰。我已經開始緊張了。但是是好的方面啦。
親親。

小貝

那個大日子……老天。我該從哪裡說起？

那天早上，蕾拉特意來我家，給我精神上的支持，並把她的雙胞胎交給她媽媽帶幾個小時。她坐在床上，看著我換了六到七套不同的服裝搭配。樓上的瑪格達輕柔地彈奏著鋼琴，她已經很久沒有彈琴了。那架鋼琴需要調音，而走音的曲調使它聽起來帶著不祥的預感，就像是一部低成本的電視劇用的背景音樂。

「頭髮要梳起來還是放下？」

「當然是放下啦。」

我討厭我的捲髮；但蕾拉很愛。幾年前當我把它們全部剪掉時，她超級憤怒（奈特也是，那個混蛋控制狂）。早上剛剃完毛的腋下刺痛著；我身上的其他部位也都剛除毛除得乾乾淨淨，像是超市裡剛處理好的雞——我以為在我刪掉 TInder 的應用程式之後就不用做這些麻煩事了。以防尼克臨時跟著我回家，我幾乎整晚沒睡地整理了一番公寓，把所有可能讓我出糗的東西都打包裝箱（一根惡作劇按摩棒、最爛的幾本心靈自助書籍、還有浴室裡成堆長滿灰成的過期化妝品）。少了布樣和做到一半的裁縫，這些仿中世紀的傢俱（奈特的品味）看起來呆板又冷淡。大衛・鮑伊的棉被是唯一為公寓增添色彩的東西，而他的虛擬身份齊格・星塵（Ziggy Stardust）正用他印刷在布料上的活力雙眼瞪視著我。我的書還不夠多。他會為此批判我嗎？畢竟他是個作家嘛。在我們預定見面的前幾天，他和我分享了他最喜歡的幾本書：一本我看過了（《麥田捕手》）；另一本我則在亞馬遜上預訂了（《生命中不可承受之重》）；還有一本在搜尋中（《桑吉巴島》，作者是茱麗葉．柏伊）。我到處都找不到這本書——又一個警訊——所以我天真地認定它只是絕版了。

克萊莉絲則會乖乖待在靠近窗邊的老位置。我永遠也不會再把她塞回儲藏室裡了——**這一點**可沒有商量的空間。

我用蒸氣清潔了我的紅色大衣，在拍賣網站上買了一雙黑色踝靴，還投資了幾件新內衣褲——我在馬莎百貨的內衣部門挑了好久，不想要太性感、又不想要太保守。蕾拉和我最後終於決定穿一件我大學時代製作的黑色小洋裝，之前這件穿起來還合身，現在則鬆了一點。我最近實在忙得分不開身，所以我甚至沒意識到自己瘦了幾磅。

「妳看起來太美了，小貝。」

「我永遠都不可能是美女的。」

「嗯，至少我覺得是啊。如果事情不如預期，不要太失望，好嗎?」

「不會啦。」**騙人。**

「小心。如果妳感覺到有哪裡不太對勁，就一定要待在公共場合。有時間就打給我，如果他是個混蛋、而妳需要救援，那就傳簡訊給我，惡童大軍會來接妳走的。」她抱了抱我。「愛妳唷。」

我目送她離開，看著她走到街口，然後消失在街角。一輛鑑識科的廂型車就停在對街，不過似乎不像外表看起來那麼不吉利。坐在裡頭的兩個女人正一邊笑著一邊抽菸。為了打發時間，我把頭髮一束束夾成直的，好讓自己有事可做。當我離家時，我瞥了一眼瑪格達的窗戶。約拿斯正瞪視著我，手指平貼在玻璃上，像個孩子、或是囚犯。

前往奧斯頓廣場的路程通常是二十五分鐘，不過我決定提前一小時出門，以免遲到。車廂逐漸塞滿乘客，而不論男女老少，所有人都緊盯著自己的手機螢幕。我不斷和陌生人對到眼，忍不住思索，有沒有哪個人和我一樣，正踏上足以改變人生的重大旅途？我坐立難安地拿起耳機，循環播放起〈火星生活？〉，鮑伊或許是我們的共同話題之一，但真要說的話，這首歌反而讓我更緊張了。當我和其他人一起魚貫地走上奧斯頓路時，雨水開始點點落下，我便把幾枚硬幣丟進乞丐的杯子裡。我需要好運。**積點功德。**距離見面還有十五分鐘，我便前往洗手間，再度檢查我的妝容。光線使我的皮膚看起來一片灰黃；雨水也把我花了一小時夾直的頭髮直接打回原形。

好吧。深呼吸。準備上場啦。

我直接站在電子鐘下，試著控制自己不要冒汗，一邊焦慮地看著數字跳動。每次只要廣播聲傳來，人群就會抬頭看向我身邊的時刻表看板，然後往各個不同的月台蜂擁而去。速食的味道和菸味從門裡飄散出來；我所有的感官好像都無形地強化了。**就是現在。那個會定義妳下半生的重要時刻。**滴。答。電子鐘跳到了十二點。

尼克

那一整天，我都覺得自己不太對勁。這其實不是件壞事。過去幾天裡，狄倫都慷慨地用他寶貴的假期時間來陪伴我：「她在時尚產業工作，對吧？你不能照你平常穿衣服的風格現身。你會嚇跑她的。」

「說得對。她挑戰我穿格紋。那是我們之間的一個笑話。」

這對狄倫來說是個挑戰，而他享受著其中的每一分、每一秒。繼父大改造。我們前往二手商店，我一邊打呵欠、一邊看著老女人們專業地翻過一排又一排的羊毛衫，而他則直往規模小得多的男性服裝區前進。我們在癌症協會慈善商店裡，找到一套三件式西裝，是一九五〇年代的花格毛呢布。

當我從擁擠的更衣室裡鑽出來時，其他消費者們發出了小小的驚嘆聲。「真是優秀，親愛的。」一個在看羊毛衫的老太太說。

這套西裝完美地貼合我的身形。「好像命中注定一樣呢。」狄倫說著，然後便再度溜走，去搜尋內搭的襯衫了。

這套西裝穿起來有點癢，但是沒有我青少年時期在清倉大拍賣時買到的東西那樣帶著臭味。而且雖然這套衣服比我還老，但我感覺得出來它的品質有多好。**人要衣裝嘛。**我幾乎可以想像自己和老派的柏靈頓男孩們一起風流，殺掉路上的流浪漢、或是和他們一起做別的好玩事。**如果喜歡格紋西裝的前婊子伯納德看到我現在的打扮，該有多好啊。**

接著，狄倫又把我拉進一間高級沙龍，像一位個人造型師一樣在我身邊忙碌，對陰沈的理髮師發號施令。除此之外，他還堅持要我花四十歐元去美白牙齒。我被綁在一張像是電椅的椅子上，牙齦刺痛，口水流得滿紙巾都是，不過我終於和三十年的菸垢和咖啡漬說再見了。

我變成了一個新造的人。一個穿著死人衣服的新男人（我還是買了那套西裝）。

約定見面的前一晚，我幾乎沒什麼睡。最後我放棄了，五點就爬下床，沖了一個長長的澡、直到我手指發皺，刮傷了自己兩次才刮完鬍子，然後穿上我的格紋毛呢外皮。我在新髮型上塗上髮膠（長瀏海、後面和側邊都剃短，好和我現在的復古造型一致），然後把蘿西送到隔壁鄰居家。莉莉提議替我看狗，並在我問牠能不能留在那裡過夜時心知肚明地眨了眨眼。我的焦慮使老太婆笑個不停，但她並沒有問我要和誰見面，只是在目送我離開時低聲說了一句：「希望她比另一個壞脾氣的老母牛好一點。」

我人生中第一次花了一大筆錢買了一張頭等艙的車票，使我覺得自己更像是詐騙了。乘客們散發出一股高傲而虛假的友善氣息，卻無視在走道上忙碌發送「免費」早餐三明治的員工。

我帶了一本書，卻沒有辦法專心。小貝和我會不會對看一眼，就知道我們是命中注定呢？有何不可？畢竟，我們已經有一個精彩的「怎麼認識」的故事，可以讓我們在老人護理之家讓廉價勞工為我們擦屁股的時候回憶了。我從來沒有這種經驗（我當然是指**一見鍾情**，不是指讓人擦屁股）。慾望是當然有的，誰沒有呢？但是一眼瞬間？真愛？並沒有。

其他乘客正喝著琴通寧和迷你瓶的紅酒，好像堅持要讓自己值回票價一樣貪婪又熱烈，但我抑制住自己的衝動。我可不希望自己現身時渾身酒氣。所以我啜飲著一瓶沒有品牌的可樂。壞主意。咖啡因讓我更神經質了。

叮咚，然後廣播說：「即將抵達奧斯頓車站。」小貝似乎以為里茲和奧斯頓之間沒有直達車，但我現在正搭著一列快車，距離見面時間只剩幾分鐘。

忙碌的列車服務員出現在走道上，將垃圾從桌面上收走，好準備迎接下一波特權階級的混蛋。我和她道了謝，她驚訝地眨眨眼，然後給了我一個意有所指的微笑。「不錯的西裝喔。」

「感謝。這是特別買的。」

「要去什麼好地方嗎？」

「要和一個很棒的人見面。」**希望囉**。

*

寄件者：NB26@zone.com
收件者：Bee1984@gmail.com

遲到了嗎？

寄件者：Bee1984@gmail.com
收件者：NB26@zone.com

我也想問你呢！！我到了。在時鐘下面？

寄件者：NB26@zone.com
收件者：Bee1984@gmail.com

我也是。

寄件者：Bee1984@gmail.com
收件者：NB26@zone.com

好，那個戴帽子的高個是你嗎？

寄件者：NB26@zone.com
收件者：Bee1984@gmail.com

沒戴帽子。但我很高。我照妳說的穿了三件式的花布西裝。順帶一提，它的布料讓我癢得要死。

寄件者：Bee1984@gmail.com
收件者：NB26@zone.com

看不到你耶。你確定你在奧斯頓？

寄件者：NB26@zone.com
收件者：Bee1984@gmail.com

當然了。這裡到處都是超巨大的告示牌。妳穿什麼？

寄件者：Bee1984@gmail.com
收件者：NB26@zone.com

紅色大衣。我跟你說過了。不可能看不到的。綠色圍巾。靴子。還有亂七八糟的黑髮。

寄件者：NB26@zone.com
收件者：Bee1984@gmail.com
等等……不對，不是妳。

寄件者：Bee1984@gmail.com
收件者：NB26@zone.com
我就在鐘的正下面啊！！在百特對面。

寄件者：NB26@zone.com
收件者：Bee1984@gmail.com
什麼對面？

寄件者：Bee1984@gmail.com
收件者：NB26@zone.com
百特的攤販啊。百特三明治？

寄件者：NB26@zone.com
收件者：Bee1984@gmail.com
沒看到。靠腰喔！我要去服務台了。

寄件者：NB26@zone.com
收件者：Bee1984@gmail.com
妳看到我了嗎？我在揮手。

寄件者：Bee1984@gmail.com
收件者：NB26@zone.com
沒有欸。給我你的號碼吧。我打給你。太扯了吧！

寄件者：NB26@zone.com
收件者：Bee1984@gmail.com
90897886544

寄件者：Bee1984@gmail.com
收件者：NB26@zone.com
開頭不是應該是零嗎？

寄件者：NB26@zone.com
收件者：Bee1984@gmail.com
？

寄件者：Bee1984@gmail.com
收件者：NB26@zone.com
一直響都沒人接。
你打給我好了。0876567553

寄件者：NB26@zone.com
收件者：Bee1984@gmail.com
沒問題。

寄件者：Bee1984@gmail.com
收件者：NB26@zone.com
你打了嗎？

寄件者：NB26@zone.com
收件者：Bee1984@gmail.com
打了三次。訊號不好？？

寄件者：Bee1984@gmail.com
收件者：NB26@zone.com
我要嚇死了。拍一下你站在哪裡，然後傳給我。

寄件者：NB26@zone.com
收件者：Bee1984@gmail.com
收到了嗎？

寄件者：Bee1984@gmail.com
收件者：NB26@zone.com
沒有東西傳過來啊。

寄件者：NB26@zone.com
收件者：Bee1984@gmail.com
它顯示寄出了耶。我要大喊小貝的名字了。倒數三、二、一。

寄件者：NB26@zone.com
收件者：Bee1984@gmail.com
妳有聽到嗎？

寄件者：Bee1984@gmail.com
收件者：NB26@zone.com
沒有。

寄件者：NB26@zone.com
收件者：Bee1984@gmail.com
應該要啊。大家都用看瘋子的眼神在看我欸。
我們都到了，怎麼會看不到對方？

寄件者：Bee1984@gmail.com
收件者：NB26@zone.com
不可能。

寄件者：NB26@zone.com
收件者：Bee1984@gmail.com
去二十二月台。站在時刻表下面。

寄件者：Bee1984@gmail.com
收件者：NB26@zone.com
沒有二十二月台。我知道是怎麼回事了。

寄件者：NB26@zone.com
收件者：Bee1984@gmail.com
？

寄件者：Bee1984@gmail.com
收件者：NB26@zone.com
你從頭到尾都在耍我，對吧？這是個大型的整人遊戲。去你的。去你的。你去吃屎吧。

寄件者：NB26@zone.com
收件者：Bee1984@gmail.com
小貝？我就在奧斯頓車站啊。我不是在整人。

寄件者：NB26@zone.com
收件者：Bee1984@gmail.com
小貝？

寄件者：NB26@zone.com
收件者：Bee1984@gmail.com
【您已被該聯絡人封鎖】

第二部：天差地別

貝爾斯坦／史丹協會曼徹斯特牧業路分會會議紀錄逐字稿，二〇一九年四月十五日

協會秘書：凱文．奧多瓦
主席：漢芮塔．穆耶克
列席：傑佛瑞．吉利森、黛比．高夫、艾薩克．法蘭奇
缺席（已致歉）：阿迪爾．辛格

本會議先行總結上月份之會議紀錄，並由黛比．高夫宣讀本協會宗旨。

我（凱文．奧多瓦）接下來便提出本次會議的主要任務。尼可拉斯．布雪，四十五歲男性，待業中，此男性於二〇一九年四月一日時，與本會聯繫（詳見附件 1a），要求我們「幫助他處理一個不尋常的危機」。根據二〇一七年六月十三日我們投票得出的決議（詳見附件 1b/17），我與他展開短暫的電話與郵件連繫。

布雪先生告訴我，他透過誤傳的電子郵件，「意外」與一名女子產生了聯繫。過去幾週，

他們每日都有郵件往來。這使雙方建立起強烈的依附關係。他們終於決定在奧斯頓車站親自碰面，但她並未現身，「儘管她堅持說她到了，而我選擇相信她。」他表示這位名為「小貝」或「蕾貝卡」的女子「為人改造結婚禮服」，現居於倫敦西部。他試著以此公司與名字進行搜尋，但卻未尋獲任何相對應之證據。他也考慮過她對他說謊的可能性，但他「心底清楚」她是個誠懇的女子。

困惑的布雪先生再度閱讀他們的郵件，並列出幾個幾個她提到的差異，他「當時只覺得有點奇怪，但沒有深究。」包含以下幾點：

她使用某種稱為「Tinder」的交友「軟體」（？）。

她提到一部（有點荒謬的）電視節目，稱為「戀愛島（Love Island）」。

她一直把很多書的書名都「弄錯了」。

她對於有名的演員傑森・法瑞一無所知。

她相信奧斯頓和里茲之間沒有直達車。

她的貨幣是「英鎊」而不是歐元。

更值得一提的是，她提到，最近剛因生態破壞而被起訴的美國大亨唐納・川普是美國總統。

（針對這一點，傑佛瑞・吉利森警告道：「你他×的是在開玩笑吧。」我回應道，布雪先生確實也告訴我，他覺得她是在開玩笑。）

尼可拉斯說他在試著搞懂這些事件的時候「落入了網路黑洞」，才使他最終來到本協會。他表示他確實相信有「多重宇宙或時間線存在，但這整件事都他×的太瘋狂了，對吧？」

艾薩克・法蘭奇對他略顯不耐，但漢芮塔提醒艾薩克，他自己曾經也不斷否認此事的真實性，直到最後才接受真相。

我指出，若尼可拉斯發言屬實，則此事件將是越網（mesh）溝通的第一起案例。艾薩克表示，由於這類事件從未有發生過的紀錄，尼可拉斯的「誠實性」有待商榷。

漢芮塔．穆耶克提議，她可以與布雪先生在「中立地區」碰面，好親自檢視他的說法。傑佛瑞．吉利森和我提議陪同他前往。此外，傑佛瑞也自願監督整起事件，以確認尼可拉斯是否是「另一種他×的浪費我時間」。

尼克

絕望。希望。在後來我們稱之為「奧斯頓事件」過後那幾個星期裡，我和這兩個詞變得無比熟悉。我現在知道，為什麼絕望的人會尋求宗教慰藉，或是最後開始相信外星人或陰謀論了。因為有時候合理的答案一點用都沒有。有時候你得跳脫框架思考。而我絕望與希望的狀態領導我走上了一條遠遠脫離框架的道路，並帶著我走進一條柳林小路，最後讓我遇上了一群就連最慈悲的人都會稱之為「腦子有洞的神經病」的傢伙。

但首先，我們先倒帶一下。

就跟所有摧毀靈魂的經驗一樣，我身穿著愚蠢的套裝在火車站徘徊，愚蠢地瞪視著我的手機螢幕，我心中彷彿有什麼東西破碎了，而且還是最糟糕的那種。我搭了下一班火車回家，因為車站保全對我越發懷疑了起來，而我不知道還能做些什麼。然後在來程的火車上與我稍微調情過的服務員，對我露出了「不太順利，是吧？」的同情笑容；我小心翼翼地走過鄰居的屋前，像個躡手躡腳的小賊，因為我實在無法面對那個嘴賤的老傢伙；我進入自己毫無靈魂又空蕩蕩的屋子，而這間屋子甚至還不是我的，並在我的繼子傳訊息問我狀況怎麼樣的時候說謊（「很好啊！她看起來是好人」）。而我怎麼能忘記自己一個人坐在廚房桌邊，喝著最後一瓶廉價的聖誕節紅酒時，卻被很快就要變成我前妻的女人撞見的恥辱呢？因為我徹底忘記我告訴過她，我不會在家了。（至少她沒有帶著傑西一起來。）

小波看到我的時候，她整個人跳了起來。

「我以為你要出去到很晚耶？」

「本來是啊。提早回來了。」

「為什麼？」

「我身體不太舒服。」**我相信醫學一點的用詞叫做心碎。**

「你看起來沒有生病。」

「謝了。我猜是吧。」

「你穿的那是什麼啊？」

「看起來像什麼？」

「你看起來像是要去參加一九五〇的茶會。蘿西呢？」

「在莉莉家。」

她皺起眉。「那是我們要留給我媽的爛琴酒嗎？」

「是的。」

她用老師的雷達觀察著我。「發生什麼事了，尼克？」

「沒什麼。一個妻子不忠的男人，就不能穿著一套爛西裝、喝著爛琴酒、還保有一點不被審問的尊嚴嗎？」

她哼了一聲。「不忠。真是個好詞。好幾年沒聽到了。」

「嗯哼。舊西裝。舊詞。」（這時我還只有一點口齒不清。）「妳想要我去小屋裡，好讓妳自在地整理東西嗎？」

「沒關係。我只是來拿我的身份證的。」

「要喝茶嗎？」

「有牛奶嗎？」

「當然沒有了。」

她拿出一個玻璃杯，在我對面坐下，並幫自己倒了一小杯酒。她一開始走進來時（除去驚嚇的部分），我一部分的大腦就注意到她有什麼地方不太一樣了。她的外表沒有什麼改變（小波知道自己適合什麼造型，而且她拒絕讓自己有分手後的大改造），而我花了一點時間才發現是什麼地方變了。她的肢體語言更放鬆、也更輕鬆了點。好像我是她這幾年來一直扛著的重擔，而現在她終於放下了，她就可以更輕鬆、更舒適地移動了。稍早，我和狄倫在大改造之前，在廚房裡的那番小對話，狄倫也發現了我有類似的改變，而我很高興他看不見我現在的樣子——我覺得我在過去四小時裡老了四年。

她啜了一口，皺起臉。「媽怎麼會喝這種東西啊？」

「你知道她是什麼樣子。如果有三十趴的酒精，她連水溝水都會喝的。」

「她前幾天還有問起你。」

「她一定很高興你終於把這個悲慘的混蛋踢到一邊了吧。」

「夠了喔，尼克。」我們交換了一個微笑。

「狄倫接受得蠻好的。」

「對啊，是不是？我本來還擔心他會生我的氣。就算他和我斷絕母子關係、選擇站在你那一邊，我也不會感到意外的。」

「這沒有選邊站的問題，小波。」我一陣瑟縮——我先前不是才和小貝說過一樣的話嗎？

「我覺得他應該鬆了一口氣。他說現在至少我們不用再假裝了。」

「睿智的話語。」

「睿智的孩子。不是孩子了。是成年人。老天，我們好老。」

「我們是啊。」她把杯子推開。「我了解你。我知道有事情不對勁。你真的可以跟我說的，尼克。」

看在上帝的份上，我差點就對她全盤托出了。不管我們的婚姻變成什麼樣子，畢竟我們曾經還是朋友。而且我也沒有別人可以說了。莉莉不在我的選項裡。就算她真的相信我，我能插嘴說一個字就已經算是運氣很好了，而且我最近幾乎都沒什麼理會她。狄倫也不需要繼父的屁事來使他的人生變得更複雜；我父母住在低層中產階級聚集的郊區，天高皇帝遠，而多虧了我當時的憂鬱、自我厭惡和誇張的到處借錢，我和其他朋友也全都斷了聯絡。我猶豫了幾秒鐘之後，還是決定打住，只是胡說了一句「工作很忙」就搪塞過去。告訴她我在網路上認識小貝，或許會對我的自尊有點幫助：**不是只有妳有人要而已**，但「她並不在乎」的羞辱感會完全把這抵銷掉——或許還更超過。而且我也沒有適當的字眼可以形容後來那條被封鎖的訊息帶給我多大的影響。在那之前，我還不夠清楚小貝對我有多重要，直到她消失了之後，我才知道。

「我很擔心你，尼克。」

「別擔心。我沒事的。真的，小波。妳了解我。我就是喜歡沈溺一下。」

「之後我們真該找時間把事情處理好。那些比較現實層面的事。等你準備好應付這些之後，你可以告訴我嗎？」

「我會的。」

最後，小波像個姊妹般拍了拍我的手臂，然後就離開了。我沒有向自己的試探妥協、告訴她小貝的事，但我做了相較之下第二好的決定。我問我自己，如果我真的告訴她了，實際的小波會說什麼呢？

這其中一定有個解釋，尼克。

我也有注意到，我很確定，除非我的人生就是一場超大的劇情轉折，而我則是徹徹底底地被蒙在鼓裡。這世界上只有一個奧斯頓車站，所以誤會的可能性就不存在。小貝也不可能沒看見或聽見我在站前廣場上像個瘋子一樣大叫。所以這只有一個毀滅自尊心的可能性，就是她其實在現場，看見了我的花布西裝後決定落跑。但不太可能——因為我所認識的小貝（或者我以為我認識的小貝）並不殘酷，也不是個膽小鬼。如果她真的覺得我很噁心，她也更有可能是溫和地拒絕我，說「我覺得我們還是當朋友就好了，尼克」。而不是讓我像個街友一樣站在飲料攤旁邊，同時還假裝我才是做錯事的人。我去了啊。除非她是個騙子或是瘋子，喜歡惡搞情感脆弱的廢物們——我真的不覺得她是這種人——那她一定也在現場。

然後是那句：沒有二十二月台。

我完全可以放下這件事，或者嘗試找出可能的解釋。（意外地是，我沒有馬上著手進行——我太醉了。我睡了一覺醒酒，隔天早上去接了蘿西回家，用一些胡說八道打發了莉莉，說我在幫花布哥重新編輯他的書，然後喝了一拖拉庫的咖啡。）

在院子的小屋裡，有蜘蛛和蘿西作陪（直到牠膩了，然後回到屋子裡為止），我就開始動工了。我上網搜尋任何與小貝／貝卡和她的公司有關的痕跡，但卻是一場空，於是我便開始翻閱我們的電子郵件。重看過去的尼克和小貝的對話，使我又哭又笑，又覺得尷尬到不行（更多的其實是尷尬）。但我後來開始找到了一系列「二十二月台」式的怪異與不協調之處——舉凡書籍、電影、政治和科技。估計起來實在太多了——準確來說，共有五十四個——也許有些可能會被我們合理地視為玩笑（例如川普，**你是認真的嗎？**）、打錯字、或是我們每個人都會幹的好事：假裝我們聽過某本書或某部電影，好讓我們比較不像輕忽的混蛋，但是還有很多部分使我很想賞過去的尼克幾個巴掌，因為他實在笨得有剩（例如小貝提「脫歐」的時候，我為什麼沒有多問幾句，而只是愚蠢地認為她本來想要打的是「脫脂」或是「脫勾」呢？）但我也沒有立刻就認定，這些是我們陷入科幻小說劇情中的證據。我花了一點時間——還有喝了一整晚份的琴酒。是派翠西亞．海史密斯引領我走向貝爾斯坦協會的：《越界》和《火車怪客》這兩本書。在我徒勞地搜尋了小貝提供的書名之後，我便決定賭一把，開始搜索起「無法解釋的書名改變」。我在一堆毫無路用的連結中找到一篇舊文，裡頭寫道：「就因為一本童書，這些人就認定他們住在平行宇宙裡了！」這句話十分嘲弄，並不友善，所以當我找到那個協會時，我大概能理解他們為什麼對外人這麼警惕。

根據那篇文章，顯然有一群人認真地相信，在他們小時候有一本叫做《貝爾斯坦熊》的童書，其實應該叫《貝爾史丹熊》。他們沒有一個聳肩帶過這件事，而是將之視為他們不知怎麼地溜進了另一個時空的證據。我想著，管他的（就像我先前說的，因為絕望），於是我找到了這個社群的封閉網域頁面。那上面沒有任合關於他們信仰的部分，只有一本《貝爾斯坦熊》的電子書封面，邪惡地將其命名為《貝爾史丹熊與真相》，還有一條電子郵件信箱。再管他的。我寫了一封亂糟糟的郵件，標題叫做「幫助我處理一個不尋常的危機」，然後就將它送進了瘋子之地。

先是一封正式到不真實、而且意外地合理的郵件往來，還有和凱文．奧多瓦（他說他是這個團體的秘書）通了一次停頓而枯燥的電話之後，他終於邀請我去和他與其他幾個共謀者見個面，好「檢視我說法的可靠性」。

所以我現在才會坐在蔬果店旁搖搖欲墜的咖啡販賣機旁，不知道我自己到底想要達到什麼目標。老實說，這裡應該會是打發時間的好去處，如果咖啡機還開著、這裡除了我和可怕的白嘴鴉之外還有別人、而這個蔬果店也不是位於一間葬儀社旁邊的話。不知道為什麼，這感覺倒是很貼切。你可以看著老奶奶的屍體被人推走、分解成肥料，然後再走進隔壁大門，從蔬果店裡買一些（剛施肥過的）蔬菜。這就是生命生生不息的證明。我正在思考這一切，用這種無聊的哲學屁話自找麻煩，卻突然聽見有人叫了我的名字。

一開始，雖然他們看起來確實是一群很奇怪的組合，但朝我走來的三個人確實也不符合我心中一直期待的典型瘋子。（老實說，我還是不確定所謂的典型是什麼：閃爍的瘋帽、巨大的落腮鬍和小丑妝嗎？）朝我走來的人中，凱文是最好認的。他的外表完全符合他精準、正式的說話方式——整潔、戴著眼鏡，襯衫紮進整齊的褲子裡，好像還是他媽媽幫他穿的衣服一樣。敷衍地握過手之後，他便把我介紹給他的同行者，漢瑞塔（年齡無法判斷，長著一頭灰髮，身穿灰色套裝，德國裔，讓人倍感畏懼）、以及傑佛瑞（五十歲左右，頭又尖又長，矮胖結實，而且偏執）。一開始，只有傑佛瑞明顯散發出怪胎的氣息。漢瑞塔和凱文都不算是友善的人，但傑佛瑞從一開始就散發出滿滿的敵意。

介紹過後，我們便陷入沈默，除了我之外，卻沒有人顯得尷尬。我再也無法承受了，於是我說：「這地方真棒。你們通常在這裡聚會嗎？我是說，你們的團體？」

「當然不是了。」傑佛瑞粗聲說道。「我們才沒有蠢到會讓你去我們的……我們的總部。除非我們先確認你不會浪費我的們的時間。」

「對，是很合理。」就某種奇怪的方面來說，這確實很合理。那篇文章太殘暴了。而且疑心病和陰謀論本來就是一體的，對吧？

接著，立刻就被我視為領導者的漢瑞塔，便切入了正題。「和你確認一下，布雪先生，你已經檢查過所有其他的可能性了嗎？」

「請叫我尼克吧。除非我有幻覺、或是她是個瘋子，那就沒有可能性了。所以我才會在這裡。和你們碰面。」我微笑起來。但沒有人回應我。

「現在，請你描述在郵件中所謂的『不協調之處』。」

「我在郵件裡都列出來了。」我瞥向凱文尋求認同，但他故意迴避了我的視線。也許他和我一樣都覺得漢瑞塔很嚇人。她擁有那種銀行家或總統等級的自信。她不像是你在蔬果店與一群秘密陰謀論團體會面時會期待見到的人。

「我想要聽你用自己的話說一次。」

我笨拙地重述了一次，漢瑞塔銳利而拷問的目光使我有點不知所措。

「而你不知道蕾貝卡的全名或地址？」

「不。我們有訂一些規則，不交換彼此的個人資料。」我輕笑。「很蠢，對吧？」

「對。」好喔。她伸出一隻手。「那些電子郵件呢？我可以看嗎？」

「我不覺得這是個好主意。」

「那我們就沒什麼好說的了。」

管他的。漢瑞塔不像是會拿了我的手機之後落跑的人。傑佛瑞就像，但在我們對話的過程中，他已經走到旁邊去看某個鄰居花圃裡的稻草人了。「好吧，隨便。不要批判我。」

「我不會批判任何人的，尼可拉斯。」

漢瑞塔撫平她的裙擺，直挺地坐在長椅邊緣。凱文待在原位，看起來動也不動，卻不知怎麼地還是看起來很焦慮。傑佛瑞點了一支菸，在他的新稻草人朋友身邊踢著土（這個稻草人似乎是他更喜歡的新發現）。大概沒有什麼事比讓一個相信自己是異世界來的陌生人看你最私密的訊息更讓人坐立難安了。漢瑞塔沒有任何反應：她就像是在讀氣象預報一樣地看著我與小貝「你寧願哪個」的鬥嘴。我唯一轉移自己注意力的希望，就是和凱文對話——或是和瘋狗般的傑佛瑞互相交換敵意。但凱文不知道迷失在哪個內在世界裡了。或者是異世界？因為他相信自己是個「錯置人口」。乾脆就從那裡切入好了。「你什麼時候開始發現自己是錯置人口的，凱文。」

他像是突然被人打開開關的機器人一樣，彈了一下。「快二十歲的時候。」

「因為那本書的標題錯了嗎？」

「那是我當時狀況的一個指標，沒錯。」

「還有其他的嗎？」

「當然了。」

我等著。但他沒說下去。「好喔。而你對這個狀態……就這樣接受了，沒有任何障礙？」

「當然有了，尼可拉斯。每個人一開始都會懷疑的。」

「我他媽的就沒有啊！」傑佛瑞喊道。他的聽力簡直像蝙蝠一樣。我注意到傑佛瑞的髒話使凱文瑟縮了一下。

「那你覺得我發生的事跟你們一樣的機率有多少？我和小貝生活在不同的時間軸或現實中，卻不知怎麼地得以聯繫了？」

「我們需要時間考慮，你這樣算不算是變異的一種。」

「變異？」

「要讓次元網產生交集，就一定要有變異。」

「次元網是……？」

「那是我們的創始者對理論中兩個時間軸的空間——或者說不存在的空間——所訂的名詞。」

「好喔。」

漢瑞塔把手機還給了我。「謝謝你。很可惜你和對方斷了聯繫，不然有她那一邊的確認，就會更有用處了。她有機會再重新聯絡你嗎？」

「妳的猜測跟我一樣，漢瑞塔。我當然希望如此。」

「總是有希望的，尼可拉斯。」這是她展現的第一絲人性。漢瑞塔看起來不像是充滿希望或浪漫的那種人，但是，嘿，我當時的狀況是，只有有一根救命稻草，不管有多為小，我都會張開雙臂歡迎的。

「所以。現在呢？」

漢瑞塔枯燥地告訴我，他們需要先開會，才能決定要不要把我納入一份子。其實我並沒有要求加入他們，當時我就應該要禮貌性地回絕才對。**哎，馬後砲……**

我為剛才發生的事謝過他們，並看著他們走開。傑佛瑞特別停下腳步，給了我一個離別的怒視，然後把他的菸屁股捻熄在一個肥料桶中。

我在板凳上又坐了一會，才叫了共乘車。最委婉的說，剛才那場會議實在很奇怪，而我雖然沒有確認到任何事情，但做點什麼的感覺還是有幫助。而且漢瑞塔感覺蠻可靠的，也許是因為她散發出來的主導氣息，使我相信，這**也許**就是我在找的答案了。瘋狂到不行的答案，對，但卻比相信我們是瘋子／騙子／幻覺來的可信多了。但漢瑞塔說得對。如果想要確認，我和小貝就得交叉比對證據。想要和她重新取得聯繫的慾望之所以這麼強烈，不只是因為我心痛地每分每秒都在想她而已——我真的想知道我是不是找對方向了，還是我不小心加入了一群瘋子的陰謀論之中？

還有，我們之間的那條連結……那會是凱文之前提過的「變異」嗎？它還存在嗎？感覺還在，所以也許我們還有希望。

小貝

在「奈特門」事件過去後，我便對心靈自助指南有些成癮（《放下的藝術：如何心碎但不崩潰》、《心碎迷思》、《哀傷五部曲破解法》等等），這代表我對哀傷的五個階段再熟悉不過了。在我封鎖了尼克之後，我便在短短幾小時之內經歷了每一個階段。好像我的大腦、心臟或靈魂——管他的——很不爽我要再走一次這段路程，所以決定對我的情緒按下快轉鍵，好讓我盡快把這些感受跑過一輪。

1. 否認：當我還站在鐘塔下時，這是最先出現的念頭。**他在這裡。他一定在這裡。是妳搞錯了，妳只是沒看到他而已。把他解除封鎖。**現在就把他解除封鎖。但我只是走向夾層的座位區，在一間小店買了杯綠茶，加了滿滿的糖壓驚，然後坐下，瞪視著下方通勤的人們，每當我看見穿著羊毛花布西裝的人時，心臟就一陣加速。但大多都是年長的婦人或是夫妻中的其中一人，而我坐在那裡，直到熱飲都涼了，希望也一點一點流逝。

2. 憤怒：**去他媽的尼克。去他的。他乾脆現在就去死一死好了。**我走過十字路口前往奧斯頓廣場車站時，一個單車騎士——男性、年約五十、戴著護目鏡，我到現在還記得他的樣子——差一點點就要撞上我和其他行人了。我對他放聲尖叫，音量大得讓我的聲帶痛了好幾天，但這完全不是我的作風。怒氣通常會讓我變得內向又愛哭，所以這個口齒清晰、滿嘴髒話的壞傢伙到底是誰啊？一名計程車司機對我豎起大拇指，並說了一句「夠嗆喔，小妹」，讓我覺得好過了一點。但這沒維持多久，因為尾隨在後的則是：

3. 討價還價：前往漢默史密斯車站的列車因「鐵道維修」而誤點了，我一邊等著車，一邊意識到我正在跟自己一點也不相信的上帝進行協議：如果祢讓這件事的結果好一點，我就當一個更好的人，我會幫助流浪漢，我會捐更多錢給慈善團體。

4. 沮喪：我沮喪到一點也不在乎列車上旁人的眼光，直接放聲大哭，哭得很醜的那種（不斷抽氣、鼻水直流、妝容全花——我一切的努力）。現在回想起來，這件事倒是給了我一點對人性的希望。一名手風琴家給了我一包衛生紙，而且不收我的錢；兩個正準備要前往西田百貨的時尚女孩同情地看著我，並在她們下車時，對我低聲說了一句：「一切都會沒事的，寶貝。」

5. 接納：這是在我抵達公寓時發生的。**嗯，不然你還期待什麼呢？傻子。妳早該知道事情都會變成這樣的。天底下哪有這麼好的事？**

我坐在克萊莉絲身旁，讓那股在「奈特門」發生後拯救我的麻木感悄悄爬進心底。我的手機不斷跳出蕾拉的訊息和未接來電。

我考慮著要不要對她扯謊，以免是我自己誤會了什麼（他不得不延後見面時間，因為家人生病了之類的）。但我覺得這希望不大。「他沒來。」

「靠。妳在家了嗎？我現在過去。」

她不會讓我拒絕的。我試著在她抵達前擠出更多眼淚，但怎麼都擠不出來。

一輛計程車停了下來——一輛黑色的轎車，這應該花了她不少錢——我便跑出家門，替她把兩個雙胞胎抱下車。他們那天下午沒有睡午覺，所以心情比平常壞得多，但就某方面而言，這倒是有點幫助。應付兩個歇斯底里的兩歲小孩，代表我們的對話支離破碎，並且阻止我在過度旺盛的自艾自憐裡沈溺太久。我們給了他們一人一塊燕麥餅乾，讓我們有了片刻的寧靜。「放鳥基本上就是詐騙的標準行為模式，小貝。我不該鼓勵妳和他見面的。真的對不起。」

喔，把一切的責任都推到她頭上，這是多麼誘人的念頭……有那麼一瞬間，一股不可理喻的怒火爆發出來——對，都是妳的錯。如果你沒有鼓勵我去的話，我們本來可以像原本那樣繼續下去的——但接著客觀的事實就將我的怒火壓下。「那是我的選擇。而且沒什麼大不了的，真的。我們又還沒有見過面，對吧？我會沒事的。」

屁咧。

接下來的幾天，蕾拉都是最優秀的朋友。李維也是，不過用的是他自己的方法。他們堅持要我每天去他們家吃晚餐——甚至問我要不要搬去他們家住一段時間。「我沒事。」我一直告訴他們。

還是屁話。我當然還沒做到接納那個階段。不錯的嘗試啊，大腦。我的情緒不斷回溯：先是因為自己遭受如此殘酷的對待而一波波湧現的怒火，然後又跳到悲傷。最糟糕的部分是，原本屬於尼克的位置現在成了一個空洞，我試著用工作和廣播節目去填補（我聽的大部分廣播節目都是真實犯罪事件，而且諷刺的是，大部分都包含了某種詐騙或社群媒體的轉折）。傳訊息和他分享我的日常生活已經成了我的反射行為。在奧斯頓事件過後一個星期，當我接到一個小明星的委託（頭髮造型做得很浮誇、打了太多肉毒桿菌，老掉牙的實境節目成員會有的長相），或是有一天我忙得沒時間吃飯、只能用髒叉子從錫罐裡吃冷掉的烤豆子時，我第一個想要分享這些事的人仍然是他。我無法重讀我們的郵件，並從其中挑揀出所有證明我被耍了的證據，因為我怕我一開始這麼做，就會陷入萬劫不復的深淵。

怒氣和哀傷變成了恥辱，伴隨著凌晨三點時我的自嘲：**妳就只是不夠好。如果他真的有去呢？如果他只是看了妳一眼之後就決定，嗯，還是不了呢？**要拯救被打得體無完膚的自尊心，只有一個方法：就是 Tinder。我再度打開這個軟體，魯莽地把所有恐怖的自我介紹都右滑，以減低自己被拒絕的風險。我以前對交友軟體還是有原則的：不選自介裡曬腹肌照的人；不選戴墨鏡或曬名車的照片；不選貼團體照的人；不選用抱小狗或食物照片來欺騙感情的人，但現在這些規則都被我拋到九霄雲外了。交友軟體成了一個遊戲。我把所有自介裡出現「玩咖」一詞的人都右滑；靠在保時捷上打赤膊的二十幾歲小鮮肉也是；還有那些貼著陰鬱但姿勢難看的黑白照的人；最後還有一個只貼了一張冰淇淋聖代照片，下面寫著一句「讓我餵飽你吧」的怪咖，帳號是「Sam43」。隨著我點讚的自我介紹越來越多，冰淇淋聖代男的自介成了最詭異的一個，讓我想起了那個打廣告要人去吃了他的德國男子（他是要人字面意義地把他吃掉）。每一個配對成功的通知讓我產生的多巴胺確實有點幫助，但我選擇的人裡頭，有將近百分之九十的人都只用表情符號或是「嘿」一個字作為開場。詭異的 Sam43 之所以會特別吸引我注意，是因為他至少還願意打了半句話：「我喜歡妳自介小貝」

他的文法有點怪，但誰在乎啊？至少我不在乎。「謝了。所以，你想要餵飽我嗎？」

「妳餓嗎？」

「隨時都很餓。你喜歡會吃東西的女人嗎？」

「每個人都會吃東西吧！」

嗯。

他傳了北倫敦一間咖啡廳的地址，但我後來發現，那並不是間咖啡廳，反而更像是冰淇淋店。我想要討厭它，但我還是忍不住讚賞起它復古的氛圍。粉紅色的牆，五〇年代的玻璃櫃展示出三十種口味的義大利冰淇淋，還有穿著復古圍裙的快樂員工。我告訴自己，就算我只是因此得到一份免費的甜點，也足以拯救我的自尊了，還有什麼更糟的呢？我選了一個靠窗的座位坐下，一位穿著圍裙的圓潤男子朝我走來。我點了一杯卡布奇諾。

「小貝?是我。山姆。」一絲蘇格蘭口音。友善的笑容。

我眨了眨眼。「這是你的店嗎?」

「對。我馬上回來。」他消失在櫃檯後方,然後帶著一杯和他大頭照裡一樣的聖代再度出現。他甚至在上面灑了亮片。

他在我對面坐下。「來吧。吃吃看。」

「你不吃嗎?」

他拍拍自己的肚子。友善的雙眼,剃成平頭的濃密黑髮。「我會試吃和製作,但我不吃。」通常,在不吃東西的陌生人面前大啖美食會讓我感到很不自在,但管他的。我開始吃起來。

他像是要密謀什麼般靠向前。「妳知道,我從來沒有做過這種事。」

「對,最好。」

「真的。」

然後我抬起眼,發現員工們正一邊假裝在做別的事,一邊偷偷觀察著我們。

「是他們幫我選妳的。」

「選我?像是在菜單上選食物一樣嗎?」他的臉色一白,結結巴巴地道了歉。他不該被我這樣對待的,我是在把好幾週的痛苦發洩在這位非常友善的陌生人身上。「對不起。我最近的狀況很差。這好好吃。」這是真的。

「慘烈的分手嗎?」

「非常慘。」

「我的也是。」

然後背景故事就該上演了……我等待著,但沒有我的引言,他也不說他的。我快速帶過我的故事；基本上我只是把奈特的老故事又說了一次，至少這比被網路上的分身小帳騙了的事聽起來好一點。他的更慘：他結婚了十七年，但他的老婆後來卻跟得到《料理達人職業賽》第三名的二十歲男子跑了。

他使我笑個不停。我們兩人之間有點火花，而且不只是因為食物。山姆基本上符合所有「潛在交往對象」的條件。我可以想像自己在休息時間裡待在冰淇淋店，和員工們談天說笑，也許還會得第二型糖尿病。我們的生活可以完美地結合。他是個好人，一個真正的好人，但是他並不是——聽好囉——命中注定的那一個。我又再度受到考驗，並且演了一齣浪漫喜劇的精彩轉折，正好和《新娘百分百》的其中一條支線吻合（我甚至為了這一點又重看了一次電影）。

她以為她已經放下了自己的白馬王子。但在碰過命中注定的那一位之後，她才知道，她錯了。

和手提包瘋子先生的糟糕約會推了我一把，讓我和尼克的事情更進了一步。而和親切的義大利冰淇淋先生約會一次，又讓我決定再度和他取得聯繫。因為我當然會回頭去聯絡他了。你知道我一定會的。我應該要先說在前頭的。

*

寄件者：Bee1984@gmail.com
收件者：NB26@zone.com

嘿。

尼克

嘿。英文裡最討人厭的一個字，怎麼能聽起來這麼美好呢？

你該怎麼跟對方說：**我覺得我們住在不同的平行宇宙裡**。

你該怎麼跟對方說：**我覺得我快瘋了**。

你要怎麼跟對方說：**我覺得我愛上妳了**。

很簡單，你就他媽的說出口就好了。所以我說了。

但當然不是立刻說的，因為小貝出乎意料、改變命運的「嘿」在最不恰當的時機傳了過來——當我正和小波進行協商到一半的時候。她建議我們挑一個中立的地點來討論「未來」，但我堅持要在傑西的公寓碰面，一部分是因為我有點好奇他們怎麼布置家裡的；另一部分的我，則是想讓他們覺得越不舒服越好。走去傑西家的路上，我容許自己幻想起一連串的報復之行：在傑西開門的那個瞬間就頭槌他；然後用充滿正義之氣的口氣對小波大喊：「我們法庭上見！」並在大步走出門前留下一句「這維持不了多久的」（和小波的前夫索爾，多年前在超市停車場對我吼過的話一樣）。但當我抵達時，小波卻用一個擁抱就瓦解了我的武裝，而傑西的一句話也讓我失去了所有的怒火：「真的對不起，老兄。如果你想的話，揍我也沒關係，我不會怪你的。」所以我別無選擇，只能表現得像個大人。

撇開這些幻想不談，老實說，我和傑西與小波的私人恩怨，在我突然意識到自己正身處於活生生的《鏡像世界》影集中時，突然都變得一點也不重要了。傑西悄悄地溜去泡茶，我則順從地跟著小波走進起居室。這裡的裝潢比我記憶中的更年輕，使我的精神振奮了一些。她用毛毯、抱枕和鮮花把這裡布置得更為活潑，但這些小東西，和牆上沒有錶框的海報、自動點唱機和靠在牆邊的吉他與音響放在一起，卻顯得不太和諧（我驚恐地發現自己無法不去想像傑西和小波合唱〈通往天國的階梯〉）。

小波在我對面坐下，打量了我一圈。「你看起來很累。如果你現在不想處理這件事，我們也可以延期的。」

「沒關係。我已經拖延夠久了。把這件事趕快處理好吧。」

「我之前說的話是認真的，你知道。你真的什麼都可以告訴我。」

那股試探又在對著招手了，但我太了解小波了，如果我脫口說出我最近和一群怪胎見了面，因為他們相信自己來自另一個宇宙，而我希望能藉此與我（從未謀面）的夢中情人重新聯繫上，這會讓小波覺得我發瘋了。

傑西回來了，並把茶潑得滿粗布毯子都是。我們零星地閒聊了一下（蘿西還好嗎？還好。狄倫還好嗎？還好。你媽還好嗎，傑西？還好），就開始談正事了。小波很擅長處理這類事情，而且已經準備好一份花費的統計表：我負擔了哪些部分、她繳了哪些帳單。這份表格最早的紀錄日期是三年前：這代表她早就知道這一天會到來嗎？他們的手一直往對方身上摸過去，傑西一直用混雜著慾望與英雄崇拜的目光看著她，使我既覺得噁心，又覺得憐惜。天知道，小波確實值得比過去這幾年我給她的索然無味的好感更美好的東西。他們的計畫是，他會把這間公寓和我們的屋子賣掉，小波給我屬於我的那一份財產，然後就這樣。小波提議我繼續住在屋子裡，直到他們找到買主為止。「所以你不需要急著搬走。」

然後我的手機響了起來。

然後就是：「嘿」

我不太記得我當時的反應是什麼，但一定蠻誇張的，因為當我回過神來時，小波和傑西看我的表情，好像我剛才茶几上拉屎了一樣。

「是怎樣？」小波問。

「我得走了。」

「但我們還沒談完。」

「我相信妳，小波。我知道妳會很公平的。照妳喜歡的方式做吧。」

腎上腺素一路帶著我衝回家。眾神也保佑我在衝過莉莉家大門口時沒有被她攔截。我安全地到家，並花了一小時構思給小貝的回信。最後我寫了一篇意識流文章，以貝爾斯坦協會的會議作為結尾。這篇文章總共五千多字，不過（放心吧）我不會整篇給你看。我半預期這篇毫無章法的訊息會再度把她嚇跑，但她只回了我一句：「我們一定要談一談。再打給我一次試試看。」

我照做了，但仍然沒有任何改變。「小貝——妳對這整件事情有什麼感覺？如果妳需要一點時間的話，儘管說沒關係。我花了好多時間才有辦法接受。妳覺得這其中有什麼意義？我們該不該交叉比對一下？」

她過了像是好幾十年那麼久之後才回道：「好。」

我們徹夜未眠，以我們找到的警訊為出發點，繼續更深入地比對，直至隔天。她把試裝的預約取消了；我則取消蘿西的散步時間。真要說起來，我們有兩個世界的歷史可以完整地探討，但大致上來說，我們的世界似乎是從八〇年代中期到九〇年代早期開始分歧的。舉例來說，我們都經歷過車諾比的恐怖事件，但我們各自的世界對此事件的反應卻不盡相同。我的世界從這起事件後，便開始研究起綠能的各種優勢；她的世界則繼續依賴著石化經濟。她的世界也沒有充滿爭議的艾登堡協議（「那是什麼？」「當然是限制人口數的法規囉。」「限制全世界嗎？？」「對啊——你是說你的世界沒有男性結紮補助嗎？」「沒有，太可惜了。」）。我們都有好幾年的柴切爾主義，布萊爾也都當過首相（不過在我的世界裡，他只做了一任就被布朗給取代了）。美國的部分，我的世界是高爾（兩任）、然後是歐巴馬（「你這個幸運的大混蛋，尼克！」）；她的世界則是好幾個布希、然後是歐巴馬和川普（「在我的世界，他是個頭號笑話，而且因為生態滅絕而被起訴了」「一樣，只是可惜少了生態滅絕的那部分。」）。

「你們有發生九一一事件嗎，尼克？」

「？？？」

「雙子星大廈被炸掉的事？」

「當然沒有。靠，小貝！」

「所以沒有伊拉克戰爭，也沒有阿富汗戰爭？？ISIS呢？」

「沒有。」

「脫歐呢？」

「妳說脫光嗎？:）沒有。我們完全在歐元的使用範圍內喔。」

「我還想說你怎麼一直提到歐元呢！笨死。」

我們兩個世界都有經歷過疾病大流行——她的世界不久前才流行過伊波拉病毒——但一切都比不上一九九六年亞洲西班牙流感再度爆發時的規模。

為了讓氣氛輕鬆點（「我現在覺得超憂鬱的，尼克。」），我們便將話題轉向了流行文化，然後發現兩個世界倒是像得驚人：

「陰陽魔界？（看看我們現在的狀況）星際迷航？星際大戰？」

「有，有，都有。」

「星際大戰前傳呢？」

「？沒有。只有三部曲。」

「真幸福。漫威宇宙呢？」

「有。超感應系列？」

「沒有！那是什麼？」

「全世界最大的系列製作電影？中美合作的？」

「沒有。」

「很好。它超糞。妳那裡真的沒有傑森．法瑞喔？」

「沒有，但我們有巨石強森。」

「我們也有他。正在準備選議員呢。」

「你現在真的讓我**超級嫉妒**。」

我們講個不停，討論到種族滅絕、自然災害、科技與各種政治議題。

簡單來說：她世界的科技發展更進步一些；我的則更環保（「你們真的禁塑了？」「對，二○○一年就禁了。」）。兩個世界都浸淫在種族歧視、性別歧視與性別不平等的毒害之中（不過我這裡的億萬富翁少了一點），還有資本主義，不過有些細微的不同（小貝最後說我的世界體系是「奎格資本主義配上一點社會主義」）。我們有國民基礎津貼（「哇喔！」「沒錯，但沒什麼啦——三百歐元實在沒什麼幫助。」）。我們都有谷歌和網路，但小貝的世界中並沒有大量的隱私管理條例。她的世界也沒有選擇性安樂死（「你說像『尊嚴診所』嗎？」「對，每一條主要幹道上都有一間。」）。

「我可以去你的世界嗎，尼克？聽起來像是半烏托邦呢。等等，你們有Netflix嗎？」

「沒有。」

「那當我沒說吧。」

*

寄件者：Bee1984@gmail.com

收件者：NB26@zone.com

但如果這是真的，你知道這樣對我們來說意味著什麼，對吧？

寄件者：NB26@zone.com

收件者：Bee1984@gmail.com

知道。

寄件者：Bee1984@gmail.com

收件者：NB26@zone.com

你說吧。我說不出口。

寄件者：NB26@zone.com

收件者：Bee1984@gmail.com

這代表我們要在一起基本上是不可能的。

小貝

整件事都瘋狂至極，令人無法置信，但是卻很合理。那些警訊，他的誠懇與否（內心深處，我一直都知道那不可能是假的），以及我們每次想要透過電子郵件以外的方式聯絡時就會出現的科技差錯，終於都有了解釋。多重宇宙和平行世界的理論一直都存在於我們的基因裡，就連我這種量子物理學白痴，都知道它們的存在。但不論這聽起來有多荒謬，我只用了短得驚人的時間就接納了這個解釋，並再也不用「如果這是真的話」這種前提作為開頭。因為我猜，接納與接受的能力，也都寫在我們的基因裡了。尼克說得對：人們需要答案。我們需要答案，而這是我們唯一所有的線索。而且雖然這樣聽來很膚淺，但我最主要只是鬆了一口氣，因為他又回到我身邊了。我缺失的那一角又回到了正確的位置上。

尼克提到，我們是不是該和「有關當局」提起這件事。

「例如哪些單位？」

「好問題。不確定我們兩個世界裡的內政部有沒有量子異常局。」

「電影裡總是會有個見不得光的組織在處理這類事情嘛。」

「對。而且總是有個地下堡壘實驗室在拿我們這種人做實驗。」

「哈！！對不起，這不好笑。一個專門關押疑似穿越時空連續體的嫌犯的基地……雖然我想你的世界應該沒有關塔那摩灣關押中心，美國政府也沒有打著「保護人民」的旗號，大喇喇地建造刑求用的軍事前哨站吧？」

「妳說得對。但避免妳想像得太美好，我可以告訴妳，我的世界可不是什麼烏托邦天堂。

我們也有許多侵犯人權的事情。」

「所以我們就默不作聲嗎?」

就只有我們和貝爾斯坦協會知情,對。至少現在是這樣。嘿,妳的世界裡有類似的組織嗎?」

「好喔——我剛查了一下。沒有這種組織,但確實有本書是這個書名,叫做《貝爾史丹態》。這本書有一整個系列耶!」

還不只是這樣。尼克有他的貝爾斯坦協會,我則有Reddit、4-Chan和其他數不清的論壇在討論多重宇宙相關的陰謀論。但就連在最黑暗的角落裡,都沒有人提到,有任何人可以用電子郵件與不同時間軸的人溝通。

「這件事有沒有可能只發生在我們身上,尼克?」

「也許喔。誰知道?」

我公寓的電鈴響了起來。我瞥向窗外,看見蕾拉正對著我揮手,臉上的表情像是在說:「什麼鬼啊,小貝??」我完全沈浸在與尼克的對話中,完全沒注意到她傳來的訊息變得越來越擔憂。「等等喔。我有訪客。」

我有些不安地讓她進門。我已經整整三十六小時沒睡、沒有洗澡、也沒有刷牙。

「我傳訊息給妳好幾個小時了。妳的手機弄丟了還是怎樣?我快擔心死了。」

「對不起,蕾拉。工作忙到完全忘了時間。」

她用專門偵測唬爛的雷達研究了我幾秒鐘。「妳看起來太糟了,但是⋯⋯妳也⋯⋯」

「也怎樣?」

「更像妳原本的樣子了。說不上來⋯⋯妳開心多了。為什麼?」

「妳知道我工作起來的樣子嘛。工作真的很有幫助。」

她並沒有完全接受我的說法。「嗯。但妳不准再這樣對我了。我是真的很擔心妳。」

「我知道。我是個混蛋。」

她把背包丟在沙發上。「現在，看在上帝的份上，幫我倒個喝的吧。李維在顧雙胞胎，我現在也知道妳沒事了，我要好好利用一下這難得的悠閒。」

我為我們兩人各倒了一杯紅酒。

「這是什麼鬼？」

我轉過身，看見她正在翻著我今天早上才收到的那一堆像小山一樣高的書，還沒有完全拆封完。在尼克和我提起這件事後，我基本上把我能找到關於多重宇宙、量子力學和平行世界的書全都買了。（不過這些書沒什麼幫助就是了。我後來只會勉強看完數學的部分；把物理的理論都盡快跳過了。）「我想要開拓一下我的視野。」

她看著一本吉姆．艾爾．卡利里的巨著封底。「還真的咧。」

「是一個客戶勾起了我的興趣。」我討厭對她說謊，但當時這感覺是個正確的決定。這並不完全是因為我怕她覺得我瘋了，而是因為我真的累壞了，沒有精力對她坦白。

她沒有追究，而這完全是托那對雙胞胎的福。她和我一樣筋疲力竭。酒精立刻擊中了我的神經——我好幾個小時沒進食了——而它似乎也對她產生一樣的影響。

她一口喝乾酒杯。「我可以在妳的床上躺一下嗎？我只需要半小時，沒有人叫我幫他們擦屁股、或是幫他們倒滿小豬果汁杯，好好清靜一下就好。」

「當然可以。」我很想加入她。但我和尼克還沒有討論完呢。**死了就有很多時間可以休息了**，以前我要媽休息一下時，她總是這麼告訴我——她也是個工作狂。這是她應對的方式。

蕾拉在齊格．星塵的臉上躺下了。「妳知道，這套棉被真是有夠粗製濫造的。但我好喜歡。這男人是傳奇。他的事業也是。每個人都說，我們不可能再看見下一個像他這樣的人了。」

然後——**碰**——我和尼克遇到的困境突然有了答案，就像一劑古柯鹼一樣，把我所有的疲憊感都拋到九霄雲外：尼克提到他最喜歡的鮑伊作品是出自一張名為《沈默年代》的專輯——在我的世界裡，他從來沒有出過這張專輯。派翠西亞．海史密斯領著尼克來到貝爾斯坦協會，讓我們得知了事情的真相，並讓我們絕望地意識到，我們永遠不可能在一起。但鮑伊——我們的另一個共通點——則給了我們在一起的希望。

*

寄件者：Bee1984@gmail.com
收件者：NB26@zone.com

也許有個在一起的方法喔……

尼克

這很明顯。實在太明顯了。不敢相信我居然沒有馬上想到這一點。

如果有多重版本的鮑伊和川普等等，那我們應該可以合理懷疑，我們各自的時間軸裡都有另一個版本的**對方**存在。所以**如果**我們去找這些分身呢？**如果**我們與尼可拉斯二號和蕾貝卡二號碰到面，並運用我們的「內線資訊」使事情更進一步呢？雖然我們還是沒辦法真正在一起，但這樣已經聊勝於無。至少我會有機會看看她的長相。（膚淺，對吧？）可惜我們得等小貝送走蕾拉之後才能討論這件事——（現在已經快要氣瘋的）蘿西也急需出去解放一下。

「好吧，夥伴。蕾貝卡二號與尼可拉斯二號任務啟動！我們該從哪裡下手？」

「臉書。你的世界有臉書吧，尼克？那是個社群網站，由一群瘋子管理，用來收割你個人資料的農場？」

我們有，但收割他人的個資在我這裡已經是違法的，不像小貝的世界那麼地猖獗——或陰險——而多虧了「被遺忘的權利」運動和「禁追蹤」法案，我們會碰上一點障礙，至少我這邊會有。從她轉述的內容看來，小貝的世界和我的相比，簡直就是科技的野蠻西部。

我們開始交換先前都會帶過的個人資訊。本名、年齡（這次不是用狗的年齡來算了），現在居住和之前居住的地址，還有其他可能可以幫助搜尋的背景資料：學校、大學、工作經歷（像我的就很瑣碎）。我得知了許多小貝的新事物：她在克羅伊登長大，得到獎學金，得以進倫敦大學的金匠學院學設計（「幹得好啊！」）；她的公司叫做「看在洋裝的份上」（「會聽起來太老梗嗎？」「我很喜歡——妳了解我嘛，我就是喜歡這種雙關語。」）；她在學校被霸凌過（「不知道我為什麼要跟你說這個。這也不會讓搜尋變得比較順利吧！」「我們不知道什麼會有幫助，所以妳就儘管說吧。還有，很抱歉妳經歷過這種事，小貝。」「謝了。當然也不是說那個經歷很愉快，但還是有一點好處的，因為就是有霸凌這一段，我和蕾拉才會湊在一起變成朋友。」）。提到霸凌這段事時，我立刻就想到了狄倫。我明明可以很自然地和他提到狄倫的自殺嘗試，但我退縮了，而且不只是因為我覺得還不是時候切開那一個情緒的膿包（我後來就後悔了）。

她也知道了關於我的許多事。我不是很想揭露我的姓氏，但也許在她世界裡的尼克至少聰明到決定去改姓了。

「我鑾喜歡的。念起來很好聽。」

「妳這麼說人真好，但你真的很不會撒謊。」

「嘿，至少這有記憶點吧（跟我的不一樣），而且想想我們現在要做的事，這應該是個超大的加分。說到這個：三。二。一。現在，開始！」

我輸入她的真名，然後網頁上便出現了……一片空白。「我這邊什麼也沒有。」

「應該要有啊！我在這個世界是有用社群軟體的。嗯，至少公司有啦！」

「也許你改名了。也許妳結婚了？」冷顫。

「我絕對不可能冠夫姓的。」

「很公平。」

「公司名字也沒有嗎？」

「沒有，也許妳取了別的名字？」

「我想有可能吧。蕾拉和我當時考慮了很多很多選項。但我找到你了耶。我知道你長什麼樣子了！」

該來的還是要來的……興奮、嫌惡、恐慌之情竄過我的腦海。「如何？我跟我這個世界的自己一樣帥到沒有天理嗎？」

「哈！少來。你在作者介紹的照片都看起來憂鬱又誠懇就是了。」

哇喔，好喔……「都？很多張嗎？」我這裡有一張，也只有這麼一張——就在我出道的那本糞作封底上。我看起來一點也不憂鬱、也不誠懇。真要說的話，我看起來有點像是便秘。

「超多的。你有個人網站、專屬的維基百科頁面、還有一個臉書粉絲專頁。」

老天。「等等……你的意思是，我成功了嗎？我是個**成功**的作家？」

「看起來是這樣。對，絕對是！」

呼。**老天。**我好以自己為榮，又……**不那麼與有榮焉。**我得花點時間才能處理好我對這個分身的衝突情感，當然也和我自己的尊嚴有關，但我腦中出現的第一個問題卻是：為什麼這個尼可拉斯成功了，我卻沒有？

「你還用另一個不同的名字出書喔。」

「我還有筆名喔？」小貝世界裡的我，到底是可以一心多用到什麼程度的工作狂？

「M. G. 桑格。」

爛名字——看來尼可拉斯還是沒有學到教訓。

以下是我從小貝第一波鍥而不捨的搜尋中所得知的訊息：

我——也就是尼可拉斯——用自己的本名出了三本小說。第一本的書名和我那本糟糕的處女作很像，似乎也是類似的主題。這本書是個大失敗。但他並沒有因此陷入幾十年的自我厭惡和自我限制，不知為何，這個尼可拉斯還是堅持繼續寫作。從二〇一四年起，他就沒有以「尼可拉斯．布雪」推出任何作品，但接下來卻以桑格為名，每年都推出一本新作——一個被小貝定義為「輕犯罪」小說的系列，主角是「一個壞脾氣的退休警長，名叫諾曼．凱勒曼」（**喔，拜託你行行好，**尼可拉斯）。

「好……評論顯示，你的第二本書『有趣，又對第一線有許多讓人眼睛為之一亮的幕後資訊。作者展現了實力，以及獨特的洞察力。』你的桑格系列也在亞馬遜上獲得大量好評。亞馬遜是個什麼都賣的網站。」

「我們也有亞馬遜。」

她試著在電子郵件裡複製貼上其他書本的簡介，但傳來的文章卻是無法閱讀的一堆亂碼。

「有得獎嗎？」

「沒有，但你有進入幾個獎項的決選名單。我下訂你所有的作品啦！」

希望那些書不會很糞……我身為作家的自尊想知道更多——更多資訊，更多關於我收到的好評細節——但還有其他更重要的事情要考慮。「還有呢？我結婚了嗎？」

「等等喔……」

這對我來說至關重要，因為我腦中有個邪惡而羞恥的聲音正在低語：**也許就是小波在扯你的後腿。也許她就是你的事業一蹶不振的原因。**對，我就是這麼可惡。

「無法確定。你的維基百科上沒有這種私人資訊，我也得花點時間來翻你的推特和臉書的帳號。」

「我的帳號看起來怎麼樣？」

「等我一下……我看看……嗯，你沒有追蹤什麼奇怪的帳號，而且你有兩萬三千個追蹤者。不錯啊！」

「我簡直是耶穌了。」

「哈哈。你的推特簡介很不錯：全職作家。兼職太空怪客（Space Oddity）。」

「所以這個尼可拉斯也是個鮑伊粉。真是鬆了一口氣。」這是真的嗎？老天，我不知道。

「我們先把這個成功又文雅的尼可拉斯放在一邊，來研究妳吧。把妳公司的其他可能名稱列給我。」

我全部查了一遍——還是沒有。她建議我去搜尋她父親，但除了一篇古老的文章裡提到他曾為了一間早已歇業的生技公司工作過外，他基本上也沒有其他資訊。

「看看我還是不是住在同一間公寓裡。」

「早就試過啦。但這違反了個資保護法的規定。」

「但你那裡也有黃頁之類的東西吧？或是電話簿？」

「找過了。沒有列出。」

「好吧。討厭。或者試試我最好的朋友蕾拉。蕾拉．考利。」

小貝把她的地址傳給我，但就和我預期的一樣，這個資訊同樣也禁止大眾存取。她之前是會計師，所以我輸入了蕾拉．考利、會計師、財務，終於得到了一點成果：頁面上寫著「公司負責人：蕾拉．L．考利」。

「我想我找到她的工作用電話囉。」

「哇喔。所以她在你的世界裡還在工作囉？在我的世界裡，她生了孩子之後就離職了。打給她啊！！」

「現在是半夜！」

「當然了。我是個傻子。時間過得真快，尤其是當你……什麼？我們現在在做的事算是什麼啊？」

「好像沒有詞彙可以形容我們在做的事。偷窺我們的分身？」

「這對你來說會很不對勁嗎？」

會嗎？有一點。我還因為尼可拉斯分身的打擊而有點暈頭轉向。「我們很快就會放下了啦。就算這樣行不通，我們也還可以聊色啊。」

「！！哈！跟我想的一樣。你有這樣做過嗎？」

「一次而已。很久之前，有一次小波出差去參加研討會的時候。」

「然後呢？」

「不太好。我那時候還只會用兩隻手指打字。妳呢？」

「去年有試過和某人用 Skype 視訊。但行不通。我一直很擔心他會偷錄下來，然後上傳到 Pornhub 上面。最後我只好假裝我的 Wifi 掛了。」

「看來我們無論如何都要找到方法囉。」

「看來是如此。」

我興奮得睡不著。小波也許和她無聊透頂的新對象跑了，把房子留給我自由使用，但我還是無法容許自己在室內抽菸。整條街道像是屏住了呼吸，每扇窗戶都是黑的。一對狐狸悠然地走過街角，不滿地嗅聞著屋裡飄散出去的菸味，然後朝有錢人家新建案的方向走去，開始翻起那裡的回收箱。這倒是使我想起要把莉莉的回收箱推回院子裡。我遲早得告訴她這間屋子要準備出售了。讓她無預警地看到「吉屋出售」的牌子，對她來說不太公平。我也得開始思考我和蘿西接下來到底得去住哪裡。誰知道呢？如果事情進展順利，我也許就會和蕾貝卡二號一起住在倫敦，但目前來說還沒到那一步。然後我突然看見——一個陰暗的人影，正弓著背坐在一輛破舊的小電動車裡。我認得鄰居的每一輛車——街上大部分的人都有領無車津貼，所以沒有買車或租車——而這不是我鄰居們的車。我把蘿西關在門內，然後走上前。靠在車窗上的是一顆形狀像子彈般的頭，一點都不適合平頭的髮型：傑佛瑞。

我拍了拍玻璃，他便驚醒過來，迷茫地看著我，腦子正緩慢地恢復神智。

「你他媽的在這裡幹嘛，傑佛瑞？」

他沒有回答，只是發動引擎。應該沒有比這更不戲劇化、又更失敗的撤離行動了。由於他被幾輛正在充電的特斯拉電動車卡在中間，他不得不慢慢把車挪出停車位。看在上帝的份上，有一度我甚至給了他一點小指揮，幫助他脫身。

我想著要傳訊息給小貝，告訴她事情的最新進展——欸，有個白癡在跟蹤我！——但決定什麼都別說。我們已經有夠多事要面對了，不需要再把一個無賴貝爾斯坦成員攪進來。

*

寄件者：Bee1984@gmail.com
收件者：NB26@zone.com
所以？？？你打給蕾拉了嗎？？

寄件者：NB26@zone.com
收件者：Bee1984@gmail.com
兩秒鐘前剛打完。她剛掛我電話。對不起，小貝——我搞砸了。我說我是妳的老朋友，想重新和妳取得聯繫，但她立刻看穿我的藉口，問我是從哪裡找到她的電話之類的。我想她應該認為我是什麼瘋子跟蹤狂吧。從她那裡沒有得到什麼有用的資訊。

寄件者：Bee1984@gmail.com
收件者：NB26@zone.com
可惜。但那倒是蠻像她的風格的——不是你的錯。她對我的保護慾很強。

寄件者：NB26@zone.com
收件者：Bee1984@gmail.com
抱歉。想要我再試一次嗎？這次我可以假裝蘇格蘭或其他地方的口音。

寄件者：Bee1984@gmail.com
收件者：NB26@zone.com
這騙不到她的啦。靠。我爸那邊有什麼進展嗎？

寄件者：NB26@zone.com
收件者：Bee1984@gmail.com
沒有。我會繼續找的。選民資料頁幾年前也私有化了。我就說了，除非有存取權，否則真的很難在網路上找到個人資料。

寄件者：Bee1984@gmail.com
收件者：NB26@zone.com
那我媽呢？

寄件者：NB26@zone.com
收件者：Bee1984@gmail.com
照妳說的提出出生和死亡證明申請囉。

寄件者：Bee1984@gmail.com
收件者：NB26@zone.com
謝了。我有點期待她在你的世界裡還活著，這樣是不是不太好啊？我是說，雖然我也不可能再見到她了，但是……呃啊。你懂我意思吧？

寄件者：NB26@zone.com
收件者：Bee1984@gmail.com
我懂。當然懂了。

寄件者：Bee1984@gmail.com
收件者：NB26@zone.com
謝了。我現在有點開始擔心我自己啦……真希望你能請個私人偵探來調查我。

寄件者：NB26@zone.com
收件者：Bee1984@gmail.com
可惜我經費有限。跟你的尼克不一樣。

寄件者：Bee1984@gmail.com
收件者：NB26@zone.com
他不是「我的尼克」！不過……他這星期五在約克郡有個活動。犯罪小說講座。我該去嗎？
這樣算是個和他自然見面的方法嗎？

寄件者：Bee1984@gmail.com
收件者：NB26@zone.com
尼克？你還在嗎？

寄件者：NB26@zone.com
收件者：Bee1984@gmail.com
在。這件事感覺有夠奇怪的。如果妳見到他了之後，發現他是個垃圾怎麼辦？

寄件者：NB26@zone.com
收件者：Bee1984@gmail.com
不會的。他是你耶——某種程度上啦。這不就是我們計劃的嗎？

寄件者：NB26@zone.com
收件者：Bee1984@gmail.com
是。沒錯。當我沒說。去吧。然後我在想，我雖然請不起偵探，但我可以自己當偵探啊。我去一趟倫敦，自己找線索？去妳的公寓看看，試著和蕾拉當面聊聊，只要不被她當成瘋子就好（希望啦）。

寄件者：Bee1984@gmail.com
收件者：NB26@zone.com
我剛才也期待你會這樣說！也許你可以和她預約見面？

寄件者：NB26@zone.com
收件者：Bee1984@gmail.com
我會試試看的。我的戶頭裡只有一千五百歐元，但她不需要知道。我會說我是個大手大腳的銀行投資客之類的。把我的幹話等級提升到最高。

寄件者：Bee1984@gmail.com
收件者：NB26@zone.com
謝了。你知道，我一直在想，我世界裡的蕾拉生了雙胞胎之後就離職了。這讓她很困擾——她很想念那份工作。你打給她的時候，她聽起來快樂嗎？

寄件者：NB26@zone.com
收件者：Bee1984@gmail.com
真希望我能聽出來，小貝。她只是忙著叫我滾蛋而已。

寄件者：Bee1984@gmail.com
收件者：NB26@zone.com
我知道啦。真希望我的工作就是跟你聊天，但我積了一堆工作還沒做。等等聊？

寄件者：NB26@zone.com
收件者：Bee1984@gmail.com
加油囉，親親！

小貝

我到底在哪裡？——我是說蕾貝卡。尼克為什麼會找不到我？要不深陷在其中實在太難了：如果因為某些不可告人的理由，我和爸一起搬去澳洲了呢？（不，這怎麼想都不可能。我們一年只有聖誕節會通話一次，而且我和我同父異母的兄弟姐妹們也只是臉書上的好友而已。）如果我投入了完全不同的工作領域呢？但感覺也不太可能。多虧了媽，我這輩子一直都在縫紉，而且我打從十歲起就想要當服裝設計師，從來沒有考慮過別的職業。如果……我嫁給了奈特呢？如果我拋下了女性主義的身份，所以基於某些原因讓他吃了回頭草，而且改跟他姓了呢？（思考了一陣子之後，我勉強請尼克查了一下這一點。但一樣是一條死路——感謝上帝。）

然後是更黑暗一點的可能性：如果尼克世界裡的蕾貝卡已經死了呢？**被謀殺**、**意外死亡**、**或是奇怪的基因異常**……不可能——那樣尼克至少會找到某種訃聞之類的吧。或者，如果我根本沒出生呢？如果像《回到未來》那種轉折一樣，我父母根本不認識對方呢？或者，如果爸決定收下艾登堡協議的結紮補助呢（但以他的人格特質來說，這也不太可能）？如果在尼克的世界裡沒有小貝的存在（雖然理論上來說，他世界裡的我應該會是個比較沒那麼慘烈的版本），那我的消失是不是正是關鍵呢？也許我就是造成差異的那個差異所在。

並不是什麼事都跟你有關。但這件事就是和我有關，我也沒辦法。

然後，就在我真的開始疑神疑鬼的時候，終於有個資訊能證實我還活著——或者至少我有出生長大：「妳在這個世界也唸了金匠學院。妳被列在校友名單裡了。我打給校友辦公室，但他們不願意給我妳現居的地址。」

「嗯，至少有點進展了！」但我到底在哪裡工作？

雖然我不只是個人口統計上的數字，也並非不存在，使我微微鬆了一口氣，但後來他溫柔地告訴我，他對我母親的死亡證明提出的申請得到了回覆，證實她在我這個世界病逝的前兩天，也在尼克的世界裡過世了。我原本希望她在尼克的世界裡能夠戰勝病魔，但現在這個希望消失了，而在得知這個消息後的好幾個小時裡，這樣的失落感所帶來的痛楚，幾乎和她剛過世那時一樣新鮮又強烈。媽盡可能幫我做了很多準備了（包括非常現實的層面——她把自己的財產都整理好了，所以我就不用處理她的遺物），但沒有人可以讓你準備好應付悲傷所帶來的各種創意攻擊：在街上看見有人穿著媽媽那件梅森百貨的高級大衣；碎牛肉餡餅的味道；超市裡播的皇后合唱團的歌。沒有人可以讓你準備好應付親人逝去後的不安，以及**寂寞**。我和媽每天都會聊天，而我花了好幾個月才改掉有事發生時——不管大事小事——就想拿手機打給她的習慣。在那時候，蕾拉幫助我維持了生活的穩定。而現在則是尼克。

「尼克，最糟糕的是，我從來沒有覺得那麼茫然過。我是說迷失的感覺。她好像是我的定錨，而有人剪斷了我們之間的連結，所以我突然間就一個人在大海中漂走了。天啊。對不起。這聽起來老派、軟弱又可悲。」

「一點都不會，小貝。而且，不要為自己誠實表達情感而道歉。這完全是軟弱的相反。妳得採納自己的意見。」

「？？」

「我發現小波和傑西的事之後，妳告訴我，我理應感到受傷。嗯，妳也是。那時候和這時候都是。」

「謝謝你這麼說。你也是在這個年紀的時候失去你的雙親。你也有同樣的感覺嗎？」

「沒這麼強烈，但是也有。但如果要我老實說的話，我現在也還會想念他們。這就是無條件的愛吧，你無法高估它有多麼根深蒂固。而且父母（我是說好的那種）是箇中好手——這就是他們的天職。（嗯，他們的天職當然還有把你搞砸啦）」

唯一讓悲傷、困惑與深究的慾望還在掌控內的因素，就只有工作，和我自己的尼可拉斯任務。我買了尼可拉斯講座的門票，在這場講座舉辦的飯店裡訂了僅剩的幾間空房之一，然後排開了這週五的所有工作。我好希望尼克能立刻就出發去倫敦，好幫我查清楚這位神秘的蕾貝卡，但他只能和蕾拉約到星期五的時間。**真是偶然的同步**。我們要在同一天展開各自的偵查行動了。

我繼續翻閱尼可拉斯的社群網站帳號，想找找有什麼有用的資訊，或是關於他私生活的一點暗示。我現在滿肯定他沒有結過婚、也沒有生過小孩（至少維基百科上沒有提過），而雖然Google圖片顯示出他和幾個女性的合照，但他的臉書粉絲專頁沒有提到他的感情狀態。尼可拉斯並不是個推特愛用者，也很小心，好像每一條回覆和發言都是謹慎思考過的。他花了很多時間在推薦其他作者的書，還有推廣更遠大的目標，而不是宣傳自己的作品，所以他並不是自大狂。而除了幾個轉推之外，他也不談政治，這代表他不是個孬種、就是個聰明人。要和他在網路上互動並不難——這是週五和他本人見面時的好開場（「嘿，我在推特上傳過訊息給你！」）。我的公司有個官方推特帳號，但我沒有私人帳號。這是個利用尼克自身認知的好機會。

「用什麼暱稱可以讓尼可拉斯一眼就注意到我啊？」

「shag69？」

「哈哈。噁心。」

「抱歉，我是噁男。嗯……Mouseyhairedgirl（灰色頭髮的女孩）呢？引用鮑伊的歌詞。」

「太棒了！就是它！」

這真的管用。我在推特上發了一則動態：「星期五準備去 @krimifest 聽 @NicolasBBauthor 的講座囉！等不及了」，幾分鐘後，他就開始追蹤我了。

「還有其他小訣竅嗎？」

「嗯，跟他說他應該取好一點的筆名的。」

「是我想太多，還是你有點酸啊，尼克？」

「沒錯——只有一點點啦。別太積極，小貝。我一直都不喜歡態度強勢的人。」

這週剩下的幾天，都在極具活力的一心多用之下過去了：與尼克聊天、收到來自蕾拉的大量簡訊、和客戶角力、小睡補眠，並在工作時一邊用耳機聽著尼可拉斯的其中一本有聲書。只有他的出道作品沒有有聲書或電子書的版本，最後我是在一間網路二手書店找到的。尼克懇求我不要讀那本書——畢竟它和他自己的第一本小說聽起來真的太像——但我就是忍不住快速翻了一遍。他說得對：這本書真的蠻糟的，而且性別歧視得很嚴重。但尼可拉斯的第二本書就令人又哭又笑。第三本有點太一本正經（我最後沒有看完這本，就轉而去看桑格系列的小說了）。我說我可以即時給尼克動態評論，像個有過動症的書評家一樣，但他拒絕了：「不確定我準備好了沒耶。」

「我是不是太不貼心了？」

「說真的，我有點矛盾。我想要知道一切，又什麼都不想知道。我放棄了，但他沒有。有點像是他在拿我沒有的潛力，在我面前炫耀的感覺。」

「我懂。」至少懂一部分吧。如果最後我們發現蕾貝卡是個在巴黎開工作室的名設計師，我會不會也覺得受到威脅呢？我永遠都不會知道的。

週四晚上，我幾乎睡不著覺。我好想告訴蕾拉，想和她討論我的穿搭（最後我穿了去奧斯頓車站赴約時的同一套衣服），但她只會擔心我又一頭栽進了另一段有害的感情關係之中。我甚至沒辦法告訴她我的目的地。我突然同時對量子力學犯罪小說感興趣，這會讓她覺得非常可疑的。

火車誤點了，使我的期待／焦慮值達到新高。我不得不衝進會場裡，沒有時間先去飯店房間整理一下自己的外表。當我入場時，已經滿頭大汗、上氣不接下氣，並被迫坐在飯店小禮堂的最後面，前面則是一顆顆灰白的後腦勺。事實上，我是觀眾裡最年輕的一個，大概比其他人年輕了二十歲。前方高起的舞台上放了兩張扶手椅——我的視野有些受限，但不會讓我看不清尼可拉斯本人的長相。我們都喜歡告訴自己，內在比外表更重要，但每個人都知道，在某種程度上，那都是屁話。從照片上來看，尼可拉斯確實挺亮眼的（好吧，我得承認，我很高興他不像里茲的鐘樓怪人），但見到本人的話，這種吸引力很有可能一瞬間就變了。我也許會愛上他分身的個性，但如果我們之間沒有火花呢？如果他覺得我很噁心呢？（「老天啊，女人，妳現在有點太誇張了。如果他真的很像我，除非妳額頭上有多長一隻眼睛，不然他一定一眼就愛上妳。就算妳多一隻眼睛，妳也還有爭取的機會啦！」）

一陣沈默。接著他就上台了。

尼克

這次，前往奧斯頓的旅程既不舒服又壓抑，不只是因為我回到了屬於我的經濟艙而已，而是因為我一直回想起上一趟旅程有多糟——也提醒著我，我和小貝不可能以傳統方式在一起的。儘管我最近一直冷落莉莉，但她同意替我照看蘿西，雖然我還是逃不掉被她酸言酸語的命運：「他只會在有需要的時候出現，對不對呀，蘿西？」我還是沒有勇氣告訴這頭老母牛房子要出售的事。

隨著火車隆隆作響地前進，小貝的訊息一封封傳了過來——是尼可拉斯講座的即時轉播。

「你很不錯。很幽默。自嘲的那種。真希望我能錄給你聽！」

「我也希望。」騙人。

「他說他的警探形象有一部分是基於他（你）爸爸的形象，是無法忍受傻子的那種人。這系列要準備拍成電視劇了。他們說可能會讓吉姆・布洛班特接下這個角色。不知道你那個世界怎麼樣，但他在這裡是英國一流的演員之一。」

喔，天啊。

我幾乎要對坐在我隔壁的青少年心懷感激了。他的耳機一直流洩出細微的音樂聲，煩得讓我無法太專注於尼可拉斯和小貝的進展。我現在還是不知道要怎麼看待這個我稱之為「分身任務」的東西。我既希望、又不希望它成功。我會那麼保留，是因為小貝領先我太多，只差幾分鐘就要和「我」碰面了，而我卻連她長什麼樣子都還不知道？還是因為只要我想到尼可拉斯的成功，我就覺得自己的睪丸被人痛揍了一次又一次？（以上皆是。）而且我實在很不想和蕾拉碰面。

我對她的助理說了個狗屁故事，說我是一間把人類排泄物轉換成能源的科技新創公司的執行長（「這是一個爛事業，尼克。」「但根據網路，這是一個有利可圖的事業。」），並希望蕾拉不會在會議前在公司黃頁上搜尋我的資料。

但我的第一站會是小貝的公寓。在她的世界裡，她曾和前任一起住在那裡過——那位惡名昭彰的奈特——所以我很好奇。誰知道呢？也許她還住在那裡。**如果這是真的呢，尼克？你要跟她說什麼？**小貝和我當然早就討論過了。我是不可能說出真相的，至少不會在第一次碰面的時候說（「**風險太高了。**我是說，如果有個陌生人敲了敲你的家門，然後跟你說了這番鬼話，你會有什麼反應？」）。最後，小貝提議，我可以表現得無害一點，就說我剛搬到附近，一個朋友的朋友建議我去找她即可。

隨著一封封郵件傳來，前往奧斯頓的旅程變得更令人憂鬱了（「好吧，我要去找作者簽書了。**祝我好運吧！**」）。熟悉的叮噹聲響起，旅客們紛紛收拾好自己的行囊，然後擠上月台。我在人群中往出口擠去，眼神卻掃過一個熟悉的身影，他光禿的頭頂出現在一間飲料店的門口，在人海之間特別顯眼。

是傑佛瑞。該死的傑佛瑞。他想要溜走，但他這次的撤離行動還是和上次一樣失敗。我抓住他的外套後領，而我們在走廊上的扭打，使幾個年長的女性不贊同地嘖了幾聲。「好啦。**好啦。**」他邊說，邊把我的手甩開。

「你跟著我從里茲跑來這裡？」

「對啊。**所以呢？**」

「凱文和其他人知道你在跟蹤我嗎？」

他露出一個「當然了，你這**白癡**」的表情。

發現傑佛瑞在我家外面鬼鬼祟祟地偷窺的那天早上，我打過電話給凱文，但電話卻直接轉進語音信箱。

「我想我應該不必問你為什麼要這麼做了。在那場會議裡，顯然你和其他貝爾斯坦成員——」

「史丹。」

「什麼？」

「我比較喜歡貝爾**史丹**。」

天啊。「隨便啦。我知道你和其他瘋子們——」（奇怪的是，這句話並沒有冒犯到他）「——對所有事情都守口如瓶，而且疑心病重，但你到底想要透過跟蹤我達到什麼目的？而且跟蹤得失敗透頂，因為你的技巧簡直慘不忍睹。」

他的眼睛似乎變得更小更黑了。「你是個作家，對吧？我們得確認你沒有惡意，不打算滲……滲……滲透我們的團體，讓我們看起來像是一群瘋子。」

「那是你們自找的。」現在我離他這麼近，他**確實**看起來瘋瘋的。而且這不是個稱讚。「我也不打算滲透你們。」

「那你在倫敦做什麼？」

「跟你無關。」

「看吧？所以我才認為你確實在隱瞞什麼。」

「真要說的話，我是來見我的會計師的。」

「對啦，最好。漢芮塔說你連個屁毛都沒有。」

「她怎麼會知道？」

他聳聳肩。「她很擅長這種事。」

「哪種？」

「調查東西。」

我突然一句話也說不出來。第一次見面時，我就覺得她不好對付——我到底讓自己沾上什麼怪東西了？「是這樣嗎？至少沒像你做得這麼明顯。如果我再發現你跟蹤我，我會讓你再也跟不了。」

他露出一個邪惡的微笑。「所以你**確實**有什麼計畫嘛。」

「聽好了，傑佛瑞。我拿我的狗發誓，我一點都不想要滲透你們愚蠢的小團體、或寫關於你們的任何事。不要說根本沒有人在乎好了，我也不是那種作家。」

「就我所知，你哪種作家都不是。」

「喔，滾吧，你這個瘋子神經病。」

我大步走開，並停下腳步回頭確認他沒有繼續跟著我。他沒有——他只是站在原地，目送我離去，臉上掛著空洞的淺笑。當我前往轉乘的列車時，我一直回頭看他有沒有跟在我身後，使我覺得我好像在玩單人版的一二三木頭人。為了確保，我挑了一個隨機的站牌，在最後一刻跳下車。這動作不像間諜電影裡面看起來那麼容易（我的外套後襬差點就被門夾住了）。我邊走邊又打了一次電話給凱文，卻只是又一次聽見機械的語音信箱留言。「聽好了，凱文。快回電給我，不然我就真的要開始寫你們的事了。」

我從來沒有去過小貝在倫敦所住的地區，而我感到驚艷不已。就像城市裡的大多數地方一樣，這裡幾乎完全徒步化，腳踏車道穿梭在一排排古老和新種下的行道樹之間。我走過一條條喬治王朝時代的住宅街道，每一間屋子前面都有一片茂密的草皮，色彩繽紛，窗戶內則能讓我看見極富藝術氣息的高級裝潢。這裡比我住的地方安靜得多，而且，對，我確實幻想了一下和蘿西搬來這裡的樣子。這裡美麗的前院和車道會讓她拉屎拉得很快樂的。

我很快就找到了小貝的地址。那是一棟四層樓的喬治王朝時代住宅，保存得潔白無瑕，前面種植著一排櫻桃樹。她說她住在一樓，而我在那裡站了一會，想像著她坐在窗邊縫紉的樣子。由於窗簾半掩著，我不知道有沒有人在家。

我按了按電鈴，然後等待。現在我就站在她的家門外，也許和與她（與小貝、與蕾貝卡）面對面只剩下幾秒鐘的時間，這個現實突然擊中了我的大腦，使我腦中一片空白——我在來程的火車上所預備的所有對話全都不翼而飛。不過事實證明，這一切都是我庸人自擾，因為經過幾分鐘的驚惶後，一個肌肉線條精美得讓我乍看之下還以為他穿著搞笑肌肉裝的男人，打著赤膊，緩緩打開了門。太奇怪了，他並不像小貝描述的奈特（也不像約拿斯——她房東的老公），但如果這是蕾貝卡的伴侶，我是不可能打得贏他那一身肌肉的。他百般聊賴地打量了我一圈，打了個呵欠，然後說：「誰？」

「我來找貝卡？蕾貝卡．戴維斯？」

「誰？」

「她以前住在這裡。或者現在還住在這裡。住在其中一間公寓裡。應該吧。」

他聳聳肩，然後喊道：「瑪格？親愛的，妳可以過來一下嗎？」

門邊出現一個驚為天人的年長女子，身穿著絲質長袍（顯然我不小心打斷了他們的好事），銳利地看了我一眼。我又重複了一次關於小貝的問題，順便加上一句毫無說服力的解釋，說我是一個想要和她重新聯繫的老朋友。

「這棟房子是獨棟的。不是公寓。這裡沒有蕾貝卡這個人。」

「你是瑪格達嗎?」瑪格達與約拿斯之家的那個?我差點就要多說這一句了。

「你怎麼知道我的名字?」

「我聽到……剛才那個人說的。」

她不吃我這一套。她臉上又閃過一絲懷疑之情,接著便當著我的面甩上門。

大失敗。看來只剩下蕾拉了。一小時後,我才需要抵達她位於法靈頓的辦公室,所以我還有時間去買杯咖啡、或是更刺激的東西。途中,我和小貝報告了最新進展,但她沒有回應。自從她的最後一封「簽書會」信之後,她也沒有給我任何更新了。我腦中湧現一個慢動作的影像,想像著小貝與我的分身,在約克郡某間可愛的小旅店裡做愛的樣子。這連我的性幻想都稱不上——我腦中的尼可拉斯和我毫無相似之處。更像是文藝青年版的傑森・法瑞,就像剛才那位肌肉男一樣渾身散發著老派的男子氣概。

當我來到蕾拉的辦公室時,凱文打來了。「終於啊,媽的。是你叫傑佛瑞來監視我的嗎?」

他頓了頓。「更準確地說,是他提議的。」

「搞屁啊,凱文?」

「如果可以的話,我希望你不要再這樣說髒話了。」

「如果可以的話,我他媽的也希望你告訴你的爛間諜,叫他他媽的離我遠一點。」一陣沉默。「他到底有什麼毛病啊?」

「傑佛瑞發生過一場車禍,使他的前額葉有些受損。他確實會表現的有點……乖僻。」

「這真是十年來最保守的說法了。好吧。叫他不要再跟蹤我了,不然我就會叫警察來處理。」

真是諷刺。我正準備要騙進蕾拉的辦公室,雖然我這樣不算是跟蹤,但說真的也不太合法。

「針對你的事，我們已經討論出一個結論了。週一晚上來和我們開會。」

說完後，他就掛電話了。很好，又是更多怪事。正是我今天所需的。我把對凱文的不滿拋諸腦後，整理好思緒（**記住，你有錢又事業有成，有錢又事業有成**），然後推開玻璃門，試著展現財大氣粗的氣質。會計師事務所的綠色認證撲面而來，一樓有個天井，還有各種標示誇耀著：「我們有百分之七十的員工是遠端工作者！」這裡整潔而優雅，使我意識到自己與生俱來的邋遢感。我的頭髮又長成平常蓬亂的模樣，而我唯一高級的一件襯衫，根據他們派來的助理輕蔑目光判斷，顯然也不夠好。助理把我趕進蕾拉的頂樓辦公區域。而這可真不是個隨便的辦公區域：一百八十度的環繞風景，一切都符合人體工學，而且她的辦公桌有一張加大尺寸的雙人床那麼大。

蕾拉溫暖地和我打了招呼，只有在多年以來都知道自己總是房裡最聰明的人，才可能有她這種自信。見到她幾秒鐘後，我就知道她會一眼看穿我的胡說八道。

我只有一個方法了。我深吸一口氣，然後說：「蕾拉，我真的很抱歉。但我捏造了那些事來見妳，是因為我真的真的很擔心蕾貝卡・戴維斯。我知道妳一定會叫我滾蛋，可是在那之前，妳可以先告訴我她是不是還活著嗎？」

＊

寄件者：NB26@zone.com
收件者：Bee1984@gmail.com

我找到妳了。

第三部：後天的力量

小貝

我——或者說是蕾貝卡——已經結婚了。還有一個小孩。

已婚。

還有一個**小孩**。

媽媽。我是一個**媽媽**。

謝天謝地，當我收到這個震撼彈時，我人正在飯店房間裡稍事休息，所以我可以歇斯底里的大喊一句「**他媽的殺小啊？**」，而且不會被人聽到。在第一次見到尼可拉斯本人之後，我需要一點時間紓壓（這個晚點再說，不過我可以先告訴你，我羞恥地連上衣都汗濕了），而且在排隊簽書時，我的手機就沒電了。我發現自己愚蠢地忘了帶充電器出門，只得先趕去電器用品店買一個應急，所以當手機再度開機時，尼克累積了兩小時的訊息便通通擠進了我的收件匣——而且每一封都比上一封更驚人。我確實想像過，在平行宇宙裡，我也許已經結婚了，但我有想過自己成為一名母親的可能性嗎？沒有。完全沒有。我只有一段時間特別想要孩子，也就是在我三十歲生日之前。但那個念頭撐了沒幾天，我將它歸咎於社交環境的影響，因為當時我的幾個同事都準備要開始請產假了。

這是蕾貝卡生孩子的原因嗎？她是受到賀爾蒙的影響嗎？還是她決定把我流掉的那個孩子生下來？不太可能，因為更讓人錯愕的是：蕾貝卡並不是嫁給奈特，而是一個名為班尼狄克·梅瑟（**班尼狄克！**）的男人。不僅如此，她還冠了夫姓（再見了，女權主義），難怪尼克怎麼樣都找不到她。

我嗑掉了飯店房裡所有的小餅乾，又吞掉了從包包底層撈出來的一條壓扁的巧克力棒，終於冷靜得可以讓尼克講他和蕾拉會面的細節給我聽。

「首先——你是怎麼說服她開口的？你跟她說了實話嗎？我是說，我們現在的狀況？」

「天啊，當然沒有。就算她真的相信我，那也得花上好幾個小時。我先哀求她不要把我踢出去，然後就說我是妳金匠學院的同學，想要和妳恢復聯繫，卻怎麼樣都找不到妳。我說我記得妳提過她。還有，我**也許**讓她認為我是個SS了」

「SS？？蛤？？？秘密特務（Secret service）嗎？還是納粹？」

「同性愛好者啦！」

「你說同性戀喔？」

「對，但那個詞有點貶義喔。我想這樣對我應該比較有利，因為這樣她就不會把我當成一個變態跟蹤狂了。」

「想得好。好吧。某部分的我實在不想知道，但我們對班尼狄克還有別的認知嗎？那個老公。老天，打出這個詞感覺好怪。」

「妳坐下了嗎？」

「喔噢，聽起來不太妙。好吧，你可以說了。」

「妳——蕾貝卡——嫁給了一個百萬富翁。某種環保時尚投資人／先驅之類的。有的是繼承來的財產。非常非常多的財產。使毛呢西裝哥相形之下像個乞丐的那種有錢。」

我不知道原本自己在期待什麼——某個奈特的複製人嗎？——但絕不是現在這個。「你在開玩笑吧。」

「我也希望。」

「姓什麼？」

「梅瑟。」

梅瑟，梅瑟，梅瑟。「等等，他跟梅瑟基金會有關嗎？」

「？？」

「這個基金會資助新崛起的設計師。我好幾年前也申請過，但沒有被選中。如果他是梅瑟基金會的一員，那他絕對有錢到爆。」

我正準備打開Google搜尋，想找找看我的世界裡有沒有班尼狄克的分身，然後才突然意識到這個人的存在意味著什麼——這念頭像是一拳狠狠砸中我。由於第一波的驚嚇還沒過去，我自私地忘了，蕾貝卡已婚的事實，其實就已經毀了我們的計畫。我太了解我自己，所以我很確定，她婚外情的可能性是零。但話又說回來了，蕾貝卡已經做了一件我很確定自己絕不可能做的事——生兒育女——所以誰知道呢？

「喔，靠，尼克。那現在呢？聽到這件事，你一定很難過吧。」

「嗯，我確實想到，作為一個即將無家可歸的失業作家，就算蕾貝卡的婚姻觸礁，我也不太可能超越這位慈善家百萬富翁、成為她考慮的對象」。

「不准你這樣貶低自己。等等，蕾拉有說他們的婚姻觸礁嗎？」

然後他才語出驚人地告訴我，自從寶寶（史嘉莉）出生後，蕾拉就和蕾貝卡斷了聯繫。這個消息就和我已婚有小孩的事一樣，是同樣強力的當頭棒喝。

「為什麼？」

「她不願細聊。」

「和班尼狄克有關嗎？」是這樣嗎？也許喔。但話說回來，就連在和奈特交往的那幾年，儘管他們互相討厭，蕾拉也都在我身邊。

「可能吧。很難說。只能說，她提到他的時候，措辭都非常小心。」

「她結婚了嗎？她有小孩嗎？」

「不知道。我沒問她的事。我只有問起妳。」

「老天。如果她沒生雙胞胎怎麼辦？」在這個顛三倒四的世界裡，我有了小孩——至少一個——她卻沒有。在她進行一輪又一輪苦不堪言的人工受孕過程時，她曾經告訴過我：她沒辦法和有小孩的人相處——那讓她太痛苦了。所以她才終止了我們的友誼嗎？「她看起來難過嗎？」

「講到妳的時候有一點，其他時候就還好。她真的滿猛的。她的辦公室跟我家一樣大。」

「在這個和家一樣大的辦公室裡，有她小孩的照片嗎？」

「沒看到。」

不僅如此：就蕾拉所知，蕾貝卡並沒有開自己的公司——「看在洋裝的份上」並不存在。少了蕾拉，這怎麼可能實現呢？這間公司就是在我改造了蕾拉的結婚禮服之後才誕生的呀——她就是我的第一個客戶。

「謝謝你為我做了這些，尼克。這真的不容易吧。」

「我得承認今天過得很不怎麼樣。但現在輪到妳啦。妳和尼可拉斯的進展怎麼樣？」

「我想想喔……我想最適當的詞應該是：爛透了。」

我們的會面持續不到兩分鐘。還有很多人在我身後等著簽書，我也不能在他簽完我的書後像個亡命之徒一樣繼續滯留在那裡。一開始，事情的發展和我想像的差不多。他簽了我的書：「給灰色頭髮的女孩」，大笑起來，然後問我是不是推特上那個人。就是那在那一刻，我突然意識到自己正在幹什麼好事，於是我的整個世界都天翻地覆了。**是他——是你愛的那個男人——但又不是他。**我突然覺得一陣反胃，愚蠢地點了點頭，一句話也說不出來。「我慌了手腳，搞砸了。這麼靠近他、或者說你，就某方面來說，讓我腦子變成了一灘爛泥。我好像沒辦法把這兩件事兜在一起。本人的他和我腦中的你。這樣講合理嗎？」

「合理，也不合理。但更重要的是：妳喜歡我嗎？;)」

「哈哈。我喜不喜歡都不重要，對吧？」

「？？？」

「你沒辦法和蕾貝卡在一起。所以我似乎也不該和尼可拉斯發展什麼。就算可以也一樣。但我沒辦法，因為我已經把這個機會毀了。這樣不公平。」

「這件事不是這樣運作的，小貝。沒有什麼公不公平的。我們也不需要現在做任何決定，對吧？」

「對啦。」

*

不對。

那天晚上，我完全睡不著。我和尼克告別之後，我做的第一件事，就是打開Google，並鍵入「班尼狄克．梅瑟／梅瑟基金會」。我深吸一口氣，然後按下「輸入」鍵。

搜尋結果的第一條，是一篇金融時報的文章，標題寫著「永續時尚先鋒為產業帶來永恆改變」。我的心跳倏地加速，快速滑過文章，然後停在一張年約五十的男性照片上；照片裡的他看起來整潔、經過精心打扮，穿著西裝，看起來商業又得體。基本上就是我所有不喜歡的特質的集合體。不會是他吧？是嗎？我繼續挖掘——當然還有其他名叫班尼狄克．梅瑟的人（包括一個遭到逮捕的美國雙屍命案嫌犯）——但沒有任何一個人像這位一樣符合尼克粗略的描述了。根據梅瑟基金會的維基百科頁面顯示，他是基金會的財務長，並與其他各種促進時尚行業永續性和公平工作條件的慈善組織有關。他曾與美國前模特兒愛麗娜．拉魯索結過婚，後者於二〇一四年在漢普頓家中的一場悲劇意外後去世。愛麗娜的死並沒有登上英國小報，大概是因為它發生在美國，而梅瑟家族擁有足夠的財富和影響力，可以在適當的時候保護他們的私生活。悲劇的鰥夫。也許這就是吸引力。另一個世界的我，是不是被班尼狄克《蝴蝶夢》式的背景故事所誘惑，就像叫做「蕾貝卡」的角色一樣？為了我／她好，我希望他身後沒有蠢蠢欲動的丹佛斯夫人。在尼克的世界裡，他搞不好根本不是一個悲劇性的性感鰥夫。

嫁給一位百萬富翁。在我的世界裡，這應該稱得上是個億萬富翁。好吧，一小部分的我確實感到驚豔不已。「女兒幹得好啊。」我可以想像我爸在高爾夫球場上和他的朋友吹噓的畫面。重點是，像他這樣的男人，通常不會對我這類的女性感興趣。這聽起來像是在自我貶低，但不是這樣的。這就是事實，以外觀來說，「還算吸引人」應該算是最正確的說法了。我絕對不像他可憐的已故前妻一樣，是超級名模的料。而像我這樣的女人，也不會去追求像他那樣的男性。撇開交友軟體和奈特不談，我的交往對象通常都是比較藝術家型的人物，也更窮一點。就像那個老笑話一樣：「讓妳受到億萬富翁班尼狄克．梅瑟吸引的第一個特質是什麼，蕾貝卡？」我們真的有那麼不一樣嗎？媽和我確實過得很掙扎，所以經濟穩定對我來說十分重要，但我從來就不奢望蕾拉稱之為「足以買下他媽的遊艇的財富」。

我瞪著他的照片好久。不對，這根本不合理。

而且還有巨大的年齡差異：她在追求父親的形象嗎？**嗯，別往那個方向想**。工作呢？她現在在做什麼？我無法想像沒有工作的生活。這又使我想起了蕾拉──在我的世界裡，她已經放棄了自己的事業好幾年了，而在尼克的世界裡，她則已經消失在蕾貝卡的世界中。更別提還有個更次要的差異，瑪格達並沒有和約拿斯住在一起，並且和（尼克口中的）「來自巴爾幹半島的活生生性愛娃娃」住在一起。

早上六點左右，我一直忽略的飢餓感又加強了，把其他的感覺都推到我的腦海之外。早餐時間從七點開始，當我跌跌撞撞地走進餐廳時，服務生們才剛把自助吧擺好，培根和香腸的油膩香氣使我有點頭暈目眩。我其實很喜歡普通的飯店早餐：它們會使我回想起小時候，有幾次媽存夠了錢，就會帶我到威爾斯，入住經濟型渡假飯店，度個小假。我已經好幾年不吃豬肉了，但我在捫心自問之後，還是屈服於誘惑，在我的餐盤裡堆了大概有一整隻豬那麼多、足以危害心血管的食物，並告訴自己昨晚的驚嚇需要透過美食來安撫。確保沒有工作人員在看我後，我便用手指拿起一片火腿，直接塞進嘴裡。然後突然間：

「又見面啦。」

我轉過頭，看見尼可拉斯端著一個空盤子，臉上掛著期待的微笑。我的嘴裡塞滿豬肉，所以在我不太優雅地強迫自己下嚥之前，我都說不出話來。吞嚥的過程我還差點噎到（我猜這本來可以是個不錯的小故事──初次見面時的哈姆立克急救事件）。

我勉強吐出一句：「嗨。」

「這裡的咖啡好喝嗎？」

「還沒喝過。」

「好吧，祝我好運，我要來踩雷了。」

我有點困窘地找到一張桌子坐下。**做得好啊，小貝。**我還穿著昨天的衣服，沒有洗澡，甚至沒有梳頭、也沒有刷牙。我本來打算吃飽之後就搭早班火車回家；我可沒打算再度遇見尼可拉斯，並讓自己再出糗一次。我定睛在自己的盤子上——實在無法看他。但我又無法克制自己不看他。他看起來比簽書會和講座時邋遢了點——早晨的鬍渣、亂糟糟的頭髮——這樣反而更適合他。喔，老天，他走過來了。我都忘了要拿紙巾——我很確定我的臉上現在沾著蛋（真的）。

「我可以和妳坐一起嗎？這樣會太冒失嗎？」

「當然可以。」他的盤子和我的一樣，裝滿了毫無益處的食物，使我覺得自己比較沒那麼像貪吃先生了。我試著找出一點談資，並壓下自己說出可悲話（又不是事實）的衝動，例如：我通常不會吃成這樣的。我突然意識到，我最近幾次和男性的互動都和食物有關。公事包先生。義大利冰淇淋男。現在則是尼可拉斯二號。我半預期著他會說：「我喜歡會吃東西的女人。」

他啜了一口咖啡。

「如何？」

「很糟。糟透了。但比被人踢一腳屁股的感覺好一點。我想這兩者都能讓我的腦子清醒一點。妳每個星期六都這麼早起嗎？」

「沒有。我得搭早班火車回家。你呢？」

「沒。這些公關活動都讓我很焦慮。我在活動後想讓自己放鬆一點，所以喝了太多爛紅酒。但那是個壞主意，因為紅酒沒有讓我昏睡過去，反而讓我睡不著覺。」

「焦慮？真的嗎？嗯，完全看不出來。你表現得很棒啊。」

「妳不需要這麼說啦。其實呢，我在講座的時候還瞬間忘了兇手的名字。」

「嗯，沒人注意到吧。我就沒有。」

「我也很確定妳其實不需要聽我說這些。紅酒會讓我睡不著覺，咖啡則會讓我坦白各種屁事。」

「那讓我幫你續杯吧。」

他笑了起來。我放鬆了。我在簽書會時感受到的認知失調開始褪去。這是**真實的**他，而不是身為作者的面具。我得以一窺躲在布簾後的本尊。「所以，我該怎麼稱呼妳呢？灰頭髮的女孩似乎有點繞口，尤其對嚴重宿醉的人而言。灰姑娘？還是女孩小姐？」

「蕾貝卡。叫我小貝也可以。」

「小貝。我喜歡這個名字。你的朋友們是這樣叫妳的嗎？」

另一個你是這樣叫我的。

*

寄件者：NB26@zone.com

收件者：Bee1984@gmail.com

一起吃培根三明治喔？這是個雙關語嗎？

寄件者：Bee1984@gmail.com
收件者：NB26@zone.com
哈！不是啦。但我說的是真的，尼克。我們可以現在就放棄這個計畫。保持我們現在的狀態就好。

寄件者：NB26@zone.com
收件者：Bee1984@gmail.com
妳想要這樣嗎？

寄件者：Bee1984@gmail.com
收件者：NB26@zone.com
就像我之前說的。這樣感覺不公平。

寄件者：NB26@zone.com
收件者：Bee1984@gmail.com
但要求你停止，對我來說也不公平。尤其你們現在都已經一起吃過早餐了。

寄件者：Bee1984@gmail.com
收件者：NB26@zone.com
紅酒會讓你睡不著嗎？

寄件者：NB26@zone.com
收件者：Bee1984@gmail.com

對。尼可拉斯也是這樣嗎？

寄件者：Bee1984@gmail.com
收件者：NB26@zone.com

先跟你說，他不像你那麼幽默。

寄件者：NB26@zone.com
收件者：Bee1984@gmail.com

妳一定跟每個被某種……東西故障而困在平行宇宙的男人都說一樣的話吧。

寄件者：Bee1984@gmail.com
收件者：NB26@zone.com

哈哈。還有，順帶一提，我在我這個世界裡找到最接近班尼狄克・梅瑟的人選，看起來一點都不像我的菜。我忍不住一直在想蕾貝卡。我不應該這麼在意的，但我也沒辦法。我一直覺得她就是我。

寄件者：NB26@zone.com
收件者：Bee1984@gmail.com

嗯，她確實是小貝啊。

寄件者：Bee1984@gmail.com
收件者：NB26@zone.com

你懂我的意思吧！我得確保她沒事。為什麼蕾拉不再和她親近了？為什麼我們這兩個版本的差異這麼大？為什麼她嫁給了一個有錢、卻看起來像是個勃起障礙廣告裡會出現的演員？

寄件者：NB26@zone.com
收件者：Bee1984@gmail.com

！！！

我懂。我也是。這是先天和後天的差別嗎？為什麼尼可拉斯繼續寫作，我卻放棄了？

寄件者：Bee1984@gmail.com
收件者：NB26@zone.com

好，不然這樣吧。我們幫對方找到這些問題的答案，看看事情進展到哪裡，然後再重新評估？如何？

寄件者：NB26@zone.com
收件者：Bee1984@gmail.com

成交。

尼克

就「分身任務」而言，小貝現在遙遙領先了我好幾條街。她見過了尼可拉斯，而且現在穩定聯絡中。我得好好思考下一步要怎麼走。根據蕾拉的說法，梅瑟家住在肯地綠地周邊那些令人畏懼的私人環保地產裡。距離倫敦近到可以炫耀自己無碳通勤，又遠離里茲到使我未來的蕾貝卡偵查行動變成一個噩夢。除非我先搬過去那裡一陣子。這是個瘋狂的點子。因為，先假設我確實安排與蕾貝卡見到面、並想辦法挖出了小貝想要知道的答案，在那之後，我又想要達到什麼目的？婚外情？像傑西一樣破壞一段婚姻嗎？但如果有那麼一絲機會——不管有多微小——蕾貝卡真的和那位帥氣的百萬富翁慈善家，這難道不值得我放手一搏嗎？我至少可以和她見個面吧。我到現在還不知道她長什麼樣子。但尼可拉斯知道了，而且他顯然覺得她很有魅力。

但在我展開下一步行動之前，我還有要務在身：我沒辦法再拖延下去，一定要告訴莉莉賣房子的事情了，此外，我還得去參加貝爾史丹的會議——如果我**決定**要去的話。我不知道哪件事比較討厭。

當我和蘿西經過時，莉莉難得不在門口徘徊。我也沒有聽見電視隆隆作響的聲音——這樣實在不正常，因為她從來不關電視的（「這是我僅有的陪伴啦。」）。我敲了敲門，等了一會。然後又敲了一次門。常常可以在報紙上讀到獨居老人死在自己最愛的椅子上等著腐爛的新聞。我該把門踹開嗎？我該叫警察、或是社工嗎？然後我突然想起她說她都會把備份鑰匙放在地墊底下，讓護理人員可以進去：「這樣我就不用起來幫那些混蛋開門了。」就在我翻動地墊的時候，門終於打開了一條縫。

「喔，是你啊。」她聲音中透露著一絲厭惡，但當蘿西一路嗅聞著走進屋子裡時，她又露出微笑。「乖女孩。」

「妳差點讓我心臟病發了。我很擔心妳耶。」

「別騙我了，小夥子。我已經好幾天沒看到你的身影啦。」

「那我就走囉？」

「喔，別傻了。」她招呼我進門，並難得一次將我推進了起居室。「電視故障了。」

電視沒有故障；她只是轉到了一個沒有訊號的頻道。我花了三十秒就修好了。我深吸一口氣，然後開口：「我有件事要告訴妳。」

「那就直說吧，小夥子。」

當我告訴她那個消息時，她沒有任何情緒，使我罪惡感爆棚，好像我是在向一個特別嚴格的老師（或是警察）坦承我犯的一個小錯誤似的。「但我會和妳保持聯絡的，莉莉。有空也可以來幫妳跑腿。」

「喔，別擔心我了，小夥子。你有自己的人生要過。我知道的。」哇喔：這女人是誰啊？「再說了，我可以叫那個社工女人幫我跑腿。反正她來的時候也沒有什麼屁事好做。」看來她還沒有完全改變。「我會想念狗狗的。」

我有點想要問莉莉能不能在我初步展開「分身任務」時替我照顧蘿西，但這隻狗需要出門散步，而莉莉沒辦法每天帶她出門。「我會來拜訪的。我們會一起來。」

她嘖了一聲，像是在說：「對啦，最好是。」然後說：「你要去跟另外那個女的住在一起了，對吧？」

「哪個女的？」

「你一直溜去見面的女人啊。」

「那根本沒機會。她已婚了。」

「所以是外遇囉？」

「不。我們還沒……真要說的話，我還不知道要怎麼辦呢。」

「你愛她嗎？」

我連見都沒見過她呢。喔，管他的。「愛。」

「那就去把她追到手。」

「跟你說了，她已婚，還有小孩。我沒辦法。」

「沒有什麼『沒辦法』的。你會做出對的事的。你是個好孩子。」

「我已經四十五了。」

「對我還來說還是個孩子。」她抓了抓蘿西的肚子，然後狡猾地瞥了我一眼。「我以前也像你這樣。」

「是個混蛋？」

「不是啦，小夥子。愛上了某個……怎麼說呢，不該愛的人。」

「然後呢？那男人怎麼樣了？」

「我從來沒說那是個『男人』吧？初次見面時，瑪莉安已經結婚了。一開始並不容易。但我們在一起快樂的生活了五年，她才離開。」

「去哪了？」

「癌症過世。」

老天。「很遺憾。」

她在一個抽屜裡翻找，然後拿出一張照片：一九八〇年代風光時期的莉莉（老實說，她看起來其實和現在沒有什麼差別——就像有些孩子看起來已經長得像中年人那樣），正坐在一張沙發上，和一位臃腫的黑髮女人一起大笑著。瑪莉安看起來像是個老拳擊手一樣壯碩，但她們似乎……很和諧。她們的肢體語言看起來很**登對**。我沒有更好的形容詞了。

「妳以前都沒有告訴過我。」

「你也從來沒問過，對吧？」

回到家後，我一邊準備著參與那場我還沒有決定好要不要參加的會議，一邊在淋浴間裡放聲大哭。我是為誰或為什麼而哭？莉莉？我？還是小波？天知道。但這似乎有點幫助——好像我又戳破了另一個內在的情緒膿包。

*

天知道貝爾史丹的成員們為什麼對他們的總部如此保密，因為它只不過是一間歪歪斜斜的童軍小屋，就在曼徹斯特外的河岸邊。這麼就這麼湊巧，當我的共乘車在童軍小屋前把我放下時，外頭開始下起雨了。打在錫板屋頂上的雨聲，聽起來就像是諷刺的鼓掌。我差點決定轉身就走，但我對他們的「判決」感到好奇，對傑佛瑞的行為又感到義憤填膺，這兩者戰勝了其他的念頭。前一次的會議中，他們表現得既不信任又咄咄逼人，所以在前往這裡的路途中，我已經準備好要迎接類似的態度。但當我走進門內時，漢芮塔便大步朝我走來，並對我伸出手。「謝謝你來參與，尼可拉斯。首先，自從你上次大駕光臨後，這段時間對你造成的種種不便，請你接受我們的道歉。請你相信，我們已經與傑佛瑞嚴厲地溝通過他的行徑了。」凱文對我露出對他而言算是微笑的表情，敷衍地握了握手，然後將我介紹給其他成員，而大家都和我心目中瘋子的典型不盡相同。艾薩克年過七十，試著表現出智慧老人的態度，看起來卻像是個挫敗的高爾夫球選手。黛比五十幾歲，身材圓胖，舉止陽光。阿迪爾則只有三十幾歲，穿著印有和平手勢的帽T，像是一個青少年，嘴上諂媚地說著：「我聽說了關於你的不少事情，尼可拉斯，都是**好事**。」事實上，除了傑佛瑞之外，其他人都像是歡迎一位失散多年的老友般和我打了招呼，只有傑佛瑞不甘願地說了聲「抱歉」，並像個被迫道歉的孩子一樣迴避我的視線。後來小貝提醒我，這出乎意料又浮誇的友情攻勢，是邪教的標準伎倆之一。它真的奏效了，因為幾分鐘內，我就放下了戒心。

漢芮塔邀請我入座。他們把椅子排成圓形，像是互助團體一樣，託阿迪爾的福，這次甚至還準備了點心（「沒有人做的印度餃比他的更好吃了。」艾薩克柔聲說道：「請用吧。」老實說，他說得對，這些餃子真的很美味。）傑佛瑞避開了圓圈的座位，在角落徘徊，一邊喝著一罐特釀啤酒，一邊怒視著所有人——這是我第一次看到有人的表情這麼符合這個詞彙。

零碎地閒聊了一下天氣，又聽黛比講了她的合作農地上有幾個女人被抓到「正在偷竊過剩的茄子」的故事後，漢芮塔便拍了拍手，請艾薩克宣讀他們的協會宗旨。一陣沈默籠罩，圍成一圈的成員們像在祈禱般垂下頭。我瞥了一眼傑佛瑞：他舉起酒杯，像是在敬酒一樣，並對著我譏諷地笑了笑。

「我們為了創始者的智慧獻上感謝，並誓言要竭盡所能地學習、驗證、安慰與保護存在於我們世界與其他世界的夥伴。」（「對，我知道，小貝。我當時就應該要以最短路徑逃到門外去才對。」）

房裡的氣氛一變，他們將注意力全轉到我身上。

漢芮塔開口了：「我們相信你對自己的說詞。我們也相信，你確實想辦法與跨次元網的另一個人產生了聯繫。」

「對。很好——我猜是吧。」

「告訴我，從我們上次見面後，你的通信對象有和你恢復聯繫嗎？」

第六感告訴我，**騙她**。但我忽略了它。「有。」

她露出淺淺的微笑。「我知道了。真為你高興。她有和你交叉比對過她那裡的資訊了嗎？」

「有。」我只說到這樣，沒有多加解釋，也沒有提起分身任務。

「再確認一次：你們只能透過電子郵件對談，對吧？也只能用這個特定的郵件信箱？」

「對。」

「那麼其他媒介呢？照片、影片、或是表單？這些有辦法傳過次元網嗎？」

「**表單？**你為什麼會問到表單？」

「傳得過去嗎？」

「除了表單之外，其他都不行。我們認為是其他的科技不太相容，但不知為何。」

凱文和漢芮塔交換了一個眼神。阿迪爾和黛比用著只有宗教狂熱份子才會有的炙熱眼神看著我。幸好艾薩克試著偷吃一塊烤櫛瓜但卻失敗了，使現在越發令人不適的氣氛稍為緩和了一些。輪到我進攻了：「這件事怎麼發生的——或是為什麼會發生——你們有沒有什麼理論？」

和小貝一樣，我也試著想要理解這些看似無窮無盡的多重宇宙／共有意識／混亂／量子永生理論：就連「給傻瓜看的量子力學」，也是讓我們腦筋急轉彎的好材料。其他我們考慮過的解釋，大部分都是從科幻電影中挑挑揀揀出來的——例如時間連續體中的短路（誰知道那是什麼意思）、或是黑洞、或是某台強子對撞機故障了卻未回報（意外的是，我們兩個世界裡都有這東西）——但這些也同樣超越我們的理解範圍。

凱文張開嘴，但漢芮塔看了他一眼，止住他的話。**有趣。**「還沒有。」

「所以現在呢？」

漢芮塔皺起眉。「我不知道你的意思。」

「小貝和我在討論，是不是該告知什麼人。」

「什麼人？」

「我不知道。科學團體？或是有關當局？」**而不是一群像你們這樣疑神疑鬼的瘋子。**「小貝和我現在經歷的事情——我的意思是，這是個顛覆世界的大發現，對吧？」

「怎麼說？」

「怎麼說？我正和一個住在不同世界的人對話欸。多重宇宙。不同宇宙。管他叫什麼。」

「這不是個好主意，尼克。首先，你唯一有的證據就是你們的信件對談，這很有可能是偽造的——旁人很可能不會相信你。我們已經嘗試過了。我們知道。」

大夥們喃喃同意。

「再者，假設他們真的相信你好了，我們也不知道他們會怎麼使用你提供的資訊。」

「你說他們可能會試著把這個發現運用在武器上嗎？像那種爛驚悚電影一樣？」這句話就是想要表現得輕率膚淺，我也達到目的了。

漢芮塔露出一個自以為是的微笑。「你對我們還有其他問題嗎，尼可拉斯？」

確實是有。後來我才知道，這是我一時的愚蠢，但我就是需要一問：「我和小貝有辦法在一起嗎？」

大家面無表情地看著我。「我不太懂你的意思，尼可拉斯。」漢芮塔說。「怎樣在一起？**肉**

體上的嗎？」

「嗯，對啊。以錯置個體而言，你們相不相信自己有辦法能……穿越次元網？例如透過蟲洞或是門戶之類的？」

傑佛瑞發出一聲諷刺的大笑。「還門戶咧。有病吧。」

阿迪爾十分同情我。「很抱歉，但是，尼可拉斯，如果我們知道要怎麼穿越次元網的話，我們就不會被錯置了，對吧？」好吧，很公平。

漢芮塔再度獲得話語權。「尼可拉斯，請問你和蕾貝卡有沒有試著交換能讓你們增加個人財富的資訊呢？」

沒有。我居然還沒有這麼做。「例如什麼？」但接著這些念頭就靈光乍現了：**尼可拉斯小說的劇情**。我可以讓小貝轉述劇情給我聽，然後據為己有。他就是我，我就是他，這樣嚴格說起來也不算是抄襲，對吧？錯。我也許不是個道德魔人，但我也不打算剽竊尼可拉斯的小說。不然就是科技。小貝不斷提到的那些應用程式……如果我好好打這一手牌，我下個星期就可能成為億萬富翁。我會得到比班尼狄克更多的財富。「老實說我從來沒想過這件事。直到現在。謝謝妳的提醒。」

一陣沈默，然後她說：「當然，我們會希望你再也不要和她聯絡了。」

「等等——什麼？為什麼？」

「因為，尼可拉斯，老實說，你繼續這樣下去的話，我們兩方的世界各自會面臨什麼樣的風險，我們無法預估。」

「風險？我們造成什麼傷害了？」

「我們不知道。你們也不知道。」

然後我就懂了：「你們是怕蝴蝶效應嗎？」

這是其中一個說法。從你和她郵件往來的內容中，我們大約可以知道，她的世界並沒有……」漢芮塔說到這裡，頓了頓，一隻手在頭部旁邊揮了揮，像是在尋找正確的用字。「……我們這裡所達到的平衡。最安全的做法，就是禁制這一行為。」

現在我真的很後悔給他們看我的電子郵件。「嗯，我辦不到。」

「我們也預期你會這麼說。我們很清楚你們之間的聯繫十分重要，所以我們打算要向你提出一個協議。」整群成員——包括傑佛瑞——期待地緊盯著我。「如果你保證不會利用你們對雙方世界的認知，做出結構性、社會性或經濟性的改變，我們就會容許你們繼續聯絡。」

「等一下——**容許？**」

「對。我們投過票，而我們之間的浪漫主義者比你預料的還多呢。」她微笑著，好像我應該要覺得這很值得高興似的。

「好喔。假設我拒絕妳的提議好了。妳怎麼會覺得你有能力阻止我做任何事？」

我們有的是方法阻止你呢。

「喔，尼可拉斯。我應該不用提醒你，要找人散播病毒到你的裝置上，或者凍結或刪除你的網域帳戶，讓你們的連結終止有多麼容易吧。」

哇喔。「妳現在是在**威脅**我嗎？」

「是的。」她就事論事地說。「但我寧可大家都是朋友。來吧，再吃塊印度餃。」

我的直覺叫我對他們痛罵一串髒話、然後立刻離開這裡，但是某種力量制止了我。我真的想與這些人為敵嗎？誰知道他們有什麼能耐？如果能夠全身而退，我為什麼要去招惹一隻瘋狗呢？我拿起一塊印度餃，而房裡的氣氛立刻就從極度陰冷變得溫暖。椅子向後推開，阿迪爾和黛比則和我開始閒話家常，好像剛才沒有發生任何意外。「我們一個月開一次會。」艾薩克一邊拉開大衣的拉鏈，一邊說道。「請你下次**務必**要加入我們。」

想得美。

當我終於逃出來時，雨已經停了。傑佛瑞正站在屋外抽菸。「下個月見啦，尼克。」在我經過時，他竊笑著說道。我硬是吞下了自己的第一反應——但和其他人不同，至少在會議過程中，他都一直保持著自己的混帳態度。

我緊繃又憤怒，但我突然意識到，如果我全心投入「分身任務」，打包搬去肯特郡，至少貝爾史丹協會的成員和他們的看門狗傑佛瑞，就沒那麼容易找到我了。感謝他們讓我下定決心。

但我真的準備好要在一個人生地不熟的城市定居，以便監視我愛的女人的分身，好在她的婚姻裡見縫插針了嗎？

是的。

*

寄件者：Bee1984@gmail.com
收件者：NB26@zone.com
容許你？他們真的這樣說喔？

寄件者：NB26@zone.com
收件者：Bee1984@gmail.com

沒錯。

寄件者：Bee1984@gmail.com
收件者：NB26@zone.com

他們有辦法這麼做嗎？我是指，直接抹除你的帳號？

寄件者：NB26@zone.com
收件者：Bee1984@gmail.com

天知道。我不是很確定他們的能耐。

寄件者：Bee1984@gmail.com
收件者：NB26@zone.com

你有把東西備份到雲端了嗎？

寄件者：NB26@zone.com
收件者：Bee1984@gmail.com

備份到哪裡？

寄件者：Bee1984@gmail.com
收件者：NB26@zone.com

沒事:) 越界了。

順帶一提——你有想過利用我們的連結來致富／出名之類的嗎？

寄件者：NB26@zone.com
收件者：Bee1984@gmail.com

說真的，沒有。在他們提起之前沒有。我一直只在乎這對我們兩人有什麼意義。妳呢？

寄件者：Bee1984@gmail.com
收件者：NB26@zone.com

一次也沒有。這樣會不會很奇怪？我們是不是有點慢性自我中心的問題，還是徹頭徹尾的浪漫主義者？

寄件者：NB26@zone.com
收件者：Bee1984@gmail.com

也許兩者都是吧。或許是我們都太遲鈍了。

小貝

這感覺像是劈腿。一邊和尼克傳電子郵件，一邊和尼可拉斯傳簡訊，並在推特上和他交換垃圾話。在早餐自助吧相遇之後，尼可拉斯就先伸出了友誼之手，在我搭火車離開見面會時傳了私訊給我（「感謝妳讓我毀了你的早餐。那杯爛咖啡有讓妳想吐嗎？還是只有我？」）在那之後，我們就偶爾會聊天了，但我還沒找出優雅的方法來問尼克想知道答案的那些問題——我還在和他建立友好關係的階段。尼可拉斯的網路形象並不像尼克那麼銳利和淘氣，但在幾個偶然的狀況下，我幾乎把兩個人搞混了，並差點用我和尼克慣用的那種粗魯諷刺的鬥嘴口吻回覆尼可拉斯的訊息。我的工作也因此受到影響。我因此而延後了兩個委託的交期（其中一個還是潔瑪的絲質內襯夾克），而且我第一次收到客戶退回的改造洋裝，因為內裡開始掉線了。這樣的草率實在無法原諒。

為已經夠糟糕的混亂狀況雪上加霜的，則是我對班尼狄克．梅瑟日益增加的著迷之情（喔，承認吧，小貝），**狂熱。班尼狄克**。他們是怎麼認識的？得到梅瑟獎是一件大事，而我雖然沒有得到這個獎項，但如果蕾貝卡得到了、而他們的視線在一大筆「未來設計之星」的獎金上相遇，她會為了名聲而這樣做嗎？還有史嘉莉。是誰幫寶寶取的名字？（史嘉莉這個名字對我沒有任何個人意義，雖然我是滿喜歡的。）他是個好爸爸嗎？

但使我深深著迷的，還不只是這些大方向的問題而已；我也會花好幾個小時專注在枝微末節的小事上。像是她會稱呼他的全名嗎？**把嬰兒濕紙巾拿給我好嗎，班尼狄克？**還是對她來說，他叫做班、或是班尼（噁）？班和貝卡，坐在樹底下……班尼狄克沒有用社群軟體，但Google

圖片卻有大量他出席慈善拍賣活動、身穿燕尾服、頭髮梳得光滑，與時尚設計師、名流、模特兒和有錢人並肩的合照。我討厭那種場合——這會讓我的社交恐慌發作。如果在尼克的世界裡，他們也是這種生活方式的話，蕾貝卡是怎麼應付的？我不知道他現在可能和誰交往，也沒有看到任何性騷擾醜聞。我這個世界的梅瑟家族，手中擁有的房地產會使魯柏．梅鐸相形見絀，其中包含一間位於琴酒散步地區中央的小豪宅。不過在尼克的半烏托邦世界裡，多虧了高得不可思議的遺產稅和房地產與土地強制稅，使那裡的社會頂尖人士稍微受到箝制，他就沒有這麼富可敵國了。蕾拉二號把他們的地址給了尼克，在他的世界裡，班和貝卡住在奇斯爾赫斯特，在一個尼克將之形容為「有錢人住的天龍國」、名為威德維爾的社區。我的世界裡沒有這個地方存在。我快要把自己逼瘋了，但我得等到我的私家偵探開始工作後才會有更多資訊。

我需要工作和男性分身之外的事情來分散我的注意力，所以我便不請自來地前往蕾拉家吃晚餐。但是儘管我工作都快忙不過來了，我還是決定請半天假，去那個區域看一看。Uber 司機一定覺得我是怪胎，因為我只是要她載著我繞幾圈，讓我試著幻想一下平行世界的自己，住在這個有著私人鞦韆、家庭花園的和緩郊區，享受著夢一般的生活。

當我抵達時，雙胞胎都還醒著，而我一邊幫蕾拉哄他們上床——這複雜的過程包含了床邊故事、偽裝的威脅和懇求，最後以賄絡告終（「如果你們**現在**上床睡覺，媽咪**明天**就帶你們去公園玩喔。」），大概連最專業的談判者都無法招架——一邊再度試著想像自己成為蕾貝卡的角色。我試著想像她／自己在一個小人兒的召喚下，急忙跑下樓拿溫牛奶的模樣。我得承認，當其中一個孩子對我伸出雙臂，要我給他一個晚安吻時，我幾乎——**幾乎**——有點羨慕她了。

蕾拉關掉燈，我們倆像是小偷般躡手躡腳地爬下樓梯，因為我們知道最微小的聲音也會導致樓上傳來無可避免的哀嚎：「媽咪！」然後我們就要再重複一次以上的步驟。

安全地進入廚房之後，蕾拉為我們兩人各倒了一杯紅酒。「謝謝幫忙。」她一口喝下半杯。「妳很會哄他們。」

「**真的嗎？**妳真的這麼想？」

「當然。他們超愛小貝阿姨的。妳應該每晚都來的——不然照平常的發展，我現在應該還在樓上吧。重讀第一千遍《怪獸古肥羅》的繪本。」她舉起酒杯。「無論如何，乾杯！」

「我們要為什麼乾杯？」

「我有了新客戶。算是吧。」

「妳又開始工作了嗎？」

「沒有。這是義工性質的。我加入了XR。反抗滅絕組織？」

「騙人吧！」

「是真的。」她對著癱坐在沙發上戴著耳機、瘋狂拍打遊戲機搖桿的李維點了點頭。「他不贊成。他說他們都是叛亂份子。但是總要有人做點什麼，對吧？」

學生時代，蕾拉和我也經歷過多數青少年都有過的行動主義階段——加入綠色和平組織、國際特赦組織，參與過幾場遊行，大多都是因為好玩——但那沒有持續很久。我們都有盡我心中認為的「自己一份力」（資源回收啦、投票給工黨啦、簽署網路上奇怪的連署啦，就是那些你坐在家裡也能讓自己的良心獲得一點救贖的基本行動），而雖然不能說蕾拉沒有社會自覺，我卻也從來不認為她是認真的環保鬥士。「為什麼是XR？因為妳開始懂得欣賞植物了嗎？」

「哈哈，很好笑。我已經考慮了好一陣子。妳知道，如果什麼都不做，我會擔心這些孩子們以後要面對的未來。所以，就是這樣。而且其實，有一部分還是因為妳的關係。」

「我？為什麼？」

她露出一個邪惡的微笑。「跟我來，我給妳看一樣東西。」

我好奇地跟著她走進後院，而在那裡，就在一堆堆孩子的玩具和去年生鏽的烤肉架之間，昂然站著我們從垃圾箱裡撿回來的藤編椅。它破爛的坐墊現在已經補好了，它斑駁的椅腳也打磨過了（當然工藝是有點笨拙，但我不會這樣跟蕾拉說的。）「哇喔，幹得好。」

「妳當時的表情告訴我，妳不覺得我有時間這樣做，所以我就把它當成一個挑戰了。能做點什麼的感覺真的很好。我的意思是，實際一點的事。我想說，如果我有時間這麼做，我一定有時間做點比每個月捐十英鎊給綠色和平組織更有用的事吧。但就像我說的，李維不懂。」

「我懂。」從簡單的傢俱改造直接變成全職的激進份子，確實有點道理——蕾拉從來不做半吊子的事。「妳讓我覺得有點罪惡感了，我做得還不夠多。」

她開玩笑地打了我的手臂一下。「妳的整個事業都很環保啊，小貝。你基本上就是一個單人婚紗回收工廠。」

當我們漫步晃回屋內時，她說：「但如果妳要我老實說，這其中也有點自私的成分。在那兩隻小恐龍開始上學、而我奪回我自己的人生之前，我總得做點什麼。」她頓了頓。「我不是那個意思。」

「妳不必對我解釋啦，真的。我懂。我知道妳有多愛他們。」我也看得出來她的壓力有多大。那頭沒有洗的亂髮，寬鬆的衣物，還有咬爛的指甲。但這都沒有阻止她陪著我走過我最近面臨的危機，對吧？蕾貝卡失去了蕾拉二號——我不能讓我們的友情消失、或是失衡。是時候為她多付出一點了。「不然我有時候可以來當保姆？來過夜。讓妳和李維有點私人時間。」我不知道我自己要怎麼把這個行程排進來。在工作、與尼克和尼可拉斯傳電子郵件之間打轉，我沒有得腕隧道症候群已經是個奇蹟了。

「喔，天啊，那樣就太好了。妳是說一整個晚上嗎？」

「有何不可？」

「妳確定？」

「當然了。我是個失職的朋友。眼裡只有自己。對不起。」

「喔，別傻了。」她又倒滿我們的酒杯。「妳最近經歷了一場惡夢。還有妳的工作也佔據了太多時間。說到這個，妳該和我更新一下近況了吧。」

我簡單地跟她講了我最近的幾個客戶（感謝那位小明星的委託，在她把照片公開在Instagram上之後，我的委託單已經一路排到明年了），然後又針對客戶把洋裝退回來的鳥事發洩了一頓。

「真不敢相信我居然做出這種工。」

「別自責了。妳不可能永遠都保持完美的，對吧？妳是不是該開始請人幫忙了？妳負擔得起吧。」我負擔得起。我也許真的該這麼做了。尤其是如果我最近的心不在焉繼續影響我的工作的話。

酒精開始產生影響，而我差點就全盤托出。整件事的真相。整個瘋狂的故事——兩個尼可拉斯的故事——還有我搞砸那個委託的真正原因。所以我為什麼沒有開口呢？並不只是因為我懦弱——作為一個超級理性主義者，我覺得她不會相信我的（對任何人來說，這個故事都很扯），我也覺得時機還不對。我需要好幾個小時才能好好把事情說完。就算她真的相信我好了，如果她想要多認識一點自己的分身呢？那個擁有頂樓辦公室和完美事業的蕾拉。那個或許有、或許沒有家庭的蕾拉。再說，蕾拉比我聰明，也比我武斷。我完全可以想像她這麼說：**等等，小貝。所以妳發現自己正身處史無前例的科學奇蹟之中，但妳卻只用它來和一個男人約會？**所以我只是問她：「什麼事會讓妳不想再見到我？」

「啊？」

「就是，我們當了一輩子的好朋友，對吧？什麼事會讓妳不想再當我的朋友了？」

「你是認真的嗎？為什麼要這麼問？」

「就是隨便問問嘛。」

「老天。呃……如果你殺了一個**小孩**？」

「如果我殺了一個小孩？你是說雙胞胎的其中一個嗎？」

「不是，如果真是如此，我還會頒獎給妳咧。當然不是我的雙胞胎！我是說隨便一個小孩。我的意思是，不是意外撞死的那種。如果妳是刻意殺了一個孩子，像是連環殺手那樣的話啦。」

「哇喔。好喔。」

「或是你和李維上床的話。不。當我沒說。我或許還會原諒妳。或者為妳感到可悲。開玩笑的啦。對，那樣真的滿不好的，除非是我讓你這麼做，而且妳還有付租金的話，就沒關係。」

李維看向我們，拉起一邊的耳機。「我是不是聽到我的名字了？」

「我在跟小貝說，只有我把你租出去的時候，她才可以跟你上床。」

他面無表情地說了一聲：「好喔。」然後就繼續打他的遊戲了。

「妳怎麼突然想問這個？」

「我只是無法想像沒有妳的人生。」

「噢。我也不行。等等，妳應該不是快死了吧？」

「不是啦！」

「因為這麼有深度不是妳的作風。」

「多謝喔。」

「妳知道我不是那個意思。發生什麼事啦?」

「沒什麼。」

「屁咧。」又是像伯丁頓小熊一般的瞪視。

真傻。我早該知道她不會這麼簡單就放過我的。我不可能告訴她全部的真相,但是我一定得說點什麼。「我認識了一個人。算是吧。」

「是面對面的,還是網路上?」

「都有。」

「不是跟你用電子郵件聊天的那個人吧?」

「不!當然不是。」

「所以妳為什麼要這麼吞吞吐吐的?」

「在奈特和……前一個人的事情之後,我覺得讓妳再經歷一波小貝的交往爛事,實在不太公平。」

「可惜。現在快說吧,我想要知道所有細節。」

蕾拉讀過我和尼克的郵件,所以知道他是個住在里茲的作家/編輯。這和住在里茲、同為作家的尼可拉斯太像了——像過頭了。這是個轉折點:我得很快編出一個故事,不然我就得告訴她真相。

她等著。「嗯?」

然後是一聲:「媽咪!」雙胞胎拯救了我。

「靠。我馬上回來。」

我並不自豪接下來的選擇，但我說謊了。我利用蕾拉安撫雙胞胎的時間，想出了一個合理的故事。我在被尼克放鴿子之後，我便瘋狂地搜尋起符合「尼克＋作家＋里茲」這組關鍵的人。這使我又找了另一個不同的尼可拉斯。出於好奇，我讀了他寫的一些小說、對他的作品產生了興趣，所以我在推特上追蹤了他。我決定去參與他的一場活動，使我與他本人見到面，而且一拍即合。我有點自我厭惡地和蕾拉說了這個故事，一邊觀察她的表情，想看她有沒有覺得哪裡不對勁。也許是因為酒精，也許是因為疲憊，她似乎蠻買我的帳（畢竟這裡面還是有一絲絲真實的成分）。

「我懂妳為什麼不想告訴我了。」

「我真的不希望妳擔心我，蕾拉。在妳把我拖出前一場悲劇之後，我覺得這樣對妳不公平。」

她已經開始搜尋尼可拉斯了。「不錯嘛。他知道自己是妳你被詐騙之後的療傷對象嗎？」

「不知道。」

「我守口如瓶。妳得答應我，這次進展慢一點。」

「我答應妳。」

我是認真的。

尼克

我這邊的「分身任務」正緩慢地進行中。我一直都是個宅男。我不太喜歡搬家、或是放下，或許是因為我父母很晚才生我，而且在我大二的時候在六個月內就相繼過世了。除了我的故鄉之外，我從來沒有考慮過要住在別的地方。用不了多久，我就發現，如果我真心想這麼做，改變人生（或者以我的例子來說，是毀滅人生）其實簡單得不可思議。

首先，我需要資金。而且很快就要。國民基礎津貼為數不多，我也沒有新的客戶，而花布西裝哥也還沒有打算要出續集。小波是我唯一的選擇。我連抽了兩捲菸之後，終於鼓起勇氣，然後打了電話給妳。我用了一點情緒勒索（「為了我的身心健康，我得離開這裡，小波。」）、一點賄賂（「如果妳想要快速解決離婚的事，我沒問題的。」），然後就這樣，她同意先預付我賣房的幾千歐元。

再來：我要在最靠近蕾貝卡的地方找一個地方作為任務基地，這個步驟就困難得多了。梅瑟家住在高級的地段，絕對超越我的預算範圍，而且我還有狗。我唯一能負擔得起、又願意接受蘿西，而且距離梅瑟家在五分鐘的公車車程範圍內的住所，是位在奧平頓的一棟分租公寓「柏格之家」。它的預訂網站看起來老舊不堪，唯一的網路評價是匿名的，而且意味不明：「祝好運！」但這棟公寓的房東艾莉卡．柏格，在電子郵件上看起來是個友善又親切的人（「所以有一位作家要來加入我們的行列啦！真好。」）艾莉卡讓我以月租的方式租下閣樓的「套房空間」，租約裡包含了「歐陸早餐與額外付費的晚餐服務」，並說她自己養了一隻年邁的德國牧羊犬（名叫香腸），牠也會很樂意有其他同伴作伴的。蘿西和自己的族類處不太來（跟牠的主人一樣，有點不社會化），但是我決定冒個險。隨著年紀增長，牠的個性溫和了很多；牠已經很多年沒有主動挑釁其他狗了。

接著是：我的東西要怎麼辦呢？這裡真正屬於我的東西只有黑膠唱片、書、我父母的婚紗相簿、衣服和狗而已。我把書捐給了我買那套西裝的慈善商店，把黑膠賣給一個小販，然後我以極端極簡主義者的魯莽之姿，把我僅有的東西丟棄、回收到足以塞進兩個大行李箱（我保留了那套西裝：它所蘊含的情感成分讓我無法把它再捐出去一次）。這使我感到既自由又憂鬱——在地球上，四十五歲的人實在沒什麼好炫耀的。我試著不要過度思考另一個同樣令人憂鬱的事實：在這裡住了十二年之後，唯一會想念我的人是一個種族歧視的老女人。

然後：打給狄倫。聽到我的新聞後，他的回應有點不可置信，但我可以理解。

「你要搬去**哪裡**？」

「肯特。」

「為什麼？」

噢，你知道的，就是那樣：因為某個量子異常所產生的靈魂伴侶，我要開始跟蹤某人了。

我當然不能告訴狄倫整個真相，但我試著說出一點概略的輪廓。「記得我的電子郵件筆友嗎？」

「這麼認真嗎？」

「嗯，其實還沒有。但我想要試試看能不能變得認真。」

「也不錯。」

是嗎？時間會告訴我們的。

最後：我要怎麼過去？拖著行李、牽著蘿西，再加上牠的籃子和狗碗，搭火車絕對是個挑戰。但傑西提議送我們過去，解救了我的燃眉之急。

我想要和一個背刺我的傢伙坐在同一輛車上四小時嗎？當然不想。但是這對我們兩人來說是雙贏。這能讓他消弭一點罪惡感，而我搭了免費的便車。為了不要在車上聽他懺悔好幾個小時，我帶了鮑伊的唱片，並把音量調大。蘿西中途暈車，我們手忙腳亂地找水和環保紙巾來善後，雖然這合作還算感人，但除此之外，我們幾乎一句話也沒說。

「柏格之家」座落在一個還算怡人的社區，帶著一九三〇年代沈穩而與世隔絕的復古風格，而且比我想像得要大。與隔壁奉公守法的鄰居不同，它公然違反了綠化法案，把前院用水泥填平了，但做人不能太貪心，對吧？

傑西幫我把蘿西的籃子和行李搬下來，一邊喃喃說道：「老兄，所有的事情，我真的都感到很抱歉。」

我有點同情他。現在這還有什麼關係呢？「這樣也好。你會好好照顧她的，對吧？」我們都知道照顧人的人會是誰。就像她一開始照顧我一樣。

「如果你需要的話，我都在的。我們都在。」

我就沒有針對這句話作出回應了。

啊，終於回到甜蜜的家了。我按下門鈴。裡頭傳來一聲聽起來像是非常巨大的狗才會發出的悶吼。過了大概一輩子這麼長的時間，都沒有人來應門。當門終於打開時，首先冒出來的是一隻德國牧養犬——完全無視某個斯堪地那維亞口音的人聲正在尖叫：「香腸！不要！」並直接往蘿西撲過去。我試著抓住香腸的項圈、並同時將蘿西向後拉——這兩個動作完全超越了我有限的反應能力——但是我擔心過度了。搖搖尾巴、聞聞屁股之後，牠們就一見鍾情了。但我和艾莉卡，可沒這麼幸運。電子郵件裡親切的語調只是做做樣子罷了。我一直在腦中想像著一位和藹、有點古怪的六十歲老太太，但卻和現實中的她差了十萬八千里：她四十出頭，尖苛易怒，好像自己的身體令她很不舒服似的，臉上的表情和舉止則足以讓她在老掉牙的影集裡飾演一位冷酷的典獄長。針對我說的「很高興終於見到妳了」，她只是點了點頭，回了一句「是，是」，然後就把兩隻狗趕進屋內，並不耐煩地看著我笨拙地把行李和蘿西的東西搬上走廊。

她幾乎算是無禮地說：「來吧，帶你看看環境。」並以簡單粗暴的效率領著我穿過屋子，指示我把蘿西的碗和籃子放在廚房裡。蘿西這個小背叛者完全不管我——牠高傲地和香腸一起擠進了那隻德國牧羊犬的窩裡。這裡的裝潢就和外頭水泥填平的前院一樣，沒有舒適和美感可言，只有純然的實用性。牆壁漆成工業風的米黃色，地板鋪著磁磚，傢俱則都像是買來自己拼裝的，帶著斯堪地那維亞的冷硬感，被動攻擊性的標語貼得到處都是，而且還有奇怪的錯字：「杯子『汗』碗盤都**只能**在這裡清洗」、「**禁止**抽『筋』」（我猜她想說的是禁止抽菸，但若她提出這個要求我也不會感到意外）。艾莉卡紀律嚴明。空氣裡瀰漫著薰衣草清潔劑的氣味——那個罐子好像黏在她手上一樣。她唯一的盲點似乎只有屋子裡四處飄散結塊的狗毛，沾黏在傢俱的腳上、堆積在角落裡。

「好了。事先預約後，你就可以使用起居室。廚房也是。但記得每次都要清理乾淨。」她頓了頓，增加強調（與威脅）感。「**每次喔。**」

不過閣樓的房間倒是挺討人喜歡，好像這間屋子殘存的原始魅力為了逃避艾莉卡的追殺，便全部躲到閣樓上來了一樣。木板地的色澤溫潤，衣櫃樣式老派，銅床上鋪著一條舒適的復古被，艾莉卡說那是前一個房客留下來的（「一個沒有品味的男人，不用我多說了吧。」）房間比我想的要大，有著傾斜的天花板，以及如同《歡樂滿人間》般俯瞰城市屋頂的好視野。角落的浴室小得不可思議（我花了幾天時間，才找到坐在馬桶上時不會讓膝蓋撞到淋浴間的方法），但至少不是共用衛浴。

「你今晚和我們一起用餐嗎？這樣你就可以認識一下其他房客。」

我怕得不敢拒絕。

你大概沒辦法想像比這更尷尬的一頓飯了。除了我之外，目前這裡的長期房客只有另外兩個人，如果換了一個情境，這也許就是伊靈喜劇（Ealing comedy）最適當的角色組合。**三個男房客、一位多情的房東太太，讓我們繼續看下去。**只是這位房東太太有點嚇人，房客們又……怪怪的。住在我樓下的男人叫做荷西，瘦得皮包骨，聲音永遠只比耳語大聲一點點，另一個男人則叫莫里斯，體重極度超標，當房東太太介紹我們認識時，他喃喃表示自己寧可不要動手，但是「原因不好說」（當我把他們的事告訴小貝時，她立刻將他們稱為「勞萊與哈台」——又是一個我們兩個世界都有的共通點）。他們幾乎不太說話，而我不得不認為他們雖然極度想要搬離，卻被困住了，好像某種邪教或是綁架事件的受害者。幾次嘗試之後，我勉強得知他們是同一間核能公司的約聘人員，但他們住在這裡的整段時間裡，他們從來沒有表現出像是朋友或甚至是同事的任何徵兆。

往好處想，那頓飯並不難吃——艾莉卡堅稱那一大盤素食義大利寬麵是她親手做的，但它看起來更像是倉促微波出來的量販料理。當我問起房裡唯一的裝飾——某個男人穿著不同色迷彩服的一系列照片——時，完全無視尷尬氣氛的艾莉卡，終於賞給我第一個微笑。「啊。那是佩托斯。我的丈夫。他在世界各地做著重要的保全工作。如果你夠幸運的話，有一天你會見到他的。」莫里斯對我投來一個意味深長的眼神。由於照片裡的每個佩托斯都沒有笑容，而且看起來像是一顆巨大又危險的馬鈴薯，莫里斯的暗示很明顯：如果我夠幸運的話，最好不要見到他。

如果不是因為房間的魅力，還有出乎意料地安頓下來、好像自己在這裡住了一輩子的蘿西，我大概當下就走人了。

剛搬進去的那晚，我什麼也沒做，只是勉強撐過了晚餐（以後再也沒有了），溜進後花園（同樣也被水泥封死了）偷偷抽了根菸（或說抽筋），然後拆了行李，並報告進度給小貝知道。她覺得我住進分租公寓是一件很好笑的事——在她的世界裡，好幾年前就已經沒有這種公寓存在了。

「不只如此，我還住在一個閣樓裡，像是十九世紀的僕人一樣。或者像一個沒人捨得人出去的老行李箱。」

「謝謝妳這麼說，小貝。妳把我比喻成一隻會飛的鼠輩，現在我對於我自己的比喻更有信心了。」

「或是一隻蝙蝠。」

「蝙蝠很棒啊。再說了，藝術家不就是該住在閣樓裡嗎？」

「那叫做頂樓隔間。」

「一樣啦。而且我可沒有為此去查維基百科喔。我覺得這聽起來很浪漫。說到這個：你對於明天有什麼感覺？」

明天將會是我的第一次偵查。這會是我第一個——有可能——見到蕾貝卡二號本人的機會。「緊張。興奮。擔心我會搞砸。擔心她會覺得我是像傑佛瑞那種類型的跟蹤狂。」

小貝有個可靠的「切入點」能和尼可拉斯見面，但和她不同，我完全沒有任何計畫。蕾拉二號不是可行的選項——她和蕾貝卡早已疏遠，而且在她心中，我是蕾貝卡多年不見的同性愛好者老友。我可不能走到蕾貝卡家門口敲門，然後說：「嗨！妳不認識我，但多虧了量子異常，我們其實變成了靈魂伴侶喔。可以請妳幫我泡杯茶嗎？」我只能即興發揮了。

在用過「歐陸早餐」之後（基本上就只是吐司，配上更多的苦難），我就出門了。一開始的進展還不錯。蘿西和我想辦法搭上了正確的公車，並找到了蕾貝卡的住址。多麼驚人的一間屋子啊。梅瑟家的宅邸座落在一個以建築結構達成零排放社區的核心地段，寬闊的大道兩側則是用玻璃和雪柏蓋起，外觀如出一轍的小豪宅，每一間屋子和鄰居之間都有大量的綠色植栽，好保留每戶人家的隱私。這個社區彷彿是存在於屬於它自己的寂靜宇宙之中，好像財富與特權就足以隔絕勞工階級所製造出的日常噪音。這對這裡的住戶來說是優勢，（套用傑佛瑞可能的說法）對想要來這裡打探消息的人卻爛透了。這裡不是那種可以四處徘徊、卻不會被人發覺的地區。我唯一的優勢只有我的狗。一個男人如果獨自遊蕩：喔哦，絕對有問題。一個男人如果帶著狗：大家都會當他是朋友。

我沿著大道走了幾趟，直到我終於開始習慣這裡的新氣味和新環境、蘿西也拒絕往代表家的方向走半步為止。當一個女人推著嬰兒車出現時，我正好在蕾貝卡家斜對角的位置。她停下腳步，戴上耳機，我則屏住氣息，等待著，以免她回頭張望時看到我。她很纖細，留著一頭黑長髮，綁著馬尾，穿著看起來十分昂貴的慢跑裝。從我的位置看不清她的臉，但她肯定很美。我原本期待自己會看見什麼？我在腦子裡是怎麼幻想她的模樣呢？是她——也不是她。小貝說她當初也很難把自己幻想的版本和真實的我結合在一起（「妳的意思是妳很失望吧，小貝。我告訴過妳，我不是男神的料。」「不是失望。借用你的說法——比較像是認知混亂吧。」）。現在我懂了。

她沒有回頭，而是快步走了起來。和她保持著距離，我和蘿西想辦法跟著她走出了社區，沿著兩旁攤販販售新鮮蔬果的徒步區，蘿西費力地喘著氣，我則興奮得激動不已：**也許就是這樣了！**但並非如此。她跨過一個路口，然後來到一座公園華麗的大門前。蘿西只願意走到這裡，就一步也不想動了，不管我怎麼拉扯或哀求牠都沒用。我只能眼睜睜地看著那個不知道是不是蕾貝卡的女人消失在視線之中。我別無選擇，只能在追逐還沒開始之前就先結束，並回到公車站，身上沈甸甸的不只是失敗與失望的重量，還有狗的體重，因為蘿西堅持要我抱著走。當我們回到柏格之家時，我們倆的心情都不算太好。

我們走進屋內的下一秒，艾莉卡立刻就迎了上來——她一定是在走廊上徘徊，等著我們現身。「尼克，我得說，你這樣實在太不公平了。」

我幹了什麼好事？我才住進這間屋子不到二十四小時呢。蘿西拋下我，動身去找香腸和牠的籃子了。

「如果你要帶狗出去散步，請務必把香腸一起帶去。」

「喔，好。沒問題。」

「很好。然後，我注意到你有抽菸的習慣。請不要在靠近窗戶的地方吸菸。」

「當然了，抱歉。」我準備朝樓梯走去，但她擋住了我的去路。「還有什麼事嗎，艾莉卡？」

「我在你房間裡放了個東西。來吧，我帶你去看。」

我有點恐懼地跟著她爬上樓。我喜歡房間本來的樣子呢。

「哪，讓你寫作用的。」我本來以為自己會看見另一個禁止標語，或者是她幫我換了一套全新的被單，但靠在牆角的是一張小巧而美麗的維多利亞式書桌。「它很醜，我知道。是鄰居丟出來的回收物，我請男士們幫我搬上來了。」

「非常謝謝妳的好意。」

「不客氣。我很照顧我的房客的。現在這裡是你的家了。」當然，她這番話中不帶任何溫度，所以聽起來幾乎像是不懷好意了。

我把筆電放在桌面上，瞪視著螢幕：**進入我的痛苦世界吧，尼克。**

寫吧。寫點什麼。什麼都好。如果尼可拉斯做得到，我也可以。

但我要寫什麼呢？我正身處於小說般的劇情裡，為什麼不好好利用一下呢？真要說的話，這也許還能幫助我客觀地看待這個瘋狂的任務。誰知道呢，也許我還可以贏過我的分身呢。根據小貝的說法，尼可拉斯有五年沒有用自己的本名出版任何作品：她稱之為「桑格系列」的書才是他的主力。

深吸一口氣……開始吧。

不到幾秒鐘，我就分心了。小貝應該在工作，所以我寫了一封自己的任務更新（「**我知道妳的長相啦！**」）存在草稿匣。我收到兩封電子郵件——一封是凱文用他枯燥乏味的口吻告知我下一場貝爾史丹協會會議時間（刪除——我唯一會覺得可惜的就只有阿迪爾的點心），另一封則是花布西裝哥冗長的郵件，告訴我他孫女已經把《黑暗中的槍響》（我想的書名）發布在自費出版網上了。我點進他寄給我的連結，心中沒什麼期待。但花布哥委託的封面設計其實做得還不錯（一座鄉間莊園的陰鬱剪影，背後則是看起來充滿惡意的森林），而且小說下面已經有幾則評論了。在惡評如潮的第一本小說之後，我還有勇氣讀這些評論嗎？我認為我還能應付得了。這本小說也許有百分之九十是我寫的，但我覺得它並不完全屬於我。我很快地掃過第一則評論，手指放在「返回」鍵上準備著。「一時興起買了這本書。很高興我這麼做了。一口氣讀完之後，出乎意料地是，最後我反而站在兇手那一邊。這個作者如果有新作品，我會再買單的。」

哇喔。好喔……

其他評論也都是差不多的主題（不過我確實檢舉了一個在評論裡劇透的人——告我啊）。

我真想把這些評論一字不差地傳給小貝。這個世界感覺變得明亮了一點。

小貝

纖瘦：就是這個詞。尼克是這樣形容蕾貝卡的。對我來說，這個詞的言外之意，絕不只是灌輸在幾乎每個千禧世代的潛意識裡、那個不可能達成的「美」的標準而已。「瘦」對我來說，就等於「不快樂」。我這輩子最瘦的時光，是在和奈特在一起的時候。他從來沒有像公事包先生那樣說出「最好瘦到可以狩獵的體重」這類殘酷的話，但他確實說過不少次「最近是不是變重了，貝貝？」或是「妳確定吃甜點沒關係嗎？」，而在說過太多次之後，這些話就開始影響我了——生理和心理上都是。

這算是警訊嗎？在尼克得到更多資訊之前，我都無法確定。就我們現在所知的事實，也許那女人根本就不是蕾貝卡，而是保母。他們的財富絕對負擔得起。

「我明天早上會繼續調查的，小貝。妳那邊的進展怎麼樣？」

「你說呢？你才是收割到一堆好評的作家耶。真為你感到高興，尼克。好希望我也能看到那本書。」

「我也希望。所以，有什麼新消息？」

我還正在寫回信，就收到了另一則訊息：「來倫敦跟出版社開會。一起吃晚餐？還是喝一杯？我知道有點太臨時了。」

*

我不知道我為什麼會提議去那間讓我經歷史上最糟約會的餐廳吃飯。也許是想要驅除那裡殘餘的殘酷記憶?還是想要看他對那裡的反應?或者是，想要看**我自己**的反應?

我沒有時間糾結自己的穿搭，而且真要說的話，我也是為了尼克才和他見面的——不是嗎?——這樣我才能幫尼克問到他心心念念的答案。尼可拉斯得接受我不修邊幅的模樣了，包括暈開的睫毛膏之類的，而且老實說吧，他早在意外的早餐碰面時就看過我最糟的樣子了。當我抵達時，他已經到了，坐在我上一次選的同一個沙發座位區，備感興味地打量著菜單，一邊啜著一杯淡啤酒。我猶豫了一下才走上前。雖然在早餐時間第二次與尼可拉斯見面，和他聊過飽伊、他的作品和我的工作後，與他的相處已經讓我不再那麼緊張，但我對他的感覺是什麼?我們之間有火花嗎?用尼克的說法來說，我已經在心中彙整出一套屬於他的特質和怪癖，而我不斷地把這套幻想的形象與這個有血有肉的真人重疊在一起。換句話說，他和尼克就像是一個盤子裂開的兩半，而在我心中，我無法不留痕跡地把這兩半拼在一起（「**這個比喻會不會很蠢啊?畢竟你才是作家。**」「**不會，蠻合理的。我搞不好會把它偷來用喔。**」）。

我常常讀到形容人「亮了起來」的文字，但儘管如此平庸迂腐，當他看到我時，我也只有這句話能夠描述他的模樣。我不太確定要怎麼和他打招呼:握手?擁抱?親吻兩邊的臉頰?幸好服務生（也還好不是目睹我和公事包先生慘劇的那位）趕了過來，為我點了飲料，化解了原本的尷尬。

我不想猶豫不決，所以我脫口而出:「我和他點一樣的。」服務生點了點頭，離開桌邊。我們就座。「我一直都想說說看這句話。你喝的東西應該不噁心吧?還是那是非酒精類的?」

「是海尼根。很無聊，我知道。」

「嗯，你確實不喜歡真釀的麥芽啤酒。」

「誰告訴妳的啊？我有寫在推特上嗎？」

呃喔。「應該是吧。」**小心點，小貝**。那是尼克的特徵（「當我爸發現我喜歡淡啤酒勝過麥芽啤酒時，我覺得就算我告訴他我是個殺人兇手，他都不會那麼震驚。」）。

服務生送上我的玻璃杯。「乾杯。」

我們喝了一口酒。他打量著四周的裝潢。「這間餐廳真是……」

「可怕，對吧？」

「嗯……對。妳為什麼會選這裡？」

喔，我好想說謊……但最近的謊言已經夠多了。我告訴了他整個故事。當然，我扣掉了和尼克傳訊息的部分。

「真是個。人。渣。很遺憾妳遇到這種人，小貝。」

「交友軟體必經的歷程囉。」

「嗯，不應該是這樣的。我懂妳為什麼要回來這裡了。就某方面來說，這代表他沒有贏，對吧？」

我還沒想過這是個可能的動機呢。真聰明。「對。而且我保證，食物真的很好吃。你最糟糕的約會經驗是什麼？」

「我不太約會的。我篤信單一伴侶制。」

「你現在有對象嗎？」

「沒有啊！如果有的話，我就不會在這裡了，對吧？」我的內在一陣顫抖，但不是不舒服的那種。他認定這次是個「約會」，不過我隨即想道，**廢話，小貝**，不然妳覺得呢？

「很糟糕嗎？」

「不。我們算是……互相耽誤吧。」和尼克形容他和小波的關係結束的方式很像。虎頭蛇尾的結局。

「結過婚嗎？」

「現在是什麼狀況？西班牙宗教法庭審判嗎？」

「對不起。老天。」

「不，沒關係啦。我開玩笑的。沒有喔。有幾個穩定交往過的女友，但從來沒走到那一步過。一直都不覺得是對的人。還有別的問題嗎？不然就換我問妳囉。」

「只剩一個。」

「聽起來不太妙。我需要先喝一杯嗎？」

「也許喔。」

「好，你問吧。」

「你會比較想當馬頭人身的半人馬，還是魚頭人身的人魚？」

他眨了眨眼。然後放聲大笑起來。「這有標準答案嗎？」

我的手機在桌面上震動起來。我沒告訴尼克我要和他見面。瞞著他似乎不是一個正確的決定，但是從他透露出來的資訊，我懷疑尼克很難接受他的分身。所以我決定，與其讓他生好幾個小時的悶氣，我還是見機行事，再決定要回報什麼給他。

「妳可以看手機，我不介意的。」

我考慮要不要再溜進那間可怕的女廁，但最後決定這次不要。「手機的事可以晚點再處理。」

我一直在想要怎麼描述那晚發生的事。我和尼可拉斯某部分的相處幾乎有點太不費吹灰之力了，太輕鬆了（也許是因為酒精的幫助）。尼克／尼可拉斯的分歧逐漸淡去，取而代之的是我和他的分身所建立起的熟悉感。就連幫尼克問出他想要的答案，也都是自然而然、毫不刻意的。但我的手機躺在桌面上，像個不以為然的監護人，當它一次又一次地震動，我又多出一封未讀郵件時，我會想到：**這個人是他、又不是他。**他的核心特質是存在的，那股同樣輕鬆的幽默感，但尼可拉斯更認真一些、不像尼克那麼冷嘲熱諷。我得費力阻止自己太仔細地打量他：尼克在認真思考的時候也會這樣拉自己的耳朵嗎？他吃東西的方式也是這樣（比我慢得多，好像若有所思一樣）嗎？如果我在不認識尼可拉斯內在的前提下遇到他，我會對他有什麼感覺？但這問題當然無從回答起。

我們是最後一組離開的客人。我和他一起站在餐廳外，等著他的Uber到來。我們沈默地站了幾分鐘。我們之間散發著一股期待之情，那是成功的初次約會結束時才會產生的感覺，但這次不只是個感覺而已——這是觸手可得的現實。他先開口了：「如果我表現得不夠明顯的話，我想告訴妳，我真的很喜歡妳，小貝。我還想要再和妳出去。只是，我從來沒有和粉絲約會過。」

「老天。我搞砸了，對吧？」

哇喔。他真的這麼說了嗎？他有這麼自負？「你是這樣看待我的嗎？一個**粉絲**？」

「對，因為我其實真的稱不上是你的粉絲。」這是真的。桑格系列的作品，我才看到第二集而已。

他笑了起來。

「妳會擔心自己不小心落入《戰慄遊戲》的劇情嗎？」

「老天，當然不是。但也許會不小心變成某種恐怖情節對吧？沒有命案或跟蹤的那種。」

「嗯，有可能……」

然後他牽起我的手，把我拉向他，並且吻了我。我不打算把這一吻描述得太天花亂墜（就算我想也辦不到），但我心中有什麼東西**改變**了。做出了回應。不，應該說，好像有什麼東西歸位了，彷彿我的身體已經跨過了我心中的懷疑，並決定放手一試。

Uber 停了下來。「回頭見了，小貝。」

*

寄件者：Bee1984@gmail.com
收件者：NB26@zone.com
那不算是個約會。嗯，也許是吧，但不是那種約會。

寄件者：NB26@zone.com
收件者：Bee1984@gmail.com
小貝，妳不用跟我解釋。我們已經討論過了。這就是我們原本計畫的目的，記得嗎？

寄件者：Bee1984@gmail.com
收件者：NB26@zone.com
我知道。我還是覺得好像我在做什麼壞事一樣。好像我背叛了你。對你不公平。我應該要先告訴你的，對不起。

寄件者：NB26@zone.com
收件者：Bee1984@gmail.com
再跟妳說第一百次。妳沒做錯什麼事。我們得對對方誠實，因為說真的，我們也沒有別人可以坦白了。不然我們會發瘋的。我們的狀況，應該沒有人會覺得正常。或合理。

寄件者：Bee1984@gmail.com
收件者：NB26@zone.com
你說得對。我要把罪惡感擺一邊了。至少現在是這樣。好，所以。他絕對還沒結婚。沒有提到小波，但他確實有談到一個叫茱蒂的女人。我想那就是他最後一段正式的感情了。你有印象嗎？

寄件者：NB26@zone.com
收件者：Bee1984@gmail.com
沒有。從來不認識叫茱蒂的女人。這也不像是我會喜歡的名字。

寄件者：Bee1984@gmail.com
收件者：NB26@zone.com
你不能用名字來批判人啦！而且有很多叫茱蒂的女人都很棒啊。茱蒂・佛斯特。茱蒂・基德。如果她們在你的世界存在的話。

寄件者：NB26@zone.com
收件者：Bee1984@gmail.com
對，我知道。別理我。老天，他真的沒跟小波結婚？

寄件者：Bee1984@gmail.com
收件者：NB26@zone.com
聽起來沒有。這對你來說一定很怪吧。

寄件者：NB26@zone.com
收件者：Bee1984@gmail.com
對。這意味著他錯過了一段爛掉的感情、還有被自己最好的朋友背叛的新鮮感。

寄件者：Bee1984@gmail.com
收件者：NB26@zone.com
這也意味著他沒有和狄倫的那段關係，所以如果你仔細想想，他才是輸家。

寄件者：NB26@zone.com
收件者：Bee1984@gmail.com
哇喔，小貝，妳真的很會阻止可悲混蛋先生露臉欸。但妳說得對。謝了。
好了，跟我說更多吧。我可以承受的。

寄件者：Bee1984@gmail.com
收件者：NB26@zone.com
他告訴我，在第一本小說沒有成功後，為什麼他還會繼續寫作了。你想知道多少？還是這樣太赤裸了？

寄件者：NB26@zone.com
收件者：Bee1984@gmail.com
你是說第一本書的大失敗吧。我想聽全部。

寄件者：Bee1984@gmail.com
收件者：NB26@zone.com
老天，要問出那個問題、又不想讓他覺得我像個瘋子怪胎，真的很難耶！他很不想談那本書。總之，他說他一個朋友和他說了一番很中用的話，甚至列了一串第一本書被批評成屎的作家名單給他。他朋友告訴他，他欠自己第二個機會。如果不再試試看的話，他一定會後悔的。

寄件者：NB26@zone.com
收件者：Bee1984@gmail.com
哪個朋友？

寄件者：Bee1984@gmail.com
收件者：NB26@zone.com
他沒提到名字。抱歉，那時候我已經喝了四杯淡啤。他也是。

寄件者：NB26@zone.com
收件者：Bee1984@gmail.com
淡啤？

寄件者：Bee1984@gmail.com
收件者：NB26@zone.com
對，你們喝酒的習慣一樣。

寄件者：NB26@zone.com
收件者：Bee1984@gmail.com
我可憐的老爸。在兩個世界裡他都會氣到活過來吧。還有什麼我該知道的嗎？他有讓我難堪嗎？有做什麼丟臉的事嗎？

寄件者：Bee1984@gmail.com
收件者：NB26@zone.com
你是指什麼？你常常在約會的時候出糗嗎？

寄件者：NB26@zone.com
收件者：Bee1984@gmail.com
十三年沒約會過囉。記不得那麼久以前的事了。有可能喔。

寄件者：Bee1984@gmail.com
收件者：NB26@zone.com
喔！他說他也篤信單一伴侶制。你覺得那是後天培養出來的，還是基因問題？

寄件者：NB26@zone.com
收件者：Bee1984@gmail.com
可能只是因為絕望。害怕被拒絕。就是「愛你所有的」那種類型。聽起來妳已經成為布雪交往對象的下一個候選人了呢。

寄件者：Bee1984@gmail.com
收件者：NB26@zone.com
我不敢說這麼滿喔。他說和粉絲交往感覺很奇怪。

寄件者：NB26@zone.com
收件者：Bee1984@gmail.com
他居然這麼說！傲慢的混蛋！

寄件者：Bee1984@gmail.com
收件者：NB26@zone.com
不要對自己這麼嚴格啦。或是對他。你知道我的意思。他就是你，你知道的。
而且他也不傲慢。他對服務生很有禮貌。堅持他要買單。還留了很大一筆小費。

寄件者：NB26@zone.com
收件者：Bee1984@gmail.com
好吧，那還可以。

寄件者：Bee1984@gmail.com
收件者：NB26@zone.com
繼續吧，你可以問的。

寄件者：NB26@zone.com
收件者：Bee1984@gmail.com
問什麼？

寄件者：Bee1984@gmail.com
收件者：NB26@zone.com
你知道我在指什麼。但是，不，我們沒有。我是說上床。

尼克

我跳過了早餐，走到後院去抽菸、順便思考。

也許不太算是思考。更像是哀嘆。那**一定**是傑西。嗯，當然不一定是傑西，但想想最近大宇宙對我使出的幾個賤招，我願意賭上花布西裝哥給我的所有現金，拯救了尼可拉斯的職業生涯的人，一定就是在這個世界裡把我的老婆拐跑的那個傢伙。我不斷對小貝傳給我的資訊抽絲剝繭，像是人們撥弄自己結痂的傷口那樣。剝開乾皮，在下方記憶的皮肉中戳刺。傑西和我那時候還很親近，才大學剛畢業、剛結束師資訓練。我模糊地記得關於我的書評出現在星期日先驅報（Sunday Herald）時，我們兩個人喝得酩酊大醉，但僅此而已。他絕對沒有寫什麼清單給我。

此外，關於小貝那場不算是約會的約會，她一定有更多事情沒有告訴我。我應該很高興她和這個男人建立起了連結，畢竟這個男人不是別人，而是**我**。我應該要高興她覺得他有魅力，就算他那句話聽起來確實是個傲慢的混帳。

我洗過澡，刮完鬍子，垮著臉檢視我的電子郵件。就這麼剛好，小波寄了一封簡短而甜蜜的郵件給我，標題叫做「離婚」。她提議我們自行解決、不要請律師，我也覺得這樣不錯。然後，她就像是將鮮花插在牛糞上一樣，在信件結尾附註，說她找到了一位對房子有興趣的買家。這使我想起該打電話莉莉了，我一直在用各種理由推遲這件事。我花了一小段尷尬的時間提醒她我是誰：「尼克？我不認識什麼尼克呀。」（對她而言，我一直都是「小夥子」。）不過對話的其他部分並沒有我想像的那麼痛苦。她問候了蘿西的狀況，當我告訴她這隻狗開始談戀愛了的時候，她便放聲大笑起來（「我就知道牠會主動出擊。」）。然後她問：「你的已婚女人怎麼樣？」

「還是已婚。」

我轉移了話題，讓她用整整十分鐘抱怨她倒楣的新護理人員。

為了提振自己的精神，我再度進入自費出版網，去看那些良好的書評。網站上又出現更多評論，比我上次看時多得多了。人們真的有在讀這東西啊。而且，除了一個人不喜歡這本書「惡意虐待動物」之外，其他全都是好評。**走路都有風呢**，我媽一定會這麼說。我正在重看第三次好評，沾沾自喜不已，蘿西卻帶著香腸出現了，要我帶牠們去晨間散步。現在已經接近我上次看見蕾貝卡（如果她**真的是**蕾貝卡的話）前往公園的時間——希望那是她的某種例行公事之一。不管如何，那都會是一步險棋。我也許要花上一世紀的時間，才能找到方法和她產生互動。

我一直有點害怕帶香腸一出門。牠在家裡看起來像是隻溫順的貓，但誰知道呢，也許牠是隻披著年老德國牧羊犬的鬥牛犬。但真要說的話，牠其實比蘿西好遛太多了，會乖乖坐在公車地板上（不像蘿西一直試著要爬上一個老人的腿），也會乖乖走在我身邊，不會一直扯著繩子向前跑、或是挑釁路過的其他犬隻。

我們朝公園走去。這座公園使得狗屎草原看起來就像是……狗屎草原。公園裡小心維護的步道穿梭在復育的樹林之間，兩側遍布著精美雕刻的長椅和狗用的水盆。這個沒有柵欄的精緻社區綠地，至少比我與貝爾史丹協會三人組見面時的公園大了三倍，有一個長滿蘆葦的水塘，還有一個露天音樂台。這裡很寧靜，是個會讓你想待上好幾個小時，只是漫步、放鬆、釐清思緒的地方。可惜的是，要釐清我的思緒，只有大自然的美景可不夠。老天，如果我想的話，我真的可以是個可悲的混蛋。難怪小波要離開我，而且現在我終於有時間好好思考，她說了那麼多次「老天，你真是個可悲的混蛋」，應該代表她早就已經受夠我了。傑西也許無聊得要死，但他很少這麼可悲。

喔，管他的。我就是得知道。就像一隻狗跑回去聞自己的嘔吐物、或是兇手回到犯罪現場那樣，我就是忍不住。今天是上學日，但我運氣很好，正好遇到傑西的空堂。接到我的電話，他聽起來既焦慮又開心。

「你是想討論離婚的事嗎，尼克？我可以跟小波說，然後——」

「不是的。傑西，好幾年前，我出版了第一本書、但是徹底砸鍋之後，你有鼓勵我嗎？」

「什麼？怎麼突然提起這個？」

「說說看嘛。」

「嗯……有啊。你那時候蠻心碎的，所以我們出去喝了幾杯——真的很多杯——然後我告訴你不要太往心裡去。」

「你有為了鼓勵我，列一串第一本書寫爛了的作家名單給我嗎？」

一陣沈默，然後他說：「你知道，說也奇怪，我記得自己想著要這麼做，但你似乎不把它當一回事，說你會放下的，所以最後我就沒有寫了。認真說，老朋友。你還好嗎？」

「我很好啊。正在寫另一本書了。」

「喔，那就太好了。因為你真的、真的很會寫。」

我幾乎又要再次喜歡他了。「謝了。」

有這麼簡單嗎？人生真的因為一片蝴蝶翅膀就會改變嗎？看來沒錯。難怪貝爾史丹協會的人都那麼疑心病重。我的事業就這樣毀了，因為傑西懶得寫一份名單給我。**不。不。這樣不公平，尼克。**這是我的錯。而且我不能把自己的缺乏野心怪在小波身上。如果我真的振作起來，並鼓起勇氣離開哀怨的泥沼，再寫一本書，也許我們兩人就會更快結束那段感情了。我們之所以會苟延殘喘下去，一部分的原因，也是因為她捨不得在一隻狗落水時還多踢一腳。

我沿著通往池塘的步道往前走，並在一棵柳樹旁風景特別優美的地方稍作停頓。香腸和蘿西趁此機會在草叢裡解放——牠們現在默契好得連拉屎都要排成一列。我正清理到一半，蘿西突然尖聲大叫起來，我轉過身，看見一個小女孩搖搖晃晃地朝香腸走去。在我放開牽繩、清理雙份的狗屎時，香腸就走到一旁去嗅聞樹根了。

「史嘉莉！等等！牠可能不是很友善呢。」轉角走來一位扛著背包、推著推車的女人，正是我從梅瑟宅邸尾隨到公園的女子。

香腸也許脾氣軟得可以，但我從來沒有看過牠和孩子互動，而牠顯然有潛力扯掉一個小孩的手（**「小貝，好消息是，這裡的公園超讚。但壞消息是，我房東太太的狗殺了妳的小孩。」**）。史嘉莉會比我早到香腸身邊，但我還是奮力趕去，對牽繩伸出手，並在過程中捏爛了狗便袋。幸好，香腸噗地一聲躺了下來，四腳朝天，然後在孩子輕柔地搓弄牠的肚子時，發出輕聲嘆息。

女子終於來到我們身邊。「史嘉莉！妳不可以再像那樣跑掉了。」她轉向我。「真的很抱歉。她摸狗沒關係嗎？」

「當然了。」蘿西以前從來沒有咬過人，但當小女孩摸牠的頭時，我還是渾身緊繃。感謝老天，狗看起來只是百般聊賴而已。

「妳看，媽媽，小狗狗喜歡我！」

媽媽。靠邀。所以不是保姆了。現在有可能會釀成幼童血災悲劇的壓力消失了，我終於讓自己鬆了口氣，也讓自己好好吸收現在所發生的事。這是蕾貝卡。有血有肉的真人。就在我眼前。

「謝謝你。她好愛狗。」

「看得出來。」我腦中只想著，是妳耶。黑眼、黑髮，高聳的鼻樑，銳利的顴骨。姿態妖嬈。比我想像得要侷促一點，但或許是因為她女兒剛才勾引了一隻聖伯納犬的關係。真要說的話，她比我腦中想像的小貝要有魅力得多。我的內心嘆了口氣：**是妳，終於見到妳了。**

她皺起鼻子。我一直太心不在焉，所以沒有特別去想，但是確實有一股惡臭從某處傳來。不是某處，而是來自於我。靠。狗便袋爆開了，狗屎流得我滿手都是。

「來。」蕾貝卡在大得足以媲美逃生包的肩背包裡翻找，然後遞給我一包環保濕紙巾。

「謝了。」

「不客氣。畢竟這算是我的錯。」

「幸好妳沒有打算跟我握手。」

她露出緊繃的微笑。

說點別的吧。延長這個對話。我突然張口結舌，對話的時機就這麼過去了：和小貝說她第一次見到尼可拉斯時的反應如出一轍。

「嗯，再度謝謝你。走吧，史嘉莉。回家的時間到囉。」

「掰掰，小狗狗。掰掰，先生。」她的可愛毋庸置疑，但我相信小貝不會認可她的「爹地的小女孩」T恤。

「掰。」

她們繼續往前走。**幹得好啊，尼克。**蘿西、香腸和我舉步維艱地離開了。我忙著在腦中痛揍自己一頓，所以差點來不及在蘿西撲向一隻來勢洶洶的愛爾蘭雪達犬前將牠拉開。

*

寄件者：Bee1984@gmail.com
收件者：NB26@zone.com
所以，是屎一般的初次見面囉。

寄件者：NB26@zone.com
收件者：Bee1984@gmail.com
對，很好笑。

寄件者：Bee1984@gmail.com
收件者：NB26@zone.com
但至少你們終於見到面啦，這還是有點意義的，對吧？
我看起來快樂嗎？我是說蕾貝卡？

寄件者：NB26@zone.com
收件者：Bee1984@gmail.com
我只見到妳五分鐘耶，小貝。妳的孩子倒是真的很可愛。

寄件者：Bee1984@gmail.com
收件者：NB26@zone.com
想到這件事還是會讓我覺得很詭異。老實說，我一直很努力不要去想它。

回來講蕾貝卡吧。所以呢？你喜歡我／她嗎？：）

寄件者：NB26@zone.com
收件者：Bee1984@gmail.com

很明顯吧。尼可拉斯顯然很喜歡妳，而我想我們喜歡的類型是一樣的。

寄件者：Bee1984@gmail.com
收件者：NB26@zone.com

我一直在想我們正在做的事。我們該跟他們說實話嗎？在事情變得無法收拾之前？不然不管我們和對方產生什麼樣的關係，那都會是奠基在謊言之上的。這感覺太操弄人心了。

寄件者：NB26@zone.com
收件者：Bee1984@gmail.com

誠實永遠是上上策囉。但是妳打算怎麼說呢？如果我才剛認識某人，對方就告訴我說他是我在另一個世界的靈魂伴侶，我大概會尖叫著逃走吧。不是大概——我一定會逃走的。妳會想知道嗎？就像妳一直提醒我的，他們畢竟是我們嘛。

寄件者：Bee1984@gmail.com
收件者：NB26@zone.com

想。不想。也許吧。我想我們只得見機行事囉。看看事情會怎麼發展。這怎麼這麼難啊？

小貝

那一吻。它在我腦中不斷重播。它也肯定在尼可拉斯腦中重播著，因為接下來的週一，我又收到了訊息：「週末來里茲過夜吧！」

我們都知道那是什麼意思：瞬間把時速從一小時零英里加到一百英里了。我的身體先產生了反應，一陣溫暖的顫抖傳遍全身：當然好了。但我的腦子接著就上工了。我沒有馬上回覆，他便又傳了一則訊息：「當我沒說。太超過又太快了。我懂。」

「不是啦。我工作快忙不過來了。」這是實話——我已經不得不熬夜趕工好幾晚了。我當然不能告訴他我猶豫的真正動機：如果我真的這樣做，另一個世界的他會怎麼想？如果我真的這樣做，我會怎麼想？我們的約會過後，那天晚上我幾乎沒怎麼睡。我坐在廚房桌邊，和尼克傳著訊息，而我幾小時前才和尼可拉斯約會過——碰觸過他、親吻過他——使我太過震撼，直到半夜都還處於那股激動之中，而且不只是肉體上的。與尼可拉斯靠的這麼近，使我與尼克的聯絡增加了另一個層次：因為我現在很清楚，每次我說蠢話時，尼克會露出怎樣的微笑，我可以想像他的笑聲，可以想像他在說什麼私人的秘密時，他會如何揮舞自己的雙手。我在早餐吧與他見過面後，也有類似的感覺，但當時我太在乎自己的狀態了，所以沒有讓這個感覺生根。「我再跟你說好嗎？」

「當然。」現在我輕易就能讀出尼克郵件裡的語調。尼可拉斯的就沒有那麼容易了：我不知道這個「當然」只是個合情合理的回應，或是有點鬧脾氣的意味在。

不論如何，他和尼克都得稍等我一下了。完成潔瑪的夾克必須是第一要務，那天晚上我還要當雙胞胎的保姆。蕾拉挑戰我履行承諾（也不能怪她這麼做），和李維訂了一晚的旅館：「聽起來很浪漫對吧，但其實我們只是要去睡覺而已。」

手工收邊十分錯綜複雜，需要保持高度專注，所以我決定擱置平常當作背景音樂的有聲書。一小時過後，鋼琴聲便從樓上傳了下來。我已經好一陣子沒有聽到瑪格達彈琴了，而今天，她彈奏的不是她偏好的哀傷古典樂，而是蓋希文的《乞丐與蕩婦》，伴著我工作，讓我充滿了懷念之情。媽以前很愛音樂劇；我從小就是聽著音樂劇長大的。我好一陣子沒有見到瑪格達和約拿斯了。事實是，自從尼克告訴我瑪格達的分身人生後，我一直試圖遺忘那其中的暗示，也一直在迴避他們。我受不了見到他們站在一起，甚至到了我聽見暗示他們出去散步的前門聲響時，我就會從窗邊逃開的地步。我希望鋼琴聲代表他們一切都好。

當我綁好最後一根線頭時，琴聲逐漸淡去。我把外套披在克萊莉絲肩上，然後坐在那裡端詳了一會。媽會以我為傲的；這是我迄今最好的作品。這股成就感是擋不住的。

當我抵達時，雙胞胎都已經躺在幼兒床上，在柵欄裡蜷縮成逗點的形狀。李維在樓下等著，像是個不敢相信自己就要被釋放出獄的犯人，蕾拉則幫我上了一堂幼兒照顧速成課。

「緊急電話都貼在冰箱上了。如果他們想要上廁所，不要驚慌。他們的紙尿褲都在尿布台上，你可以用。傑克已經快要學會了，但史蒂夫還是覺得馬桶很可怕。」

「好喔。」真是羞愧……我不敢告訴蕾拉，儘管我是雙胞胎口頭上的教母，我還是分不出他們誰是誰。

「我可以的啦。你們走吧。明天早上見。」

在他們走出門時，李維停下腳步，給了我一個難得的擁抱，並由衷地說了一句「謝謝妳」。蕾拉開玩笑地搥了一下我的手臂，說：「祝妳好運，別搞砸囉。」

他們離開十分鐘後，哭聲就開始了。**別慌**。我跑上樓。其中一個孩子站在他的幼兒床裡，涕淚縱橫。他抽著氣頓了頓，打量著我——**妳不是我媽**——然後變本加厲地哭嚎起來。

「沒關係，沒關係。我在這裡唷。」他的哭聲大了一階，無疑是意識到他被留給一個完全沒有母性直覺的白痴照顧了。但是這不是真的，對吧？蕾貝卡一定經歷這種事幾百遍了。**幫幫我吧，蕾貝卡**。知道我有這個能力（在我腦中某處），多少有點幫助。這不是什麼高深的科學。看在上帝的份上，這只是幫小嬰兒擦屁股而已。

「你想尿尿嗎？」

一陣吸鼻子的聲音，然後他點點頭。那這一定是傑克了。我把他從幼兒床上抱了下來，握著他的小手，蹣跚地走向浴室。兒童馬桶上貼著一雙眼睛和一張咧開的嘴，但在我眼中看起來有點邪門。我不怪傑克害怕上廁所。

「傑克是不是乖小孩呀？」

「是。是大小孩了。」

然後史蒂夫就在此時哀嚎起來。他不想要「尿尿」，但他也無法明確表達自己想要什麼。「果汁嗎？」他點點頭。我衝下樓拿果汁杯，還有——管他的——幾塊小餅乾，再度跑上來。他們現在都徹底清醒了。

「你們想聽故事嗎？」

傑克搖搖頭。「玩。」

蕾貝卡會怎麼做呢？或許和我不一樣，因為我馬上就投降了。幾秒鐘之後，臥室地上便成了樂高遍布的戰爭廢墟。我其實蠻享受的。他們掌控了全局，耐心地教我要怎麼把樂高拼在一起，好像我是什麼傻瓜學生一樣。當他們還是嬰兒時，我並沒有把他們視為兩個個體（「基本上只是會尖叫的人形包裹而已」是蕾拉的形容詞），但現在我願意花點時間和他們獨處，他們的個性就展現出來了。傑克是雙胞胎中的領導人，並且對自己的兄弟有著可愛的保護欲。史蒂夫則更熱情一些，有一度甚至用雙臂環住我，給了我一個餅乾屑和巧克力糊成的吻。傑克先打了呵欠，而我看了看時間。已經快要十點了。

「好啦。現在，有沒有人想睡覺了呀？」

「睡媽咪的床。」

這樣可以嗎？今晚當然沒問題了。我檢查了一下史蒂夫的紙尿褲（濕了，但我在他的幫助下順利換好了），然後我一邊躺著一個孩子，三人窩進蕾拉和李維的巨大雙人床裡。

「卡通。」傑克邊說，邊指著床尾的平面電視。

「現在看卡通有點太晚了，是不是？」

「卡通。」

我暗自對李維、蕾拉和蕾貝卡道了個歉，然後再度向這個要求妥協。電視打開就是卡通頻道了，因此減輕了我錯誤育兒的罪惡感——顯然我不是第一個選擇用賄賂取代紀律的人。幾分鐘後，他們就睡著了，史蒂夫的頭枕著我的肩膀，傑克則吸著自己的大拇指。

成功了。蕾貝卡幫了我一點小忙。就某方面來說，史嘉莉也是。如果我說我對一點好奇心都沒有，那一定不是實話。一部分的我確實想要知道細節：她的頭髮、舉止或是小癖好，像不像我？她比較像誰：我／蕾貝卡或她爸爸？但這有什麼意義？我永遠也不會見到她，而好好控制這些枝微末節、讓我情感如此困惑的情緒，直到我有時間釐清這一切之後再說，這樣比較安全。我還是無法想像自己每天哄孩子，蕾貝卡的選擇也沒有激發我潛意識的任何母性渴望。但在腦中召喚她想像中的幫助，讓我能與我非正式的教子們角力，反而讓我覺得自己和她多了一點**連結**。

現在。該辦正事了。

我不能再拖延下去了。

*

寄件者：NB26@zone.com

收件者：Bee1984@gmail.com

我就知道！手腳很快嘛，尼可拉斯。至少他看到好對象的時候知道要把握。

小心喔，小貝，不然妳到聖誕節的時候就要閃婚啦。

寄件者：Bee1984@gmail.com

收件者：NB26@zone.com

我不會去啦。

寄件者：NB26@zone.com

收件者：Bee1984@gmail.com

有何不可？

寄件者：Bee1984@gmail.com
收件者：NB26@zone.com

你知道為什麼啊。我們講好了，在我們更了解蕾貝卡的狀況之前，我們不會有任何貿然的行為。這對我來說實在不對。我感覺得出來你也覺得不對。

這樣不公平。

寄件者：NB26@zone.com
收件者：Bee1984@gmail.com

沒有什麼公不公平的。如果妳是因為覺得他／我讓妳有生理上的排斥感所以才不想去（順帶一提，這絕對會讓我往心裡去的），那就別去。但這也不是問題。拜託，小貝。請對自己誠實一點吧。

寄件者：Bee1984@gmail.com
收件者：NB26@zone.com

如果我去了，你知道這代表什麼吧。

寄件者：NB26@zone.com
收件者：Bee1984@gmail.com

我當然知道這代表什麼。但在這方面我無法給妳妳想要的，小貝。不管我多想給都一樣。

而且仔細想想，這樣幾乎算是3P了吧。量子異常的三人行。這應該要有個專有名詞的。量子行？

量子三？三子行？

寄件者：Bee1984@gmail.com
收件者：NB26@zone.com
不敢相信你居然會開這件事的玩笑。

寄件者：NB26@zone.com
收件者：Bee1984@gmail.com
當然可以。我就是這樣的人。妳通常也是啊。

寄件者：Bee1984@gmail.com
收件者：NB26@zone.com
我會先拖延的。等我們知道蕾貝卡更多事之後再說。這樣的進展好快。有點太快了。

寄件者：NB26@zone.com
收件者：Bee1984@gmail.com
別等了。去吧。我知道妳想去。我也想要妳去。就當作我只是想要知道我的分身是怎麼生活的好了。如果你拒絕他的話，他會覺得妳是不喜歡他。
我懂我自己。我們布雪家的人都很感性的。算是啦。

寄件者：Bee1984@gmail.com
收件者：NB26@zone.com
如果換成是你，你會怎麼做？

寄件者：NB26@zone.com
收件者：Bee1984@gmail.com
我會去和他上床的。已經好一陣子沒有啦。認真說，去吧。我祝福妳，小貝，雖然妳不需要我的許可。但是不要叫我給妳什麼做愛的訣竅。我還沒準備好說那麼多。

尼克

這個週末，簡直可以和我人生中最糟的幾次經驗相提並論，例如：爸打來我的大學宿舍，用著我幾乎認不出來的聲音，跟我說媽中風了；第一次讀到那篇把我批評得體無完膚的評論；還有狄倫嘗試自殺之後的後續處置。我完全陷入可悲的混蛋狀態，以至於星期六早上，就連勞萊與哈台都問我還好嗎。

「一點也不好。」我撥弄著一片吐司；我無視了艾莉卡有時候會留給我們，當作某種程度上的加菜的艾曼塔起司。

艾莉卡親自挑選的兩位左右護法，對我的關心就僅止於此了。「你生病了嗎？」

「對。」**對自己厭惡至極的那種。**我上一次產生這種感覺時——沈浸在自我厭惡的膿包裡的那幾天——讓我有所依託的人是小貝。沒有別人了。而艾莉卡是我最不想坦白的對象，就算我理論上有辦法說服她相信了我的詭異情況也一樣。她是那種不會接受別人自怨自艾的務實型人格，所以只會叫我放下、或是說一些膚淺的「天涯何處無芳草」之類的話。當你陷入可悲混蛋狀態時，這實在不會是你想聽到的東西。整個週末，我都避開了他們所有人。我靠著廚房裡準備好的食物過活，像是偷吃東西的嚙齒類動物般，趁大家睡覺時才進食。我在奇怪的時間溜到屋外去抽菸。至少狗兒們受惠了。我在公園裡漫無目的地閒逛好幾個小時，一邊暗自留心著蕾貝卡的蹤影。她沒有現身。

是你叫她去的，你這個蠢蛋。

我從不認為自己是善妒的那種人。但我他媽的根本就是。這讓我再度質疑起自己以前到底有沒有真的戀愛過。當我發現小波和傑西的婚外情時，我感受到的痛苦和現在比起來，簡直是小巫見大巫。只要我想到尼可拉斯和小貝一起度過週末時，那股痛苦幾乎是生理上的了。他們會上床。做愛。不管你想用哪種詞彙來形容。反覆吟誦**他就是你、他就是你、他就是你**，也無法減緩那種痛楚。**你希望她快樂。計畫本來就是這樣。**這個想法也行不通。當然，我什麼都做不了。沒有什麼神奇的入口可以把我傳送到她的世界。我們講好在她回家之前都不要聯絡，但這只使狀況變得更糟了。這是我們在奧斯頓事件之後，（某種意義上）分開最長的一段時間。我還是每過五分鐘就忍不住檢查一下手機，以免自己漏掉她的狀況更新。最後我把手機鎖在桌子的抽屜裡了。

我希望這對小貝是個完美的經驗；但我同時希望那是場悲慘的大失敗。我希望他能給她這輩子最好的一次週末，給她人生中最棒的一次性愛，但我同時也不希望。

我只能說到這樣了。

小貝

喔，我們編織出的糾結之網……

我才搭上回家的火車五分鐘，尼可拉斯就傳來訊息：「開始想你了，親親。」

在我們這樣相處完兩天之後，尼克會寫這種訊息嗎？不，他的郵件會寫得很好笑、甚至逼近無禮的程度。

夠了。我這樣很不公平。我回覆道：「我也是，親親。」

這是真的。至少一部分是。

老天，小貝，你到底讓自己陷入什麼狀況？

我打開 Gmail 的信箱，現在我這個帳號只拿來和尼克互動了。除了在週六早上趁尼可拉斯沖澡時偷看了一眼之外，我就一直阻止自己去看我們的訊息串。我們說好，為了我們兩人著想，在這個週末都先暫時不要聯絡。這算是某種協議。如果不這樣，這件事根本行不通；我根本不會去的。我也差點就不去了。**但是。**但是。尼克說得對。我們兩人永遠不可能在一起。如果尼可拉斯也是選項的話，我不是更該探索一下嗎？畢竟，這個計畫一開始就是我想出來的。**也許有個在一起的方法喔。**

尼克遵守了我們的約定。在我週五搭上前往里茲的火車後，他傳了最後一封訊息過來：

「喔，管他的。我的下腹是敏感帶。不要問我為什麼。也不要試著講調情的話。我總是會覺得這些話聽起來很好笑，雖然不是有意的。我只會告訴妳這些，但如果他撐不過七分鐘的話，怪他，不要怪我。自己小心安全。結束通話，親親。」

他在等我吧。現在輪到我先說話了。但要說什麼呢？

我們誓言要對彼此誠實的。但我也不想傷害他。試著讓自己站在他的立場想，也不太有效：我們看待彼此分身的方式實在差得太多了。他幾乎把尼可拉斯視為敵人，或是某種威脅。如果我們的角色對調，我會有什麼感覺？如果是他和蕾貝卡度過一個週末，換成是我一個人被晾在家裡呢？**拜託，小貝，誠實一點。**對，我想我會有點羨慕她。但她並沒有對我產生威脅；我想要——不，我需要——知道她快樂，就像我希望尼克快樂一樣。也許這是男女的差異。也許是因為對我來說，蕾貝卡不是個轉大人失敗的具象化，就像尼克自認為的那樣。

所以，我可以告訴他，尼可拉斯並不像是他認定的那種超級自信的成功人士。他同樣也有懷疑、不安全感，以及——真要說的話——藏得更深的脆弱內心。我可以告訴他，尼可拉斯其實沒有那麼諷刺、沒有那麼機智、也沒有那麼傻或那麼自然大方。

這些全都是事實。

但一切都比我期待的要好得多了，這也事實。回想起來，也比我配得的要好得多了。從每個層面來說都是。而我很確定，尼克會寧可自己不知道這些事。我得輕描淡寫。

在去程的火車上，我一直告訴自己：不要太期待。那個吻、以及我直覺的生理反應——那個「對了」的感覺——也許只是個衝動，一個偶然出現的錯覺。而我的身體也曾經背叛我的信任，尤其是和奈特在一起的時候。我們剛認識的時候，一切都非常熱烈。我們的手根本離不開對方（蕾拉稱之為「低成本的B級片性愛場面」）。我們會跌跌撞撞地進到公寓裡、幾乎來不及抵達臥室就開戰，還有一次在吃飯吃到一半時，就溜去殘障廁所做起來。看看那給了我什麼下場：我的自尊被踐踏得體無完膚，而且讓我對談感情產生了近乎病態的反感。

尼可拉斯在車站大廳裡等著我，而我又一次搶在他之前先看到了他：雙手插在口袋裡，重心放在後腳跟上前後搖擺著。他身上有一種我沒有從尼克那裡感受到的夢幻感。他抱了抱我，和我打招呼，我的緊張和懷疑就立刻消失了。物歸原位的感覺。我聞著他的氣味。尼克聞起來也像這樣嗎？（應該不會，因為他抽菸。）

我們之間的自在氣氛立刻湧現，我得非常努力才不會另作他想。就像是意識到我的不安全感，還有對「奈特門」的不好經驗，我們的進展很慢。前往公寓的途中，他牽起我的手——他的公寓只有簡單的傢俱，塞滿了書，比我的公寓整齊了許多——但我們的肢體接觸僅止於此，直到稍晚才有更多進展。接下來的夜晚時光，我沒有感受到壓力、或是任何急迫的情緒，這使那件我們都知道無法避免的事情，顯得比B級片裡摔進家門、在走廊上開戰的風格更性感了一些。他為我準備了一瓶紅酒，自己則喝淡啤酒。他煮飯，我則擔任起副手的工作，好像這樣的分工已經行之有年了一樣（「他做了什麼？」「檸檬蒜香義大利麵。」「有什麼了不起。我也會啊！」）。

我們聊起自己的家庭、朋友、交換成長過程中的小故事，然後，好吧，對，我挑選了幾個會讓尼克發笑的趣事——但分享這些私人訊息使我感到有點罪惡（「別這麼想——我也會做一樣的事。」）。他沒有展現出任何傲慢的模樣。其實，正好相反，他向我坦誠，在好幾年的自我懷疑和不安全感之後（「聽起來很耳熟吧，尼克？」），被某家出版社遺棄的他也決定「跳上犯罪小說的列車」（「好可憐喔，哭哭。」「你到底想不想聽啊，尼克？」「對不起。妳繼續。」）。

然後，帶著同樣悠閒自在的氛圍，他牽起我的手，領著我走向臥室。

我得非常小心地斟酌用字來描述接下來的事。

在一夜情的世界裡打滾了這麼久之後，我對於和陌生人上床的優缺點深有體會。借用《阿甘正傳》（意外的是，尼克居然不知道這部電影）的台詞，一夜情就像是一盒巧克力，你永遠都不知道自己會選到什麼。大部分的時候，你碰到的都是普普通通、沒有什麼攻擊性的個體。有時候你會選到橘子奶油口味，沒人真的喜歡，但是又會被迫吞下去。但很偶然的狀況下，你會選到覆蓋一層焦糖的巧克力（「很棒的比喻，小貝。但妳想表達什麼？不要吊我胃口了。所以那是好吃的巧克力，還是你想要吐掉、塞回盒子裡的那種？妳吃了幾顆？但是，算了，不要告訴我。」）。

我也沒有告訴尼克，這是好幾年來第一次，我完全沒有自卑感，我覺得尼可拉斯看見了完整的我，而不只是我的外在。我沒有告訴他，我們有多合（而且不只是肉體上的），而且我們對節奏感的看法相同，好像我們在一起好幾年了一樣。好吧，**也許**第一次是有點笨拙，但他沒有停下來問我「這樣可以嗎？」或是「妳喜歡這樣嗎？」因為他並不需要。現在回頭讀這段，聽起來實在陳腔濫調得可以，但真的不是。一切都讓人覺得……**很棒**。

我們沒有離開公寓。

星期天的早晨，我們一起看了一部Netflix的法國偵探爛影集，時不時地暫停一下，找東西吃、或是擁抱彼此。他也有愚蠢的那一面：我們有一度把電視的音量調低，並試著為角色設計出荒唐的台詞，想要比較誰比較蠢。

這種難得的自在感，是不是因為我早已覺得我認識他的內在了（或者說至少一部分的他），而他也意識到了？我和尼克原本也可能是這樣子嗎？

我們之中一個人一定得說出這句話，而他開口了：「我覺得我好像認識妳一輩子了。」

確實算是啊。告訴他真相。告訴他，告訴他，告訴他吧。我想我那時候就知道，在一切都太遲了之前，這會是我最後一個告訴他的機會。

但我畢竟沒有說，對吧？

我膽怯了，就像我面對蕾拉時那樣。

清晨變成了夜晚。我瞪視著手機。我抬起視線，在黑暗的車窗玻璃上看見自己的倒影。如果我在週末期間打開我和尼克的訊息串，我根本就不可能撐過這幾天。手機監護人。

我不能再拖延下去了。我寫的第一封郵件是：「我和他在一起的時候，在我腦子裡的人是你。」

尼克

她試著讓我好受一點，這使我更愛她了。她試著小心斟酌自己說的每一個字，強調缺點、輕描淡寫地帶過「好的地方」。

但我討厭尼可拉斯。好，我終於說出來了。這使得自我厭惡的概念提升到了非常字面意義上的程度。對，我知道討厭是個非常強烈的詞彙，但這個詞再貼切不過了，所以我就是要這麼說。

我討厭他的人生。還有他在身為小說家這方面的成功。我討厭他向小貝坦承他覺得自己好像在「出賣自己的人生」。**你怎麼敢抱怨，你怎麼敢——體驗看看我卑微地替人當幽靈寫手的日子一天就好，你這既得利益的混蛋。**我討厭他好幾年前就有意志力戒菸、去健身房（去死吧）、對自己的工作有道德底線和規律；而且我**痛恨**他的公寓，因為我雖然知道我一定會後悔，但我要小貝描述他的公寓給我聽。那間屋子有三個臥室，座落在阿勒頓堂區的「行政發展區」（不知道這在她的世界是什麼意思），地下室有一間社區健身房，他還有一間空房可以拿來當圖書室用（「我有開放式的書櫃嗎？」「有，而且你有三個。其中兩個是用來放外文譯本的。」）。

天殺的。混。蛋。

而他現在又有了小貝。

我考慮著要不要重讀那些書評，因為它們上次確實撫平了我厭世的狀態，但最後我還是決定再度變成那個可悲的混蛋，帶著蘿西和牠最愛的香腸去了公園。至少我和牠之中有一方的感情很穩定。我帶著《越界》當作轉移注意力的工具。在我想辦法把小貝和尼可拉斯享受高級巧克力般的性愛的畫面從腦中挪去之前，我是不打算寫作的，因為我知道我不可能做得到。我想要知道其中所有的細節；但我又什麼都不想知道。如果我問的話，她就會告訴我的。**你夠了吧，放過自己。**

我前往現在被我認定為「我的」長椅，狗兒們則在草坪上放風。願上帝祝福派翠西亞・海史密斯。我想辦法看了十五頁，才又開始幻想那些類似色情片、但對我沒什麼益處的畫面。蘿西發出尖叫，我抬起眼，正好看見史嘉莉和蕾貝卡朝我的方向走來。

「小狗狗！」

時不我與。我現在沒有心情表現出最好的自己。我甚至不知道它還存不存在。

「會打擾你嗎？」蕾貝卡問。

「當然不會。」

「那就去吧，史嘉莉。」香腸躺在地上，露出肚皮，而這一次，蘿西終於展露了一點興趣——或許是因為小女孩手上正拿著一片麵包脆餅。

「小隻的叫做蘿西。」我說。「另一隻叫香腸。」

「香腸！」史嘉莉的嗓音比她母親銳利而優雅了一些，蕾貝卡則帶著一點倫敦的柔軟顫音。

「你想要牽牠們走一走嗎？」

「可以嗎，媽媽？」

「我們不想打擾這位友善的先生，史嘉莉。」

「不會的。去吧。」

「謝謝你，狗狗先生。」

我們看著史嘉莉牽著狗遠離長椅。「不要走太遠喔，史嘉莉。」然後她轉向我。「我真的希望自己沒有打擾到你。」

「沒有。」我舉起雙手。「妳看，今天不需要濕紙巾囉。」

她笑了起來。**小貝的笑聲**。在我聽見之前，我都沒有意識到我有**多想**聽見這個笑聲。「你在看什麼？」

「《越界》。」

「喔，我以前超愛這本書。我還記得以前在看的時候，我都覺得那是現在絕對不可能發生的。坐在火車的用餐包廂裡，和陌生人討論謀殺細節，還不用擔心被別人聽見。」

「對啊。計畫謀殺在過去可是比現在文明得多了。」

她微笑著，瞥了長椅一眼。

「妳請坐吧。」

她猶豫了一下，便在我身邊坐下了。「謝謝。」

滿心操弄人心的蘿西，現在正對著小女孩擺出牠最難抗拒的乞討姿勢，歪著頭，舉起前爪。小女孩把脆餅遞給了牠。

「這樣沒關係嗎？」

「當然了。如果妳不介意的話。牠什麼都吃。」

「你住在這附近嗎？」

「剛搬來不久。」

「從哪裡呀？」

「里茲。」

「來工作的嗎？」

「來做研究的。」嗯，至少這有一部分是實話。「我是個作家。我是在蒐集下一本小說的資料，打算寫一個發生在這裡的故事。」

「喔，好厲害。」

「不厲害啦。完全不厲害。」

「我有可能聽過你的名字嗎？」

「如果有的話，那就是個奇蹟了。我基本上都是在幫別人做幽靈寫手。」

「為什麼是這裡呀？是哪種小說？」

好問題。「是一個愛情故事。算是吧。但是聊夠我了。妳呢，你是做什麼的？」

她又猶豫了一下。「我之前是個設計師，但我們決定，在史嘉莉出生後，我留在家裡照顧她三年。」她的聲音有點緊繃。這個發展並不順利。這次她看起來比我上一次遇見她時放鬆得多（不過這也沒什麼好意外的，畢竟我們的第一次相遇中，我是個奇怪的男人、配上兩隻奇怪的狗，還有一袋爆炸的狗屎，場面是讓人滿有壓力的），但她的猶豫並不符合我對小貝初期（和後期）的印象，她從來不像是需要如此小心斟酌自己用詞的人。從一開始，我們的對話就十分輕鬆，但是不是因為我和小貝是在網路上認識的，所以才能遮蔽許多的不安全感？

「哪種設計師啊？」

「禮服設計師。主要是結婚禮服。我為一個大品牌工作——但不是我自己的工作室。」

我把這個對應的事實記在腦中，準備待會告訴小貝。「為什麼是禮服設計？」

「好問題。可能是因為很浪漫吧。」她露出自我嘲諷的微笑。「不，這是屁話。老實說，我就只是剛好走上了這條路而已。」

「嗯，結婚日**確實**應該是人生中最重要的一天才對。」

「我知道。這有多令人難過啊，是不是？」

有趣。「真的。妳會想念它嗎？我是說工作，不是妳的結婚日。」

「會。我的意思是，有時候吧。別誤會我的意思，史嘉莉是個很棒的孩子……但是……」她拉了拉上衣，撥了撥頭髮——這些緊張的小動作，不知道是不是和小貝一樣。「我想我最想念的是交期要到的時候吧。那種要趕著把什麼東西完成，腎上腺素爆發的感覺。」

「媽媽？我可以再給狗狗一塊餅乾嗎？」

我對蕾貝卡聳聳肩，告訴她「隨便」。

「當然了，甜心。」蕾貝卡從自己巨大的包包裡翻出幾塊脆餅。蘿西跟在她身後小跑著，雙眼直盯著她的手。

「真不敢相信我跟你說了這麼多。」蕾貝卡說話時，並沒有看著我。

「和一個陌生人坦白比較容易嘛。」啊，開始了。這就是我對小貝說過的話。

說曹操，曹操到。我的手機發出通知聲。

「你想看一下手機嗎？」

我想嗎？有可能是蕾貝卡的分身傳來的，而小貝告訴過我，當她與尼可拉斯當面相處時，收到來自我的訊息會讓她感到多麼混亂。而我第一次體會到她的意思。這就像是看進那種永無止境的鏡面影像一樣，陳腔濫調（不過我們現在都知道我有多愛陳腔濫調了）。這讓我覺得有點失衡。也讓我產生了一點報復心態。**看看妳覺得被忽略的感覺怎麼樣。**但我還是看了訊息。「馬上就好。有可能是工作訊息。」

這個謊言倒是成真了。傳郵件來的不是小貝，而是花布西裝哥。他用文法混亂又斷斷續續的文字，告訴我《黑暗中的槍響》成為了網路小說排行榜的榜首。不僅如此，有幾個文學經紀人和出版社都在試圖和他接觸，問他有沒有續集。「靠。腰。」我還來不及打住，就不小心脫口而出。我瞥向史嘉莉，不過感謝小耶穌的誕生，她依然沈浸在她的狗狗世界裡，然後轉向蕾貝卡。「對不起。」

「是壞事嗎？還是好事？你不用告訴我啦。」

我是不用告訴她，但我還是說了。我對花布哥的怪癖和他鄉村背景的描述，使得蕾貝卡笑個不停，也似乎衷心替我感到開心。這和我與小貝一開始的互動有幾分相像。**如果我們一開始是面對面的話，這就是我們那個對話的場景**。我很想告訴她，就某種程度而言，就是花布西裝哥讓我們兩人產生交集的。如果不是因為他沒有付我錢，我現在就不會坐在這裡，帶著兩隻老狗，旁邊伴著一個幼兒，並且——我必需這麼說——擁有一段這麼棒的時光。

「所以這對你來說有什麼意義呢？」

好問題。「如果我們真的寫續集的話，伯納德說版稅的部分他願意五五拆帳。」

「那你現在正要寫的小說要怎麼辦呢？那本愛情故事？」

喔對喔。那個用來掩飾的藉口。喔哦。「我希望能在他們談成合約之前先完成我的故事。如果真的有合約的話。一切都還太早了。也許最後什麼都沒有呢。」

我已經好久沒有這種感覺了。驕傲。充滿希望。幾乎——幾乎算是**快樂**了。

「我們該慶祝一下。趁你有機會的時候享受這個成就。」

「大路上有一間酒類專賣店。我要不要去買一點什麼呢？」

她身子一僵。

「當我沒說吧。和一個陌生男子在公園裡喝酒。我懂妳為什麼會覺得很怪。」

「我也該帶史嘉莉回家去睡午覺了。」

「當然。沒問題。」

她開始把背包的拉鍊拉起來。然後她頓了頓，說道：「我家有香檳。你要不要跟我一起回去？」

哇喔。這是怎麼回事？「真的嗎？我不想替妳惹麻煩。」

她垂下視線。「不會的。」又是拉頭髮和上衣的動作。她後悔這個邀約了嗎？我們同時開口了。

「妳先請。」

「我通常不會邀請陌生人回家的，先跟你說一聲。我只是想說……就當作你剛搬來這裡這附近、又沒有任何朋友的善意邀約吧。然後……希望你不要有任何誤會，我已經結婚了。」

「我真的不需要製造妳的困擾。如果妳收回這個邀約，我也不會往心裡去。」

她思考了幾秒鐘。「不。不。我們可以和狗兒一起坐在花園裡。」她放鬆下來。「對了，我叫貝卡。」

「我是尼克。你看，這樣我們就不是陌生人了。」

史嘉莉堅持要自己牽狗，使得回家的路變得十分漫長，因為她容許牠們隨時都可以停下腳步、嗅聞自己喜歡的東西。我不太介意。我們沒有說太多話。我提議替她推嬰兒車和幫她提包包，一邊用眼角餘光偷看貝卡：**是妳耶。**她也在做一樣的事。我們之間的空氣似乎流竄著某種電流。

就在我們接近環保社區的入口時，她猶豫了一下。「如果後來我發現你是某種斧頭殺人犯，我真的會覺得自己蠢斃了。」

「沒事的。我把斧頭留在家裡了。妳家該不會剛好有蠶豆和奇揚地紅酒（fava beans and

Chianti）吧？」

她「哈」的笑了一聲。「這邊請。」

她領著我們走進停車場和充電座旁的入口，來到後花園裡：裡頭花團錦簇，有一座池塘，還有修剪得像絨布般滑順的草皮，以及足以和公園媲美的兒童遊樂區，可供史嘉莉玩耍。這一側的房子完全是由玻璃所構成——但是卻會反光，所以我幾乎看不清內部裝潢，只能看見幾個陰暗的傢俱輪廓。我向史嘉莉示範如何解開狗兒的牽繩，然後說了一句：「不會待太久喔。」兩隻狗就消失在庭院裡了。我躺在草地上，看向天空。香腸和蘿西已經舒適得像在自己家一樣。長毛獵犬在花叢中探索著；蘿西則充滿興趣地盯著池塘。原來分身的生活是這樣啊。我考慮著要不要拿出手機，傳個訊息給小貝：「**猜猜我現在在哪！**」但最後決定作罷。我不想破壞這一刻。

貝卡拿回一瓶看起來貴得驚人的香檳和兩個玻璃杯，還為兩隻狗準備了一碗水。

她在我身邊坐下，打開瓶蓋，為我們兩人各倒了一杯酒。「可能有點太溫了。」

「溫的也沒關係。乾杯。」

「乾杯。恭喜啦。我從來沒見過真正有名的作家呢。」

「我也不算是。」

我們之間陷入一股自在的沈默。這種毫不尷尬的感覺，通常很少出現在陌生人之間。只是她算不上是陌生人，對吧？

「這地方好不可思議。」

「謝了。這裡是……班的某個朋友設計的。」

「我想班就是你老公囉？」

她拉拉衣角。「是的。」

「你們怎麼認識的？」

「他投資了我當時任職的公司。」她的語調平板，有些防衛。

「一見鐘情嗎？」

「不。他當時已婚了。而我不……」

「你不接受婚外情。」

她露出「哇喔，你有讀心術嗎」的眼神。**別濫用內線資訊啊，尼克。**「又過了一年左右，我們再度碰面，這次他的婚姻已經結束了。我很快就懷孕了。這其實，有點讓人錯愕，因為班之前結過婚，而他們並沒有孩子，所以我以為他已經結紮了。」她快速飲盡酒杯中的香檳。「但我不後悔。」

「我懂。她是個很可愛的孩子。」

「你有孩子嗎？」

我差點說沒有了。但我有，對吧？我有狄倫。

*

寄件者：Bee1984@gmail.com
收件者：NB26@zone.com
等等——為什麼她會預設他結紮了？像班尼狄克這麼有錢的人，會接受結紮手術嗎？

寄件者：NB26@zone.com
收件者：Bee1984@gmail.com
在這裡，這是最普通的生育控制方式。不管如何，我當時也不可能追問這一點吧。

寄件者：Bee1984@gmail.com
收件者：NB26@zone.com
也是。你們只有喝香檳？沒有發生別的事嗎？

寄件者：NB26@zone.com
收件者：Bee1984@gmail.com
沒，就只是聊聊天、打發時間，然後我就走了。

寄件者：Bee1984@gmail.com
收件者：NB26@zone.com
但你們之間一定有某種火花吧？她邀請你回她家耶，我的天啊！誰會沒事邀請陌生男子回家啊？至少在我的世界裡不會有人這樣做的。

寄件者：NB26@zone.com
收件者：Bee1984@gmail.com
她已婚，小貝。妳不是老是在說妳從來不出軌的嗎？

寄件者：Bee1984@gmail.com
收件者：NB26@zone.com
但是我現在算是，對吧？我知道，我知道，我們不必再討論一次這件事了。
她看起來有多不一樣？從你對我的認識來看，我們像嗎？我想不到更好的描述方式了。

寄件者：NB26@zone.com
收件者：Bee1984@gmail.com
可能更安靜了一點。沒有這麼活潑。更保守。我想她是有點寂寞吧。聽起來她就是整天待在家裡，和史嘉莉待在一起。我知道妳不想聽到我這麼說，但她的小孩很可愛。妳真的該看看她怎麼跟狗玩的。

寄件者：Bee1984@gmail.com
收件者：NB26@zone.com
不是我不想聽。比較像是我不知道怎麼處理這個資訊——我是說情緒上的。
你覺得她比較安靜，是因為她是全職媽媽、又隨時隨地都累個半死嗎？

寄件者：NB26@zone.com
收件者：Bee1984@gmail.com
也許是吧。而且我才剛認識她而已。我們花了好幾週的時間才把對方摸透，小貝。但當然，我們只有熟悉內在的部分啦。

寄件者：Bee1984@gmail.com
收件者：NB26@zone.com
她有提到蕾拉嗎？或是惡名昭彰的班尼狄克？

寄件者：NB26@zone.com
收件者：Bee1984@gmail.com
沒有談到蕾拉。但對老公的事就說得比較多了。我可以保證他不是個「性感的鰥夫」。他有個前妻，而且她還活著，住在紐約。他們是在他投資她當設計師的公司時認識的。噢對了——她叫他班，不是妳想像的班尼。

寄件者：Bee1984@gmail.com
收件者：NB26@zone.com
靠。我本來還希望蕾貝卡有贏得梅瑟基金會獎，然後才認識他的呢。我有申請，但連個邊都沒摸上。

寄件者：NB26@zone.com
收件者：Bee1984@gmail.com
恭喜妳閃過一槍，小貝。如果妳的分身成就高過你，那感覺才糟呢。

寄件者：Bee1984@gmail.com
收件者：NB26@zone.com

我有點想要批判她不自己工作、但卻靠著班尼的錢過活，我這樣會不會很壞？

寄件者：NB26@zone.com
收件者：Bee1984@gmail.com

不會很壞啦，但是放過她吧。她顯然對這個選擇很掙扎，而且她真的把史嘉莉照顧得很好。這也不是永久的。她說她想念腎上腺素爆發的感覺，只要史嘉莉開始上學，她就會回去工作了。

寄件者：Bee1984@gmail.com
收件者：NB26@zone.com

你說得對。我不該對自己這麼嚴厲的。

就你所知的部分，班尼絕對就是我的世界中那個上流社會人士的分身。

寄件者：NB26@zone.com
收件者：Bee1984@gmail.com

說到妳的世界。妳可以幫我一個忙嗎？

寄件者：Bee1984@gmail.com
收件者：NB26@zone.com
什麼事都行。

寄件者：NB26@zone.com
收件者：Bee1984@gmail.com
妳可以幫我查查狄倫嗎？還有小波？

寄件者：Bee1984@gmail.com
收件者：NB26@zone.com
當然沒問題了。我本來還想要請你幫我查查約拿斯的分身呢。

寄件者：NB26@zone.com
收件者：Bee1984@gmail.com
？

寄件者：Bee1984@gmail.com
收件者：NB26@zone.com
瑪格達的老公。

寄件者：NB26@zone.com
收件者：Bee1984@gmail.com

喔，對。養男寵的瑪格達。

寄件者：Bee1984@gmail.com
收件者：NB26@zone.com

感覺很怪，對吧？好像你非知道他們的狀況不可。這樣感覺不健康。

寄件者：NB26@zone.com
收件者：Bee1984@gmail.com

這一切都不健康，小貝。但現在要收手已經來不及了，對吧？

小貝

我不知道要怎麼告訴他。我不知道我**該不該**告訴他。我猶豫了好幾天。我差一點點就要告訴蕾拉一切的真相了，為了交換她對這些事的看法，我願意負上任何代價。

我花不了幾秒鐘，就在網路上找到了小波：一支YouTube的短片裡，出現她領著抗議群眾站在下議院外，要要求政府撥預算、更加重視男性自殺的議題；我也找到一段訪談，她的口吻感人、帶著源自於痛苦的熱烈情緒，講述著自己兒子的死。狄倫在十六歲生日時，結束了自己的生日。儘管尼克說過小波外遇並不完全是她的錯，我還是在腦中把她歸類成了壞人，和我爸與奈特放在一起；但看著她的訪問影片，我完全改變了對她的看法。為她的募款網站捐錢有點空洞，但我還是以尼克的名字這麼做了。我希望我能和她本人見面，告訴她，在另一個世界裡，她的兒子活下來了，告訴她命運做出了干預，他擁有了另一條生命、也擁有了幫助他走下去的力量。尼克早就告訴過我狄倫很敏感、事情都會方在心裡，在青少年時期也「經歷過一些問題」。但這個……你要怎麼告訴別人這種消息？

我四處遊蕩，投身處理工作上最讓我無聊、卻又需要我全神貫注的部分——填快遞單、安排訂單和試裝，以及更新Instagram。這多少有點幫助。

儘管我試著讓郵件的語氣輕描淡寫，尼克當然還是意識到有什麼事不太對勁。我們現在已經和對方親密到，能夠透過像打錯逗號這麼無關的小事看出對方的情緒。我們誓言要和對方坦誠相待，但這……這不一樣。多虧了小說的成功和與貝卡的連結，這是好幾週以來，尼克第一次展現出活潑、充滿希望的模樣。這個消息會讓他崩潰的。**他不需要知道**。我大可告訴他我找到狄倫了，而且他現在過得很好。

「怎麼啦？尼可拉斯沒做錯什麼事吧？妳現在工作量這麼大，他最好不要叫妳讀他最新的暢銷垃圾書喔。小訣竅：如果他真的叫妳看的話，在他叫妳給他『誠實的看法』時，不要照做。只要告訴他這是天才之作就可以了。」

「覺得我好像生病啦。或者只是累了。我們現在做的事……很累人。情感上和生理上都是。」

「對妳來說，所謂生理上的疲憊，是來自於妳和分身赤裸裸的性愛週末吧！」

「跟你說過——沒有那麼誇張。」

「我是在開玩笑嘛。算是啦。拜託，小貝，我要怎麼樣才能逗妳開心？好吧，好吧，我再給妳另一個性愛小技巧：他有沒有要你拿人形模特兒的假手和電動打蛋機，做我很喜歡的那檔事？」

不只有尼克注意到我不太正常。尼可拉斯和我本來還在討論我要不要來我這裡過週末，但和尼克不同的是，他覺得我意興闌珊的回應是針對他而來的。「嘿，如果這樣行不通，妳可以直說的，小貝。」

不是你的問題，是我。我一定得跟某個人說。就算只是透露一點點的真相也許都會有幫助。「不是那個問題。我只是聽到了一個壞消息。」

尼可拉斯立刻打給我，而我還來不及阻止自己就接了起來。聽到他聲音——尼克的聲音——的那個瞬間，我的眼淚便奪眶而出。「怎麼了？老天，小貝。怎麼了？」

「我剛聽說……」我該怎麼說呢？「我認識的某個人……自殺了。」

「喔，靠。小貝。我能幫上什麼忙呢？」

「你幫不上忙的。」

「我馬上過去。」

「不用啦。真的，我很快就沒事了。」

「我一定要去。把妳的地址傳給我。」

我沒有試著阻止他。我想要他來這裡陪我，而且不只是因為我需要有人陪而已。在我們度過那個週末之後，我本來很確定尼克／尼可拉斯之間的那道裂痕已經永遠消失了，但隨著時間一天天過去，它又開始逐漸展露。好像我需要他的軀體在我身邊，才能撫平那個缺角，才能讓我的精神不要分裂。我們共度的時間是真的，也很難得，而我不想冒著破壞它的風險。

他至少要花三小時才會到我家。我本來計畫著要在週末前整理公寓的，但現在感覺起來似乎沒那麼重要了。他很隨和；他可以輕鬆面對克萊莉絲和我自然流露的情緒的。我心不在焉地擦了擦流理台，然後決定放棄。我又填了幾張快遞單。回覆了幾則工作委託。開始寫郵件給尼克，然後又停了下來。我要怎麼開口？我根本無從說起。我正在搜尋「要如何告訴別人某人過世了」，尼克的訊息就這麼碰巧地傳來，告訴我他找到約拿斯的資訊了。

「妳想聽嗎？」

「看狀況囉。是好消息還是壞消息？」

「我想都是吧。」

他在網路上找到一部「生命慶典」短片，是約拿斯、瑪格達和他們的朋友在舉辦一場尼克稱之為「超級精彩的告別派對」，現場音樂表演、舞會，應有盡有。他說在他們的世界裡，選擇性安樂死的人們往往會這麼做。「小貝，我真的衷心希望妳能親眼看看。我知道我從來沒見過他，但他在人生的最後看起來很快樂。她也是。」

我並不感到意外。尼克告訴過我，選擇性安樂死在他們的世界裡是合乎規範的手法之一，而我先前也以苦甜半摻的心態猜測過這是不是約拿斯的選擇。我不知道的是——至少當下不行——要對這件事情產生什麼感覺。

「他有什麼遺言嗎？」

「算是吧。在影片的最後，他看著瑪格達，然後說：『我愛妳。別等了。』從我看到她的樣子來判斷，她真的聽進去了。」

「別等了。」當我在樓梯上發現約拿斯的時候，瑪格達也對我說過一樣的話。這是巧合嗎？還是有別的意義？我一陣顫抖。**別等了。**

如果尼可拉斯不是在這時候抵達，我可能會不小心歇斯底里起來。這太沈重了。一切都太沈重了。

進入公寓的那一秒，他便用雙臂擁住我，而我聽著他的脈搏跳動。他是真的。有血有肉的真人。

「坐下吧，妳需要喝一杯。紅酒放在哪裡？」

已經很久沒有人這樣子對我了。掌握主控權，像之前奈特那樣，但比他更好、更溫柔。

他為我倒了一杯紅酒，讓我坐在沙發上。

「我要不要幫妳打電話給什麼人呢？」

「不用。對不起。你真的不需要大老遠跑來的。」

「別傻了。是誰？」

「我一個老朋友的兒子。我只是……我得告訴一些人。」

「那妳這麼做的時候，妳希望我在這裡陪妳嗎？」

「好。請你留下吧。」

尼可拉斯拿出他的筆電，在早餐吧檯旁坐下。「如果妳有任何需要，我都在這裡。」

「謝謝你。」我瞪視著自己的手機。「我可以問你一個問題嗎？」

「當然了。」

「這可能聽起來有點奇怪，但假設你和一個你曾經愛過的人漸行漸遠，如果有什麼壞事發生了，你會想要知道嗎？」

他想了想。「我會想吧。」

「為什麼？」

「我想，如果那是我曾經愛過的人，我認為他們會**想要**讓我知道。這樣合理嗎？」

別等了。

*

寄件者：Bee1984@gmail.com
收件者：NB26@zone.com

我真的很遺憾，尼克。

如果可以，我真想用盡所有方法改變這個事實。

寄件者：NB26@zone.com
收件者：Bee1984@gmail.com

妳告訴我這件事是對的，小貝。我在內心深處知道這個可能性是存在的。我希望不是這樣，我當然希望了，但我們都知道希望對我來說有多不可靠。

寄件者：Bee1984@gmail.com
收件者：NB26@zone.com

你為什麼之前沒告訴過我他在你的世界也有嘗試過？這一定造成你很大的情緒負擔吧。我們什麼都會跟對方說的——好事、壞事、或是難聽的事。光是想到你獨自承擔這件事，就讓我好難過。

寄件者：NB26@zone.com
收件者：Bee1984@gmail.com

確實是很大的負擔。我也想要告訴妳，小貝，真的。但這不是我的故事，我沒有權利說。

尼克

接下來的這些話實在很難表達，也許會讓我聽起來像是個冷血、和平常一樣可悲的混蛋，但如果我不試著捫心自問的話，我為何要再度經歷一樣的痛苦？

聽到狄倫的消息時，我的第一個反應當然是錯愕。這股驚愕之感擊中我的腹部，然後一股冰冷的感覺開始緩緩蔓延至我的全身。然後是悲傷，那種會攻擊你全身的悲傷，但主要是攻擊你的心。我為小波感到悲傷，也為狄倫感到悲傷。在小貝世界裡的那個小波一定也感受過這股痛楚。她現在正在經歷……這使我的罪惡感又湧上心頭，因為我當時並沒有把狄倫的這些問題告訴我的小波。我是因為這樣才不想告訴小貝的嗎？因為我覺得，既然我沒有告訴小波，我就不該告訴小貝？我當時保密，是因為狄倫要求我這麼做，而我不想破壞我們之間脆弱的信任，之後才有機會繼續加強。我們兩人的進展十分緩慢——有好幾個月，我都疑神疑鬼，我偷偷監視著我的繼子，偷溜進他的房間，翻他的東西，並偷看他的網頁瀏覽紀錄，想知道他有沒有再試一次的念頭。而雖然這聽起來很不合理，但我現在突然非常想知道他過得好不好。我的直覺叫我跳上一班火車前往布朗姆，去見狄倫本人，但這樣太不符合我的個性，他一定會懷疑發生什麼事了。在我冷靜下來之後，我決定打電話給他。

「尼克？發生什麼事了？」

「啊？」

「如果沒有大事的話，你只會傳簡訊的。媽沒事吧？」

「就我所知，她很好。」至少在這個世界是。「想說我可以打給你，看看你過得怎麼樣。」

「我在工作耶，尼克。」

「但一切都好吧？」

「呃，對。當然了。你的聲音聽起來很怪。你沒事吧？你住的地方又變得更詭異了嗎？」

「不可能更詭異了。嘿，你要不要來我這裡看看？親眼看看這間瘋人院？蘿西和我會很高興你來的。」

「等我休假的時候就去。」

然後我打給小波，正好碰上她準備離開學校的時候。我對她另一個世界的分身感到絕望又驕傲。如果最糟的狀況發生，這個世界的她也會做同樣的事——用她的痛苦帶來一些改變。我基本上就只是重複了一次和狄倫的對話。「尼克？你是想問房子的事嗎？那些潛在買家有點棘手，所以我還沒辦法把你的那一份給你。」

「我不是想討論那個。只是想看看妳過得好不好。」

「發生什麼事了嗎？你還好嗎？」

「一切都好。我真的只是想問候一下而已？妳和傑西都好嗎？」

「還好。」

現在的結果和我一開始的目標完全相反：真要說的話，他們現在開始擔起我了。筆記：**更常打電話。**

我試著向小貝保證她做得沒錯，但事實是：我不知道這樣到底對不對。當我聽到她坦白說尼可拉斯在她旁邊時，這懷疑就變得更強了。她現在需要的應該是我才對。我在閣樓房間裡踱著步，（像往常一樣）一頭撞上傾斜的天花板。最後我終於在三點多睡著，起床時間晚得錯過了早餐（這是整件鳥事中唯一的好處）。

我躡手躡腳地走過公共空間，溜到戶外抽一根菸。我才剛點燃，艾莉卡的頭就從門後探了出來。「我看你又在抽菸了，尼克。然後，我看你又在發脾氣了。怎麼回事？是寫作讓你隨時都這麼生氣的嗎？」

我想要找人發洩情緒，尤其是一語中的的那種人：沒有人想要聽到自己被人這樣剖析，尤其還是用這麼直白的方式戳破。她也可以啦。「其實呢，艾莉卡。我才剛聽說一個我很愛的人自殺了。」

她的表情沒什麼變化。「跟我來。」

「不要。」

「**來吧。**但請你先把那可怕的東西留在我準備的桶子裡。」

乾淨的鋼盆刻意擺得離門邊越遠越好，她等著我走過去把香菸捻熄，然後我便尾隨著她走進起居室。我幾乎從來沒有進去過：我一直覺得那是她的領地。她打開一個櫥櫃，拿出一瓶黏答答的杜松子酒，倒了一杯給我，然後命令道：「喝吧。」

「現在才剛過十點耶！」

「喝。」她看著我一口喝下。酒梗在我的喉頭，卻也使我體內溫暖了起來。「聽我說。你覺得你有辦法做什麼來阻止這件事嗎？」

「不行。」

「不行。我們從來都不行。我們也永遠不會知道為什麼有人會選擇這麼做。我們要學著與這件事共存。」

「你也有這種經驗嗎？」

「是的。我爸爸在我小時候就這麼做過。」

「喔，靠。很遺憾，艾莉卡。」

「對。對。現在，請你不要在那麼靠近窗戶的地方抽菸了。菸味會飄進來。為兩隻狗想想，尼克。」

這是艾莉卡式的同情。但她說得對。不然我**能**做什麼呢？說到狗，她們已經坐在門口，等著我們每天的公園行程了。在經歷過小貝所謂的「香檳突圍」之後，我們有了一個不成文的規律，每天都會在長椅見面。今天我們遲到了。**放下吧，尼克。**但我做不到。我一直想到小波。我不斷想到她的分身經歷過的那些痛苦的考驗；不斷想到我在狄倫的房間裡看到他的那一刻。

當我來到公園時，史嘉莉立刻跑了上來：「狗狗先生！」我卻仍迷失在腦中的陰暗面裡。我把牽繩地給她，她便帶著狗前往老位置。今天她帶了一包狗餅乾，蘿西當然不會錯過。香腸則一如往常地順從，躺在地上，讓小女孩為牠抓肚子。

在我們的即興慶祝派對過後隔天，貝卡對我稍微有了一點戒心，似乎有點退縮，或者是在努力不要釋放出過多的錯誤訊號。但今天，她用溫暖的微笑和我打招呼，似乎渾身充滿活力。

「我還以為你今天不會來了呢。」

「抱歉。有事情絆住了。」我們在長椅上坐下。

「我讀了你的書。一看就停不下來，讓我整夜沒睡。」

我的大腦因為睡眠不足、悲傷和酒精而一片混沌，我真心不知道她在說什麼。「什麼書？」

「當然是《黑暗中的槍響》囉。」

「喔。**真的嗎？**」

「我懂他們為什麼想要續集了。你有什麼點子嗎？」

當下我什麼都想不出來。我腦中充斥著小波與狄倫。充斥著痛苦。

「對不起——我說錯什麼話了嗎？」

「不，不是妳的問題。我今天狀態不太好。」

「發生什麼事了嗎？是他們決定**不要**續集了嗎？」

「不。不是那種事。」我對艾莉卡說了某種程度上的實話，我也想要貝卡承受同樣的壓力嗎？想，也不想。套句小貝的話：**我們該告訴他們實話**。這是道德上的灰色地帶。**不道德量子**。就算我想說實話，我也不知道要從何開口，所以我一如往常地選擇了簡單的選項：「只是沒睡好罷了。」

「如果我說得太超過了，你可以告訴我，因為我當然不是個作家。只是，我在想，如果你反轉這個故事呢？讓他……我也不知道。讓他當個反英雄？像是雷普利那樣。」

海史密斯：她是我們的共通點。看來對貝卡來說也是。天知道，我只是需要有樣東西來阻止我在腦中再度踏入那個房間、然後透過小波的雙眼再度經歷那一刻。「繼續說。」

真的有幫助。我們討論著各種點子，那個畫面便逐漸淡去了。我們腦力激盪著。在狗兒和史嘉莉玩夠了的時候，我腦中的狄倫房間已經牢牢關上，我也基本上想好一個故事的大綱了。

「但不要太期待喔。我還不到海史密斯的等級。」

她翻了個白眼。每當我故意說出自嘲的話時，我都會幻想小貝在郵件的那一端做這個動作。「真是屁話，你自己也知道吧。而且拿自己跟別人比較，是很愚蠢的行為。」

在她準備轉身離開時，我抓住她的手。這是我們第一次肢體接觸。「妳知道，妳今天救了我。我原本身處黑洞裡，是妳把我拉了出來。」這和我先前對小貝說的話很像。這是真的。她確實把我從一個洞裡拉了出來（某個反社會的斯堪地那維亞人也幫了一點忙）。

她握了握我的手指。有那麼一刻，我們之間的電流似乎增強了。然後她在腦中打破這一刻的魔咒，把手抽開。

我接下來要說的話會讓我聽起來很冷血。或是無情。或是自私。在我走回家時，艾莉卡和貝卡的話在我腦中匯集成一個想法，不僅使我改變了看待自己的眼光，也改變了我看待尼可拉斯的眼光。

另一個世界的尼可拉斯也許事業有成、風流瀟灑、身材壯碩，又和我愛的女孩在一起。但救了狄倫的人是**我**。如果我活出了尼可拉斯的人生，如果我獲得了我所羨慕的分身人生，那狄倫就撐不過來了。我也許一直都是個可悲又自我厭棄的失敗者，但我救了他。是**我**。不是那個尼可拉斯。而這比世上一切的成功都更值得。

第四部：說點什麼吧（或者，什麼也別說）

寄件者： NB26@zone.com
收件者： Bee1984@gmail.com

所以：一部分是為了彌補自己在《黑暗中的槍響》裡逃過一劫的謀殺案，更主要的原因是因為我們這位高高在上的主角，其實是個隱藏的反社會份子，他變成了一個瘋狂的野生動物保護家。基本上，他就是一個單打獨鬥的地球環保刺客，會獵殺盜獵者、偷竊珍稀鳥蛋的竊賊、或是獵獾的獵手。花布西裝哥當然超愛這個劇情，因為他根據自己創造的角色基本上成了一位超屌的反派英雄。有一位年輕的偵探一直想要逮到他，她狡猾又專注，但一直被自己過去發生的某件事所困擾著，因為這種類型的書裡，聰明又認真的偵探內心一定要有什麼糾結的屁事。但誰知道是什麼。貝卡說我應該要打破傳統，讓她成為人生贏家的模範。家庭生活順利，沒有什麼模糊的過去創傷，然後在最後來個轉折，讓她放過男主角和他的種種罪行。

＊

寄件者： Bee1984@gmail.com
收件者： NB26@zone.com

所以這個偵探私下也是個反社會份子囉？

寄件者：NB26@zone.com
收件者：Bee1984@gmail.com
算是吧，對。或者她只是非常、非常喜歡獾而已。

寄件者：Bee1984@gmail.com
收件者：NB26@zone.com
我和貝卡持一樣的看法。她好像蠻擅長腦力激盪的耶。誰知道我還有這種天份啊？;) 貝卡／我加油！下一步呢？

寄件者：NB26@zone.com
收件者：Bee1984@gmail.com
等我把大綱寫完之後，花布哥說他會傳給他的經紀人。然後我們會開個會。

寄件者：Bee1984@gmail.com
收件者：NB26@zone.com
你不用找經紀人嗎？

寄件者：NB26@zone.com
收件者：Bee1984@gmail.com

我希望她能同時當我們兩個人的經紀人。而在妳開口之前，我可以先說，不，我不需要妳幫我找尼可拉斯的偉大經紀人。就算他存在於我的世界裡，這樣也感覺太亂了。太像作弊。反正他也許也會拒絕我，而我就不得不鬱悶至少一個月。

寄件者：Bee1984@gmail.com
收件者：NB26@zone.com

我本來也沒打算提這個啊！真要說的話，我覺得尼可拉斯也不太喜歡他。我以為你對自己的分身感覺好一點了耶？

寄件者：NB26@zone.com
收件者：Bee1984@gmail.com

我是啊。真的是。我已經看開了。他到了嗎？

寄件者：Bee1984@gmail.com
收件者：NB26@zone.com

還沒。火車誤點了。你不覺得這種安排莫名地很有關聯嗎？你只能在週間和貝卡見面，我只能在週末和他見面。

寄件者：NB26@zone.com
收件者：Bee1984@gmail.com

妳不只是跟他「見面」而已，小貝。

寄件者：Bee1984@gmail.com
收件者：NB26@zone.com

我知道，我知道。我不是刻意要提的。這也不是個競賽。慢慢來，比較快。

寄件者：NB26@zone.com
收件者：Bee1984@gmail.com

非常慢喔。但還是有點端倪。我還有點希望的。然後，對，我知道妳接下來要問什麼，我還不知道關於班尼或蕾拉二號的其他資訊。妳／貝卡的出手非常小心。非常忠誠。

寄件者：Bee1984@gmail.com
收件者：NB26@zone.com

有破綻的。一定有。我了解我自己。如果我真的在戀愛中，我不可能和另一個人在公園裡調情的。

小貝

慢慢來，比較快。

對我來說有點太慢了。真的太慢了。

我可沒有對尼克撒謊。如果貝卡一直和他見面，那她身處的那個天堂裡一定有什麼麻煩。一旦我的精神和感情都認定了某個人，其他的選項、其他所有的男人，會像是消失在背景裡一般，變得像是李維的電動裡面那些不是玩家的路人角色。當然，我知道她一定會很掙扎，非常掙扎。我們畢竟有同樣的背景。光是想到會走上我們爸爸的那條路，一定會讓她很不舒服。但某種程度上來說，貝卡一定知道他們是命中註定的。他是她的靈魂伴侶。就像尼可拉斯是我的靈魂伴侶一樣。或者說，他**可以**是。至少我們現在很接近了。

我不只是希望貝卡和尼克快樂而已。我**需要**他們感到快樂。自私的真相是，如果他們那邊未果，這會危害我和尼可拉斯所建立起的關係。因為我**確實**在建立關係。

那個週末不只是個幻覺。截至目前為止，我們之間的自在感並沒有變成無聊、或是變得難以應付。由於我週末時常會深陷於工作中，尼可拉斯慷慨地提議每週五晚上就過來我這裡（因為我實在沒辦法帶著克萊莉絲和我的縫紉機上火車），而從第一次起，他在我的公寓裡就自在得像是回家了一樣，在早餐吧台找到了屬於他的寫作角落，憑直覺就知道他屬於沙發和床上的哪個位置，並默不張聲地買東西放進冰箱裡。不管他何時現身，他似乎都不介意我的公寓裡四處散落著布料和剪下來的洋裝殘骸；他沒有對克萊莉絲做出任何自以為是的批評，也沒有抱怨瑪格達彈鋼琴彈得太大聲。截至目前為止，我也還沒看到任何討人厭或奇怪的習慣，只是他睡覺時會動也不動（「**我也是。剛跟小波在一起的時候，她說她都會半夜把我搖醒，確保我沒有在睡夢中死去。**」）。他也沒有什麼讓我無法認受的性癖或奇怪的偏執（「**什麼？你是說他還沒有拿繩縛和壓舌板出來嗎？妳走著瞧，小貝。**」）。我一直等著什麼事情會露出馬腳，或是出現任何警訊。奈特一直等到自己完全把我騙進圈套中後，才褪去自己最好的那一層偽裝，露出下頭邪惡的怪物。但尼可拉斯並不是奈特。他是尼克——就某方面來說。

而且他人很好。尼克也是——但他用黑色幽默和諷刺的評論把自己包裝了起來。尼克的善良並不只是對我而已。我們一起過夜的第一個週六，瑪格達敲了敲門，問我願不願意幫忙陪約拿斯一個小時。我不再迴避他們了。就像尼克得知另一個世界狄倫的故事時一樣，他被迫接受，我也學會與故事的另一面共存了。

「我正在進行視訊試裝耶，瑪格達——可以等我做完再去嗎？」

尼可拉斯在我身後站起身。「讓我來吧。」

她瞥了我一眼，又瞥了他一眼。墊墊他的斤兩。「謝謝你。」

等我和客戶忙完之後，我爬上樓，前往瑪格達的公寓。尼可拉斯正坐在約拿斯對面，翻著一本書，看起來自在不已。約拿斯看向我，露出一個曖昧不明的微笑。那是認可的意思嗎？**別等了**。

唯一的壓力是從我這裡而來的。有時候，我會不小心說溜嘴，忘記我是和哪一個分身說過哪些玩笑和小故事。「嘿，我忘了告訴你，桃紅太太的伴娘也希望我改造她的結婚禮服耶。」

「誰？」

掩飾一下，掩飾一下。

尼克和我不再執行週末的不聯絡協議了——這對他來說太痛苦——而隨著時間過去，手機監護人的感覺就淡了。但我好像在劈腿的感覺卻沒有淡。尤其是當尼克傳來什麼東西讓我笑出聲時。他問我我在和誰聊天，我沒有說實話，而是像所有的劈腿者不小心露出破綻、被人抓到時一樣：撒謊。「只是個老朋友。」

「傳說中的蕾拉嗎？」

「你不認識他啦。」

「男的嗎？」他的聲音中帶著一絲不安全感。

就是你啊。告訴他。「你不知道他是誰。他是個同性愛好者。」

「什麼？」

靠。「同性戀啦。同性愛好者只是我們習慣的用詞。」

「我有機會見到他嗎？」

「很難喔。他不住在國內。」**或是這個世界裡。也許也不在同一個宇宙裡。**

這讓我覺得自己很骯髒。我覺得自己好像在跟隨我爸的腳步，儘管他的行為是源自於不正當之事和欺騙所帶來的刺激與興奮感。這一點也不刺激，只讓我覺得疲憊不堪。

但我們之間的自在與他的良善，勝過了「三思而後行」的壓力。他通過了克萊莉絲的考驗，還有瑪格達的考驗，現在還剩下蕾拉的考驗（我已經瞞著她好幾個星期了，這是為了尼可拉斯好，也是為我自己好）。我們關係裡的威脅就只有我的行為和那些裂痕——兩個尼克之間頑固的分裂感。這些裂痕會在他週五出現時神奇地消失，但在平日又會開始一一現身。這些裂痕威脅著我們感情的根基，而我希望在尼克與貝卡修成正果後，它們就會消失了。要達到這個目的，我們就得知道更多關於班尼狄克的事。

慢慢來，比較快。

每次只要尼克提起班尼狄克，他說貝卡就會轉移話題，或是退縮起來。也許是出自於忠誠，或者是有更隱密的原因（她的「纖瘦」是個警訊）。也許是因為尼克出現在她的生活裡，而他帶來的量子靈魂伴侶連結使她失去了平衡。如果我在和奈特交往的時候認識尼克——一個我直覺上知道是對的人、也許甚至是那個神秘的「真命天子」——我一定會感到十分糾結，因為一個應該要是路人的角色突然闖入了遊戲裡面。尼克也許不夠幸運，但我或許能幫上一點忙。

為此，我需要一個精美的計畫。億萬富翁就和A咖名流一樣，他們和我們這些販夫走卒住在不同的星球上。你不可能就這樣在臉書上加對方的好友，然後邀他們出來喝咖啡。但我認識某個人，也許能幫我找到一條切入的路。某個在產業界裡的人，某個以連結與操縱這些大咖維生的人。奈特。也就是那個「賤人」。

我可以這麼做嗎？我該這麼做嗎？

我還沒刪掉他的號碼。我早該刪了，因為每次我在聯絡人裡看到他的名字時，都會讓我的內心一顫，就像我媽過世後在聯絡人裡看見她一樣，只是更不舒服一點。我不知道奈特最近在忙什麼，我已經好幾年沒有在臉書上偷窺他了。

當我滑到「ㄋ」開頭的聯絡人時，我的感覺只能用「反胃」來形容。

他第二聲響鈴就接了起來。「喔，**哈囉**，陌生人。」我暗自乾嘔了幾聲——這是接近膝跳反應一樣的反射動作。「我沒想過還會再接到妳的電話耶。也沒什麼好抱怨的就是。」

「你好嗎，奈特？」

「很好，很好。就是生活囉。妳呢？聽說你的事業做很大喔。恭喜了。」

「謝啦。」他還知道我的近況，我並不意外，不過卻也令我不太舒服。我在腦中撈出他背著我偷偷帶上床的女人姓名。我不需要挖得太深：那個傷雖然好了，但還沒有被我遺忘。「艾莉西亞還好嗎？」

「誰？」他頓了頓。「喔。**艾莉西亞**。不知道。我和她沒持續很久。」

「真可惜。」我從來沒見過艾莉西亞，但是，對，好吧，我那時確實在臉書上搜尋過她一陣子。我當時並不喜歡她，原因應該不用明說了，但是我現在卻想著：恭喜妳也逃過一劫啦，姊妹。

「沒事啦。快樂地單身一段時間，讓我有機會好好投資自己。」**乾嘔、乾嘔**。「不過妳會打來還真好笑。我最近一直有在想著要聯絡妳呢。」

喔，真是自負。好像提分手的人是他一樣。好像我會就這樣回到他身邊一樣。我差點當場就掛他電話了。**深呼吸，小貝**。「那樣很好啊，奈特。但我現在有穩定交往的對象了。」**穩定交往咧。哈！**

一陣沉默。「恭喜。很好啊。是我知道的人嗎？」

「應該不是吧。」我大可多刺他一刀：**其實是個有名的小說家呢，奈特。不是什麼三流的時尚採購**。但我忍住了這個衝動。切入正題吧：「你認識班尼狄克．梅瑟嗎？」

「老天，貝貝。你和班尼狄克．梅瑟交往？」錯愕、驚嘆——不可置信。好像他不相信像我這麼平凡的人可以釣到這麼大一條魚一樣。喔，我多想告訴他，在另一個世界裡，我不只是和班尼狄克交往，我還嫁給他了。

「不是啦，我當然沒有和他交往。我是在問你認不認識他。我想要拓展業務，正在物色可能的投資者。而他對永續時尚事業有熱忱，對吧？」

「我沒有惡意喔，貝貝。但他是個大咖，而妳……嗯，妳知道。妳不是。」

惡意收到了，混蛋。是時候使一點小手段了。「你說的對，奈特。我想我只是想要模仿你的路線，把目標放遠一點。但當然了，如果你不認識他，那這就不是個選項了。當我沒說吧。」

他受創的自尊心和我所下的挑戰，在他內心戰爭起來，使他一陣沈默。

「所以，你**認識**他嗎？」

「我見過他幾次。」奈特通常會誇大其詞一些。他會這麼說，代表他很有可能只是在派對上和他擦身而過幾次而已。

「你可以幫我引薦一下嗎？」

「他很忙，貝貝。」

「他是什麼樣子？他是什麼樣的人？」

「妳預期中的那種。他很有魅力，因為他負擔得起。渾身散發銅臭味。也很重隱私。雖然他在和凱特．德榮約會時，倒是鬧得沸沸揚揚的。」

「設計師凱特．德榮嗎？」

「當然了。」笨喔，貝貝。

仔細想想，她出現在很多張Google的照片裡，但我以為他們只是在某場產業派對中擦肩而過而已，因為凱特（像我和貝卡一樣）似乎不適合他。她的個人風格與她的設計美學相呼應：黑暗而前衛，並帶有一種雄性的、克隆賽爾（Kronthaler）的氛圍。和班尼那種遊艇鄉村俱樂部的造型相差十萬八千里。「他們還在一起嗎？」

「我很懷疑。根據八卦小報的報導，她幾年前開始吸毒。從二〇一七年開始，她就沒有新作品了，而且基本上是住在勒戒中心裡。」

「我都不知道。可憐的凱特。」

「對啊。這種事總會發生的。等等，現在想想，幾週後有一場停止血汗工廠的那種慈善會議活動，他理論上是主講人。我本來不打算去的，但如果妳來參加見面會，我也許可以幫妳牽線一下。但妳要當我攜伴參加的對象就是了。」

我一陣瑟縮。乾嘔。吐了吐舌頭。「聽來不錯。把細節傳給我吧。」

在他來得及說出別的話之前，我就把電話掛了。

*

寄件者：NB26@zone.com
收件者：Bee1984@gmail.com

天啊，小貝。這就是所謂的先發制人嗎？拜託賤人幫忙一定不是件易事吧。

寄件者：Bee1984@gmail.com
收件者：NB26@zone.com

講完電話之後，我還不得不洗個澡呢。但我們兩人之中一定要有個人和班尼狄克見到面，對吧？或者至少見到他的其中一個分身。我覺得好糾結。為了貝卡，我希望他不是什麼奈特二代版的混蛋，不會讓她過得那麼悲慘。但為了我們大家好，我又希望他是個大混蛋。

寄件者：NB26@zone.com
收件者：Bee1984@gmail.com

一個沒有大屌的混蛋。

寄件者：Bee1984@gmail.com
收件者：NB26@zone.com
對吧？你對貝卡也這麼幼稚嗎？

寄件者：NB26@zone.com
收件者：Bee1984@gmail.com
沒有，但我的夢想是有一天也能和她分享這麼充滿智慧的對話。

寄件者：Bee1984@gmail.com
收件者：NB26@zone.com
會的。我們都會的。

尼克

我現在有了平日早晨的例行公事。就像和小波在一起的時候一樣，只是挪去了自怨自艾的部分。

早上七點：和伊靈喜劇三人組吃早餐，通常艾莉卡會藉此機會鞭斥某個人違反了某道小到不能再小的公寓規矩（「茶包一定要捏過之後才可以丟，我到底要重複說幾次才夠？」），而我和其他的房客則會左耳進右耳出，只盯著自己面前的吐司麵包屑。

早上八點到九點：問候小貝。如果我願意的話，也會趁此時間打電話給莉莉。但隨著時間過去，我們的互動變得越來越矯揉造作了，也許我們一直都需要靠蘿西居中協調，才能有效率的溝通。

早上九點到十點半：寫作時間。我開始寫續集了，這本叫做《暗夜破壞者》。合約還沒有談下來，但我何不先發制人？而且，難得一次，那些文字源源不絕地湧流出來，就像有個內在的水電工，把我鏽蝕的水龍頭給疏通了一樣。

早上十一點到十二點：一天的重點，和史嘉莉與貝卡在公園碰面。

一天一小時實在沒辦法做多少事。和小貝倒追我好幾圈的表現相比，我簡直像是還在起跑線一樣。但，就像小貝不斷提醒我的，這並不是個競賽：**慢慢來，比較快。**而我的手法也管用。貝卡無疑正在慢慢放下戒心。我們還沒有進入那種口無遮攔的鬥嘴階段——小貝和我一開始就是這樣了——但我們正在前進中。我們現在有了屬於自己的公園生活小默契；我們會幫公園的其他常客捏造其他人生故事、幫他們取暱稱：那個總是被狗拖著跑過公園、不斷大喊著「太妃！**不可以！**」的老人，叫做「長毛獵犬男」；那個總是看起來憂鬱不已，讓自己的孩子追著鴨子跑、在公園裡暴走的媽媽，則是「安眠藥媽媽」；而每天總是在同一時間大汗淋漓地從我們面前跑過的慢跑男人，則是「慢跑胖羅傑」。

但和小貝與我之間輕鬆的節奏不同，我和貝卡有時候會踉蹌一下，好像失去了節拍，好像負責掌管我們化學效應的機制突然當機了一樣。我將此歸咎於我們都心知肚明、但幾乎不太提起的事實：她已經結婚了。因為我們之間的生理吸引力無疑正在增長。每次我看到她的第一眼，我內心就會經歷一場屬於自己的蝴蝶效應，而讓我用失敗的譬喻再說一句，我們之間那股情慾的電流，隨著每一次見面不斷地加強。在花布哥通知了我好消息的那天之後，我們就沒有再去過她家了。她沒有邀請我；我也沒有強逼。我想我們都知道如果回去她家會發生什麼事：在流理台上進行罪惡的性愛。

今天，「我們的」那本書（我內心是如此認為的，因為她幫我一起想了大綱）有了新消息。我們也算是另一種三人行：我、花布哥和貝卡。花布哥的經紀人娜姫亞很喜歡那份大綱，並安排了一個會議來談定最終的細節——確切的合約正在進行中。花布哥不克前來倫敦（「我還有點腳步不穩呢，親愛的孩子，請問你願意代勞嗎？」），但事情的進展很樂觀。

等我一如往常地把牽繩交給史嘉莉之後，我便把消息告訴了貝卡。

「喔，太棒了吧！」貝卡的動作像是準備要給我一個擁抱，但及時打住了。「看來你非得把你的愛情故事延後了，對吧。」

「看來是這樣，對吧？」藝術總是在模仿人生。

「媽媽。餅乾。」

「**請**給我餅乾。」

「**請**給我餅乾，媽媽。」

貝卡在包包裡翻出一包狗餅乾。叫蘿西坐下乞食的把戲，史嘉莉似乎永遠也玩不膩，蘿西也玩不膩。

「昨天晚上，班問我為什麼一直在買狗餅乾。」

我屏住呼吸。我小心翼翼地思索著下一句。她通常不會透露這麼有價值的資訊。「妳怎麼跟他說呢？」

「我說史嘉莉和公園裡常見的幾隻狗交了朋友。」

「這是事實。」

「對的。」

「我想妳沒有告訴他妳也交了一個公園朋友吧。」

她瞥了我一眼。她把頭髮塞到耳後。「沒有。」

「因為我們就是這樣，對吧？朋友。」

「對。」

好。是時候深入一點了。「貝卡，家裡一切都好嗎？」

她停頓了很久。她咬了咬指甲，然後突然停了下來，好像有一隻無形的手打了她一下。「是啊。為什麼會不好呢？」

「妳幾乎不談他。妳的丈夫。」

「你想知道什麼？」

「妳快樂嗎？」小貝在遠古以前也問過我這個問題。當時，這問題打開了我內心的某種開關，戳破了我的膿包。

她哼了一聲。「快樂。為什麼每個人非得隨時都很快樂啊？我……我很好。一切都很好。史嘉莉很快就會進學齡前幼兒遊戲組了，所以我也會有更多時間想想接下來要怎麼做。我是指工作的方面。」

一如往常地，她又轉移了話題。「妳有想過要開自己的工作室嗎？」

「沒有。」

「我想妳會做得很好的。」**我知道妳做得很好。**

「也許吧。」

她現在完全退縮了。我轉移話題。幸好胖羅傑選擇在那個時候從我們面前緩緩跑過，苦著一張臉，對我們揮了揮手。我們都對他揮揮手。我們認為羅傑正在面對他的中年危機（對，我知道，我五十步笑百步），而他試著讓自己保持身材的舉動，雖然他自己厭惡至極又備感痛苦，卻是想要嘗試自我改造的第一步。我欣賞他（「我們應該要叫他努力提姆才對」）。好幾次當他經過我們面前時，我都得奮力阻止自己對他歡呼：**你做得到的，羅傑。**「妳覺得這些公園常客會不會也幫我們取暱稱呢？或是幫我們編故事？」

「他們也許會認為我們在搞婚外情。」然後她愣了愣。臉頰一紅。她很少臉紅的。

「媽媽！」史嘉莉喊道，稀釋了一點緊繃的氣氛。「妳看！」

一隻鴨受到餅乾屑的吸引，正勇敢地朝狗兒們搖搖擺擺的走來，蘿西則用太有興趣的眼神僅盯著牠看。蘿西作勢撲上前，但史嘉莉用力拉住牠，讓牠向後站了起來。「蘿西，**不行。**」

那股自信：那是從班尼狄克身上來的嗎？這個問題的走向不會太討人喜歡——有點太刺探隱私、又帶著性別歧視的意味。而且我也不是真的很想知道答案。

她的臉頰顏色恢復了正常。那個瞬間過去了。我們回到舒適圈裡，討論起一本書。

回家途中，我放任自己再度沈浸在一系列的「如果」白日夢中。如果我們真的讓事情有更多進展，我們的生活會是什麼樣子？我們會住在哪裡（當然是一間老套的鄉村小木屋，有一間屬於我的寫作小屋，還有屬於貝卡的工作室）？我會是個好繼父嗎？我會從和狄倫時犯的錯誤中學習嗎？我不需要再買小狗來賄賂史嘉莉了，因為她已經有了蘿西，或許還會有香腸，再說，她和我已經是朋友了，我們已經有了某種例行公事，也會擊掌打招呼，我們有交遞牽繩的默契，在我們分別時，我還教她說西班牙文的「再會了，朋友」，因為貝卡覺得這很可愛。唯一的問題點，當然就是班尼狄克了。當我出現時，狄倫的爸爸早就已經消失在故事裡了——從狄倫出生的時候就不存在了——所以我不需要應付那棘手的狀況。不知為何，我覺得我和他永遠也不可能成為朋友、不可能一起在高爾夫球場上豪飲。我蠻確定他會把我視為貝卡的「下流情人」。我也蠻確定我會把他視為一個享有特權的混蛋。我**確實**是這麼想的。

當我回到前門時，香腸突然像隻幼犬般在我腳邊打轉起來；通常在去完公園的旅程、和幼童玩了整整一小時後，牠都會累得隨時能倒在籃子裡呼呼大睡的。「怎麼啦，女孩？」

我馬上就知道了。一個我這輩子見過最高大的男人朝我衝了過來。香腸撲向他，興奮地哭嚎著。然後我就意識到他是誰了——佩托斯，也就是艾莉卡傳說中的另一半。我唯一沒認出他的原因，是因為和照片裡那個陰鬱的老大哥不一樣，他正面帶微笑著。

等他好好哄過香腸後，便摸摸蘿西，打量了我一圈，大吼一句：「原來偷了我的狗的男人就是你啊。」然後拍了拍我的肩膀（真是他媽的有夠痛）。

他在家的這三天，整棟屋子的氣氛似乎都不一樣了，從傷感與緊繃變成了近乎慶典的氛圍。他是個不修邊幅的人，腳步沈重，任何一點小事都能讓他放聲大笑，整個人喧鬧不已，和他太太完全相反。話雖這麼說，艾莉卡在她身邊時似乎整個人都亮了起來，好像她難相處的一面是一層只有他能突破的鎧甲。就連早餐都變好吃了。勞萊與哈台遠遠避開他。一開始，我認為是因為他過度活躍的性格，對他們近乎病態的內向個性造成了某種威脅，但現在我想那是因為他們無法招架他的喝酒習慣。因為佩托斯喜歡喝酒，而且他不喜歡一個人喝。

在他回家的第一晚，他堅持要我陪他喝一瓶他從旅程中偷渡回來的喬治亞白蘭地。他把酒一杯杯倒好，並開始講述一個又一個故事。他的工作讓他在世界各地旅行，內容似乎包山包海，從擔任保鑣、驅逐寡頭政府的傭兵、到野生動物保護區巡邏隊，應有盡有。「你之後可以把我寫進書裡啊，作家先生！」他對於自己接下的工作似乎沒有任何道德界線；喝到瓶子終於見底，房間在我眼中開始天旋地轉時，他終於對我坦白，現在唯一的問題是，「我太太希望我待在家裡了。她擔心我會讓自己陷入險境。」

如果是我的話，我也會擔心的。他的故事讓人毛髮直豎；簡直就是一系列傑森．法瑞動作片那種瀕死的劇情。如果要為寫作取材，他絕對是最好利用的資源。他對於武器和戰鬥無所不知，而且——最讓人困擾的是——他還知道好幾種傭兵殺人的手段。在他離開時，我的肝臟受到了嚴重的傷害，但我覺得我好像交了一個朋友。

他唯一一次變得嚴肅的場合，只有在他準備要離開的前一晚，他到後花園去和我一起抽根菸時。「我不是個善妒的男人，尼克，但我得確保你對我的太太沒有另作他想。」

「你是認真的嗎？」

「是的。」在那一瞬間，他的人格轉換了：從歡樂與活躍的狀態，變得嚴厲，而且，對，極具威脅性。我想，這就是他的工作人格。我懂為什麼世上的好人、壞人、還有該死的有錢人都希望他保護他們了。

「事實是，我愛的是另一個女人，我腦子裡想的只有她。」

喀嚓！再度切回友善模式。他又用足以讓我瑟縮的力道拍了拍我的肩膀。「我看得出來這是事實，但我還是得確定一下，對吧？現在，我們再喝一杯吧。你一定都要告訴我。」

＊

寄件者：NB26@zone.com
收件者：Bee1984@gmail.com

這輩子最慘烈的宿醉。我今天差點就去不了公園。貝卡說她都擔心我是不是要做肝臟移植手術了。

寄件者：Bee1984@gmail.com
收件者：NB26@zone.com

我一直忍不住想到她說的「婚外情」那句話。這代表她一定想過了。而且，對，我知道這對她來說一定會很掙扎，因為我們的成長背景一樣。但當你遇到對的人的時候，你就會知道了，對吧？我們說的又不是奈特式的那種玩玩而已。你和她——我和你——這是不一樣的。這是命中注定。

寄件者：NB26@zone.com
收件者：Bee1984@gmail.com

討論這件事真的不會讓妳覺得怪怪的嗎？每次想到妳和尼可拉斯，我就覺得超痛苦的。

寄件者：Bee1984@gmail.com
收件者：NB26@zone.com
當然會怪怪的啊。但我希望你快樂，尼克。我希望她也快樂。她是我的分身，記得嗎？就算我會羨慕，也是因為你和她的關係是緩慢進展的正常羅曼史。

寄件者：NB26@zone.com
收件者：Bee1984@gmail.com
慢是慢，但沒什麼羅曼史的部分。說到這個，奇蹟男孩不是應該要在你家了嗎？今天是星期五吧。

寄件者：Bee1984@gmail.com
收件者：NB26@zone.com
他在沖澡。準備迎接蕾拉的考驗了。

寄件者：NB26@zone.com
收件者：Bee1984@gmail.com
喔好唷。祝他好運。從我在這世界看見的蕾拉來判斷，他會很需要好運的。

小貝

他不需要任何好運。他有聲有色地通過了考驗。有點太順利的通過了，因為當我們週五晚上去和蕾拉夫妻吃晚餐時，尼可拉斯和李維討論他的兩大人生摯愛——他的律師事務所工作和《真人快打II》——蕾拉則不斷用唇語對我發出驚嘆的呼喊。而當蕾拉提到她最新的嗜好，開始抨擊「我們無用的垃圾政府」無法對各種化石燃料公司採取行動時，尼可拉斯不僅點頭同意，還積極地與她互動——他問了很多遊說改革團體在美國重振旗鼓的前景，並提議讓她與一位讀環境科學的大學老朋友見個面。輪到李維偷偷對我豎起大拇指了。

（「就知道他會做得好，圓滑的混蛋。我卻得編造一整個虛假的人設，才能和蕾拉二號預約五分鐘的時間。」「嗯，她是在腦中拿他和奈特相比，說實話，不是什麼高標。」）

尼克沒有這麼明顯的魅力，卻更有趣，如果他有機會見到他們的話，他也能處得這麼好嗎？會。不會。也許吧。我永遠也不會知道原因，而如果我太認真地思考這個問題，會使我產生更多罪惡感和它的好兄弟「後悔」，於是我把這個討人厭的問題拋諸腦後了。

我幫蕾拉把剩下的外送泰國料理倒進新的廚餘桶裡時（「跟妳說，我是很認真想要改變的，小貝——但是，靠北，這也未免太臭了吧」），她頓了頓，然後說：「妳告訴他了嗎？」

我的心一涼。「告訴他什麼？」

「詐騙男的背景故事啊。」

喔，**那個啊**。我鬆了一口氣，在腦子裡捏了自己一把，叫自己不要疑心病重了。

蕾拉是我認識最聰明的人，但除非她有讀心術、或者偷偷駭進我的手機，否則她不可能會知道真相是怎麼回事的。

「還沒。」

「妳不覺得你該告訴他嗎?」

「妳覺得要嗎?」

「也許吧。這傢伙是來真的。但是一段感情不該是建立在謊言上的。或是隱瞞。」

這建議來的有點太晚囉。我已經該做的都做啦。「妳才見到他一小時耶,蕾拉。他也許下星期就會甩了我。」

「不會啦。他看妳的那個眼神啊,想都別想。就是他了。」然後她抱了抱我。「我好為妳開心。」

我應該感到愉快,因為我最好的朋友不但沒有批判我,還給了我她的首肯。但事實是,我知道她大致上只是鬆了一口氣,因為我終於不是和某個足以躋身全英前十大渣男的混蛋搞一夜情了。讓她參與了那麼多次小貝的約會爛事的罪惡感,再度油然而生。

尼可拉斯和我走回家時,我們挑了一條他所謂的「賞景路線」。種種想法在我腦中盤旋,他突然停下腳步看著我。他很聰明——和尼克一樣聰明。他的內建雷達當然發現有什麼事不對勁。

「怎麼了?她討厭我嗎?」

「沒有。她認為你是耶穌轉世。」

「那樣搞不好也不錯喔。」

我勉強笑了一笑。「這我就不知道了。」

我們繼續往前走。來到我住的那條街時,他又停了下來。「我們之間的感情是真的,對吧,小貝？不是只有我這樣想吧？」

「不是只有你這樣想。」

我是認真的。真的。我**想要**這句話成真。

尼克

最後一次和他們互動過後，我幾乎沒有再對貝爾史丹協會投入任何注意力，偶爾收到凱文的郵件時，我都不做他想地刪除了那些信。然後，他們又毫無預警地闖入了我的生活——幾乎是字面意義上的了。當我從公園回來時，我腦中充斥著書的內容和貝卡，幾乎沒有注意到那輛迷你電動車，直到一切都太遲了。那輛車猛地一煞，輪胎壓上了人行道，差幾吋遠就要撞上香腸。

傑佛瑞的頭探了出來。「上車。」

「不要。」

「我得跟你談談。」

「那就在這裡談。話說回來，你是怎麼找到我的？」

「已經觀察你好一陣子啦。斷斷續續的，你知道。」

我不知道。我是怎麼忽略掉的？「你做得越來越好囉。」

他哼了一聲。「我去上了一門課。」

「有這種課喔？」

「有。現在，上車。」他退回車內，身子越過座位，打開副駕駛座的車門。在我來得及拉住牠之前，蘿西便跳上了車，在牠拼命擠進後座、撲向那堆吃到一半的零食時，牠的牽繩纏住了排檔，使我不得不把牠解開。「快啦。把大隻的也放在後座吧。我接下來要說的話，你一定會想聽的。」

我一點也不想坐進那輛腐爛的老車裡，但如果我不照做的話，他無疑會挾持蘿西當作人質、或是直接載著牠離開好激怒我。香腸快樂地爬上後座，於是我把前座上看起來像是他半個衣櫃的家當搬開，在他身旁坐下。

「傑佛瑞，你是住在車上是嗎？」

他沒有回答，也沒有檢查後照鏡，就這樣駛離路邊，差點撞上一輛電動巴士。

「我們到底要去哪裡？你不會刺殺我、然後把我丟在路肩吧？」香腸幫不上忙的。牠正把頭探在兩個前座之間，吐著舌頭，享受沿途的風景。

「我們在這附近繞一下。確定沒有人跟蹤我們。」

「誰會跟蹤我們啊？」

他的方向盤用力向左一打，切過腳踏車道，差點撞翻一輛雙人自行車。

「天啊，傑佛瑞！」

他根本就是交通意外的不定時炸彈。不對，當我沒說——是正在爆炸的炸彈。那對被他違法行車逼得不得不閃開的自行車騎士對著我們理所當然地咒罵出聲，但他沒有減速，就把頭探出車窗，對著他們大吼：「靠北咧！」我緊抓著車門把手，看著他逆向駛進一條單行道，橫越過一段行人徒步區，然後一個急煞，停在一家雜貨店門外的殘障車位上。

「我的天啊。你有必要這樣嗎？」

他把車窗完全搖了下來，掏出一包香菸，然後遞給我一根已經捲好的菸捲。「來吧，你會需要的。」

我接過他的菸，一邊說服自己，一根菸的二手菸是不足以害死那兩隻狗的。

「我知道你在幹嘛囉，老兄。」

「是這樣嗎。那你說我在做什麼？」

「和那個……那個什麼……你在傳電子郵件的那個女人的分身見面。」

如果他連這個也知道，那他新學的跟蹤技巧也好得太過頭了吧。我非常驚艷，也同時感到非常擔心。「你他媽的是怎麼發現的？」

「我不需要是火箭天才也能發現。」

「那句話不是這樣說的。」

「都沒差啦。要找到你現在住的地方不難。之前住你隔壁的老太太給了我你的地址。我說我有個包裹要寄給你。」

「莉莉？」我之前有給她我的地址，以免我有郵件需要轉寄的。真是不敢相信，她居然就這樣把我的地址給了一個陌生人。而且在我們偶爾尷尬的電話聯絡中，她居然一次也沒提到。

「那是她的名字嗎？她是個友善的老好人，對吧？還給了我一杯茶。」

去死吧，莉莉。去死吧。

「在那之後，我有一天就來跟蹤你了。我花了一點時間才把兩件事湊在一起。一直到我上網查了婚姻登記系統，找到了你那位女孩的閨名。她挑了一個好對象呢，是不是？嫁給那樣的男人真了不起。」

「說重點吧，傑佛瑞。」

「你現在在做的事。就是你所謂的多管閒事。他們不會喜歡的。」

「你是說協會吧。」

「對。你不會希望他們發現的。他們說過的話，漢芮塔說過的話，你應該要聽進去的。他們以前也對違抗他們的人採取行動過。」

「哪種行動？」

「那個寫了我們報導的記者。就是那篇讓你找到凱文的報導。你該看看他的下場。」

哇喔，修但幾咧。「你該不會是說……怎麼，你們把他打了一頓，之類的嗎？」我實在無法想像艾薩克和黛比用高爾夫球竿和茄子把人痛揍到死的畫面。

「不是啦。漢芮塔挖了挖他的背景。找到了他以前……怎麼說來著……抄襲別人、還聲稱是自己的文章。他的事業就這麼毀了。」

「天啊。漢芮塔是何方神聖？前任英國情報局還是歐盟情報局的探員啊？」

「鬼才知道。我只是要告訴你，認真聽他們的話。」

「好吧。所以你的目的是什麼。」

「我的意思是，他們不需要知道你在做什麼吧？」

「我開始聽不懂了。我還以為你是他們的……間諜。之類的。」

「我的意思是，你幫我。我也幫你。你給我我需要的東西，我就會告訴他們你是個乖孩子，一切表現都很好。」

「你想要什麼？」

「資訊。你那個女孩的世界的某些資訊。」

「什麼資訊？我還以為你們這些人都要誓死守護這類事情咧，以免這會破壞宇宙的規則什麼的。」

「不是那種事。我要的是我的資訊。」

然後他就把他的故事告訴我了。這過程有點漫長。傑佛瑞不是一個非常口齒清晰的人，他會在話說到一半的時候就偏離主題，也有輕微的失語症，而且他的口音包山包海，上至北方腔到倫敦口音，還有一點點牙買加的節奏感和愛爾蘭的鼻音共鳴混雜在其中。聽他說話使人感到既挫敗又著迷。

等到他說完時，儘管車窗都開著，車裡還是瀰漫著香腸的口臭。

傑佛瑞說他年輕時，他就開始產生了他所謂的「另一個人生的感覺和記憶」。在這個人生中，他結婚了，還有一個女兒。那些記憶變得越來越強，細節越來越清晰，「就像一個活生生的夢境」。由於他在這裡沒有結婚，也沒有小孩，他說他有好幾年的時間都懷疑自己有精神病，「為了以防萬一，我甚至讓自己與世隔絕了幾個月。」然後網路就突然問世，最後帶領著他來到貝爾史丹協會的門前。他拍了拍肚子。「對協會的其他人來說，這些事都是……都只是表面。但我呢，我是在這裡感覺到的。在肚子深處。」

「別誤會我的意思喔，傑佛瑞，但這些記憶會不會是你發生意外後的後遺症呢？」

「就一個和女人婚外情的人來說，你這麼說好像有點太自以為是了，尤其她還是來自另一個……你知道的。」很公平。「而且，不，這些記憶早在那之前就已經開始了。」

他想要我叫小貝在她的世界裡查查看。「看看我過得怎麼樣。看看在她的世界裡，我是不是真有一個女兒。如果有的話，看看**她**過得怎麼樣。」

「協會不會喜歡你這樣做的。」

「他們不需要知道，對吧?凱文還可以，但其他人……真要問我的話，叫他們去吃屎吧。」

就這麼說定了。他會為我盯著貝爾史丹的成員們，向他們保證我是個乖孩子，聽話地迴避了蝴蝶效應的可能性；我則要看看小貝能為他找到些什麼。

「但你不要太期待。就我所知，我們也許有無限多個平行世界，無數個平行時空。她也許什麼都找不到。」我突然想到了狄倫的分身所發生的事。「就算她真的找到了，也許也會是你不想知道的事情。」

「無論好壞，我都想知道。我都必須知道。這對我來說意義重大。」

「好吧。」

「謝了。你是個好人。」

「我以為你討厭我耶？」

「你哪來的想法？」

「喔，我也不知道，可能因為你叫我滾蛋太多次了？」

「你還可以啦。」

「我需要你所有的個人資訊。」我以前也幹過這件事；這會需要一點時間。「但我們可以去找一間露天啤酒吧嗎？或者給我一個防毒面具？」

＊

寄件者：NB26@zone.com

收件者：Bee1984@gmail.com

死了？你確定那是他嗎？

寄件者：Bee1984@gmail.com

收件者：NB26@zone.com

我們永遠不可能百分之百確定，對吧？但他們之間的相似性太高了，無法排除。

母親：葛蘿莉亞・伊莉莎白・金恩，非裔加勒比來人。符合。
父親：唐諾・亞倫・葛利森，愛爾蘭天主教徒。符合。
出生於一九五八年十二月三十一日，沃夫漢普頓。符合。

寄件者：NB26@zone.com
收件者：Bee1984@gmail.com

他是怎麼死的？什麼時候死的？

寄件者：Bee1984@gmail.com
收件者：NB26@zone.com

一九八五年三月。機車意外。我是在《明星快報》（Express & Star）的檔案庫裡找到訃聞的。我花了一點時間。我現在快要成為神探俏佳人（Nancy Drew）了，或是瑪波小姐（Miss Marple）。或者用你的作品來說，這大概就是桑格系列裡的凱勒曼會做的事。他總是會在檔案庫裡東挖西找的。

寄件者：NB26@zone.com
收件者：Bee1984@gmail.com

聽起來真吸引人啊。

寄件者：Bee1984@gmail.com
收件者：NB26@zone.com

好啦，好啦。

但是傑佛瑞確實有個女兒。還有一個孫女。

寄件者：NB26@zone.com
收件者：Bee1984@gmail.com

老天。真的嗎？

寄件者：Bee1984@gmail.com
收件者：NB26@zone.com

是的，名叫珍妮，在一個威爾斯的養護所擔任副經理。她可是個網路大紅人呢。

但沒有在網路上提過傑佛瑞就是了。

寄件者：NB26@zone.com
收件者：Bee1984@gmail.com

你有可能和她聊到話嗎？問問她爸爸的事情？這個要求很重大，我知道。他說他對她有好多的記憶。我在想，如果她的記憶和他的相符呢？我知道這機率很小，但很值得一試。

寄件者：Bee1984@gmail.com
收件者：NB26@zone.com

這可不是一件我可以在臉書上私訊她的小事。讓我好好想想。

如果那些記憶真的相符，這樣代表什麼呢？他在我的世界死亡之後，他的記憶就傳承到你世界裡的傑佛瑞身上了嗎？就是那種共有意識的概念？或是量子不滅的理論？就是你死了之後，你的意識之類的東西會繼續在另一條時間線上生存？等等，我查一下維基百科。

寄件者：NB26@zone.com
收件者：Bee1984@gmail.com

我覺得這沒有什麼理論，小貝。但這也許代表貝爾史丹協會堅稱的「錯置個體」穿越次元網的事，倒是有些道理……

寄件者：Bee1984@gmail.com
收件者：NB26@zone.com

我不懂的是：假設你的意識之類的東西真的在你死後穿越了次元網，為什麼不會每個人都得到分身的記憶？

寄件者：NB26@zone.com
收件者：Bee1984@gmail.com

凱文說要跨越次元網，就得發生變異。不知道那是什麼意思。

寄件者：Bee1984@gmail.com
收件者：NB26@zone.com
什麼東西的變異啊？宇宙嗎？還是多重宇宙？

寄件者：NB26@zone.com
收件者：Bee1984@gmail.com
我覺得這個專有名詞叫做「鬼才知道」。

小貝

我在另一個世界裡也許是個私家偵探。也許我還真的就是。因為我顯然有這種深藏不露的邪惡深度。

後來我發現，和珍妮約見面一點也不難。我用工作室的帳號在臉書上加了她好友，然後傳了一則訊息給她：「恭喜您！經過隨機挑選，本工作室將為您免費進行禮服改造服務！」

她回了我一句：「這是詐騙嗎？」

「嗨！不，這不是詐騙，而是優惠。」我將工作室的網址（上面正驕傲地展示著潔瑪的外套）和 Instagram 傳給她。「若您沒有興趣也沒有問題！您不用覺得有壓力，也不會有推銷。我們只希望在作品完工後，您在自行選擇的社群平台，張貼一張穿戴著成品衣物或飾品的照片，就可以了。」

「這還是我第一次中選什麼東西耶。一定要是結婚禮服嗎？我懷疑自己還能不能穿進原本那件裡。這件事要怎麼進行？」

如果我真打算問出尼克想要的敏感資訊，在 Skype 上的線上試裝顯然是不夠的。我最好能和她面對面聊天，希望她能和先前的其他客戶一樣，因為某種原因而願意對我敞開心胸。由於她是全職工作者，我便提議在接下來的週六前往拜訪她，丈量尺寸。我向尼可拉斯提議，我們可以一起週末出遊。我們訂一間日租套房，在鄉間隱居個幾天。他一口答應，並提議在前一天晚上開車來找我。

他用非常高的分數通過了克萊莉絲、瑪格達和蕾拉的考驗（蕾拉還會傳訊息跟我說：「哇喔，拜託這次別搞砸。」）。一起出去旅行則會是最後一道防線，最後一個考驗。和奈特一起去旅行簡直是一場惡夢；不熟悉的環境放大了他的煩躁感，使他變得挑剔、又愛唱反調。我覺得和尼可拉斯不會有這個問題——我知道這不會有問題的——但我已經發覺，比拿他和尼克相比，拿他和那個賤人比，更能消弭兩個分身之間的裂痕。

開車南下的路途中，我花了比平常更久的時間才意識到尼可拉斯安靜了許多，也比平常更心事重重。或許是因為我也有些出神。

如果他問我在糾結什麼，我勢必得再想出一套謊言或是只有一半的實話。對我來說，這兩件事現在已經成了第二直覺了。謊言會讓人成癮，但它們也會自我增殖，直到它們徹底失控、反咬我一口（「就跟溝鼠一樣。或是討厭的沙鼠。」「謊言害蟲。我喜歡耶，小貝。」「沒有任何幫助好嗎，尼克。」）。也許在某個多重宇宙裡，有一個比較勇敢的我，打從一開始就有骨氣和尊嚴地告訴了他真相。也許某個版本中，他和尼克成了某種程度上的朋友，或者我可以告訴他我心中一切所想，不必擔心他認為我是瘋子，或是個詭計多端的怪物。也許某個版本中，他會問我：「嘿，寶貝，怎麼啦？」而我可以告訴他：「喔，你知道，我在想，我正準備要對一個女人說謊，她的爸爸死了、但是卻又沒死，你懂我的意思吧。我一直在想，量子不滅定律也許是真的，而我也許就要證明這件事了。還有，我真的真的很想吃四盎司牛肉堡，我們等一下可以在麥當勞停一下嗎？」

但我只是問他：「怎麼啦？你比平常安靜了好多。雖然我以前沒有搭過你開的車，但我也蠻確定你不需要這麼全神貫注，才能保持直線行駛。」

「有這麼明顯嗎？」

「就是有。說吧。」我有點擔心：我總是怕他會不小心在我的謊言害蟲齧咬真相時抓到我的老鼠尾巴（「好吧，這比喻有點太超過了，小貝。」）。

「我的出版社不太滿意下一本桑格系列的大綱。我的編輯說，讓那個暴躁的老混蛋去調查一起腐敗的政治醜聞，而不是往常的《駭人命案事件簿》類型的女性受害者謀殺案，會『使讀者無法同理』。」

「嗯，跟他說我是你的讀者之一，這不會讓我無法同理啊。我是個『粉絲』，記得嗎？」

他悔恨地微笑起來。「還是不敢相信我這麼說了。有時候我都忘了，我們就是這樣見面的呢。」

是我讓我們見面的。喔，哈囉，罪惡感，六十秒不見，如隔三秋啊。「真的嗎？所以我們在早餐自助吧凝視彼此的時刻，對你來說一點意義都沒有嗎？」

「不是啦，不是那個意思。我想我只是太常和對我的工作沒有興趣的女人交往了。我和茱蒂在一起的五年裡，她看過我的草稿大概不到一半。對，我知道她有自己的事業和興趣，但我已經習慣把我那部份的人生和其他事情分開了。我一直忘記你是第一個**懂**我在做什麼的女友。妳對我的作品有興趣。」

我們在一起過夜的第一個週末就聊過各自的前任了，但他當時沒有提到這一點。我突然意識到，我對《暗夜破壞者》的了解，遠勝於尼可拉斯下一本書的計畫。「我能幫得上忙嗎？如果你需要討論劇情，我完全願意參與。」如果貝卡做得到，我也可以。

「妳願意嗎？你不是已經夠忙了嗎？」

「我很樂意。真的。」

他牽住我的手。「謝謝妳。等我跨過心中那道坎之後，我就會找妳幫忙的。」

「如果可以，你想寫些什麼？如果你有選擇的話？」

「絕不是一個閒得發慌的退休老警探的故事，我很確定。該死的凱勒曼。老天，我超想殺了那個老混蛋的。」

「你會怎麼寫死他？」

「越痛苦越好。」

「用紙片割他，凌遲至死嗎？」

「哈！我會讓他中風，送進一間療養院。」

「這樣就會是個全新的系列了：『失智警探系列』。」

「《療養院影武者》。」

「到底誰要為失竊的導尿管負責呢？」

「如果他記得最後一條線索被他丟在哪裡就好了。」

我們這樣胡說八道的當下，我幾乎完全忘記他其實不是尼克。幾乎了。如果更仔細地思考這件事，我就會產生一種和背叛太過接近的感受，好像我和尼可拉斯變得越親密，我就會越抹煞尼克的存在——所以我一如往常地把這件事鎖進我腦中的箱子，並在上頭掛上「大腦廢料：請勿開啟」的牌子。

我們在日租的小屋辦理入住。這間小屋難得和網站上的照片一致，而且出乎我們意料地附帶浴缸，以及口味齊全的威爾斯小蛋糕（我立刻狂吃了一堆），然後尼克便載著我前往珍妮位於附近小鎮的石造二層公寓。他帶了一本書，說會在車子裡等到我結束。

好吧，我打算這麼進展：**禮服真漂亮，現在跟我談談妳死去的爸爸吧。**

套句尼克的話，託可愛小耶穌的福，珍妮是個健談的女孩。她充滿活力，身材圓潤，充滿韌性且天性樂觀，使我回想起在我母親過世前幫忙照顧她的醫院護士。

她的小屋也反映出她的人格特質：凌亂而充滿魅力。當我抵達時，茶几上已經備好了茶和更多的威爾斯小蛋糕（對不起啦，橘皮組織）；一件由薄紗和聚酯纖維堆積而成的成衣洋裝披在沙發椅背上，帶著霉味，她說那是「從閣樓裡挖出來的」。

「祝妳順利改造這東西啦，親愛的。」我真的需要好運。如她所說，「我的人生中不太需要什麼太迷人的東西」，所以我提議用裡頭的襯裙做一件通用型的外套——那是我唯一認為還有救的一塊布料。我們在 Instagram 上翻找，直到找到一種我們兩人都同意會適合她的款式（和潔瑪的委託有些相似，這意味著我得去金鷹路的百貨公司來一趟昂貴的旅程，買更多的布料，還必須要熬夜加班好幾晚）。但這會很值得的。這是一個值得寵愛的女人。她說她的離婚還算溫和，但「把那件老裙子改造成漂亮的外套，對她來說意義重大」。

我一邊幫她丈量尺寸，一邊打量著房間，尋找開啟「那個話題」的切入點。可愛的小耶穌又站在我這邊了，因為房裡堆滿了家人的照片，包括幾張婚禮時拍的照片。

「和我聊聊妳的婚禮吧。」我對著其中一張照片打了個手勢，照片中的珍妮兩側站著兩位年長的男女。「這是妳的父母嗎？他們看起來好快樂。尤其是你爸爸。」

「那是我的繼父。是他帶我走紅毯的。我親生爸爸在我六歲時就過世啦。」

「喔，真的很抱歉。」

「沒關係的。我父母在那時候已經離婚啦。」

「我媽也過世了。我知道這會有多艱難。希望他不是久病離世的。」

「是機車車禍。我媽說他有時候很魯莽。那天還是我的生日。他沒有馬上過世。有好幾週，他都在昏迷。我那時候還不懂發生了什麼事。照理說這應該會讓我逃避醫院才對，但看看我現在在幹嘛啊。」

「喔，真是可怕。我想妳一定也有好的回憶吧。」

「妳知道，我好幾年沒有想起他了。但有這麼一次，他在整個房間裡——我媽說是整個該死的房間喔——塞滿了氣球。她說他老是做這種事。」

我開始覺得我在挖掘別人的隱私了。「他還做過什麼呢？」

「我想想……他有一次衝動買了露營車，然後載著我們一路開去蘇格蘭。我媽說它在路途中故障了，我們全部都暈車暈得要死。我媽說他想要當醫生，但是不夠聰明，所以他就成了救護車司機。妳大概會以為，在看過那麼多意外之後，他應該會更有安全意識的吧？」她彈了彈舌頭。「我真的好幾年沒有想到他了。好好笑喔！」

「希望這麼做不會讓妳心情不好。」

「當然沒有囉，親愛的。剛好相反，因爲雖然我媽說他有時候真的很煩人，他卻是個難得一見的獨特人物，我們都不該遺忘他。我想，說一點他的故事，也是讓他活下去的一個小方法吧。我還有別的故事呢，妳想聽嗎？我回想起越來越多事了。」

「當然好。」

當我回到車上時，我就像剛嗑完藥一樣，「珍妮任務」出乎意料的成功使我有些暈頭轉向，而我迫不及待地想要轉告尼克。我正向尼可拉斯道歉，因為我花了比預期更長的時間，他卻把我的手機遞給我，我才意識到我居然把它留在車上了。

「妳不在的時候有一則訊息傳來。」他的口氣不帶指控，卻毫無情緒，聽起來不知怎麼地更讓人不安了。我的心一沈。**靠、靠、靠**。我一定是蠢得忘了把 Gmail 的信箱關起來了。**就是這樣了。他逮到你啦。**

「奈特是妳的前任，對吧？」

「什麼？」我完全摸不著頭緒。

「妳不在的時候，手機響了。我不想要妳認為我在偷窺妳的訊息之類的，但我忍不住看了一下訊息。」

我點開收件匣，讀了訊息：「搞定啦，貝貝！打給我喔。親親。」

我鬆了一大口氣。也有點懊惱：如果真的是尼克傳來的，我就不得不坦白了。不得不做正確的事。

「妳跟他之間應該沒有什麼吧？如果有的話，妳可以跟我說實話。」

「我只是要他幫我轉介一個也許有興趣投資我的工作室的人。這麼做讓我超想吐的。我發誓就只是這樣而已。我們叫他賤人是有原因的。」

他打量了我的臉幾秒鐘，然後點點頭。「好。」

「你相信我嗎？」

「我相信妳。抱歉，我表現得這麼沒有安全感。」

你完全有權利這麼做。

他靠過來吻了吻我。「現在，我們要不要喝個爛醉，然後想辦法別淹死在浴盆裡呢？」

「聽起來不錯啊。」我心中想著：**妳這個孬種。妳這個徹徹底底的大孬種。**

*

寄件者： NB26@zone.com
收件者： Bee1984@gmail.com
妳太棒了，小貝。

寄件者： Bee1984@gmail.com
收件者： NB26@zone.com
其實真的不難。她很健談。
你會不會覺得很奇怪，這件事背後隱藏的意義有多麼驚人，但我們就這樣接受了？看看我們：我們這麼快就接受了我們的狀況。這怎麼這麼快就成了我們新的日常了？嗯，不是那麼平凡啦，但你懂的。

寄件者： NB26@zone.com
收件者： Bee1984@gmail.com
我懂。我現在得告訴傑佛瑞，以他而言，他在你的世界裡已經死了。我想這還是當面說比較好吧。我要看看這星期五，我和花布哥的經紀人見過面之後，他願不願意和我在城裡碰個面。

寄件者： Bee1984@gmail.com
收件者： NB26@zone.com
你對這件事有什麼感覺？緊張？興奮？好為你高興啊。花布西裝婊子拒絕付款的事件到現在，你居然已經達成了這樣的成就，真的很厲害。

寄件者：Bee1984@gmail.com
收件者：NB26@zone.com
對不起——這聽起來很自以為是……

寄件者：NB26@zone.com
收件者：Bee1984@gmail.com
一點也不會啊。仔細想想，如果不是因為妳的話，我也不會有現在的光彩吧。

寄件者：Bee1984@gmail.com
收件者：NB26@zone.com
還有貝卡。畢竟是她幫你一起想大綱的，對吧。

寄件者：NB26@zone.com
收件者：Bee1984@gmail.com
說到分身任務，偉大的尼可拉斯過得怎麼樣？妳好一陣子沒有提到他了。一切都還好嗎？

寄件者：Bee1984@gmail.com
收件者：NB26@zone.com
還行吧。他的工作有點緊繃。他的編輯回絕了他寫的新大綱。

寄件者：NB26@zone.com
收件者：Bee1984@gmail.com

我的心在淌血了。

寄件者：Bee1984@gmail.com
收件者：NB26@zone.com

又要嘲弄他了嗎？說好的「對自己感覺好多了」去哪了呢？我就知道我不該告訴你的。

寄件者：NB26@zone.com
收件者：Bee1984@gmail.com

我只是一如往常地當個混蛋而已。

嘿——妳何不告訴他《黑暗中的槍響》的劇情？也許這也是個可以讓他的爛偵探調查的冷血案件啊。

寄件者：Bee1984@gmail.com
收件者：NB26@zone.com

不行啦！這是你的故事！

寄件者：NB26@zone.com
收件者：Bee1984@gmail.com

嚴格說起來，這是花布哥的吧。試試看嘛，小貝。看他會怎麼說。

寄件者：Bee1984@gmail.com
收件者：NB26@zone.com

這樣不會違反貝爾史丹的緘默法則嗎？

寄件者：NB26@zone.com
收件者：Bee1984@gmail.com

他們不會知道的啦。天啊！我剛想到——妳要先確認一下，妳世界裡的花布哥沒有找另一個幽靈寫手出這本書喔。

寄件者：Bee1984@gmail.com
收件者：NB26@zone.com

所以你確實對自己的感覺好多了嘛。

寄件者：NB26@zone.com
收件者：Bee1984@gmail.com

是真的啊。

寄件者：Bee1984@gmail.com

收件者：NB26@zone.com

很好。嘿——你和經紀人見面的時候，就穿花布西裝祈福吧。這是個挑戰喔。

尼克

我沒有穿花布西裝。我也不需要好運。花布哥的經紀人娜姬亞，頭髮挑染一撮粉紅色，舉止有些莽撞（我想那是經紀人該有的特質），在我兩頰兩側送上兩個帶著香水味的隔空吻，一開口就停不下來，將我趕進她的辦公室裡。辦公室四處掛著她代理的名作家作品放大的封面照，圍繞著我們。她先是花了半小時用濃縮咖啡轟炸我，然後說了一堆激發我信心的稱讚（「你的寫作語調好**自然**，尼克，我真的覺得你能完全**沈浸**在角色的內在生活裡。」）。這些當然都是屁話，但是誰在乎啊?至少我不在乎。她不僅願意代理我「這一本書，還有未來的其他作品」，也出乎意料地告訴我，她已經和「某家出版社談好了預付版稅，這樣可以給《暗夜破壞者》應有的**動力**」。雖然金額不是高得誇張，但就算在與花布哥對分、扣掉娜姬亞的抽成之後，那數字還是比我去年整整一年的收入還要多了。我們談定了大致的交稿期（二月），然後她最後說了一句：「這讓我感到**好興奮**啊，尼克。」便又隔空吻了吻我，送我出門。

如果我不需要去奧斯頓和傑佛瑞分享小貝告訴我的情資，我大概會像是音樂劇的角色一樣，一路跳著走過街道吧。我分享的第一個對象當然是小貝了（「**我就說你會很亮眼的，尼克。我剛才歡呼得太大聲，差點把一個遛狗的女人嚇尿了。**」），然後我告訴了狄倫，並暗自希望他可以把這消息轉告小波和傑西（「**太以你為傲啦，前任繼父。**」），但我得等到星期一才能告訴我**真正**想要分享的對象：貝卡。

傑佛瑞在我們差點打起來的那間飲料店外頭等著我，對著經過的路人擺臭臉，弓著肩膀，好像隨時要和人打架一樣。也許他等一下就會了。狄倫分身的消息讓我震驚不已，而他會有什麼反應呢？

他點了點頭，和我打招呼，當我提議我們找張桌子坐下、點個東西喝時，他也沒有反對，因為我說「這也許要花上一點時間」。他確實花了一點時間才決定要點什麼，站在櫃檯後方的店員臉上友善的微笑，在傑佛瑞漫不經心地改變了無數次主意後，看上去越來越像是齜牙咧嘴的乾笑。

我們找了一張角落的桌子坐下。我試著和他閒聊幾句，讓他比較進入狀況，但他一口回絕了我。「就他媽的直說吧。」

「你想要先聽壞消息，還是好消息？」

「壞消息。」

我穩住自己。「在小貝的世界裡，『你』沒有撐下來，傑佛瑞。恐怕他——你——在一場意外中過世了。」

對他而言，這件事似乎毫不意外。「什麼時候？」

「一九八五年。」

他望向遠方。「我就是那時候開始……得知這些東西的。那些記憶。是怎麼樣？」

「你是說，你是怎麼死的嗎？」

他用**廢話**的眼神看著我。

「機車車禍。」

他點點頭。「合理。我以前也會騎著重機在這裡飆車。」

「你想聽其他的東西嗎？」

「繼續吧。」

我才說了兩分鐘小貝轉告的珍妮的資訊，他就開始放聲大哭。字面意義的放聲大哭。我一直問他希不希望我停下來，但他搖著頭，一點也不在乎員工和其他顧客正用越來越擔心的眼神看著我們。顯然這些記憶是有關聯的——尤其是關於氣球的那件事——因為這個故事使他發出了近似於哀嚎的聲音。

一點一點，他的哭嚎變成了啜泣，然後成了吸鼻子的氣音。

「我就知道我不是瘋子。我就知道這有什麼意義在其中。她還好嗎？她過得好嗎？」

「根據小貝的說法，她過得好到不能再好了。她說她很久沒有見到這麼快樂的人了。」我有點誇大了，對吧？但那又怎麼樣？「你也有個孫女了。叫做梅根。小貝說她就要準備開始上學了。」

我們手邊就有紙巾，但他選擇把鼻涕抹在袖子上。他的喉結仍然像搖頭娃娃一樣上下彈跳著，但最糟的狀況似乎已經過去了。

「但這讓我有點擔心。他們在那裡。我是說，在那個世界。你一定也會擔心吧。如果他們選了一個像川普那樣的混蛋當總統，那裡肯定不是個好地方。」

「呃？」然後我想，當然了。我先前傻得和貝爾史丹協會分享我的電子郵件。「小貝說事情有進步了。他們還有希望。」她沒有說過。從來沒有。我們唯一一次討論「真實世界」的事情，就是在我們交叉比對警訊的時候。分身任務和我們各自的鬧劇早已耗盡了我們的時間和呼吸；現在回想起來，我想在潛意識裡，我們兩個都不想多提我們各自世界裡背後真正在進展的事情。我們活在我們自己的小宇宙裡，這樣對我們來說就夠了。

傑佛瑞把玩著一個甜菊糖包（Stevia packet）。「你說我之前是個救護車司機？」

「是的。」

「我還記得年輕的時候，有想過要做這個工作。」

「那為什麼沒有？」

「我後來加入了大地生命組織。我專門做樹苗嫁接和造林的。」

又一次：**人真的不可貌相。**

他拍了拍自己的額頭。「然後就開始了。一輛無照伐木卡車側邊撞上我的休旅車。不得不放棄工作。」

在搭過他的車之後，我想那場車禍應該是他的錯才對。「很遺憾這種事發生在你身上。」

他聳聳肩。「人生嘛。總是對你潑糞，對吧？」

確實。

「我會遵守約定。我會告訴其他人你已經放下了，沒有再瞎攪和。你為我做的一切，真的……」他的喉結又開始危險地活躍了起來。

「如果你想要的話，我可以給你更多資訊，更新之類的。我可以讓小貝替你留意珍妮和梅根。」我沒料到自己會做出這種提議：我就這樣脫口而出，一部分是因為我想要再看他歇斯底里一次。

「你願意這樣做喔？」

「當然。」

他又吸了吸鼻子，然後又用袖子抹抹鼻子。「我們出去抽根菸吧。」

我們走出車站大廳時，我刻意避開了那座大鐘。不過我的大腦還是重新回憶了一次我在這裡經歷過的種種情緒，不管是在那場命中註定見不到面的約會之前還之後。我的表情一定透露了些什麼，因為傑佛瑞懷疑地看了我一眼，然後問：「你和她的進展如何？在這個世界裡的那位。」

「貝卡嗎？就是……進展中啊。」

「你告訴過她了嗎？你是誰？還有你為什麼想跟她在一起？」

「沒有。」

「你怕她覺得你是瘋子嗎？」

「對。」

「怪不得你。」

「小貝——另一個世界的小貝說，我們應該說的。說這樣的感情是奠基在謊言之上。」

「對。嗯，所有的感情都是這樣開始的吧。剛認識某人時，你會展現出你……最好的那一面。這樣也有點像是說謊啊。」

傑佛瑞式的智慧。但我和小貝「相遇」時，我們都不覺得自己需要這麼做。「但她那邊的進展還不錯。我是說，和我在她世界裡的分身。」

「繼續說。」

有何不可？坐在外面抽菸時，我把一切都告訴了他。我的不安全感、我的嫉妒，整個可悲混蛋毫無矯飾的真相。誰想得到，在所有的人選之中，居然是傑佛瑞幫助我戳破了另一顆情緒的膿包呢？

＊

寄件者：Bee1984@gmail.com
收件者：NB26@zone.com
所以他真的是個錯置的人。你知道，這一切讓我對媽的事情感到有點難過，你懂嗎。我想到，在我們死後，我們只是繼續傳承下去。

寄件者：NB26@zone.com
收件者：Bee1984@gmail.com
好有深度啊，小貝。

寄件者：Bee1984@gmail.com
收件者：NB26@zone.com
這種變異生活就是會讓人變成這樣吧。我覺得我像是站在一個懸崖邊緣往下看。看了太久之後，就會想要往下跳了。

寄件者：NB26@zone.com
收件者：Bee1984@gmail.com
在妳跳下去之前，我還想要先知道一件事：妳把大綱告訴尼可拉斯了嗎？

寄件者：Bee1984@gmail.com
收件者：NB26@zone.com

還沒。我要等到和他見面的時候再說。我還是想不到我要怎麼解釋我怎麼想到這個點子的，雖然我還是可以用「有個客戶跟我說了一件事，讓我開始想這個故事」的好藉口啦。他明天才會來，因為今晚我終於要見到我那位萬中選一的丈夫啦。

寄件者：NB26@zone.com
收件者：Bee1984@gmail.com

天啊！我只顧著沈浸在傑佛瑞事件和我的經紀人事件裡，我完全忘了這件事啦。你應該要提醒我的！

寄件者：Bee1984@gmail.com
收件者：NB26@zone.com

說實話，我一直在告訴自己不要想太多。祝我好運吧，希望我不要搞砸囉。

小貝

這場座談見面會，是那種毫無靈魂可言的矯情活動；這通常會讓我感到畏縮不已，但今晚不一樣，今晚我可有個重要的任務要執行。我應該要比現在更緊張才對。不只是因為如果順利的話，我就要親眼見到我分身的丈夫了——這也是我在分手後第一次和奈特見面。

他在大廳外等著我，一邊滑著手機，一邊四下張望，隨時準備抓到可以讓他拓展人際網的人選。看到他穿著保羅．史密斯的西裝站在那裡，戴著一副假眼鏡，頭髮向後梳起，我……什麼感覺也沒有。不。這並不是事實。我感到一股自責：妳**到底**在想什麼啊，小貝？

「哈囉，奈特。」

「小貝貝！」**親親臉頰。**他用充滿主權的熟悉視線打量了我一圈。「妳看起來太美了。」我想相信他是認真的。但他說的話，從來就沒辦法分辨真假。我確實是很認真地打扮過了，身穿一套魏斯伍德的套裝（雖然是二手的，但看起來像新的一樣），並去美容院做了頭髮、化了妝（我要求造型師把我的頭髮燙直——以往我每次這麼做，奈特都會很不爽）。

「你也是。」這不是真的。靠近一點看，他胖了幾磅，下巴也有了一點鬆弛的皮膚。**最近是不是變重啦，奈特？**

「要進去了嗎？我大概十分鐘前看到他進場。說到這個，我幫妳說了不少好話喔。」

「謝了。」

會場裡擠滿了五光十色的人們，穿著他們最亮眼的吸睛服裝，但我一眼就認出了他，好像真有一道聚光燈打在他身上一樣。他比我想像得矮了一點、壯了一點，一群拍馬屁的設計師聚集在他身邊打轉。

「我去拿點喝的。」奈特說。「我知道妳有多討厭這種活動。」這體貼的一面，就像是我剛認識的奈特，那個讓我一見傾心（或者自以為一見傾心）的對象，但並沒有讓我對他改觀。**不過幹得好啊，混蛋。**

「小貝！」梅露朝我走了過來，她是一位網紅，也是我早期的委託中比較有名的一位。又是一輪親吻臉頰的禮數。「真開心在這裡見到友善的面孔。」

我們彼此交換近況，不過大多都是梅露在說話。她是像桃紅太太那樣讓人惡夢連連的客戶，但我喜歡她這個人，她也讓我不用一個人尷尬地站在一旁。

奈特回來了，遞給我一杯紅酒，並對梅露瘋狂獻媚，直到她被一位想要自拍的人給拉走為止。

「準備好了嗎？」

我點點頭。就是現在了。我的第一波焦慮感開始逐漸成形。

一隻手臂環住我的腰（呃啊），奈特圓滑地擠進班尼狄克的圈子裡。「班，請容我介紹蕾貝卡．戴維斯。她是我和你提過的那位設計師。『看在禮服的份上』的創辦人？」

班尼狄克直望著我的雙眼，露出微笑。「當然。能見到妳是太好了。」

「那就讓你們兩個去談囉。」奈特柔聲說。「談完之後來找我吧，小貝。我們有太多可以聊了。」

終於獨處了。**哈囉，丈夫。不論富有或是貧窮，不論病痛或是健康，只有死亡與量子錯亂才能將我們分開。**

「我很愛妳工作室的名字，蕾貝卡。妳在做的事，正好完全是我們支持的永續企業類型。」

我們的互動持續了最多五分鐘，但在這段時間裡，他將自己的注意力完全投注在我身上，好像房裡再沒有別人的存在。他的領袖魅力耀眼得無法忽視。領袖魅力，很少人擁有這個特質，所以當你有幸碰上這樣的人，你就不得不被他拉進自己的宇宙之中。貝卡是被這一點吸引的嗎？他的問題一個接著一個（客戶群、社群網站觸及率、作業流程），我則反射性地回應著，腦中只想著：**我嫁給你耶。我們共享一張床、做過愛、還生了一個小孩。我看過你的裸體。你也看過我的。我聽過你在睡夢中放屁，也看過你用牙線剔牙。**我看不見藏在那雙眼睛後方的真實樣貌。但我也沒有注意到任何警訊，只有那麼一刻，他似乎因為我沒有拍他的馬屁而感到有些困惑。

「如果妳有商業企劃，或是對規模擴張有什麼點子，我們再來談吧。但真的很高興認識妳，蕾貝卡。」他把名片遞給我。「如果有需要，請千萬不要猶豫，打給我吧。」

他沒有讓我畏縮。我也不覺得他有吸引力。他確實是很有魅力，感覺並不好色，也不算很愛調情。但直覺上，他和我——他和貝卡——感覺**並不對**。

而且，對，我自私地鬆了一口氣：他的靈魂並不脆弱，不會因為老婆和他離婚就崩潰的。

在那之後，我立刻就離開了。我連和奈特道別都沒有。

當我回到家時，公寓感覺比平常空曠了許多。我準備打開電子信箱傳訊息給尼克，但最後我先打給了尼可拉斯。

「嘿。」（我還是認為這是屬於「尼克」的用字，尼可拉斯說這個字的時候，我就會暗自想著：是他，卻又不是他。）

「嘿。」

「所以進展得如何？投資人買帳嗎？」

「沒。不知道我在想什麼。我很滿意我的現況，就算它一直都只是個小企業，對我來說也足夠了。」

「再見到那個賤人的感覺如何？」

「噁心死了。但他倒是讓我覺得，生命中有一個像你這樣的人，真的很幸運。」

這是事實：難得的事實。

*

寄件者：NB26@zone.com
收件者：Bee1984@gmail.com

所以是個隱身在魅力背後的男人呢。就這樣？妳沒有辦法再說得準確一點嗎？

寄件者：Bee1984@gmail.com
收件者：NB26@zone.com

我只跟他說到五分鐘的話。非常漫長又詭異的五分鐘。但我很確定一件事，我和這個男人在一起是不會快樂的。這代表他對貝卡來說也不是對的人。

寄件者：NB26@zone.com
收件者：Bee1984@gmail.com

我們沒辦法肯定這件事，小貝。先天 v.s. 後天的差異，記得嗎？

寄件者：Bee1984@gmail.com
收件者：NB26@zone.com

這我很確定。我感覺得到。這就是我的基因，或者說是基因密碼。管他的。我就是知道。

而且他在她的世界中還不是個性感的鰥夫，所以她就更沒有藉口了。

寄件者：NB26@zone.com
收件者：Bee1984@gmail.com

他是史嘉莉的爸爸，小貝。

寄件者：Bee1984@gmail.com
收件者：NB26@zone.com

對，而且貝卡比任何人都清楚，「為了孩子」待在一段關係裡，是最糟糕的決定。這會毀了你，也會毀了孩子。

寄件者：NB26@zone.com
收件者：Bee1984@gmail.com

我懂。不過我們現在只能走一步算一步。換個話題吧：你告訴聖尼可拉斯《黑暗中的槍響》的劇情了嗎？

寄件者：Bee1984@gmail.com
收件者：NB26@zone.com
有。

寄件者：NB26@zone.com
收件者：Bee1984@gmail.com
然後呢？

寄件者：Bee1984@gmail.com
收件者：NB26@zone.com
他愛死了。

寄件者：NB26@zone.com
收件者：Bee1984@gmail.com
哈！很好。但他最好不要砸鍋囉。

尼克

小貝稱之為偶然的同步。我們兩個世界的事件會互相對應，發生的次數太頻繁，不太可能只是巧合。比如在她見過惡名昭彰的班尼狄克後一個星期，我也見到了他。

現在的週末對我來說變得很漫長，因為我在週六和週日是見不到貝卡和史嘉莉的。「家庭時光」，貝卡沒有多做說明，只是這麼稱呼它，但在週末時，班尼狄克顯然把他的領袖魅力從辦公室帶回家裡了。她很少多說他們全家會一起做什麼，她那部份的生活仍然好好地保護在高牆之中，但史嘉莉有時候會不小心透露出一點珍貴的訊息。她說過他們要去見「ㄋㄞㄋㄞ」（我預測是班尼狄克的母親），她「聞起來很奇怪，而且會讓爹地很生氣」。或是說過「我們吃披薩，但媽咪說她不餓」。有一次，她則據實以告：「爹地說，如果我不整理房間，他就要把我的玩具送給住在德州的可憐小孩。」

週一終於到來，我像聖誕節早晨的孩子一樣，從床上跳了起來。我等不急要告訴貝卡新書的消息，並想著要穿花布西裝當作對花布哥的致敬。我也還因為尼可拉斯對《黑暗中的槍響》的評價感到振奮不已（好吧，我確實有點焦慮他可能會寫得比我更好，但我想辦法推開了這個感覺）。我好雀躍，就連艾莉卡都注意到了。「你終於也有開心的時候啊。看到你這樣真好。但我也看到你沒有把用過的毛巾放在指定的地方。這件事不能再發生了。」

狗兒們也比往常更有生氣，好像我的能量會傳染一樣。香腸的髖骨最近很不舒服，但那天，牠的步伐輕快地像隻幼犬。我們到得很早，但史嘉莉和貝卡已經在那裡等我們了。史嘉莉接過牽繩，愉快地大喊：「香腸！站高高！」貝卡則看了我一眼，就說：「我們成功了嗎？」

「簽約蓋章啦。」

然後她便忘我地用雙臂擁住我：「我好為你高興。」我回應了她——我當然會回應了。我把她拉近，兩人身體相貼，這是我們第一次真正的肢體接觸。我輕撫著她的頭髮，她抬眼看著我，而有那麼一刻、也許不只一刻，我可以看出她和我一樣想要這樣的關係。她深吸一口氣，身子一僵，向後退開，然後喃喃說了一句：「抱歉。」

「抱歉什麼？」

她轉過身，動手拉了拉自己的衣服，那是她緊張時才會做的動作。「那……那真是個好消息，尼克。」

「貝卡……我們是不是該聊聊剛剛發生的事？」

「什麼事都沒發生啊。」她對史嘉莉和狗兒在草地上打滾的畫面打了個手勢。「我不想毀了這一切。你懂的，對吧？」

「我懂。」

經過幾個失敗的開場之後——又失去了節奏——我們終於找回了原本的公園例行公事，鬥嘴、閒聊書本內容、八卦公園常客的背景。只是這感覺像是作戲一樣。

我預期她週二不會出現，但她還是來了。又是一波作戲時間：假裝一切正常、假裝我們兩人之間情慾的電流並不存在。

（「老天，尼克。所謂『房裡不可忽視的情慾』嗎？或是公園裡的。」「妳的類比技巧真的要再多加強了，小貝。這跟『性愛和巧克力一樣』的等級差不多。但是，沒錯。」「聽起來有夠性感的。」「是，也不是。我只能說，回到家之後，我需要很長一段時間的獨處時光。」「你知道這只是時間的問題，對吧？」「也許吧。但我們不太可能在露天音樂台後面快速解決，讓史嘉莉一個人在旁邊跟狗玩。我們得需要很大一桶的狗餅乾才能玩將這個任務。」）

星期三和星期四又是兩次的扮家家酒式相處。

然後事情就在週五發生了。之後，我會把這件事歸咎於那天下的雨。但說真的，我們只是在找藉口罷了。如果天氣不好，我們通常會轉移陣地到露天音樂台上，但那一天，我們見面後不久，天上就突然下起傾盆大雨，夏季末通常會下這樣的雷陣雨，雨滴像一個小嬰兒的頭那麼大。幾秒鐘之後，我們就渾身濕透了。我掙扎著不要去偷看貝卡濕透的T恤緊貼在她身上的模樣。

「媽咪！」史嘉莉笑著尖叫道。

貝卡在包包裡翻找著。「糟糕。忘了帶長雨衣出來。」她抬眼看著我。「我們回去我家吧。」

哇喔。「妳確定？」

「很確定。」她嚥了嚥口水，將濕透的頭髮從眼前撥開。「班今天早上出發去紐約了。」

我並不打算和她爭辯：這次的造訪，比我第一次去她家的時候，潮濕又倉促了許多。我抱著史嘉莉，她像隻小猴子般緊抓著我，不斷大叫著：「快一點，狗狗先生！」我們喘著抵達威德維爾的入口，大笑著，而當我把史嘉莉放下、讓她自己牽狗時，貝卡的眼神和我無意間交會了。我們交換了一個渴望的眼神，這是個糟糕至極的詞，但卻是事實。好吧，也許「慾望」是更貼切的用詞。我感覺到它在我的體內共鳴著。我是指我的**全身**。

就是今天了。

只是我錯了，因為當我們來到車道上時，她突然僵在原地，低聲說了一句：「喔靠，糟糕。」停在車庫前的是一輛特斯拉休旅車。我正打算提議帶狗逃離現場，但前門就在這時打開，他走了出來。他瞥了一眼貝卡、又看了我一眼——表情深不可測——然後直接轉向史嘉莉。「莉蒂！」

「爹地！」

「喔，寶貝。看看妳，全身都濕透了。」

史嘉莉完全沒有注意到緊繃的氣氛——感謝上帝——舉起手上的牽繩。「爹地，你看。這是香腸和蘿西。」

「我看到囉。」他轉向我。「我想你就是史嘉莉常常談到的『狗狗先生』吧？」

「就是我！」有點過度歡快了——我徒勞地想要表現得無辜又單純。

「但我很確定你有另一個名字。」他走向我，伸出他的手。「我是班。」

我在牛仔褲上擦了擦手，才和他握手。但我的褲子也濕透了，所以用處實在不大。「我是尼克。」

他比我更矮，身材壯碩，渾身上下都散發出自信。「終於見到你了。」

我並沒有看向貝卡，但我感覺到她身上的每一寸細胞都緊繃不已。

「我以為你要去美國耶，班。」她說。

「艾拉娜出包了。錯估了我的飛行津貼。」他對我露出一個假惺惺的友好微笑——好像我也很常遇到這些有錢人的麻煩似的。「這些費用畢竟是有限度的，對吧？」

「我邀請尼克回來這裡避雨。我們剛好遇到暴雨了。」

「看得出來。進來吧。你們都濕透啦。」

「我該走了。我還有狗呢。」香腸剛好就在此時甩了甩毛，讓他的絲質西裝全部濺滿了水。

「喔，別擔心。帶牠們進來吧！」

「班……」

「別大驚小怪的，蕾貝卡。沒關係的。妳和史嘉莉去換上乾的衣服吧。」貝卡刻意迴避了我和班的眼神，抱起史嘉莉，消失在屋內。

班尼狄克招呼我和狗兒們進入廚房兼不知道什麼鬼的空間裡。「等等，我去替你拿條毛巾。」

「謝了。」

我這輩子從來沒有進過這種房子。整體是灰色的極簡主義路線，流理台似乎是從拋光地板上自然長出來的一樣。其中一側是休息區，兩個引人注目的灰色設計師皮沙發相互對峙著。一幅巨大的噴濺式抽象畫，掛在我猜測用來隱藏某種暖氣設備的洞口上，但除此之外，這裡的顏色、居家的混亂與舒適感都少得令人感到不安。這裡沒有任何可供烹飪的地方，也沒有烹飪的痕跡，沒有超市食品，也沒有刷牙洗臉的日常用品。沒有玩具、書籍，甚至沒有落單的馬克杯。這裡讓我產生和在蕾拉的辦公室裡一樣的感覺，好像我太過邋遢。這裡不是我的世界。我懷疑貝卡也不屬於這裡——這個沒有個人特質、又貴到沒天理的住處，一定是班尼狄克的意思。狗兒當然不在意這裡的內裝有多高級，立刻就自在地安頓了下來。香腸趴在鏡面拋光的地板上，無疑會留下一團潮濕的狗毛，像犯罪現場會畫出的那種受害者的輪廓。蘿西則漫不經心地嗅聞著流理台的底部，希望能找到遺留的食物碎屑，但最後發現自己徒勞無功而放棄了，在香腸的身邊趴下。

班尼狄克再度出現，拋給我一條毛巾。

「感謝。」

「真希望我能借你一些乾衣服穿，不過我覺得我們的尺寸應該不太一樣。」他微笑著。我回應了他一個笑容。「要喝咖啡嗎？」

「我不想給你們製造什麼麻煩。」

「不麻煩的。能認識我妻子的朋友總是件好事，尤其是鼎鼎大名的狗狗先生。濃縮咖啡可以嗎？還是你比較喜歡牛奶？」不知道為何，這句話被他說得像是一個考驗。

「濃縮咖啡很棒。」

他在毫無接縫的平面上按下一個隱形的按鈕，一陣機械運作的嘆息聲傳來，然後一台看起來只屬於高級義大利餐廳的機器便出現在眼前。他又像是不經意地按了一下某個看起來不存在的櫥櫃，然後一個裝滿晶瑩剔透的濃縮咖啡杯的架子就出現了。我就像是在看一場有錢人的魔術表演。

新鮮磨好的豆子香氣充滿了房內。他遞給我一杯咖啡，然後靠在檯面上。我站在原地，水滴不斷落在地上，毛巾掛在一隻手中。我啜飲著洋娃娃尺寸的小杯咖啡。但這杯咖啡真是他媽的好喝。

「跟我聊聊你的事吧，尼克。你造訪公園的頻率這麼高，我想應該是在家工作者。」

「我是個作家。」

「是嗎？真是驚人。我有聽過你的名字嗎？但恐怕我不是個活躍的讀者呢。」

「你一定沒聽過。」

「我很確定你只是太謙虛啦。」接著他的表情就變了。「她終於好啦！」我轉過頭看見貝卡正朝我們走來，一邊拉著自己的衣服，一邊刻意——有點太刻意了——迴避著我。班尼狄克對她伸出手，她便走到他身邊。她的肩膀下垂，肢體語言則經過良好的控制，將每一個動作都更內收了一點、或是朝向他——基本上就是刻意避開了我。這是我們第一次見面時，我也有注意到的那種自我防衛之感。她正努力想辦法不要吸引任何人的注意。

「你結婚了嗎，尼克？」他瞥了一眼我的無名指。

「離婚了。」

「啊。」

喔，靠腰。這招對蕾拉有效，我又得做點什麼來消弭這緊繃的氣氛。「我的伴侶……他找到別的對象了。」

班尼狄克驚訝地短暫張開了嘴。貝卡稍微放鬆了一點。

「聽你這麼說，真是遺憾。你和他……不好意思，你的伴侶叫什麼名字？」

靠。真是討厭。但是我脫口說出：「傑西。」

「你和傑西在一起多久了？」

「十二年。」

「喔，那也很長了呢。」他瞥了一眼貝卡。「比我和蕾貝卡在一起的日子多了九年，但我們正在努力中。我說得沒錯吧，親愛的？」

他把她拉近，吻了吻她的額頭，眼神則自始至終都盯著我。

那股魅力。小貝說得對。完全能夠想像你會多容易被捲入其中，又多容易被他拋開。

＊

寄件者：Bee1984@gmail.com
收件者：NB26@zone.com

所以？

寄件者：NB26@zone.com
收件者：Bee1984@gmail.com

好像在他身邊……她會讓自己變得越卑微越好。

小貝

卑微。我和奈特在一起的時候也會這樣嗎？讓自己變得卑微？我甚至打了電話給蕾拉，問她這件事。

「也不能說是卑微。但妳和他在一起的時候，也絕對不像是平常的妳。」

「多謝妳告訴我喔。」

「我**確實**說過呀，小貝。你只是沒有聽進去。」

「妳說得對。對不起。」

我**確實**有聽到。我只是不想聽她的話。

而見過班尼狄克之後，我懂她有多容易在他投下的陰影中萎縮。

如果你想知道某個人真實的模樣，就要透過他的朋友們來判斷，或是他的前任們。例如凱特．德榮，班尼狄克的前女友。

是時候再度挑戰我的私家偵探技巧了。提議幫設計界的搖滾巨星凱特免費改造禮服，這次顯然行不通。真要說的話，這次不需要什麼託辭了。我決定直話直說。我打算寄一封電子郵件給她，說我有一個親近的朋友正準備要和班尼狄克在一起了，而由於我這個朋友過去總是和不太理想的男人交往，作為一個憂心忡忡的朋友，我只想確認他是個好人。這裡面包含了一些真話（算是吧）——只是倉鼠寶寶等級的謊言，不是鼠疫等級的漫天大謊——我只希望她會說她不知道他已經有交往對象了，或是她當然樂意和一個陌生人分享這種資訊。

要找到她的郵件信箱則是相對比較困難的工程。奈特說得對：她在二〇一七年之後就沒有再發布過新的產品，她的網站已經不存在了。我也無法在社群軟體上找到她，就連Instagram也沒有。我正在網路上逆向搜尋，這時我卻收到了來自尼可拉斯的訊息：「妳上火車了嗎？」

靠——我太陶醉在任務之中，完全忘了我應該要去里茲的。說到透過朋友來判斷一個人，我終於要和惡名昭彰的傑西見面了——第三者傑西。尼可拉斯已經通過蕾拉的核可，我也要見過傑西才公平。

「還在地鐵上！再跟你說唷，親親。」

在火車上搭了一小時、又翻過十五頁搜尋結果之後，我終於在一個企業名單的快取網頁上找到了凱特．德榮的電子信箱。這個網頁已經有十年的歷史了，但至少值得一試。我寫好我的故事，將郵件寄向看不見的穹蒼中。郵件並沒有被阻擋，所以祝我好運吧。

好焦慮。好像我的褲子裡爬滿螞蟻。在前往和傑西約定的西班牙風味小館時，尼可拉斯不需要讀心的雷達，也知道我有哪裡不對勁：我一直瘋狂地檢查著手機，像是個對手機成癮的青少年。

「怎麼啦？」

病毒來襲！「沒什麼啦。我好像快接到一個很大的委託，是一個知名的設計師。我在等她回我信，確認委託成立，就這樣而已。」

「喔，太好啦，小貝。妳確定你今天晚上不會緊張嗎？」

「不會啊。一點都不會。傑西聽起來……很棒。」第三者傑西。小心一點喔，尼可拉斯。

在我腦中，我一直將傑西想像成某種卡通式的反派人物，做作、留著小鬍子，驕傲、自信又風流英俊，像奈特那樣。但傑西完全不是這麼一回事。他有點神經質，說話停不下來，而且吃相比我還難看。不管我怎麼努力，我都無法想像我在影片上看到的小波——那個勇敢、光輝燦爛的女人——怎麼會覺得他有吸引力。

我試著參與，我真的很努力了。我裝出開心的臉，對傑西失敗的幽默感發出假笑聲，說著一切正確的回應。尼可拉斯告訴傑西他的出版商對《黑暗中的槍響》的故事章節感到「興奮不已」，我則在一旁微笑著。

「是小貝給我的靈感。」他吻了吻我的手。「我的繆思女神。」

我強迫自己面露微笑，好掩蓋我真正的想法：尼克絕不會講這種話的。除非他是在開玩笑。**這樣不公平，小貝。**「我可不敢這麼說。」

「是真的。」

傑西開始分享起關於英國教育標準局（Ofsted）對教師們帶來考驗與磨難的無聊故事，而在他終於停下來換氣時，我便再度恢復過去日子裡的壞習慣，找了個藉口溜進女廁裡。我得把緊張的能量分散掉一點。我一直避免背著尼可拉斯偷偷傳訊息給尼克，但我告訴自己，快速和尼克八卦一下傑西的事，並不算背叛，畢竟傑西曾經對尼克做過那樣的事。

「我終於見到惡名昭彰的傑西了。」

「然後呢？」

「要努力不揍他的臉真的好難、好難喔！」

「請自便。」

「跟我想像的完全不一樣。他話有點多，對不對？」

「就是那樣，無聊得要死。不，算了。當我沒說，他還好啦。」

「哇喔。你的語氣都變了耶。」

「我知道。叫我高尚先生吧！」

「我該回去了，不然他們會以為我掉進馬桶裡了吧。」

我才剛坐回位置上，手機就震動了。我差點就要忽略它了——我猜那是尼克的訊息，認為他只是忍不住要對傑西的事情發表一句諷刺的評論而已。

「妳可以看啊，小貝。」尼可拉斯說。「也許是妳的客戶呢。」

「不要啦。等等再看，我不想太無禮。」

「我們不介意的，對吧，傑西？」

傑西聳聳肩。「妳請自便吧。」

所以我就點開訊息，而我得用盡全身力量，才能藏住凱特的回覆帶給我的反應：「叫妳朋友他媽的**離他遠一點。**」

尼克

星期一到來，但貝卡沒有出現。我等到下午一點，我擔心不已，狗兒們則如喪考妣地哀悼著她們失去的肚子搔癢和點心時光。

我們沒有對方的聯繫方式，所以我只能猜測，她之所以沒來，是因為史嘉莉生病了。或者是更黑暗的可能性，班尼狄克並不相信我身為同性愛好者的屁話，發現了我們之間的化學反應，並將她軟禁了起來，像個公主被困在設計優美的極簡主義高塔裡。

儘管小貝努力要促使凱特給她更多細節，但那句不祥的髒話是她**唯一願意透露**的細節。經過幾分鐘的糾結，我一邊祈禱我的出現不會使事情惡化，一邊決定不要回家，而是繞道前往威德維爾。我再三確認班尼狄克光滑的座車不在車道或車庫裡，然後敲了敲門。什麼回應也沒有。我試了側門，但門上鎖了。屋子正面的牆也沒有任何幫助：如果窗戶是一棟房子的雙眼，這棟屋子正緊閉著眼皮。

我懷疑這個社區的人都不會和鄰居有太多互動——每一棟房屋基本上都與世隔絕——但我還是姑且一試地來到對面的小豪宅（我第一次見到貝卡時徘徊的那棟屋子），按下了門鈴。

一個看起來像是有錢版莉莉的女人從門縫裡瞥了我一眼。「你打算推銷什麼宗教，年輕人？在你開口之前，我要先提醒你，我是無神論聯盟的主席。」

「很好啊。我只是想問妳，妳對面的鄰居出遠門了嗎？」

「我怎麼會知道？」

「因為這裡……敦親睦鄰？」

「不管他們還在不在，這干你什麼事？」

「我是他們的朋友。我是貝卡的朋友。我們通常都會在公園碰面，但她今天沒有來。」

她看起來好像打算說，**對啦，最好是，像你這樣的邋遢鬼，居然會是她的朋友？**但接著蘿西也感受到了莉莉的氣息，開始擺出牠最可愛的乞食動作。牠用後腳站起了起來，舉起前爪。

女人軟化了下來。「喔，真是個小甜心。」好傢伙，蘿西。

「史嘉莉——貝卡的女兒——教她的把戲。」

「真可愛。我可以告訴你，她一定在家。半小時前，我在照顧杜鵑花時，才看見她走進屋子裡的。」

「它們也很美。妳的花園真的很漂亮。」

「對啊，很棒吧。」

十分鐘的閒聊後，我拿著她硬塞給我的無神論聯盟宣傳手冊，答應她我一定會讀，然後逃離了這裡，回到對街的房子前。我又敲了一次門。蘿西再度出手幫忙，抓著前門，在柚木（之類的）門板上留下一道道爪痕。最後我像個瘋子一樣大喊：「貝卡！」

這終於奏效了，她溜出門外，在身後關上門。她外表看起來沒事，卻緊繃不已，也防衛至極。

「我們原本在公園等妳們。我有點擔心妳。」

「我沒事。」

「史嘉莉呢？」

「她也是。」

「所以妳們為什麼沒來？」

「我想我們最好不要再見面了。」她毫無起伏地說，迴避我的視線。
「是他叫妳不要的嗎？」
「不是。」
「他有傷害妳嗎，貝卡？」
「沒有！不管如何，這都不干你的事。」
「我上次來妳家的時候，妳看起來很害怕。」
「我不害怕。他是……史嘉莉需要爸爸。我喜歡你，尼克。我當然喜歡你。但我不行……就算我想……但我不能。」
「但我們可以當朋友，對吧？」
「不行。最後這會變成什麼樣子，你我都心知肚明。」
那有什麼不好呢？「如果他不能讓你快樂，妳為什麼要留在他身邊？」
然後她就當著我的面甩上門。

小貝

經過一星期不斷詢問細節的郵件後，最後一封郵件我寫得簡單又悲痛：「求求妳」，凱特終於回覆我了。「妳是記者嗎？」

這句話讓我錯愕不已，我再度告訴她，我只是擔心我的朋友，我本人也是設計師，並把我的工作室網站傳給她。又來來回回交涉幾次後，她終於同意和我見面，「但妳最好真的是妳自稱的這個人。」

我把下午的丈量預約取消了，前往她寄給我的地址，那是一間位於肖爾蒂奇的咖啡酒吧，讓我忍不住想起公事包先生的餐廳。我一開始還沒有認出她，因為她和網路上的照片差好多。她戴著毛線帽、身穿寬大的夾克，而不是那身使人羨慕的中性女子西裝，以及招牌的不對稱髮型。

「凱特？」

她銳利地一點頭，打量了我一圈。「坐吧。」

我坐下。

「是什麼讓妳決定聯繫我的？或者換句話說，班尼狄克有什麼特質，讓妳覺得是警訊的？」

又一次，我們又來到半實話半屁話的領地裡了。她帶著蕾拉那種敏銳的觀察力；我得很小心。「就像我在第一封郵件裡說的，我朋友過去的交往經驗都很差，她總是會選到不適合她的對象。我只是想要確認班尼狄克合格而已，因為老實說，當我見到他的時候，他好得有點太不真實了。」

她哼了一聲。「這倒是真的。如果他想的話，他可以是個非常有魅力的混蛋。」

「所以當我收到妳的回覆時……我試著勸她離開，但她不聽。這不只是為了她而已，也是為了她女兒。」

她低聲說了一句：「喔，他媽的。」然後她說：「妳對他的直覺是對的。」

「有多糟糕？」

「非常糟。」

她告訴我，在他們初認識時，一切都像是童話故事般美好。她當時還是個身無分文、默默無名的設計師，出身自一個勞工階級的家庭，他則是一大筆財富的繼承人，「大部分當然都是靠奴隸賺來的，但是誰在乎呢？」

「我希望妳不介意我這麼說，但他看起來不像是妳的菜。」

「他不是。但就像我說的，我的事業才剛起步，妳也知道這會有多難。而他就像羅徹斯特先生一樣，突然降臨在我面前。」

又是一個小說中的英雄。或是怪物，看你從哪個角度來看他了。

「你們是怎麼認識的？」

「我得了梅瑟獎。當然，贊助者和受獎者上床並不道德，但是，嘿，誰不喜歡這樣偷跑呢？還有使人盲目的大把鈔票、度假旅行、美麗服飾、高級住宅，那些空洞的垃圾。這只是……只是會使你走上歪路。但他會把妳吸進他的漩渦裡。班尼狄克的特徵就是，他不是大刀闊斧的逼迫我，而是慢慢用磨的。他有的是時間。他沒有任何肢體上的暴力，但他會逐漸摧毀你的自信。真的很典型。妳知道煤氣燈理論吧——我們都知道。他使我逐漸開始與我的朋友與家人遠離，所以他就成了我的全世界，同時還在我面前掛上『我要讓妳紅遍大街小巷』的誘餌。對，就像每個經歷過這種事的人一樣，我覺得這不會發生在我身上。但就是發生了。」她頓了頓。「他的最後一招是逼我懷孕。」我的心一涼，寒徹心扉。「那是他最終極的控制手段，對吧？光著腳、懷著孕，只能待在廚房裡。有了小孩之後，事情就變得複雜多了。」

「最後妳為什麼離開呢？」

「我運氣很好，我的其中一個朋友看穿了他的計倆，所以出手干預了，幫助我逃走。但事情就是從這時候才變得危險。我準備離開的時候。他試著毀掉我的名聲和事業，但至少我活著逃走了。他的前任愛麗娜就沒那麼幸運了。」

我的心結成了冰。「但那是意外，不是嗎？」

一陣長長的沈默。「如果我告訴妳的話，妳一句話都不能說出去。任何人都不行。就連妳朋友也不行。」她雙手並靠在一起，握緊拳頭。「在我逃走後，我便聯絡了愛麗娜在美國的家人。官方的說法是她吃了太多的鎮定劑，滑倒了，撞到頭後在浴缸裡淹死。但媒體沒有報導的是，她當時正準備打離婚官司，而且根據她家人的說法，她也沒有在吃藥。他們不相信這是意外。」

「噢，靠。」

「所以我才問妳是不是記者。她的家人們一直在要求重斯調查愛麗娜的死亡，並重做一份解剖報告。當時一切都被壓了下來，因為他的身份特殊。而我不是唯一一個逃出來的人，也有其他人和我一樣。但如果我們想要讓這件事曝光，想要證明他有個套路，那就不能讓他知道，至少現在還不行。他不會全身而退的，我保證。但在那之前，不管要用什麼方法，妳最好確保妳朋友和她的女兒遠離他。」

自我實現。實現自我價值。這些不斷出現在我讀過的心靈療癒類書籍中的名詞。但我現在終於知道這些話是對的：搞清楚——不，是正視——你自己真正的模樣、你的能力可及和不可及的事物，真的會改變一切。我讀過那些書、看過那些宣傳，我以為我理解為什麼某個看起來明明充滿智慧的人卻會一直與有虐待傾向的伴侶在一起，但我打從心認為這種事**不會發生在我身上**。但它確實發生了。發生在我們兩人身上。現在仍持續著。但再也不會了。不會發生在我身上，不會發生在貝卡身上，更不會是史嘉莉。那是我在另一個世界的女兒。我一直試著不要去想的那個女兒。每次尼克在訊息裡提起她時，我總是試著不要產生任何感覺，但在心底深處，我仍有一股強烈的保護慾。她也是我的女兒。

*

寄件者：NB26@zone.com
收件者：Bee1984@gmail.com

靠。靠北喔。

寄件者：Bee1984@gmail.com
收件者：NB26@zone.com

對，靠。

寄件者：NB26@zone.com
收件者：Bee1984@gmail.com

所以她基本上就是說他是個殺人兇手嘛。

寄件者：Bee1984@gmail.com
收件者：NB26@zone.com

很有可能。但他百分之百是個危險的控制狂。

寄件者：NB26@zone.com
收件者：Bee1984@gmail.com

如果他在這個世界是不一樣的人呢？先天和後天的差別？看看我們倆。在妳的世界裡，我是個暢銷作家耶。

寄件者：Bee1984@gmail.com
收件者：NB26@zone.com

你在你的世界裡也是暢銷作家，記得嗎？你們倆也沒有差這麼多。尼可拉斯和你有一樣的不安——如果不說是更多的話。

這不值得我們冒險。你得讓貝卡和史嘉莉遠離他。就算他不是像這裡一樣的怪物好了，他也夠糟了，不是嗎？根據你告訴我的事，她和他在一起的唯一原因就是史嘉莉。你得讓貝卡和史嘉莉遠離他——而且不能讓他知道。

寄件者：NB26@zone.com
收件者：Bee1984@gmail.com
怎麼做？我又不能綁架她。她不想見我，小貝。

寄件者：Bee1984@gmail.com
收件者：NB26@zone.com
她會願意見蕾拉嗎？

尼克

小貝說得對。如果蕾拉二號願意站在我們這一邊，我們的機會就大得多。我們討論了很久，最後得到的結論是，我們唯一的選擇只有告訴她實話。所有的真相。由於我已經對她說過兩次謊，讓她以為我是貝卡失散多年的大學同性愛好者好友，光是要讓她給我時間解釋這整個可悲爛事的機率相當渺茫。我試著在腦中排練，甚至想要和勞萊或哈台先預演一次，看看他們會不會相信「**還有其他世界存在，各位。而我的證據在此。**」

喔，求貝爾史丹協會的信仰和確信給我一點力量吧。

我沒有打電話，或是試著再度闖進她的辦公室，而是召喚出我內心的傑佛瑞，在她的辦公大樓外徘徊。經典手段。完全不像是個跟蹤狂。空氣中帶著寒意，而蕾拉的辦公室卻位於一個嚴格禁菸的地段。

「這任務也許要靠妳幫助了，小貝。」

「我在。只是先跟你說一聲，尼可拉斯也在喔，但我會告訴他我在進行客戶諮詢。」

該死的尼可拉斯。我們最好不要造成他的困擾，對吧？

七點左右——就在我決定要準備回家，認定整件任務失敗時——她終於出現了。

她一邊扣著大衣的扣子，一邊快步前進，我得用跑的才跟得上她。「請妳喝一杯好嗎？」

她停下腳步，上下打量了我一圈。「是貝卡叫你來的嗎？」

「算是吧。聽著，我知道我之前說我和貝卡的關係並不是實話，但如果情況不嚴重，我現在也不會來找妳了。只要喝一杯就好。我只有這個請求。」

她用強烈而銳利的眼神盯著我，這是小貝所謂的「伯丁頓熊一般的眼神」。「就一杯。而且你要付錢。」

我們找了一間藏在小路旁的老派酒吧，點完飲料後，我們便找了一張店內角落的桌子坐下。

「所以？最好是夠有料的事。」

我只有一次機會，我希望這算是夠有料了。「我要準備告訴妳的事情非常難以置信。妳會覺得我是瘋子。我不會怪妳的。如果妳聽到一半就想要叫我滾蛋，我就會離開，妳從此之後再也不會見到我。」我聽起來像不像在背電影台詞？超像。但我有別的說法嗎？沒有了。而且這麼說似乎很有效。

「好吧，現在我很有興趣了。」

我們總共喝了兩瓶酒（而且是紅酒，所以我那天晚上不用睡了）。她側耳傾聽。我本來預期她的反應——衝出酒吧、把酒潑在我臉上、或是打給精神醫學協會——都沒有出現。某一刻（當我說到我第一次在公園裡見到貝卡時），我們不得不停下來叫一些食物。這類平凡的事情好像不該在這種高壓狀況下出現的。

「所以就是這樣。小貝——**我的**小貝，不是妳的貝卡——相信，班尼狄克是個危險人物。她相信貝卡必須遠離他。」

「因為她知道的這些事，是來自於她的……你們是怎麼稱呼它的？她的世界？還是她的現實？」

「對，說是世界沒問題的。隨便妳愛叫它什麼都可以。沒有妳的幫助，我們做不到。」

她沈默了好一會。「我可以看你的電子郵件嗎？」

「妳是說……我和小貝的嗎？」

「廢話。」

我以前也給貝爾史丹協會的成員看過。誰能忘記漢瑞塔滑著我的手機時，我和凱文那段尷尬至極的對話？但不知道為什麼，這感覺更糟。小貝和我早就已經不是剛在網路上認識的那個狀態了，光是想到蕾拉翻過一封封郵件的樣子，就讓我感到脆弱又赤裸。而且在手機（髒得可憐的）生化玻璃之下，還有我其他的生活層面在蠢蠢欲動。沒有色情片（感謝上帝），但我的搜尋紀錄可是一大危機，因為我為了寫《暗夜破壞者》，查了很多資料：「如何建造斷頭台？」「禁用物質草甘膦：會致死嗎？」「在家中鹼性水解屍體可行嗎？」之類的。可是我別無選擇。蕾拉不可能用聽的就相信我：她需要證據。而在道德不確定性的狀況之下，一如往常地，我想著管他的，然後就照做了。

我打開對話紀錄，把手機遞給她，然後趁她閱讀的時候上了個廁所（這是我這輩子最快速的一泡尿，因為除了許多不確定性之外，我突然非常不理性地擔心起來，她會不會趁我不在的時候帶著我的手機消失）。

當我回到座位上時，她還在看信，表情深不可測。我張開嘴正要說話，她卻舉起一隻手。

「等等。」

我等了又等。我又去買了一瓶紅酒。套一句小貝的口頭禪：等我死了就會睡覺了。

最後，她終於把手機還給我了。「這真是……」

「太扯了？根本不可能？我根本是瘋了才會跟妳說這些？」

「是真的很扯。我真的真的很想叫你滾蛋，說你是瘋子。」她嘆了口氣，並一手爬過頭髮。

「但我相信你。」

「真的？」

「不然你為什麼要編這麼複雜的故事？這一點都不合理。而且那些郵件……她的口吻聽起來很像我的貝卡。在她……你知道的。」她向後靠在椅背上。「你的小貝一直提到『蕾拉』。那是在說我，對吧。」

「對。」

「所以呢？繼續說。告訴我我的事吧。」

「妳想知道什麼？」

「一切。」

直到稍後，我和小貝有時間抽絲剝繭的時候，她才告訴我，她真希望自己有警告過我，有些事情蕾拉二號可能會不想知道。但我完全沒有意識到這一點，全盤托出。這也不全是小貝的錯：我的敏感雷達被酒精給蒙蔽了，我一點也不夠圓滑。

「等等……我生了一對雙胞胎？**雙胞胎？**」

「對。」

「雙胞胎耶。要死了。」她深吸一口氣。吐出一口長氣。在臉前擺了擺手。「還有一個丈夫。」

「對。他叫李維。」

「李維。等等……李維．阿里嗎？」我點點頭。「天啊，我和他分手好幾年了。我一直在想那到底是不是正確的決定。」她一口喝掉半杯酒。現在她的嘴角和牙齒都沾上了單寧酸的顏色，我的也是。我們像是兩隻喝到醉醺醺的吸血鬼。

「雙胞胎耶。我的老天爺。」她再度伸手拿過酒瓶。

該換話題了。「蕾拉——妳是因為班尼狄克的關係才和貝卡斷了聯繫嗎？」

「算是吧。我叫她不要嫁給那個混蛋。她還是堅持。我只是看不下去。」

「他會肢體暴力嗎？」

「就我所知不會。他是掌控慾比較強。好像他是在……淹滅她的熱情。但是貝卡，我知道她想要什麼。她想要穩定，想要一個可以愛的對象。她不想失敗，不想像她的父母一樣。」她用力一拍桌。「我想和她談談。」

「太好了。所以我才會來找妳。我們需要妳幫忙，蕾拉。」

「不。我是說，我想要和**你的**貝卡談談。」

小貝

午夜時分，尼可拉斯在我身邊動也不動地打著盹，左手臂攬著我的腰，我卻毫無睡意。我的手機在床邊櫃上震動了一下。然後又一下。我打開訊息串。我不知道他是怎麼辦到的，但他成功了，而蕾拉二號想要和我聊聊。我輕柔地推開他的手，溜下床。

「妳要去哪裡？」昏昏沈沈。頂著一頭亂髮。這是他剛睡醒的臉。

「蕾拉出了一點事。」

「我能幫上忙嗎？」

「沒。不是那麼嚴重的事。你繼續睡吧。」

他再度倒回床上。我連衣服也沒穿，就走到工作桌和克萊莉絲旁，邊走邊打字。

「尼克，她現在知道多少了？」

「全部。」

「她在你的世界裡有孩子嗎？」

「沒有。」

然後我就想，**靠**。「她知道自己分身的事了嗎？她知道雙胞胎的存在嗎？」

「知道。」

喔，蕾拉。我真蠢，居然沒有先想到這一點。我蠢到沒有事先提醒尼克，這件事有可能造成傷害，所以請不要告訴她。我的蕾拉在經過一輪又一輪失敗的人工受孕後，整個人痛苦不已。這幾乎要毀了她：「我知道這個世界很爛，我也不該讓孩子降臨在這世上。我知道，小貝。我也知道這看起來很不理性。但我就是會一直想。我就是止不住那種渴望。」

蕾拉二號，是不是也經歷過——或是正在經歷——同樣的痛楚？在我們一開始交叉比對線索的時候，尼克告訴過我所謂的艾登堡協議——那是一連串人道與環保的法律，用以保護女人的繁衍權利，提供結紮補助作為生育控制的手段，並致力推廣小家庭（對大部分人來說，這應該都不是壞事）？他不是也提過，人工受孕是有錢到令人髮指的人才有本錢做的事嗎？

「我讓你跟她聊囉。」

我的手指顫抖著。手臂上起了一片雞皮疙瘩。而且這不只是因為空氣中的冷意。**震動聲**。她的第一則訊息傳來了。「說點什麼來證明妳真的是妳。」

我的手指在顫抖。「說我的事還是妳的事？因為我們一樣又不一樣，妳懂我的意思吧？」

「兩個都說一點。」

「好。我：馬鈴薯泥會讓我想吐。妳：你出生的時候有胎膜，妳媽還留著風乾，有一次還拿出來給男友看。他知道那是什麼之後就吐了。」什麼也沒有。我數到三十。「男友的胎膜事件在妳的世界裡也有發生嗎？」

「有。但他沒有吐，只是逃跑了。」

「青春痘大花臉和碰碰大肥妞的事妳知道嗎？」

「老天，當然。但是丹尼斯小姐制止了他們。」

「在我的世界裡，她沒有喔。」

「真是隻老母牛！」

「妳相信了嗎？」

「我相信。也不相信。這樣合理嗎？我很想相信。」

「我懂。」

「所以。」

「所以。我問過妳的分身，說什麼會讓妳跟我斷聯。」

「然後呢？」

「她說除非我殺了一個小孩才會。」

「哈！事實證明，妳不需要做那麼誇張的事。我沒有真的跟妳斷聯。在我告訴你我對班尼狄克真正的看法之後，妳就把我推開了。我也讓妳這麼做。」

「為什麼？」

她又安靜了一陣子，然後她傳來：「因為當我知道妳懷孕的時候，我很痛苦。我做過檢驗，知道我沒有辦法。有一段時間，我不想靠近妳。我真是個爛人，對吧？」

「不。一點也不會。妳在這裡也經歷過一樣的事。同樣的痛苦。妳想要我告訴妳多少？」

「我不知道。喔，靠腰。我是個好媽媽嗎？」

「最好的那種。」我想想，我想想：如果她覺得她的分身過著完美、又有孩子常伴左右的美好人生，這樣是好還是壞?絕對是壞。「但為了孩子放棄工作，對妳來說卻是個惡夢。雙胞胎有時候也真的很難搞。」

「我放棄了工作？」

「對。妳差點就瘋了。」

「我真的和李維．阿里結婚了？」

「對。」

「快樂嗎？」

「對。」**算是吧。**「妳聽到這些事，還能接受嗎？如果讓妳大吃一驚的話，我很抱歉。」

「說大吃一驚還太保守了呢。但是還好啦。我好一陣子之前就認清現實了。這會是永遠的痛，但並不致命。」

「尼克說妳的事業很成功。大放異彩的那種。」

「是嗎？聽他跟妳聊我的事，感覺好怪。」

「說奇怪還太保守了呢；）」

「他說妳的事業也很成功。」

「我的分身有發生過什麼事嗎，蕾拉？讓我變得……不一樣？」

「像是什麼？」

我不知道要怎麼說，才不會聽起來太冷血。「在我的世界裡，當我懷孕時，我並沒有決定要把產期走完。但她有。」

「對，但她也很掙扎。」

「她為什麼會改變心意呢？是因為他嗎？是他逼的嗎？」

「老實說，我想那是因為我。我想她是認為，如果我不能有自己的孩子，那至少我可以當她孩子的第二母親或阿姨。但我受不了，而這件事都不在我們倆的預料之內。這顯然也是班尼狄克所樂見的，畢竟他一定很高興她討人厭的大嘴巴朋友消失在生命中。」

我鬆了一大口氣。貝卡懷孕的選擇完全是出自於自願，儘管一部分是因為關心自己好朋友的關係。如果我的蕾拉真的沒有辦法懷孕，我會為她做一樣的事嗎？老實說，我愛她，但我可能不會這樣做。「就這樣嗎？沒有什麼創傷經驗嗎？」

「像是什麼？」

我腦中閃過一件又一件……無窮無盡。在我身上發生過的事：大學時和一個強勢的男孩發生關係，因為這樣比說不來得容易。公事包先生。其他無數的女人每天都在經歷的事。還有奈特。「不確定耶。」

「她媽媽的死讓她整個人大受打擊。」

「我也是。」

「在她和班尼狄克搭上線之前，她才剛經過一次慘烈的分手。她的心都碎了。」

「對方不是奈特吧？奈特森．艾利斯。」

「不。是她的設計師同事之一。傑克森什麼的？我也不太喜歡他，但和班尼狄克比起來，他簡直是聖人。」

這就是了。奈特事件使我對交往關係感到恐懼不已。但在心碎後，貝卡卻走了和我完全相反的路——找了一個在表面上象徵著安全與穩定的對象。（真是諷刺：誰想得到，交友軟體和性愛分離的約砲，竟然會比與慈善家交往還要更安全？）

「妳有和妳世界裡的尼克說過真相了嗎？」

「沒有。我一直想說，但是現在已經太晚了。」

「妳有告訴過妳世界裡的我嗎？」

「沒有。」

「為什麼？」

「妳已經夠忙了，不需要這種瘋狂的量子異常三角戀來添亂。而且老實說，我知道妳不會贊同我們現在這樣的狀況。妳會認為我太操弄人心了。連我自己都這樣覺得，但我認為，現在就算我想停，我也停不下來了。」

「愛呀。它會毀了妳。」

這句話實在太像蕾拉了，讓我忍不住露出微笑。「這倒是真的。」

「我確實不認同。我也認為這樣太操弄人心，而且感覺妳在塑造妳分身的人生。但我懂妳在做什麼。尼克真的很愛妳，妳知道嗎。我雖然幾乎不認識他，但我看得出來。」

「我知道。就像我也知道，他應該要和貝卡在一起。」

「因為妳和尼克的分身進展得很順利嗎？」

這是我向蕾拉坦白的機會——或至少是蕾拉的分身。我終於有機會坦白那些我無法向別人說的懷疑。但這件事的主角不是我，第一要務是貝卡和史嘉莉。我讓這機會溜走了。「對。」

然後，我們就切入正題：貝卡與史嘉莉任務。

*

寄件者：NB26@zone.com
收件者：Bee1984@gmail.com

嗯，她看到我的時候沒有掉頭就走，這應該有點意義吧。感謝狗狗和史嘉莉。我是有點懷疑，但在公園裡埋伏搞不好真的行得通。

寄件者：Bee1984@gmail.com
收件者：NB26@zone.com

她們現在在幹嘛？

寄件者：NB26@zone.com
收件者：Bee1984@gmail.com
在說話的大部分還是蕾拉。貝卡看起來很不高興。但聽不到他們的對話。

寄件者：Bee1984@gmail.com
收件者：NB26@zone.com
我一直在想像，如果是我聽到這個故事，會有什麼感覺。

寄件者：NB26@zone.com
收件者：Bee1984@gmail.com
妳有聽到啊。而且妳處理得很好。等等喔，史嘉莉想要我幫她做泥巴派。馬上回來。

寄件者：NB26@zone.com
收件者：Bee1984@gmail.com
她們還在講。喔等等……蕾拉要走過來了。

寄件者：NB26@zone.com
收件者：Bee1984@gmail.com
貝卡不接受蕾拉的說法。準備要離開了。聽我說，小貝。我們也許只有一次機會。妳得和妳自己聊聊。

小貝

「而且要快，我們沒有太多時間了。寫點什麼。任何妳覺得有幫助的話都好。」

和我自己聊聊。和蕾拉二號對話是一回事，但和貝卡說話……和奈特在一起時，當我陷入最盲目的時期時，什麼樣的話能夠讓我看清現實呢？想啊，想啊，快想。

我聽到一句「**混帳**」，突然從這些念頭中清醒過來。我完全沈浸在眼前的鬧劇之中，幾乎忘了尼可拉斯也在房裡，正坐在早餐吧台旁的老位子，看著他的筆電（他比平常早了一天下來找我，如果在一般的狀況下，我可能會很高興）。

「怎麼了？」

「亞馬遜上出現很爛的評論。不只是一星的評價而已，還在評論區直接爆雷。」

「就這樣？」**因為我正在想辦法說正確的話來說服我自己離開一個有害又危險的男人呢。**我的話聽起來暴躁又敷衍。

「多謝支持喔，小貝。妳到底在跟誰傳訊息？妳已經這樣傳了好幾個小時了。不會又是奈特吧？」

「當然不是了。每天在推特上海巡和瘋狂搜尋自己名字的人可不是我。」

這好不像我，我通常都會迴避衝突的。這句話讓我們倆人都愣了一下。這是我們第一次爭吵。時機點真是糟糕。

「我要出去走走。」

「好主意。」

他重重蓋上筆電，大步走出公寓。

我將自己的羞愧感推到腦後，打算等等再想。我沒有時間了，只能直接動手：

貝卡，我知道這對妳來說有多不可置信。我也經歷過。我發誓我不是在和妳鬧著玩的。我就是妳。另一個世界的妳。過著不一樣的生活。而且是很棒的生活。妳也能這樣過的。

我不知道要怎麼證明給妳看。我能說什麼話讓妳相信我呢？有些事情也許是我發生過的，但妳不一定有。先聽我說說看：

妳會咬指甲，但從來不會咬過頭，所以沒有人注意到過。

妳一直吸大拇指吸到妳十二歲。

如果有人摸妳的頭，妳就會哭，因為媽媽以前就是這樣哄我們睡覺的。我希望她也這樣摸過妳的頭。我還留著她的人體模特兒（我叫她克萊莉絲，但我不知道為什麼）。

我們的胸部一邊比較大，一邊比較小。以前妳一直超級介意這一點。

我懂妳為什麼和班尼狄克在一起。我和妳一樣，也心碎過。只是在那之後，我和妳走了完全相反的路。我會迴避承諾，迴避交往的感情，以為我可以像是切掉癌症腫瘤一樣，切掉那一部分的生活。直到我遇到尼克後，一切都變了。

但我沒有小孩。妳有。我懂妳想要給史嘉莉安全感，尤其在我們經歷過的一切之後。在爸對媽做過的事之後。在那麼多無窮無盡的爭執過後，在妳躲在房間裡假裝那一切都沒有發生之後。在爸終於離開後，妳鬆了一口氣，但也同時感到哀傷。

我懂妳為什麼讓自己耽溺在一個表面上象徵著「安全與穩定」的男人身上，因為那是我們自小就沒有的東西。我懂妳為什麼會迴避衝突。我也會這樣。

但在我的世界裡，他很危險。他也許在妳的世界裡也很危險。對妳和史嘉莉都很危險。

妳不喜歡放棄，貝卡。但妳可以放棄的。妳有這個能力，我保證。妳不需要相信這一切。妳可以叫我、叫尼克和蕾拉滾蛋。但為了史嘉莉，至少求妳好好想一下我們說的話。和他的前妻談談。和他以前的伴侶們談談。拜託妳至少這麼做吧。蕾拉需要妳。妳也需要她。妳不需要一個人面對這些事。

別等了。

我沒有重讀這封信——沒有時間了——就按下傳送。

然後等待。

*

寄件者：Bee1984@gmail.com

收件者：NB26@zone.com

然後呢？她讀了嗎？

寄件者：NB26@zone.com

收件者：Bee1984@gmail.com

她讀了。然後她把手機還給我，轉身就走。

尼克

寂靜的日子從一天變成一週，然後又過了一週。這段時間，只有尼可拉斯能讓我稍微緩解一下對貝卡和史嘉莉逐漸增長的掛念。他寫《黑暗中的槍響》的進度不錯（「**他還保留了你的書名呢！**」），小貝也開始習慣向我報告他對這個故事的寫作角度。我會看著她告訴我他寫了和原作不同的劇情線，然後義憤填膺好幾個小時。「**破壞者不可以是道德倫理的捍衛者啊！他看不出來這樣會讓角色變得太平面嗎？叫他不准這麼做。**」

說到道德感（或者說「不道德感」，因為在量子混亂之境中，這好像比較像是我們平常的狀態），小貝顯然被困在背著尼可拉斯和我聯繫的罪惡感裡，但她知道我需要一點除了我自己的寫作工作之外的其他管道來抒發焦慮（以免《暗夜破壞者》最後毀掉的人是我），而這使她覺得背著他這樣做很不忠誠，「**嘿，這樣感覺很像你們兩人在合作耶。**」

然後蕾拉二號終於打來，給了我消息。

「有用嗎？」

「有用。」

蕾拉二號告訴我，貝卡試著和班尼狄克的前妻瑪麗亞聯絡上了，對方是一個紐約的戲服設計師。瑪麗亞一開始拒絕和她說話，而這其中的警訊多到使貝卡又找到了瑪麗亞的姊姊。姊姊證實了我們最深層的恐懼——當瑪麗亞終於決定要離開班尼狄克時，他便變得充滿攻擊性，威脅要摧毀她的事業，還有更糟的。瑪麗亞被迫「在網路上神隱」，而且當時真的很擔心自己會有生命危險。直到他找到下一個受害者後，這一切的惡行才停止——也就是貝卡。但班尼狄克夠聰明、又夠疑心病重，他把自己的足跡清得乾乾淨淨，除了傳言之外，沒有任何實質證據可以證明他的行為——當然也不可能構成刑事案件。又是那個老掉牙的故事：他才是有錢有勢的那個人。

但那樣就足以說服貝卡放棄逃避了。

蕾拉二號和李維重新取得聯繫，他則同意接下這個案子。不過他們得很小心。尤其是因為，班尼狄克在這個世界裡有個女兒。**爹地的小女孩。**連帶損傷。「李維說，我們需要一點時間來建立證據，以免他來爭取監護權。是時候來找出其他可能的受害者了。」

關於這件事，他們想了一個計畫。貝卡和生疏的父親再度聯絡上；和小貝世界裡的分身類似，只是在我的世界裡，他去了紐西蘭，而不是澳洲。他立刻把握了這個機會（「*我想也是，這個毫無罪惡感的混蛋。*」），告訴她他樂意盡一切努力來幫助她。所謂「一切的努力」，是掰說他生了重病，也許沒剩多少時間，所以迫切想要在一切都太遲了之前，與貝卡和唯一的孫女重修舊好（「*真聰明。這招誰想的啊，尼克？*」「*我猜是貝卡吧。*」）。班尼狄克很難拒絕這個要求。而這也能讓貝卡有完美的藉口，在必要的時候延長停留在紐西蘭的時間。

然後蕾拉二號說：「她想見你，尼克。她說你知道要在哪裡碰面。」

當我見到她坐在我們的長椅上時，肚子裡翻攪的感覺又再度出現了，但這次**輕微**了許多。淡了。從她正襟危坐的肢體語言來看，她也有同樣的感覺。

史嘉莉朝我跑來，給了我一個擁抱。「狗狗先生！我要去搭飛機了。」

「我知道。」我的喉嚨一緊：幻想自己能成為她們生命的一部分，也只不過是個老掉牙的白日夢，現在這也結束了。

我們等到小女孩與狗前往草坪後才開口。

冷淡的「你好嗎」似乎不是適合的開場白。「能見到妳真好，貝卡。」

「我也是。」平板的語調。

「妳們什麼時候離開呢？」

「星期五。」她拉拉衣服，摸摸頭髮。「我覺得自己像是個間諜一樣。對班說謊，離開這一切。還去找爸。誰知道原來我還會走到這一步？」

「不會永遠都這樣的。」

「感覺像是啊。班不會罷休的。他會想贏。」

「蕾拉和李維不會讓這件事發生的。這會給你們一點喘息的空間。」

「真是一團亂。你還記得一開始問我快不快樂嗎？」

「喔，對。全世界最簡單的問題。對不起喔。」

「別道歉。我一開始是很快樂的。我告訴自己，如果我撐下去，最後我就會再度快樂起來的。我告訴自己，一切都會變好的。我真是個大白痴。我覺得自己好蠢。」

「妳不蠢。一點也不。妳不該自責的。嘿，我可是在一段婚姻早該結束時，又多撐了至少五年呢。」

她臉上閃過一絲類似微笑的表情。「我知道。你和**傑西**真是可憐。」

「真的，妳得相信我，妳在外面還有大好的生活。這是有證據的。蕾拉告訴妳了，對吧？她什麼都告訴妳了。小貝也告訴妳了。」

「證據。**證據。**一部分的我還是不敢相信，我居然接受這些說法。」她一陣顫抖，搓了搓手臂。「我……我想我應該要感謝你的，但一開始，我只感到憤怒。不，是震怒。我對你感到震怒不已。也對蕾拉生氣。也對……**她**生氣。」

她說「她」的口吻，在這之後，又在我腦中盤旋了好久。她口氣中銳利的成分，我也能感同身受——和我對尼可拉斯的厭惡之情十分相似。「對，嗯，我不怪妳。這感覺就像是全宇宙最瘋狂的介入行為。我不怪妳不相信我們。我只要妳知道，我隨時都在這裡陪妳。永遠都是。狗兒們也是。」

「我不能再見你了，尼克。」

「我懂，小貝。」這句話讓她瑟縮了一下，靠。「我是說，貝卡。妳一定還有一堆事要安排吧。」

「不。我是說，永遠不能再見你了。如果——就算——我回來之後。現在……現在發生的這件事。不管我相不相信，你這樣做都是不對的。你和……她。這樣太操弄人心了。你也知道的。她一定也知道。」

操弄人心。這是小貝一開始就用的詞。只是現在這句話來自鏡中的另一個人口中。她達到了預期的效果：嚴肅而讓人充滿愧疚感的當頭棒喝。「對不起。」這句話很弱，但我無話可說。

「不只是這樣。我之前確實對你有感覺。你知道我有的，儘管我試著要壓抑它們。就算我們能在一起，我也不會說謊、說我從來沒有想過這一點，或是**幻想**過，但是我做不到。我不想知道還有另一個史嘉莉不存在的世界。而你會一直讓我想到這一點。」她牽起我的手，但就和我身體的其他部分一樣，我的手也麻木了。「你懂的，對吧？」

「我懂。」我真的懂。我當然懂了。**狄倫**。

「我現在要和你告別了。」她的雙臂環住我，我便把她拉近。這次感覺不一樣了。我們像是朋友在擁抱，而不是愛人。我們保持這樣的姿勢很長一段時間。「謝謝你做的一切，尼克。

想想我說的話吧。」她向後退開，轉開身，吐出一口顫抖的長氣，然後用愉悅的口吻告訴史嘉莉，回家的時間到了。我用同樣開朗的語氣說了一句：「再會啦，史嘉莉！」好像這只是另一個普通的日子。好像我明天還會再見到她一樣。

「再會啦，朋友！掰掰，香腸。掰掰，蘿西。」

我看著她們離開。哀悼著她們的消失。但是……我和貝卡之間，沒有像與小貝之間的那種魔法般的連結。有吸引力，確實，也有化學反應，但那不一樣。

＊

寄件者： Bee1984@gmail.com
收件者： NB26@zone.com

你救了我，尼克。我是說貝卡。還有史嘉莉。還有我們所有人。

寄件者： NB26@zone.com
收件者： Bee1984@gmail.com

妳救了你自己。還有蕾拉二號跟你爸的幫助。我知道你對他的看法很差，但他感覺真的有站出來保護自己的女兒。

寄件者： Bee1984@gmail.com
收件者： NB26@zone.com

對，我知道。我真的很想相信他會這麼做是因為他真的在乎，而不是因為他只是想要當英雄。但不管如何，真正重要的是，他真的站出來了，而且貝卡和史嘉莉也脫離了班尼狄克的魔爪。不管你怎麼說，如果不是因為你的話，她們也走不了的。

寄件者：NB26@zone.com

收件者：Bee1984@gmail.com

還有很長一段路要走呢，小貝。班尼狄克不會摸摸鼻子走人的。

寄件者：Bee1984@gmail.com

收件者：NB26@zone.com

我知道。但是現在至少有希望了。李維是個很棒的律師。最棒的那種。

這代表最後她會重獲自由。這對你來說會是很長的等待，我知道，但分身任務還沒有結束呢 :)

寄件者：NB26@zone.com

收件者：Bee1984@gmail.com

結束了，小貝。我這邊的任務已經結束、燒掉了。貝卡對我說得很清楚了。

寄件者：Bee1984@gmail.com

收件者：NB26@zone.com

她會這麼說，只是因為她需要重振旗鼓罷了。

寄件者：NB26@zone.com
收件者：Bee1984@gmail.com

不，她是認真的。她說我們做的事很操弄人心——聽起來很耳熟對吧？她說她不想去想像史嘉莉不存在的世界，而我會一直讓她想到這一點。

寄件者：Bee1984@gmail.com
收件者：NB26@zone.com

我知道我自己的意思啦。我有時候也會很頑固，直到太遲了才看清楚我想要的是什麼。她會想通的，我保證。

寄件者：NB26@zone.com
收件者：Bee1984@gmail.com

不只是她而已，小貝。一開始確實有些什麼，但那股感覺也已經走到了盡頭。

寄件者：Bee1984@gmail.com
收件者：NB26@zone.com

什麼意思？你不覺得她吸引人了嗎？

寄件者：NB26@zone.com
收件者：Bee1984@gmail.com
不是這樣的。我讓她走了，這才是最好的選擇。而且我沒事。真的沒事。

寄件者：Bee1984@gmail.com
收件者：NB26@zone.com
那是因為你們兩個從來沒有機會真正在一起啊。我對尼可拉斯一開始也有同樣的掙扎。我告訴過你的。
還是有希望，對吧？

寄件者：NB26@zone.com
收件者：Bee1984@gmail.com
沒有了。但是，嘿，二分之一的成功率還是不錯了，對吧？

寄件者：Bee1984@gmail.com
收件者：NB26@zone.com
我不懂，你怎麼能這麼輕易就放下她？我是說，她是我耶。算是吧。我不在乎這讓我聽起來有多沒安全感。

寄件者：NB26@zone.com
收件者：Bee1984@gmail.com

就是那個「算是」的部分才算數，對吧？她是妳，但她不是妳。

寄件者：Bee1984@gmail.com
收件者：NB26@zone.com

我們要怎麼辦？我和尼可拉斯還在一起，這樣怎麼會公平呢？

寄件者：NB26@zone.com
收件者：Bee1984@gmail.com

妳要是再說一次那個詞，我接下來這一週就只會傳勵志引言給妳了，其他什麼都不說。

我沒事的，小貝。我拿蘿西的生命發誓。我要認真開始寫作了。我很好。真的。

第五部：愛情爛透了

尼克

這真的有用——至少一陣子。我是指寫作的部分。

我完全沈浸其中。無法自拔。甚至到了偶爾小貝在我認定的「工作時間」傳訊息給我時，我會有點惱怒的地步。**我想妳應該不會在尼可拉斯工作的時候打擾他吧。**字數穩定增長，有時候好像是有自由意志般在自我發展。花布西裝哥時不時會和我確認進度——我越來越喜歡這個老混蛋了——我則會給他一點研究任務去完成，希望這會讓他覺得自己也有參與到這部作品。

我也堅守我的每日例行公事。包括帶狗去公園的部分，不過我會避開我們的長椅——看到沒有她們母女倆的椅子，仍然會讓我的肚子一陣翻攪。狗兒們也想念貝卡和史嘉莉。在貝卡和史嘉莉剛離開的那幾天，牠們會扯著牽繩，想要叫我走我們以前的路線。蕾拉二號時不時會和我更新最新消息：她們延長了待在紐西蘭的時間，給李維律師更多時間蒐集證據，不要讓班尼狄克搞清楚發生了什麼事、逮到機會進攻。因為他**一定會**進攻的。蕾拉二號也不小心透露，她和李維又開始約會了。**看看我，我是尼克紅娘呢。**

一週一次，我會告訴傑佛瑞他女兒和孫女的事。一週一次，我會打電話給莉莉（我得做好心理準備，才能做這個工作——這個老女人越來越神經質了）。我時不時會和狄倫鬥嘴個幾句，但雖然有時候莉莉會問起我的「高級女人」時，要對她說謊或胡扯很容易，但我沒辦法對狄倫這樣說——和他只說半吊子的實話好幾個月就已經夠糟了，我跟他說的更像是小貝的形象，而不是貝卡。而且，狄倫（幾乎）從一開始就陪在我身邊了。他鼓勵我去和小貝見面；花了他的假期津貼來陪我改造，並陪我去買花布西裝。就某方面來說，他是投資在我們身上，並且期待自己有一天能見到貝卡／小貝。所以說實話的選項還是不存在，但我已經盡可能貼近了。

「紐西蘭？但她會回來的，對吧？」

「不。這個調職是永久性的，而且我們兩個都不適合談遠距離戀愛。」看在上帝的份上啊，尼克。

「你沒有想過搬去陪她嗎？」

「我有，但還有蘿西的事要考慮，而且那裡的蜘蛛聽說都大到靠北。所以我就想說，算了吧。而且老實說，我也覺得我對她的感覺差不多要消磨光了。」

「你確定你沒事嗎？你知道你不必在我面前假裝，對吧？如果你想要哭一下之類的話，就哭吧。」

噢，狄倫……「我已經度過最糟糕的階段了，不過謝了。現在，我這邊的屁話已經夠多了。你發掘的那個藝術家怎麼樣？那個乳製品激進份子，做了一大堆人牛合體的怪雕像的那個。你傳給我的照片還是讓我常常做惡夢……」

在這不久之後，小波則傳了訊息告訴我，房屋買賣正在進行中，叫我留意離婚文件，然後說我在幾週內就會收到我那一份的房錢。

而每天，我都決心要與小貝拉開距離，因為她和尼可拉斯的關係越來越緊密。但我失敗了。

然後，在不到幾週內的時間裡，兩件破壞規律的事情出現了。

某天早上，我下樓吃早餐時，發現餐桌難得是空的。勞萊與哈台總是比我早出現，通常都七點準時坐在桌邊的。

「他們去哪了？」

艾莉卡聳聳肩。「走了。他們昨晚離開的。」

「為什麼？」

「他們的合約到期啦。」

我住在這裡的整段時間，除了早餐時間說的「早安」、或是在樓梯上擦肩而過時說的「嘿」之外，我們幾乎沒有互動。有時候哈台的房間裡會傳來微弱的笑聲，但除此之外，他們實在不引人注目到我開始把他們視為背景裝飾之一了，就像是屋裡所有的告示牌和牆上佩托斯的照片一樣。但是我卻出乎意料地想念他們。

有那麼幾天，屋子裡就只有艾莉卡、狗兒和我。這照理說應該要讓我們變得更尷尬才對，但少了幾個人能讓她發號施令，艾莉卡似乎放鬆了許多。我們並沒有成為好友；我們幾乎沒有和自身相關的對話。她有時候會問起我的書寫的怎麼樣了；我則會問佩托斯的近況。除了早餐室之外，我們都比較傾向待在自己的個人領域裡，但她再也不會指責我破壞住戶公約，有時候，還會找我喝一杯。我想那層難以親近的模樣只是她的保護殼（我不是什麼心理醫師的料，但我懷疑在她父親死後，她的保護殼就開始成形了），而她對於環境近似於瘋狂的掌控慾則是這層保護的一部分。然後她告訴我，她和一間大學談好了合約，而就在這間屋子成為拜訪學者、學生與其他需要被被動攻擊型的住戶公約轟炸的倒霉蛋開始進進出出後，她又恢復了原本神經質的老樣子。

第一個新住戶搬入一星期左右後（對方是個中國學生，而讓我覺得好笑、又讓艾莉卡氣得跳腳的是，他習慣在半夜溜下樓，把冰箱的牛奶喝得精光），破壞我規律的第二件事又出現了。艾莉卡敲了敲我的房門，用極端乖戾的口吻告訴我，有人來拜訪我。傑佛瑞正在起居室裡，看起來比以往都還要更不舒服。艾莉卡給了我一個巨大的棕色信封（「還有這個。」），意有所指地看了一眼「訪客不得過夜」的標語之後，就離開了。

「她真可愛，對吧？」傑佛瑞在她聽得見的距離竊笑了一聲。

我提議帶狗出去走走。路人和我們保持很大一段距離，我則邊走邊告訴他小貝最近從珍妮的社群網站上蒐集到的資訊：她最近在看的新電視劇、梅根上學第一週的狀況、還有她嘗試的新食譜。他仔細聽著每一個細節，一點也不在乎那些事有多麼平庸。我們在一張長椅旁停下來，抽根菸，傑佛瑞則從背包裡掏出幾罐蘋果酒，遞了一瓶給我。

「你為什麼親自跑來，傑佛瑞？」

「想說你可能會想喝一杯啊。」

我還沒告訴他我這邊的分身任務失敗告終，但他肯定是在我的電話中察覺到有什麼事情不對勁。我把事情經過告訴了他。

「暫時的，對吧？」

「可能吧。」

「但妳的小姐和她女兒都安全了。」

「至少現在如此。但她再也不想見我了。也不想跟我說話。」

「就知道你出了什麼事。」他打量著我。「但你看起來沒有很崩潰。聽起來也沒有。」

「也許我們本來就不該在一起。」

「適合你的本來就是另一位。」

「對。我得不到的那一位。」

他喝光了自己的鐵鋁罐，捏扁、丟進一旁的垃圾桶，然後又開了一罐。「如果你來參加會議的話，會有點幫助喔。」

「為什麼？他們懷疑什麼嗎？」

「我只是說，可能會有幫助。漢瑞塔上次……呃，拷問了我一下你的事。」

「然後呢？」

「我說，你沒有做什麼可疑的事。」

「現在這是事實了，對吧？」

「我想是吧。」

蘋果酒十分溫暖，減緩了空氣中的涼意。香腸嘆息一聲，趴在傑佛瑞腳邊。他搓了搓牠的肚子。「乖女孩。我一直都想養隻狗的。」

「那就養啊。」

「不行。搬家搬得太頻繁了。」

「你到底都在**幹什麼**，傑佛瑞？」

「什麼意思？」

「工作、人生。你知道的。」

他聳聳肩。「到處開車走走。坐著想事情。看書。我看了你那本書喔。」

「《黑暗中的槍響》？」

「啊？不是啦。等等。」他在後背包裡翻找著，然後拿出一本破爛的處女大爛作。

「你從哪裡找到那個東西的？」

「從某一家那種……獨立書店訂的。不過沒花多少錢。我蠻喜歡的。」

「你大概是全世界唯一一個喜歡的人吧。」

他一口喝光，然後捏扁第二個罐子；他灌酒的速度和佩托斯有得拼了。我才喝到第一罐的一半而已。

「你能幫我問妳的女人一個問題嗎？」

「當然。」

「你可以問她我在過世之前有沒有陷入昏迷嗎？」

「你為什麼想知道？」

他沒有馬上回答。「只是好奇。最近一直在思考死亡的事，它代表了什麼意義，之類的。」

後來，我才會好好考慮他說的這番話；這句話當時聽起來不像那麼一回事，但我也沒有多想。

「有。珍妮告訴小貝，她記得自己有去醫院看過你。我之前沒有告訴你，是因為我想說你知道自己死了就已經夠糟糕，不需要知道這麼殘酷的細節。」

「是。」他望向遠方。現在我已經夠了解他的行為舉止，知道有時這代表他的心情突然有了劇變。他扔下菸蒂，然後笨拙地抱了抱我。「我說我欠你一次，我是認真的。你等著看吧。」

*

什麼，全部的牛奶？

寄件者：NB26@zone.com
收件者：Bee1984@gmail.com

對。艾莉卡已經開始製作一疊新的告示牌，警告大家使用乳製品的習慣了。
《黑暗中的槍響》過得怎麼樣？

寄件者：Bee1984@gmail.com
收件者：NB26@zone.com

喔哦，想得美。我們說好不要再這樣了，記得嗎？

寄件者：NB26@zone.com
收件者：Bee1984@gmail.com

拜託妳告訴我他沒有要讓高高在上哥逃過一劫吧

寄件者：Bee1984@gmail.com
收件者：NB26@zone.com

我才。不。上當呢。

寄件者：NB26@zone.com
收件者：Bee1984@gmail.com
他應該沒有吧？那才是重點啊！！你如果有錢又有勢，你就可以逃過殺人的罪名啊。

寄件者：Bee1984@gmail.com
收件者：NB26@zone.com
我知道。我們該換話題囉。

寄件者：NB26@zone.com
收件者：Bee1984@gmail.com
嗯，那這個如何？我的離婚協議今天辦完囉。

寄件者：Bee1984@gmail.com
收件者：NB26@zone.com
喔，尼克。你心情怎麼樣？

寄件者：NB26@zone.com
收件者：Bee1984@gmail.com
很好。完全沒事。說真的，小波能放下，我只鬆了一口氣。別擔心我，小貝：可悲混蛋先生還好好待在他的小房間裡，我保證。

小貝

離婚的消息和它所代表的意義，對我造成的影響比他大得多。要是在另一個世界……

但我不在另一個世界裡。基於各種目的和原因，尼可拉斯搬進了我的公寓。我不記得我們有討論過這件事，事情就只是發生了，好像逐漸滲透了我的生活一樣。他的衣物和其他物品，就像**我們兩人**的關係一樣，毫不費力地融合在一起。

尼可拉斯一週會回去里茲一次進行教學活動。週三晚上便是尼克時間。只有在這個晚上，我能毫無罪惡感的和他傳訊息（或者，只有一點點罪惡感）。這個晚上，我不用擔心把手機的Gmail信箱開著。這晚幾乎能算是我的約會之夜，如果不要去管它尷尬的隱喻的話。我們的量子三人行，就這麼繼續進行著：這個規律——至少現在——還行得通（儘管我們三人之中，有一人對這個狀況毫無所知）。

但是。**但是**。對我來說，總有個「但是」。

有時候，當我在工作時，我會在腦中列出優點與缺點的清單，就像蕾拉和我以前在對某個男孩子犯花痴的時候（或是在我們對某個女孩子也有一點好奇的時候也會）：

優點：

我們的性生活很合：一週兩到三次。我從來不覺得自己需要被迫做蕾拉所謂的「維護性交」。奈特老是想要做愛，都已經到了我開始排斥的程度了。

他是家事男神。他接手了特易購訂貨的任務，從來不會忘記要買棉條或廁所衛生紙。他也會把洗碗機裡的碗盤拿出來，那是我最討厭的家事。

他會做菜（好啦，對，他只會做重複的七道菜，但全都很好吃，而且比我會的還多了三道）。

瑪格達喜歡他。而且，他終於破解了每週四晚上她公寓裡總會發出怪聲的謎團。「很奇怪，她每次在回收瓶罐之前，都會先把它們全部壓扁才拿出來。我想她是用這些瓶子來發洩自己的挫敗感吧。」

最重要的是，蕾拉（和李維）喜歡他。

從來不批評我的體重。

從來不會抱怨我把衣服丟在地上，或是我這半的床上堆滿了亂丟的內衣褲和衛生紙。

總是會把浴室裡的毛巾掛好。總是會把馬桶蓋放下。

會聽我發洩工作上的情緒。而且他會認真聽，並不只是左耳進右耳出。

真的把我當成他的靈感繆思。我們會花好幾小時討論、爭論角色的人格特質或是劇情走向，他從來沒有說過我的想法很爛，儘管有時候連我都知道很爛。

像我一樣喜歡待在床上，看愚蠢的摔角對戰，而不是外出（他曾經和我一起看了一連串的《決戰時裝伸展台》馬拉松，完全沒有抗議）。

政治參與度很高。甚至比我還高，使我不得不追上他的腳步。

是個咖啡因小精靈，在我想著要起來煮熱水時，他就會幫我把茶或咖啡端來了。

寫作時，他有時候會擺擺手、或是抬抬頭，好像在表演其中一個角色的動作，而我覺得他這樣真是可愛到不行。

我從來不覺得我得在他身邊「打扮成最好看的樣子」。

除了尼克之夜和秘密傳訊息的事情之外，我從來不覺得我需要注意我說話的方式或是做的事情。

他用不太逼人、也不太掌控的方式鼓勵我把改造收尾的工作發包給裁縫店的小姐做，幫我分擔一點壓力。

就算我們兩人都一整天埋首於工作，幾乎沒有說上一句話，他也不會讓我感到無聊。如果有顧客來訪，他就會去附近的咖啡廳，或是提議去陪約拿斯，這樣瑪格達就能有幾小時的私人時間（又是這麼友善的舉措）。

我們的第一次爭吵，也是唯一的一次。在他那天回來之後，我還因為貝卡的事情感到壓力值爆表，儘管做錯事的人是我，他還是先道歉了。

他總是聞起來很香。

他並不小氣。搬進來一週之後，他就提議和我對分房租，儘管他自己也還在繳公寓的房貸。

他讓我的人生變得……**輕鬆許多**。

缺點：

他不是尼克。

就這樣。這是唯一的缺點。好像尼克和小貝之所以一拍即合，是因為我們兩人之間有某種額外的獨特成分，而這是尼可拉斯和小貝之間所沒有的：像是畫龍點睛的一點點荷蘭芹那樣，或是更多一點的大蒜莖。我一直說服自己，當貝卡和尼克那邊也有圓滿的結局時，我心中所感受到的那股裂痕就會消失了，現在儘管這已經失去了可能性，這些裂痕也**正在**消失中。但這從來就不是真正的問題所在。主要是現在想要加入額外的調味料，已經太遲了：餐點已經上桌了。

唯一的缺點，不值得我為此拋下一切。我們在其他方面都無比合適。徹底地契合。換作任何其他情況，這一切就會很完美了。**現在**就很完美。

所以當事情發生時，我不該感到訝異的。

週四晚上又是踩扁空罐之夜。尼可拉斯和我養成了一個新習慣，會開始計時瑪格達踩空罐的時間。猜的時間越準的那個人，就有權決定那天晚上的外送食物要叫哪一家。這已經成了一個愚蠢的傳統。但就在她開始工作時，尼可拉斯突然說：「去拿妳的大衣吧，我們出去吃。」

「啊？但今天是計時外送日耶。喔，靠……我是不是忘了你今天有什麼簽書會？」

他咧開嘴。「不。是個驚喜唷。」

「我不喜歡驚喜。」

「少來，妳明明就喜歡。」

我正穿著我的工作服，完全素顏，像瑪格達一樣綁著頭巾，束著我沒洗的頭髮。「我需要換衣服嗎？」

「不用，這樣就可以了。走吧，Uber已經在樓下啦。」

計程車帶著我們向前行駛，他則始終不願意告訴我要去哪裡。他整個人緊張地坐立難安，除了興奮之外，還有些別的什麼。

計程車在我還是認定為公事包先生的專屬餐廳外停了下來。「我們來這裡幹嘛？」

「這裡是我們第一次約會的地方啊。」我這時候就應該要猜出來了才對。他催促我進去，然後來到他預定的座位旁——「我們的」座位，就在那顆荒謬的大象頭對面。他點的不是淡啤酒，而是一瓶香檳。

「我們要慶祝什麼？你的書有什麼好消息嗎？你是入圍了那個匕首獎之類的嗎？」

他用雙手握住我的手。「小貝。我從來沒有過這種感覺。我們所擁有的一切，實在很難得。妳是我最好的朋友，也是愛人，是兩者最棒的集合體。我愛妳。」

「我也愛你。」但我**真的**愛嗎？我問過自己同樣的問題無數次了。我是因為他才愛他，還是因為他是尼克的替代小肉身？（「有夠噁心的比喻，小貝，幹得好！」）因為他們既一樣、又不一樣。尼可拉斯熱愛肢體接觸，沒那麼憤世忌俗。而尼克則好像是需要靠失敗和掙扎才能成就自己某部分的人格。難道這就是缺失的那一味嗎？唯一的缺點。就**一個**。

「我這樣拐彎抹角，想說的話只有這一句：妳願意和我結婚嗎？」

我在和蕾拉琴酒散步時，告訴了她這個消息。我們一邊欣賞著地精之家的紫藤，我一邊拋下了這個震撼彈。紫藤的夏日花期已經來到尾聲了。

她發出了近似於尖叫的聲音，然後說：「真不敢相信妳明明有這個大消息，居然還讓我講那麼多跟雙胞胎有關的屁事。」

「所以，妳怎麼想？」

「我怎麼想的不是很明顯嗎？」她忘了自己還拿著琴酒的罐子，就這樣抱住我，把我們都潑濕了。「靠，對不起，小貝。但是，嘿，把它當成窮女人灑的香檳吧。天啊，好快喔，對不對？」

「有點太快了，是不是？」

「等妳知道的時候，妳就會知道了。」她用蕾拉式的眼神看了我一眼。「妳也知道的，對吧？」

對。不對。**也許吧。**「我知道。」

她再度打量了我一圈。但她為我——和她自己——感到的快樂，蓋過了她平時的洞察力。婚禮意味著她亂七八糟的朋友的亂七八糟約會人生到了盡頭。「我知道我們都是女性主義者，不應該對這種事感到太興奮，但妳對婚禮有什麼想法了嗎？」

「還沒。但我們都不喜歡太鋪張。辦得越簡單越好。」

「不怪妳。我的婚禮就是場惡夢，記得嗎？橫跨三洲的親戚全部都爬了出來，像蟑螂一樣。而且誰忘得了那個清真惡夢？李維的媽媽現在都還會提起呢。」

「那不是惡夢。是很可愛的婚禮。」

「對，我們現在還在還貸款，所以它基本上就是個惡夢。」她拿過我的酒瓶，喝了一口。

「但不管要大要小，我可以幫妳計畫嗎？拜託？」

「妳不是還要忙著照顧兒子和拯救世界嗎？」

「對，但還是會很有趣的。拜託？」

「我們連日期都還沒定好。搞不好明年才會辦呢。」

「但是可不可以讓我計畫嘛？」

「當然了。全交給妳啦。但我不要南瓜馬車、不要蝴蝶、也不要鴿子。」

「那找一隻訓練有素的天鵝幫妳送婚戒呢？一隻就好。」

「滾啦。」

「妳很無聊欸。那婚紗呢？」

「妳認真的嗎？」

「喔，就隨便說說嘛。」

「我還留著我媽的婚紗。」

「她一定會很高興的，小貝。她一定也會喜歡尼可拉斯的。」

還有尼克。我把酒瓶一口喝光，好讓自己別再去想那個不管在任何世界裡都不可能發生的會面。

「小孩呢？」

「雙胞胎要來當然沒問題。」

「我不是說他們！當然，認真說，如果妳決定要在不能帶小孩的地方辦婚禮，我會感激不盡的。老天，我真的需要休息。」

「說好的『永遠不搭飛機』還有減少妳的碳足跡呢？」

「我會歸零重算的。如果妳選一間在英國的婚宴會館，但是禁止兒童進入的話，也可以啦。但我指的是你和尼可拉斯。你們聊過小孩的事了吧？」

「還沒。」天知道為什麼。這是很基本的問題，基本到每一個交友軟體上都有這個問題了。這比「你是邪教成員嗎？」或是「你有殺過人嗎？」還來得更重要。

「你應該要讓他知道妳不想要小孩。除非妳改變心意了？」

「我還沒。」真的還沒。我現在懂貝卡的決定了——或至少以為我懂了——而我知道我也可以當個好媽媽。但知道史嘉莉存在於宇宙中，這樣對我來說就已經很足夠了。

「妳跟你爸爸說了嗎？」

「沒有。我不想讓他有機會飛過來，堅持陪我走紅毯。他最喜歡這種家長的舉動了。等時間到了的時候我再來想吧。」

她同情地捶了我的手臂一下。「所以，還有誰知道了？」

「只有妳，瑪格達和約拿斯。對我來說重要的人。」

這當然不是事實，因為我還沒有告訴對我來說最重要的那個人。我還在努力中。又一次，我來到了道德的十字路口。就像狄倫的消息一樣，我可以不要告訴他。他永遠都不需要知道這件事。**妳這週末要做什麼啊，小貝？喔，沒有啊，只是要和蕾拉跟李維出去玩。**但我不能這樣對他。如果我在隱瞞什麼，他會知道的。

*

寄件者： Bee1984@gmail.com

收件者： NB26@zone.com

尼克，我真不知道要怎麼跟你說。我寫了又刪除了不知道幾次了。好吧，我要說了。

記得你開始說過，如果我不小心一點的話，我到聖誕節就會閃婚了嗎？

尼克

婚姻通常象徵著故事的結束。幸福美滿的結局。人們不想看《灰姑娘二：離婚記》或是《美女與野獸：燭台監護權爭奪戰》之類的鬼東西是有原因的。所以當小貝公布消息時，我腦中想到的第一個念頭是：**就這樣了吧，這就是我們故事的結局了。**

悲慘的人總是會想要找人陪伴。在我得知這個消息後，我想要回去里茲見見莉莉或小波和傑西，或是跳上火車去布朗姆找狄倫大哭一場；我甚至——上帝救救我吧——差點就聯絡了傑佛瑞。最後我打給了蕾拉二號。我需要和某人面對面聊聊，和分身任務中某個參與者坦白此事，但對方最好比傑佛瑞更清醒一些。我們約在我一開始告訴她真相的酒吧碰面。

「要結婚了，是吧？」

「對，結婚。」

「如果你仔細想想，她其實是和你結婚啊。」

「對。但不盡然。」完美的尼克配上完美的生活。

「嗯，替我恭喜她囉。」

「妳可以自己說啊。用我的手機吧。如果妳想的話，傳封電子郵件給她。」

她扮了個鬼臉。「不。上一次和她說話……在那之後……我有點嚇壞了。感覺太詭異了。你知道，自從你第一次把我扯進這個狀況裡後，我就讀了很多東西。」

「很好啊。每個人都需要一個嗜好嘛。」

她擺出一個「對啦，很好笑，混蛋」的臉。「讀了很多研究。查了查現在這是什麼情況。

看看你和貝卡是什麼狀況……我是說小貝。我甚至傳訊息給了一個專門研究這個領域的女人，跟她說了整個故事，但我覺得她一定認為自己是在跟一個陰謀論瘋子對話、或是一個想要彌補結局轉折漏洞的爛作家。她說這件事『超越物理學的範疇』。我是說，這代表……這有無限的可能。這完全證明了宇宙中還有其他次元的存在。這很有可能會從根本上改變我們對宇宙的理解。你不覺得你有責任把這個發現公諸於世嗎？」

「不。對。也許吧。但除了貝爾史丹協會之外，誰會相信呢？我們手上也只有這些電子郵件。我們沒辦法證明這些不是我們自己捏造的。」

我們沈默地喝了一會酒。

「李維和我分手了。」

「什麼？為什麼？」

「沒什麼原因。我只是更喜歡自己一個人。」

「真的嗎？因為通常會這麼說的人都不是真的開心。」

「但我不是那種人。也許某一天我會變得不一樣。但現在……」她聳聳肩。

「我也是。」

「你也是什麼？」

「我一個人也很好。」

「嗯，顯然就不是。」

我們又自怨自艾地喝了一輪酒。

蕾拉對上我的視線。「我們還是可以打個悲慘砲啊。」我們之中總得有一人說出口的。

「我會覺得我在背叛小貝。就算她要結婚了也一樣。」

「對。我也是。」我懂她為什麼是小貝最好的朋友了。「所以，好日子是什麼時候啊？」

「小貝說他們還沒決定日期。也許明年。」

「我想我的分身會是伴娘吧。我以前超愛參加婚禮的，但現在婚禮只會讓我覺得有點空虛。」

「誰？」

「我也是。」我不想說。但話還是就這麼脫口而出了。「我也蠻確定誰會是伴郎。」

「我朋友傑瑞米。傑西。」

「所以？」

「在我們這個世界裡，他和我老婆有一腿。」

蕾拉咬著嘴唇，撇開視線，肩膀顫抖著。我一開始以為她在哭，但後來發現，她是在努力不要笑出來。「對不起，尼克。這真是……」她再也憋不住了。我和她一起放聲大笑。因為到頭來，如果你連笑都做不到了，那你他媽的還能做什麼呢？

*

寄件者：NB26@zone.com

收件者：Bee1984@gmail.com

我們繼續當「我們」，似乎不太好了。尤其現在妳現在要結婚了。我知道這一切帶來的罪惡感讓妳有多掙扎。

寄件者：Bee1984@gmail.com
收件者：NB26@zone.com
不只是我而已。這對你也很傷。我知道。而且這樣對尼可拉斯也不公平。這對我們任何一個人都不公平。但老天我不知道停不停得下來。想到你要消失了……我就覺得我恐慌症隨時要發作。那傑佛瑞呢？如果沒有人幫他更新現況，他會很失落的。

寄件者：NB26@zone.com
收件者：Bee1984@gmail.com
我也有這種感覺。但不管妳怎麼說，這都是情感出軌。妳能接受嗎？

寄件者：Bee1984@gmail.com
收件者：NB26@zone.com
你能嗎？你應該要去認識更多新對象的，和更多人約會。你為什麼沒有呢？我好希望我能寫信給貝卡，改變她的心意。

寄件者：NB26@zone.com
收件者：Bee1984@gmail.com
不如這樣吧，我們讓對話頻率減緩一點。看看狀況如何。像往常一樣，且戰且走。

小貝

我們確實想要減緩對話頻率。我們確實想試著停止。我們最長只堅持了二十四小時，然後我們兩人之一會傳一封「嘿」給對方，對話就又開始了。

所謂「好日子」是個朦朧不明的存在。那是位於未來的某一刻：明年，或是後年。感覺並不**真實**。我想這就是為什麼，就某種程度上，我還挺享受討論婚禮和我們共同未來的時光。

我們決定要繼續在這裡住一陣子，他會把他的公寓賣掉，然後我們就可以考慮結合雙方的資源，重新找地方定居。我們都是自由工作者，所以沒有地理上的限制，儘管想到要搬離倫敦和遠離蕾拉，確實讓我感到一絲驚恐。但我還是很享受在不動產網站上瀏覽，敞徉在各種房屋的照片中、想像未來不同的生活。那些沒有威脅性、**朦朧不明**的未來生活。我們什麼都有共識：都不想要盛大的婚禮（我可不希望我爸和他的新老婆不請自來）。婚禮上只會有我們、最親近的朋友（蕾拉和傑西），在一座親密的小禮堂舉辦，時間訂在**朦朧不明**的未來某天。

唯一的癥結點，在我燙平珍妮幾乎完工的外套袖子時發生了（這次縫紉的過程輕鬆了點）。尼可拉斯從筆電前轉過身來，出其不意地對我拋來一句：「妳對孩子有什麼想法？」

哦喔。終於開始了，這個對話。

我試著保持輕鬆的語調。「你說大致上來說嗎？我覺得還可以啊，只要能把他們還給別人就好。」

「這代表妳不會想要有自己的小孩囉？」

「對你來說，這有多重要呢，尼可拉斯？」一個油滑而狡詐的聲音在我耳邊低語：**如果你**

想的話，這會是個優雅的退場喔。大多時候，這個退場的燈號通常都是關上的。但很偶然的狀況下，例如深夜時分、或是我偷偷地和尼克傳訊息時，燈號就會亮起，並以充滿自由的綠色燈光誘惑著我。（「你有想要過孩子嗎，尼克？」「你說我自己的嗎？無法回答你這個問題，因為如果我真的有這個慾望，狄倫**也**已經足夠了。再說，我和小波結婚後不久，我就去申請結紮補助了。」）

他聳聳肩。「這沒什麼大不了的。從來沒有這種衝動過。這也是我和茱蒂分手的原因之一：她想要小孩，我當時不想。但現在……」他又聳了一次肩。

「不然我們折衷，養隻狗？」

他搖擺了一下，然後說：「我一直都想養狗呢。」

時間像鬆緊帶般延伸向前，只是鬆緊帶還會有彈回來打到手的時候。因為蕾拉突然無預警地出現在我家，用一句愚蠢的「你們**絕對**不敢相信」就毀了一切。

我不怪她。她怎麼會知道呢？自從我同意讓她負責計劃之後，她就用各種婚宴會館提案、結婚風格背板和「自製親密婚禮」的圖集網址塞爆我的信箱。

她甚至不等我幫她倒一杯茶，就直接切入正題了。

「我知道你們想要在明年結婚。但我之前跟你們說過康威爾的那間超讚的會館——妳知道我在說哪間吧，小貝，我有寄照片給妳——他們剛好有人臨時取消了。」

我的表情一定很精彩。但他們兩人都沒注意到，因為蕾拉打開了自己的筆電，尼可拉斯正彎著身子看她滑過一張張的照片。好吧——我得承認，那裡真的很美。一系列裝飾得美輪美奐的石造小屋，座落於懸崖邊，眺望著海洋。「完美，對吧？我把它排在清單的第一順位，但實在不抱期待，因為他們的預定已經排到兩年後去了。」

「有多臨時？」我聽起來很驚慌嗎？也許喔。

「下個月。」

「下個**月**？」

「我知道，我知道。只是他們需要我們現在給答覆。還有一拖拉庫的人在虎視眈眈呢。」

尼可拉斯轉向我。「我想我們就衝吧。小貝，妳覺得呢？」

我的直覺尖叫著：**不。**但我討好人的那一面、我脆弱的那一面、誘使我和奈特在一起那麼久的那一面、同樣也背叛了貝卡的那一面、我發誓再也不要讓它有機可趁的那一面，再度佔了上風，而我露出微笑，聽見自己說：「真不錯。」

尼克

最後一封訊息，然後我就會停止了。就像是：**最後一捲菸，然後我就會戒了。**這不只是成癮而已。那條牽著我們兩人的紅線仍然存在，而雖然聽起來戲劇化又自私，但我懷疑，斬斷這個連結，會導致某種永恆的創傷，是我還沒有準備好要面對的痛楚。

日子一天天、一週週地過去，我們還是每天聯繫，有時候、偶爾，我還是會忘記不遠的地平線上，正有一個婚禮形狀的暴風圈正在步步逼近（這種狀況就是要用奇爛無比的譬喻——告我啊）。我們避而不談——大多時候。我們會聊書（我的，而不是尼可拉斯的版本——這部分現在也在封鎖區內了）、她的客戶、以及我們過去美好日子裡每天都在聊的屁話。我們都是閃避敏感話題的高手。一開始的警訊就證明了這一點。

除此之外，對我來說，我的人生已經比過去數年都要好得多了。我現在有了事業展望。房屋銷售的錢進來了，再加上書的第一筆預付版稅，我可以輕易租起一間獨立的公寓，我可以考慮要不要搬回里茲、或是搬去任何其他地方。但首先，我其實並不在乎，第二，如果我硬是要把牠從香腸身邊帶開，蘿西一定會殺了我。

蕾拉二號會繼續幫我更新近況。經過一小段適應期後，貝卡和史嘉莉成功地在躲避的生活中安頓了下來。李維和班尼狄克的前妻聯絡上，並得到了幾個很有希望的線索：兩個美國女人收過班尼狄克的封口費，似乎是要彌補某些還沒被人查出的違法行徑。班尼狄克一度提議飛去紐西蘭和她們會合，但幸好就連像他如此有錢有勢的人，也無法在長程飛行旅途限制的法律中繞道而行，所以我們逃過了一劫。

佩托斯回家了幾天，讓屋內充斥著他一如往常的喧鬧氛圍，並嚇壞了最新的幾個住民：一對加拿大籍的哲學系學生，和勞萊與哈台一樣內向。

「大作家！你的女人還好嗎？」

佩托斯不會是我傾訴秘密的第一人選，但他剛好在我最脆弱的時候出現了，所以我脫口而出：「她要結婚了。和別人結婚。」

「我們出去吧。現在就走。」

「艾莉卡呢？」

「她不在乎啦。」他拍了拍我的肩膀。「我們今晚幫你找個女人！」

事後證明，艾莉卡確實在乎——「不行，我們有很多、很多事情要討論呢，佩托斯！」——但我還是讓他把我拉到一間當地的小酒吧、讓我醉到不省人事了。酒吧裡唯三的女人只有年邁的酒保，還有一對同性伴侶。她們和我們一起喝了三輪的利口酒、在撞球桌上擊敗我們，然後在電動車充電區和我共享了一支捲菸。但就算我眼前出現了充滿魅力又樂意接近我的選擇，我也不覺得我有動力下手。我並不是變成了毫無性衝動的聖人，只是我想要的是**她**。我有和佩托斯抱怨這件事嗎？天知道。關於這段坦白的記憶，已經永遠消失在伏特加和半夜兩點深夜狂吐所構築成的黑洞中了。

隔天，我整個人什麼事也做不了。於是我拖著自己宿醉的身體和狗兒，來到公園，徒勞地希望新鮮的空氣能幫上一點忙。但是沒有。我正掙扎地走在回家路上，突然收到一封來自傑佛瑞的訊息：「急，兩點和你在車站的老地方見。」

「為何？」

「射出來就對了。」

不管是任何人，打出這種錯字都有點不堪入目，尤其對方是傑佛瑞。

多虧了三枚阿斯匹靈和從艾莉卡那裡偷來的私藏花草茶，當我來到飲料店外時，我已經不覺得自己快死了，更像是小中風後的感覺，但速食的味道對我的反胃感一點幫助也沒有。我立刻就看見了傑佛瑞與眾不同的頭型，但這次他不是獨自一人。坐在他對面的人是凱文。他們實在是非常詭異的組合。傑佛瑞坐立難安、陰晴不定，對顯然還記得上次他在這裡放聲大哭的店員擺著臭臉，凱文則放空地瞪視著前方，安靜得詭異。

「現在是怎樣？」

凱文直接切入重點。「傑佛瑞告訴我你最近的打算，而由於事情超出了你的掌控，你的嘗試失敗了。」

傑佛瑞毫無歉意地聳聳肩，好像待在凱文身邊又讓他變回了粗魯無禮的貝爾史丹模式。「我以為我們達成了協議耶？」

「有啊。」

「我了解你的擔憂，尼克，但我向你保證，我沒有打算把這件事告訴協會中的其他成員。傑佛瑞並沒有背叛你。他和我都想要幫助你。」

「幫我什麼？」

「幫你完成你真正想做到的事。你上一次參加的那場會議中，你問我們有沒有辦法讓你和那位郵件上的女子在一起。那個你所愛的女子。」這句話讓他瑟縮了一下。**愛情，矮額。**「我可以回答你，也許有機會讓這事成真。」

我來回打量著他們。傑佛瑞咧開嘴，凱文則仍然面無表情。「好吧。怎麼做？」

「我們要殺了你。」傑佛瑞說。

「你們什麼？」

凱文嘖了一聲。「不是，不是。我們要做的是，讓你先陷入人工昏迷狀態中。」

「喔，這樣就沒關係了是吧。**搞屁啊？**」

凱文又畏縮了一下。

「就像發生在我身上的那樣啊。」傑佛瑞幫腔。

「我們相信，在死期將近時，所有活物的意識都會穿越次元網，在那裡，大部分的物體都會進行無縫而無法量化的轉化。」

我可憐而脆弱的大腦無法消化這盤過度矯飾的文字沙拉。「你可以用英文重說一遍嗎？」

「我不知道我怎麼樣才能說得更清楚，尼克。」

我還來不及對凱文回嘴，傑佛瑞就打岔了。「他的意思是，發生在我身上的事，也可以發生在任何人身上。只是人們都還不知道而已。」他驕傲地笑著。「我是特殊案例。」

一點也沒錯。

有夠不真實。有夠混亂。我沒有形容詞可以形容現在的情況。我叫這兩位想要殺我的傢伙稍等一下，到櫃檯去點了一份雙倍濃縮咖啡，祈禱它能幫助我啟動被酒精麻痺的大腦。但真要說的話，它只強化了我的反胃感和胃痛。我回到桌邊。在我離開的時間中，傑佛瑞用花草茶的茶包蓋了一座小小的塔。

這次換我有話直說了。「所以你才問我你在小貝的世界裡有沒有昏迷過嗎？因為你們兩個已經在構想這個……」**計畫**甚至不是正確的詞彙。「瘋言瘋語？」

「嗯，對。」傑佛瑞說。

「我再確認一次喔：你們想要讓我陷入昏迷。然後殺了我。你們打算怎麼殺我？」

「要達到最理想的效果，你得先被誘導進入昏迷狀態，並且符合格拉斯哥昏迷指數的第八級。要達到這個狀態、又不需要透過侵入性救護（例如插管），根據我大量研究的結果，最好的方式就是使用高劑量的K他命。」凱文面無表情地說著。「當然，為了計算最精準的劑量，我得先知道你確切的體重。」

「當然。好喔。然後你就會殺了我。你有什麼計畫嗎，門格勒醫生？用枕頭悶死我？還是打爛我的頭？」

凱文癟了癟嘴。「嗯，我們其實只需要持續提高劑量，直到你的大腦和呼吸系統衰竭就行。請相信我，你不會感受到任何不適的。」

撇除宿醉不談，我發現我其實蠻享受的。你可不是每天都有機會和別人討論怎麼謀殺你自己。「為什麼要昏迷？」

「從我做的研究中判斷，在死亡前先壓抑大腦的運作，最有可能導致必要的**變異**出現。你會知道身邊發生什麼事情。也許是因為這使得意識足夠放鬆，讓它能夠合理化並接受橫越次元網的過程。」

變異。又是這個詞。但是合理化？這件事根本沒有任何一個地方是合理的。咖啡因在此時終於奏效，如一股電流般竄過我酒精籠罩的大腦。

小貝提過的某件事閃過我的腦海。「等等。每天應該都有好幾百萬人陷入昏迷和死亡吧。如果意識確實……跨越了次元網，為什麼沒有幾百萬人像傑佛瑞這樣——為什麼沒有幾百萬的錯置個體在世上遊蕩？」

「也許有。也許它是讓人誤以為是似曾相識的感覺罷了。或者在夢中出現。或者以恐慌症和其他形式的精神病症出現。我們無法確定。但請記住，這些人並沒有關於這些事情的先決知識——不知道發生在他們身上的是怎麼一回事。你的狀態之所以獨特，是因為你知道這是什麼狀況，而我們相信，這會增加變異的機會。」

「和我一樣的變異，只是多了……那什麼來著，滿滿的裝備。」傑佛瑞說。

「所以你是說，在殺了我之後，我就會從尼可拉斯的身體裡醒來？」

「某種概念上說，是的。如果你一定要用這麼殘酷又不科學的方式描述的話。」

我想辦法憋住笑聲，不要嘲弄凱文典型自命清高的口吻。「好吧，好吧。假設變異真的發生，我也想辦法保持我的自覺了，那尼可拉斯呢？他會有什麼感覺？」我瞥了傑佛瑞一眼。「這樣不會逼瘋他嗎？傑佛瑞，當你的分身……我不知道，當他開始入侵你的潛意識時，你有什麼感覺？」

「你並不會像是被外星人怎樣了好嗎，尼克。」

「你是說入侵吧。」

「對。一開始我也沒有這種感覺。這花了一點時間，是慢慢產生的，逐漸逐漸的那種。我並不是某天早上起床，就突然想到，幹，我的孩子呢？你懂我的意思嗎？我花了好幾個月的時間。我並不覺得我要，那什麼的……精神分裂了。」

「但你說你以為自己要發瘋了。」

「但那是因為我不知道這是怎麼回事啊。你知道。而且老實說，自從我加入協會，你又為我確認過後，我就……我就**好多了**。」他拍了拍自己的頭。「如果不是因為……那什麼的，我大概早就作古了。」

我再度轉向凱文。「假設我真的相信你好了。假設我真的照著做了。但是有無限的平行世界和時空存在，對吧？」

「沒有人能確定這一點，尼克。」

「先假設有吧。你怎麼知道我最後會進入**那個**尼可拉斯的身體，存在於**那個**小貝的世界裡呢？萬一我進入一個尼可拉斯的世界，但在那個時空裡的小貝根本沒有出生呢？」

「我相信我們這兩個世界的關係很緊密。這兩個世界之間的次元網……用更好的詞彙表示，就是有更多可滲透的孔洞。多虧了你的調查，我們知道傑佛瑞的經驗，與他的記憶有著驚人的重合度——這相關的程度高到無人能說僅僅是巧合。而**你**又有跨越次元網溝通的經驗。」

那條連結。但這當然還是個幻想。我可以追隨它，想像我自己拉著那條繩索，像是在大海裡的潛水員一樣。**喔，夠了吧，尼克。**「我還有其他潛在的證明。」

「什麼潛在的證明？」

凱文從自己的公事包裡，掏出一個牛皮紙袋，和小波寄來的離婚協議書信封非常相似。他把信封放在桌上。

「你為什麼想這麼做？我以為你們都誓死反對這種干預的。」

「我確實相信，我們想達到的目標會被視為某種干涉行為。但我們也許再也不會碰到這麼好的機會了。想一想，尼克。如果我們達到了理想的結果，你就會是那獨一無二的存在，能夠直接和我們聯繫，並證明錯置的概念是真實的。」

「你是指透過那個電子郵件的訊息串吧。」

「是的。」

「那你呢，傑佛瑞？你為什麼這麼積極？如果這行不通，那你就得不到女兒的新消息了。」

「還是可以啊。你的女人感覺是個好人，我們又拿到你的手機了。」

哇喔。好喔。「所以你會繼續傳電子郵件給小貝，告訴她，抱歉啦，我們不小心故意殺死了尼克，但沒什麼大不了的。珍妮今天過的好嗎？」

傑佛瑞露出典型的臭臉。「才不是那樣，你這蠢蛋。你是我……**我朋友**。我希望你快樂。如果這成功了，珍妮和梅根在那個世界裡也會有人能守護他們。你會為了我這麼做吧？」

喔，照著演下去就是了，尼克。「當然會。」（我真的會的。）我轉向凱文。「所以你為什麼不自己來呢？**你**去潛入小貝世界的分身裡啊。然後自己出任務，如何？」

他表現出另一個稀有的反應：他微微一顫，而不是如往常一樣瑟縮。「實驗需要有人觀察，尼克。而我對另一個世界並沒有強烈的情感連結。你有。傑佛瑞也有。」

「你的意思是，愛才是關鍵囉。」仔細想想，這番話還蠻可愛的。我可沒想過凱文是個浪漫主義者。

「你會和蕾貝卡．柯瑞產生連結，是有原因的。我相信，網絡完全有可能在我們的世界之間開了一條裂縫，而有無數條錯置的訊息，橫越次元網，在我們的世界之間傳送。但是這得靠一系列獨特且少見的情況，才有可能讓這個連結開花結果。想想，你和蕾貝卡．柯瑞花了多少時間才發現了這件事的真相。我相信這不只是巧合，也不是僥倖。」

我無法反駁。小貝和我以前也沒完沒了地討論過這一點。**這是命中註定的**。「而你們都覺得沒問題，是嗎？因為你們在說的事情，其實是謀殺耶。你們會因此被起訴的。你們不可能告訴警察殺掉我的動機吧，他們會認為你們是瘋子。」只不過，平心而論，如果他們用這套說詞，他們搞不好還能因為精神異常而抗辯成功。「你們有計畫要怎麼處置我的屍體嗎，要不要先告訴我？掩埋場嗎？在路邊挖個洞？還是你們要把我直接丟在那個花圃裡？」

兩人呆滯地看了我一眼。

「你們還沒有好好想過這一點，對不對？」

「如果你想的話，有些細節我們可以好好討論一下，尼克。」最後凱文這麼說道。

想都別想。說到這個：「成功的機率有多少？百萬分之一？兩百萬分之一？」

「喔，絕對遠高於這數字。但我們也許再也不會碰到像這樣的機會了。」

我知道凱文這種類型的人。他這輩子都不被人相信，人嘲笑，被人看輕。現在他想要利用我來證明這不可能的事。

「但就算真的成功了，你們唯一的證據也只有電子郵件。漢芮塔說過，人們一定會懷疑這是假的吧。」

「但**我們**會知道。這會是個起頭。」

我站起身。「謝謝你們好心提議，你知道，說要殺了我。雖然聽起來很誘人，但你們太遲了。她愛上別人了。她要和別人結婚了。」我腦中快速閃過一個畫面，我的意識突然出現在婚禮上，像是某個不速之客：「驚不驚喜呀？」

「等等。」凱文說。「在你真正拒絕我們之前，尼克，請你先讀一讀這份文件的內容。」他舉起信封。

喔，管他去死。我接了過來。

我把信封袋紋風不動地放在桌上好幾天。這麼說也許有點小家子氣，但我覺得像是被**背叛**了。我開始把傑佛瑞當成朋友和知己，但看來我對他的第一印象才是對的：他終究是個喪心病狂的無賴。

直到某天晚上，我失眠到半夜三點，才終於迫使我打開信封，讀了裡面的內容：那是兩頁打的整整齊齊的筆記，以凱文標準的枯燥和裝模作樣的口吻所寫成。我讀了兩次之後，便把它鎖在抽屜裡了。把紙張藏起來容易多了；但要把它從我腦中抹去就沒那麼容易了。我也許成功地說服自己，是凱文捏造了這份「額外的潛在證據」，好說服我同意他荒唐的計畫，但在最後一頁，凱文用拘謹的字體寫了一句附註：**叫蕾貝卡．柯瑞查一查她世界裡的這個人。**

我沒有這麼做（至少不是馬上）。我只是寫了這封信，我沒有停下來斟酌字句，而是讓自己的感情流瀉出來：

寄件者：NB26@zone.com
收件者：Bee1984@gmail.com

我希望我能給妳和尼可拉斯我的祝福。我希望我是那種無私的人，不僅能做到這一點，而且還是認真的。因為我知道妳需要聽到我這麼說。但我不能。妳知道為什麼我不能。這應該是我們才對。媽的，我還以為多元宇宙擁有這麼多的選擇和永恆，應該可以讓我們在同一個時間和空間裡相遇。

我試著想像，在多元宇宙的某一塊土地上，有另一個現實，我們那天確實在奧斯頓車站的時鐘下見面了。我喜歡想像事情會這樣發展：

是我先看見妳的。妳穿著紅色外套站在時鐘下，不自在地把玩著妳的頭髮。然後就是陳腔濫調了：我的心臟停止跳動。時間停止。你周圍的每個人都消失了。我不會立即接近妳，因為我們第一次見面就代表著一切，而我很害怕我無法達到妳的標準。然後妳看了過來，對上我的視線，發出一聲無聲的「噢」。

然後我突然想到，妳看著我的眼神是失望的相反，而我鬆了好大一口氣。

當我走向妳時，我感覺不到我的腳。一開始，我們倆都沒說話。我們就是無法克制地對著對方咧嘴而笑。然後，我們同時開口了。我說了一些蠢話，比如我還以為妳說妳不是超模呢。妳說，你的駝背去哪啦，鐘樓怪人？

我們因為我穿的西裝而放聲大笑。我誇大了它的搔癢感。妳摸了摸我的袖子、試了試布料，然後臉紅了道歉。我告訴妳別蠢了，想摸就摸吧。如果妳喜歡的話，就一直摸不要停，這聽起來有夠奇怪和瘋狂，我們又笑了。

妳提議喝杯咖啡。我建議喝一杯。我們妥協了，決定以上皆是。

妳堅持要為外帶的濃縮咖啡付錢，然後妳說我們可以到外面去抽菸，尼克。這是妳第一次說我的名字。我說我不需要抽菸。我從來沒有覺得這麼不需要尼古丁過。我們碰了碰我們的小紙杯，說聲乾杯，然後像喝利口酒一樣一口喝下我們的濃縮咖啡。然後我們前往車站外的一家酒吧。

妳為我們找了一張桌子，我去酒吧點我們的酒。我內心的溫暖一定是表現在我的臉上了，因為調酒師向我使了個眼色，並說幹得好啊，兄弟。

沒有尷尬，也沒有不舒服的沉默。我們聊了狄倫、蘿西、蕾拉和莉莉，聊了工作，我看得出妳很自在，因為妳不再玩自己的頭髮了。我們之間的空氣不只是閃閃發光而已，而是他媽的容光煥發。然後妳說，你想看看我的公寓嗎？我說，我還以為妳永遠不會問呢。

當我們離開地鐵站時，我牽著妳的手。我們不說話，因為我們不需要。

當我們走進去時，妳為家裡的一團混亂道歉，但其實一點也不。我向克萊莉絲自我介紹（她有點冷漠，但後來就熟起來了），並開了一個關於齊格．星塵的羽絨被套的爛玩笑。感覺就像家一樣。這裡是家。這裡是家，因為妳也在這裡。

妳微笑著，看著我的眼睛。我微笑著，也做了一樣的事情。然後我第一次吻妳，然後

我沒有寫完那封電子郵件，我沒辦法（重讀它就已經夠折磨了），我也從沒把它傳出去過（它現在還在我的草稿夾中）。

第六部：一場婚禮，一場喪禮

尼克

莉莉在小貝婚禮的前一週過世了。

是她的護理人員——娜歐蜜——告訴我的。她說她在莉莉老派的紙本電話簿裡找到我的電話。那是電話簿裡唯一還打得通的電話。娜歐蜜本想要包裝得圓滑一些，這是她的好意，但從字裡行間我還是猜得到，她死得並不輕鬆。她先是摔倒（無疑是絆到她全家鋪滿地的某一條地毯了），跌斷了髖骨，而且似乎等了很久才被人發現，久到救護車的急救人員也無法讓她起死回生了。儘管她費盡心力，但娜歐蜜說，她無法連絡上任何還在世的親友。除了我之外，沒有人能為她安排喪禮了。

我有答應莉莉會帶蘿西去看她的，但我從來沒做到過。現在已經太遲了。

我無法向小貝宣洩我的罪惡感，在準備迎接「人生中最美好的一天」的人，實在不該聽到這種消息。那一天也象徵著我們聯繫的終點。我也很快就要開始哀悼這件事了。但首先，我要為曾經的鄰居可憐老太太哀悼，那個曾經戀愛過、但過去數十年間都孤獨度過的女子。

於是我打給了小波，實際而不容胡鬧的小波，儘管她和莉莉從來就合不來。但當我告訴小波這個消息時，她便立刻提供幫助——計劃安排一直都是她的強項，此外，她還邀請我去她和傑西剛買的那間「破房子」共度一晚。喔，我幹嘛不去呢？我早已過了憎惡他們的階段，我也很樂意暫離柏格之家一個晚上。

出門前，我把頭探進了艾莉卡的藏身處。她正坐在沙發上，在兩隻狗的陪伴下看著晨間電視（我以前最愛的《動物寶寶搜救隊》），對她來說是極不尋常的表現。通常在這個時間，她都會用薰衣草噴霧噴過所有的物品表面、一邊在腦中計算著有多少人違反住戶公約。

「妳今天能遛狗嗎？」

「你不舒服嗎？」

「不。我得回去里茲一趟。我的一個朋友昨晚過世了。」

「又一個？又是自殺嗎？」

「不，是因為年老。」還有孤獨吧，我想。

「我很遺憾，尼克。」哇喔。這可不像她。

「妳還好嗎，艾莉卡？我們的新住戶讓你很困擾嗎？」

最新的住戶是一個喋喋不休的美國教授，喜歡在早餐時間鉅細靡遺地告訴我們他前一晚的夢境。但至少，他不會偷喝牛奶。

「不，不。一切都很好。」

「佩托斯還好嗎？」

她沈默了一陣，好像正在與她的保護殼展開內戰。保護殼贏了。「對，對。他很好。」

小波提議來車站接我，但我還有件事想要先做。一件我得自己完成的事。不知為何，我本來以為我的老環境會在我逃跑之後就改頭換面了，但「我在無畏街的那些年」的背景顯然像是時間停止了一樣，完全不想念消失的我。踩著「過往的尼克」的腳步前進，是個既憂鬱又淨化心靈的體驗。我繞著熟悉的狗屎草原，走過雜貨店，經過橘色外牆的高級住宅區，然後來到無畏街。這裡已經沒有家的感覺，但當我來到莉莉家門口時，我並沒有偷看我的老屋子一眼。我不想知道新屋主有沒有幫屋子拉皮過，或是把我以前熱愛的小屋給拆除了。

莉莉沒有留下任何遺囑，所以議會會處理她的遺物。他們會把東西送去慈善商店、垃圾掩埋場、還有回收中心：她的生命就會這樣被抹去了。備份鑰匙仍然在腳踏墊下，當我進屋時，我屏住呼吸，但我其實不用擔心，屋子慣有的燉肉味仍飄散不去。我試著不去看仍然掛在椅子扶手和桌上的衣服，直接走向她的抽屜櫃，拿走了那張照片。幾十年後，這張照片還是會被丟進垃圾掩埋場的，只是我**現在**還不能接受。

莉莉的靈魂——或是其他什麼的——有沒有無縫進入另一個世界裡呢？也許在那裡她變得年輕了一些，能繼續進行這無窮無盡的循環？在另一個人生裡，她和瑪莉安會不會更早認識彼此？讓她們有幸能在一起更久？我看著照片中的瑪莉安和莉莉，這永遠被困在八〇年代中的兩人，凱文的提議再度對我產生了強烈的吸引力。當然，夜深人靜時，我會放縱自己順著這荒謬而糾結的情節幻想，如果，如果行得通呢？但直至目前為止，我都還只敢想像到這個地步。此刻，我站在莉莉的起居室裡，我甚至掏出了手機，準備要請小貝幫我查查「昏迷男」的個案研究。但我很快就恢復了神智。不。我也許情感上十分痛苦，但還沒有到會讓我願意把生命交在幾個瘋子手上的地步。我也還沒有準備好審問我自己，為什麼還沒有告訴小貝，凱文和傑佛瑞為我精心準備的小計畫。那天離開了車站咖啡廳後，我是有點心動的——這麼純粹的瘋狂簡直是黑色幽默的泉源——但我退縮了。就像我也沒有把那封自我縱容的「如果」郵件寫完一樣。

我拖著腳步，來到小波和傑西位於布拉德福德的新愛巢。它看起來荒蕪又腐朽，但確實是一間還算討喜的維多利亞式住宅，它只需要一點居家裝修就行了。小波用一個擁抱歡迎我；傑西在猶豫了一會之後，也給了我一個擁抱。這遠不像我想像中的那麼詭異。**嘿，傑西，在另一個世界裡，你可是我的伴郎呢。**我今晚會住在客房裡，而從房裡貼的超級英雄壁紙看來，這裡原本是住著一個小孩。這倒是蠻適合的，因為剛進屋時，小波就是這樣對待我的：好像我是她的學生，才剛經歷過創傷經驗，需要特別細膩的待遇。

她給了我一杯茶，小心翼翼地說了幾句緩和創傷的話：「你沒辦法阻止這件事的，尼克。」（這句話意外地給我一記回馬槍，因為誰能忘記我上次是在哪裡聽到這句話的呢？）然後我們就進入正題了。莉莉沒有表示過自己希望怎麼處理後事，所以我們最後就選了最簡單的：水解。在我們交叉比對的時候，我的世界中將屍體水解、最後製成肥料的過程，曾讓小貝著迷不已。在她的世界中，他們還是用火葬。但誰在乎呢？**反正又沒有人真的死了。**

正事討論完後，傑西去準備晚餐，我和小波則喝了一瓶紅酒。她說她正在讀《黑暗中的槍響》（這本書的電影版權現在正在交涉中——吃我這招吧，尼可拉斯），並說「目前我覺得蠻好看的，尼克」，而這對小波來說已經等於是平台上的五星書評了。這意料之外的強心針，將我從自怨自艾的深淵旁拉了回來，晚餐後，我提議去雜貨店買更多的酒。傑西很快就去休息了，但我和小波一路喝到半夜三點，回憶著過去，笑個不停，意外地又找到了一開始的那種快樂的感覺。我想讓她知道，儘管傑西也有份，但我確實得為我們關係走下坡的事負責。這是我的錯，是我的心先不在了。但我沒有說我現在知道我們本來就不該在一起，也沒有提到小貝。不管無不無聊，傑西能讓她快樂。他就是**她的**小貝。

當我們醉醺醺地往臥室移動時，她說：「你會沒事的吧，尼克？」

「當然。」屁咧，但她需要我這麼說。所有人都想聽到這句話，這讓別人能繼續過自己的日子，不被罪惡感和擔憂綁架。

我把水解和告別式的日子安排在小貝的婚禮當天。有何不可？感覺很適合，而且如果莉莉知道這整件事的話，我想她會喜歡這其中的諷刺感的。

小貝

你很快樂。他很快樂。所有人都很快樂。

我們也是，幾乎了。

如果你從來沒有陷入這個境地（說真的，誰有過呢？），你就不會懂的。你會認為我是個白痴，一個自私的怪物，居然讓事情發展到這個地步。貝卡在和混蛋班尼狄克結婚的前一天，也有這種感覺嗎？好像自己正在一台無法停止的跑步機上？不，這樣不公平。尼可拉斯不是班尼狄克。他是個好人。不只是個好人。

退場的燈號忽明忽滅，我不斷在這兩個念頭中徘徊：這很好、這很棒，或是不。

一切都勢在必行了。婚禮前一天，把雙胞胎交給蕾拉的媽媽之後，蕾拉和李維就開車前往婚宴會館，敲定最後所有的安排：「噢，小貝，這比完美還完美呢。等妳看到現場，妳一定會他媽的瘋掉！」儀式會在清晨舉辦，先是登記，接著會有婚宴早餐，菜單我則交給蕾拉和尼可拉斯去爭論了，鮮花和裝飾也是。我們會在會館的新婚小木屋內度過三天的蜜月。我們的婚宴音樂當然會是〈火星生活？〉，**那是一場糟糕的小意外**。在另一個人生裡，我和尼克也會選這首歌嗎？**夠了**。

時間到了，小貝。

我改造了媽媽的結婚禮服，卻感覺自己像是在縫製壽衣一樣，然後我就狠狠打了自己一巴掌，停止這個念頭。媽媽會很愛尼可拉斯的（也會愛尼克）。我用薄紙巾把禮服包了起來，裝進塑膠護套裡，算是某種屍袋吧。**夠了。夠了**。

我正在把護套的拉鍊拉上，尼可拉斯則在這時用雙臂環住我，把頭靠在我的肩上。「嘿。」

「嘿。」

「明天這時候，我們就已經完婚了耶。」

告訴他。告訴他。「我還是不會冠你的姓喔。」

「我不怪妳。我還想要冠妳的呢。」

我又覺得：**這很好、這很棒。**

瑪格達和約拿斯下來目送我們離開。瑪格達露出難得的微笑，約拿斯也展現出難得的生氣，肩膀隨著他腦中幻想的節奏抖動著。我半期待著她會說：「別等了。」——我甚至有點期待約拿斯開口。

我享受著開車南下的路程。我和尼可拉斯比賽著誰能找到最荒謬或是最口水的歌來跟著唱：**ABBA**合唱團、超凡樂團、綠洲合唱團、凱莉．米洛、**TLC**樂團。我想我和尼克也會這麼做的。**夠了！**

而會館就和照片上的一樣光彩動人。一間獨特而充滿藝術氣息的小教堂。一棟由穀倉改造成的小屋，裡面還有浴缸。一座通往私人海灘的花園。真的很完美。就只有我們五人：尼可拉斯、我、李維和蕾拉，還有在最後一刻才被對象放鴿子的第三者傑西（所以也許報應是**真的**）。

我很平靜。不快樂。也不擔心。只是……老天。只是麻木。

那天晚上，我們五人去了當地的酒吧。我們沒有辦單身派對。我大笑著、喝著酒，帶著一張快樂的表情，手機卻在我的褲子裡發燙著。我們決定在一切結束之前都不要聯絡。就像我們在尼克稱之為「分身性愛週末」的那時候一樣。但我還是從桌邊溜走，跑到外面去看訊息了。

尼克什麼也沒傳。我在期待什麼？難道他會在最後一刻找到時空門戶之類的，穿越到我的世界，然後像浪漫喜劇那樣慢動作地阻止這場婚禮嗎?

我還沒有準備好（也還沒辦法）面對重新加入婚前派對，於是我坐在啤酒花園裡一張潮濕的長凳上，凝視著外面的一片虛無。月亮和我的良心一樣躲了起來，海天一線，籠罩在黑暗中，而酒館低矮的圍牆之外，除了一片蔓延的黑色虛空之外，什麼也沒有。微風帶著淡淡的鹹味。比我更有詩意的人可能會覺得這是還沒流出的眼淚的味道。但我不是那種人。如果有的話，它反而讓我想要吃一桶原味的品客洋芋片了。

蕾拉悄悄來到我身邊，讓我嚇了一跳。幸好她醉得沒有注意到我把手機塞回口袋裡的心虛模樣。「妳還好嗎，小貝?想開溜了嗎?」

告訴她。告訴他。「我沒事啦。」

「嗯。」她給了我酒醉版的伯丁頓熊視線。接著她咧開嘴，從包包裡掏出一根大麻菸。「這會有點幫助。」

在我二十幾歲時，曾經參加過一次格拉斯頓柏立當代表演藝術節，那晚我吃了太多大麻餅乾，差點以為自己就快死了。在那之後，我就沒再抽過大麻菸了。但我需要某樣東西——任何東西——把我從不斷下陷的墮落泥沼中拉出來，儘管這都是我自找的。或者說，我需要某種東西來麻痺我的麻木感。

「記得我和李維結婚的前一晚嗎?妳和我在那間爛旅館裡喝巴卡迪蘭姆酒喝到掛?」

「當然記得。」我深吸了一口菸。然後被嗆到了。

「我充滿了懷疑。每個人在前一晚都是這樣的。現在想想，其實真的蠻扯的。這又不是死刑判決。就算真的行不通，也還是可以離婚嘛。」

「我知道。」

「他很討人喜歡，小貝。他很適合妳。」大麻菸讓她變得多愁善感了。「妳會很**快樂**的。」

這很好、這很棒。

在她跌跌撞撞地回到室內後，我打開了Gmail信箱。

*

寄件者：Bee1984@gmail.com

收件者：NB26@zone.com

如果你不希望我和他結婚，我就不結了。

尼克

性愛與死亡：典型的組合。就像海陸大餐。或是勞萊與哈台。

沒有理由能為我所做的事情開脫。一個也沒有。

告別式只有我們六個人。我、小波、傑西、被莉莉莫名討厭的兩個醫護人員娜歐蜜和畢歐拉，還有狄倫。自從小貝告訴我狄倫分身的事之後，我就沒有再見過他本人了。我給了他一個擁抱，並狠狠咬著自己口腔內側的肉，直到出血，才能阻止我自己當場哭出來。

我想了很久，才決定要用什麼音樂送莉莉走。她最喜歡的電視節目主題曲或許是最適當的，但在她的棺材被人推走時大聲播放《動物寶寶搜救隊》或《法警救援》的主題曲，以她的標準來說，似乎也太不合時宜了。最後我從《沈默年代》專輯裡選了一首歌。不管她喜不喜歡，鮑伊都會送她走最後一段路。最後一刻，我來到棺木邊（棺材上真的應該要蓋她最喜歡的布杯墊或衣服的），並把我從她屋子裡搶救出來的照片放了進去，她們就能一起被溶解了。塵歸塵、土歸土。或者以莉莉的例子來說，是從塵土變成肥料。

事後我們回到小波和傑西家。娜歐蜜和畢歐拉只能留下來喝一杯，但我們比賽誰能找出過去幾年中莉莉對我們說過最冒犯的話（真的很多），我想莉莉會很高興我們這麼做的。

狄倫和我對上視線，做了個抽菸的動作。我們溜到花園裡，共享一根捲菸。等他跟我報告完他的近況、我也告訴他柏格之家的故事之後，我突然說道：「我可以問你一件事嗎，狄倫？你要叫我滾蛋也沒問題，但那天，當我找到你的時候……你知道我說的是哪天吧？」我頓了頓，打量他的反應。他有些警戒，但仍點點頭，示意我繼續說。「我找到你的那時候，你為什麼會想那樣做？你當時是什麼感覺？你知道，就是在你……」**靠**。我講話有夠迂迴。「對不起，當我沒說吧。你最不需要聽到的就是這個了。」

「沒關係，尼克。放心。我可以談這件事的。我只是想要讓一切結束。希望讓一切終止。我不知道還有什麼轉圜的餘地。我當時並不認為那一切有什麼改變的可能。」

「但你現在沒有這種感覺了吧。」

「沒有。」他聳聳肩。「我有過一段黑暗期，對，但每個人都有。你為什麼這麼問？」

我像佩托斯拍了拍他的肩。「我愛你。只是想要確認你是真的沒事了。」這是真的，也不完全是真的。我確實愛他，也想要確保他再也沒有這種念頭了，但我提起這事的真正原因是，儘管我在莉莉家已經下定了決心，那個人工昏迷的提議仍不斷入侵我的腦海。但在這個對話之後，如果我先前對凱文的提議還有任何的期待，那現在也都煙消雲散了。我稱之為謀殺，但事實上，那是自殺。如果真的這麼做了，當狄倫發現我死了的時候，他會怎麼想呢？我可不能冒這個險。

等到我麻木得夠舒服了（或者說夠不舒服了），我便回絕小波邀我留下過夜的提議，然後踏上回家的旅途。在回程的火車上，我又喝掉了幾瓶蘋果酒。告別式總是會讓你聯想到未來的逝世，會提醒你，**嘿，總有一天也會輪到你喔，好兄弟**。我最近瘋狂吸收的量子不滅多重宇宙觀中告訴我的「死亡並不存在」的觀念，也還無法驅散這個念頭。火車隆隆前進著，我在腦中列出未來喪禮時的賓客名單，幾乎達不到十位數字。如果我比花布哥早死的話，才能勉強達到那個數字。

當然，還有另一個突兀到不能再突兀的存在，可以讓我更自怨自艾一點。角落那個在地毯上拉屎、把狗踩扁、又毀了所有裝飾的可惡生物。

那場婚禮。

「如果你不希望我和他結婚，我就不結了。」

傳這封訊息來一點也不公平，我們都知道的。這是她的決定，不是我的。我是她的出軌對象，這場情感出軌總有一天會逐漸淡出的。我之前刻意把手機關機，好避免誘惑。但在我走過奧斯頓車站大廳時，我在鐘塔下停下腳步，把手機打開。我打了：「不要結婚」，手指在「傳送」鍵上游移著。不行。我把訊息刪除。我又打了一次，然後把手機電池拔了出來，塞進口袋。我不能為她做這個決定。這次不行。

當我回到柏格之家時，我醉醺醺地甩上大門，破壞了其中一條住戶公約。艾莉卡從自己的藏身處鑽了出來，看了我一眼，然後就指示我進入起居室。她知道我去了哪裡。水解儀式大概會和所有經歷過的人產生共鳴，而那晚，她顯然也需要人陪。當她倒酒給我時，我無法拒絕（她也不會讓我拒絕）。然後就接著喝了下一杯。然後是第三杯，因為無三不成禮。壞事也是。

就這樣發生了。

什麼也沒發生。

幸虧勞萊與哈台聽不到我們的聲音。我們就在茶几上，兩隻狗用著不同程度的鄙夷眼神看著我們。

小貝

讀者，我和他結婚了。

尼克

隔天早上是自我厭惡的最高峰。我嘴裡像是充滿灰燼，全身的脈搏圖圖跳動，似乎就只有心臟停止運作。我的宿醉感強到讓我覺得自己瀕臨中風或冠狀動脈阻塞的邊緣，但我也會欣然接受的。**這種事都會發生的**，這句陳腐的話，是為無法開脫的事找的藉口。而我做的事已經超越了無法開脫的等級。佩托斯對我很好，而我卻用最糟糕的方式背叛了他。我真的很想要痛揍自己的臉一拳，或者痛打真的會痛的地方。

我需要咖啡。我需要清醒過來。我需要和艾莉卡講清楚。我不會讓自己逃避現實地躲在房裡，然後默默希望一切都自動消失。

當我進入早餐室時，艾莉卡一如往常的輕視態度使我大感意外。喋喋不休的教授正鉅細靡遺地講著他昨晚的夢境，而他的夢難得一次不算無聊得要死，只是不知為何裡面出現了他的前任和一隻野牛（別問細節）。我真想抱抱他。他的碎念消弭了我們之間的尷尬，使我在面對不得不直視的後果之前，有機會先吞下一點吐司和幾杯咖啡。

等到美國人終於離開，我還遲遲徘徊不去。艾莉卡已經開始噴噴霧了，好像現在只是另一個普通的早晨。佩托斯的照片在一旁的櫥櫃上怒視著我。「艾莉卡……如果妳希望我搬出去，我就搬走。」

「我為什麼會希望你搬走？」

「因為昨晚發生的事啊。」

「什麼事都沒發生。」一本正經。面無表情。我差點就相信她——有那麼幾秒鐘，我真的以為那是我的幻想。真希望那只是幻想。所以就是這樣了。懦弱的放鬆感接著就出現了。我會繼續在這裡住一段時間，然後在佩托斯下次造訪前搬走。

喔，管他去死。

我不值得被人這樣饒過一劫。我想要自我懲罰。我需要。我把電池裝回手機裡。

＊

寄件者： NB26@zone.com

收件者： Bee1984@gmail.com

妳完婚了嗎，小貝？如果有的話，我們現在就該停止了。我愛妳。我會一直愛妳，但我們都知道，這樣不公平。妳說得對：這樣對任何人都不公平。

小貝

我沒有聽見手機聲響。我當時正在沖澡，把沙子從我的腳趾縫間沖掉。我們當天早上在沙灘上散步了很久。水聲就像是某種鼓聲，為我腦中不斷迴盪的聲音伴奏：**妳很快樂，妳很快樂，妳很快樂。更重要的是，他很快樂。我們都很快樂。結束了。妳做了妳的決定。現在自己承擔吧。**

我把水擦乾，走進臥室裡。

然後我僵在原地。

這是人生重大轉折的時機點之一，時間似乎真的慢了下來：尼可拉斯坐在床沿，拿著我的手機，眼神中透露著赤裸裸的背叛之情。

*

寄件者： Bee1984@gmail.com
收件者： NB26@zone.com
你**他媽的**是誰？你跟我太太到底有什麼關係？

尼克

一開始，我極度脫水的大腦先認定這是個玩笑。就像我和小貝以前常常互嗆的那種愚蠢、不恰當的笑話。接著我又重讀了一次，這則訊息背後所代表的意思，讓一股冰涼、令人屏息的氣息竄過我的全身。

我沒有辦法回覆他，除非我這麼說：我就是你。我是個沒那麼成功、卻情緒更穩定的分身。我是另一個世界的你。是在搞砸了之後就放棄了的你，而你沒有。尼可拉斯，我很抱歉，我真的很抱歉，我們從來沒打算要走到這一步的。

但我們一直都想要走到這一步，不是嗎？**所謂的共生性妄想症。**

我沒有回覆。這一切都不必說了。我麻木地拖著腳步到房間。在床上不知道坐了多久，瞪視著我的手機。

小貝那裡仍然保持沈默。

我帶狗兒去了公園。回到屋子。把自己鎖在房間裡，試著寫作——失敗了。試著進食——也失敗了。**尼可拉斯知道的。她一定有告訴他真相了吧。**我試著讓自己同理他的感覺——這也失敗了。

然後：「一切都結束了。」

*

寄件者：NB26@zone.com
收件者：Bee1984@gmail.com
老天啊，小貝。幹。我不知道該說什麼。
妳還好嗎？妳在哪裡？至少有人在妳身邊陪你吧？

寄件者：Bee1984@gmail.com
收件者：NB26@zone.com
我還在（天啊！）蜜月小屋裡，等計程車來送我去車站。尼可拉斯當下就離開了。誰能怪他呢？
我不知道我好不好。誰在乎我好不好？我不該讓事情發展到這個地步的。我到底哪裡有毛病？

寄件者：NB26@zone.com
收件者：Bee1984@gmail.com
妳什麼毛病都沒有。聽我說。這不是妳的錯。

寄件者：Bee1984@gmail.com
收件者：NB26@zone.com
這他媽的當然是我的錯。我是個愚蠢又自私的白痴。還不止是這樣呢。

寄件者：NB26@zone.com
收件者：Bee1984@gmail.com
我們都有一份。尤其是我。蕾拉呢？她沒有在妳旁邊嗎？

寄件者：Bee1984@gmail.com
收件者：NB26@zone.com
她也走了。尼可拉斯離開後，我就把一切都告訴她。全部的一切。
她直到我說完之後才開口，然後她說：「這是個笑話嗎？因為如果是的話，這一點都不好笑。」我發誓這不是個笑話，但她只說了一句：「我現在沒辦法應付這件事，小貝。」然後和李維一起開車離開了。她說這句話的方式好冷漠。而且很決絕。是我活該。

寄件者：NB26@zone.com
收件者：Bee1984@gmail.com
蕾拉會回來的，小貝。妳知道她會的。她只是需要一點時間來消化這些事。這種事可不是每天都聽得到的。

寄件者：Bee1984@gmail.com
收件者：NB26@zone.com
也許吧。但我覺得可能不會了。我對她說謊了**好幾個月**。我對所有人都說謊了好幾個月。

還有尼可拉斯。

老天。他離開的時候……他整個人都毀了，尼克。我從來沒有看過誰露出那種表情過。但是我其實有。我媽也露出那種表情過。而我卻對他做了這種事。**我**耶。

寄件者： NB26@zone.com
收件者： Bee1984@gmail.com

妳跟他說了什麼？實話嗎？

寄件者： Bee1984@gmail.com
收件者： NB26@zone.com

是也不是。我想要跟他說一切。我差點就說了，但是……他問我，我愛不愛你。

寄件者： NB26@zone.com
收件者： Bee1984@gmail.com

然後呢？

寄件者： Bee1984@gmail.com
收件者： NB26@zone.com

我告訴他實話了。然後他問我，我是不是愛你超過他。

寄件者：NB26@zone.com
收件者：Bee1984@gmail.com

然後呢？

寄件者：Bee1984@gmail.com
收件者：NB26@zone.com

我也告訴他實話了。

第七部：越界

小貝

當尼可拉斯來公寓拿他的東西時，我確保自己不在公寓裡。那是我們婚後一個星期。我告訴自己，我的消失會是最好的作法。我試著打給他、傳電子郵件給他無數次，但最後我只收到一句「拜託請妳**停止**」。我聯繫了傑西，拜託他陪著尼可拉斯，確保他能應付這一切。「他整個人都垮了，小貝。到底發生什麼事？他不肯說。」我沒有跟他說太多細節——畢竟他在我心中還是那個「第三者傑西」——但我告訴他這都是我的錯，而尼可拉斯需要他的支持。這也是蕾拉在奈特事件後給我的支持。還有奧斯頓事件之後。

事發後的第二天早上，蕾拉打了電話給我。她很擔心我，真的很擔心，但無論我怎麼說，她還是不相信我的故事（「有點信心，小貝。蕾拉二號就相信了，不是嗎？」「對，但你的蕾拉和我的不一樣，不是生活在被假新聞和陰謀論海嘯淹沒的現實中。」）。我的蕾拉有一套自己的理論：「聽著。也許妳在告訴我妳認為的真相，小貝。但是妳正在發電子郵件的那個人，他在玩弄妳的感情。他在騙妳。妳還他媽的愛上了他。」

這通電話以一場罕見的爭吵告終，蕾拉堅稱我需要專業的幫助，而且她不會支持我這種

「明顯的屁話」。

當她掛上電話時，我整夜都在寫電子郵件，整理出一項項「證據」，想要說服她。我很糾結要不要提到蕾拉二號——沒有孩子、成功又快樂的蕾拉二號，沒有李維的蕾拉二號。我寫了又寫，一次又一次，然後把它存進了草稿夾。

現在蕾拉不在了，而**我**就是奈特。我是那個混蛋，那個算計、自私的恐怖人類。我誘騙尼可拉斯來愛我、讓他用最殘酷的方式發現尼克的存在，而最後，我卻連告訴他整個真相的善意都沒有，就讓他這樣離開了。我花了一點時間才找到沒說實話的真正原因——回到自我實現之地的路程一路磕磕碰碰、疼痛不已。目前為止，尼克的世界裡，每個聽到真相的人都相信了他。如果尼可拉斯也信了呢——如果他不只相信、甚至接受了呢？這樣可不符合我自我鞭斥的程序，因為我打從心底不相信我值得他和尼克同時愛我。我告訴他我愛尼克勝過他，這不是謊言。我很想說我無法想像這番話聽在耳裡有多痛。但我其實可以想像。而這正是我應得的，我讓事情發展到不可收拾的地步。

我現在幾乎可以確定，尼可拉斯一直都懷疑我們之間有什麼東西不太對勁（所謂的「東西」，當然是指某個「人」了）。**這是真的嗎？**所以他才會這麼快就求婚，當婚宴會館釋出名額時，他才會逮到機會就想要定下來。但不管他有沒有懷疑過，那又如何？只有一個人該承受一切的怪罪，那就是我。

因此，當他在我的公寓裡從我的生活中解脫時，我獨自一人去琴酒散步了。只是沒有琴酒。而且因為人生就喜歡在你情緒低落時落井下石，所以地精之家外面偏偏也掛起了出售中的牌子。地精的日子，可能還有紫藤的日子，已經所剩不多了。我想傳訊息給蕾拉告訴她這件事、並承諾我之後一定會從垃圾堆中撈出那隻地精。相反的，我只是把那封郵件傳給了她。

當我回到回到公寓時，我緊揪著一顆心，深怕我們會錯身而過——半是期待、半是恐懼——但只有瑪格達站在樓梯上等著我。

「來吧。」她說。「我們得談談。」

我畏縮地跟著走進她的公寓。我已經很久沒有上來，而她讓時間流逝，所有的書和手稿上都積了厚厚的灰塵，鋼琴上放著髒馬克杯和沾滿酒漬的玻璃杯。約拿斯坐在自己的椅子上睡覺，嘴巴微張。他看起來也比以前邋遢了許多，滿臉鬍渣，西裝發皺，上面散落著麵包屑。

我坐在鋼琴旁，看著他的眼皮跳動，希望他是在夢境裡徜徉，而不是被困在惡夢之中，瑪格達則喃喃自語著，四處尋找乾淨的玻璃杯。現在才不到十一點，她卻幫我們兩人各倒了一杯威士忌。我沒有拒絕：我十二點有顧客丈量的約，但是視訊，所以她不會聞到我身上的酒氣，而我需要用什麼東西來麻痺一下糾纏著我的罪惡感。

瑪格達一如往常地一眼看穿了我。「為什麼？」

「為什麼他要離開嗎？」

「對。他是個好人。非常熱心。有一次他還來幫我壓扁回收的鐵鋁罐。是他提的，還是妳？」

「是我。我愛上別人了。」

我等著她說出什麼神秘女子的智慧言語，或者甚至喃喃說一句「傻女孩」，一邊拼命阻止自己去想像另一個世界的瑪格達和她的男寵。但一句話也沒有。她只是吐出一口氣，聳聳肩，然後喝了一口酒。約拿斯吐出一口長氣。我試著不去想那句「別等了」，但我失敗了。

「瑪格達，很久之前，我在樓梯上發現約拿斯那次，妳跟我說：『別等了。』妳那時候是什麼意思？」

她的眼睛瞇成一條細縫。「我不記得了。」

「妳說得很清楚。我們把約拿斯安頓好之後，我正準備離開，妳就這麼說了。」

她哼了一聲。頓了頓。然後她說：「是週四，對吧？」

我回想了一下。「是的。」

她點點頭。「那是回收日的前一天。如果妳等太久才去丟垃圾，那些垃圾就得再等一個星期。」

聽好了，命運。

*

寄件者：Bee1984@gmail.com
收件者：NB26@zone.com

所以又來啦。又回到原點了。就只剩下我們啦。

寄件者：NB26@zone.com
收件者：Bee1984@gmail.com

看來我們還是要努力提升文愛的技巧囉。

寄件者：Bee1984@gmail.com
收件者：NB26@zone.com

看來是這樣。

寄件者：NB26@zone.com
收件者：Bee1984@gmail.com

這樣夠嗎？

寄件者：Bee1984@gmail.com
收件者：NB26@zone.com

不夠也得夠囉。

尼克

回到我們原本的關係，就像是穿上一件舊大衣。這麼說實在不太性感，但儘管我們之間發生這麼多事，我們還是毫不費力就回到分身任務前無話不談的舒適狀態。這是小貝試圖擺脫無盡的罪惡感時最需要的安慰。

她不孤單。我曾經如此厭惡尼可拉斯。我曾經羨慕他，但現在我卻同情不已。尼可拉斯是個有血有肉的男人，卻成為我和小貝「先天與後天」實驗下的犧牲品。我也沒辦法提供他任何應付心碎的私人技巧。只有一個姓布雪的男人經歷過這種感覺；我最接近心碎的狀態，也只有在赤裸裸的分身性愛週末、還有婚禮的前一個星期而已。儘管苦不堪言，我之所以能撐過來，是因為我還懷有一線希望。這是尼可拉斯所沒有的。如果我有機會和他道歉的話，我就會這麼做的。

好吧，好吧，她最後還是選擇了我，因此我還是有一股勝利之感。她選擇了失敗品，而不是光彩奪目的那個。**曾經的**失敗品，因為我會趕得上死線，而就某方面來說，尼可拉斯也有功勞。如果不是因為他和小貝的感情日益增長，而我得找地方發洩那股痛苦，我大概又會拖沓著腳步，落入自掘墳墓的圈套裡。

我繼續住在分租公寓裡。不光是為了蘿西。我大可賄賂艾莉卡，把那隻髒兮兮的老牧羊犬買下，然後一人兩狗搬去鄉下的小屋。我留下來的原因其實有一點點迷信：我在這裡成功地寫下大半的《暗夜破壞者》。等這本書寫完，我就會離開了。而且這裡已經比以前小波的屋子更像個家。那張小小的維多利亞書桌、廉價咖啡和薰衣草的氣味、不斷更迭的房前和早餐餐桌旁的閒話家常、閣樓裡讓我撞到頭無數次的低矮天花板、感覺像是宇宙傳送門的淋浴間、廁所望出去的景象。我還可以再多撐一陣子的。佩托斯也還要好幾個月才會回家——據艾莉卡的說法，他接到了來自卡達的工作委託，擔任少數還在位的某個阿拉伯酋長的保鑣，而對方難得還沒有揮霍完自己家族賣石油存下的銀子。她說她會在聖誕節那幾週去找他，讓我在寫完初稿的同時幫她暫管柏格之家。「他保證這是他接下的最後一個合約了。」那也是她的保護殼之一：寂寞。

我們從來沒討論過我們之間發生的那件事。有時候她會再找我喝一杯。我有時候會接受。但我們都沒有再越界了。

我還得回了小貝。完整的她。

這樣夠嗎？夠了嗎？

深夜時分，我有時候會容許自己幻想一下人工昏迷的可能性，然後捫心自問：如果行得通呢？如果**可以**呢？

*

寄件者：Bee1984@gmail.com
收件者：NB26@zone.com

聖誕快樂！你幫我準備了什麼禮物呀？

寄件者：NB26@zone.com
收件者：Bee1984@gmail.com

還沒寄到嗎？該死的跨次元物流。妳今天過得如何？蕾拉有說什麼嗎？

寄件者： Bee1984@gmail.com
收件者： NB26@zone.com

沒。一如往常的沈默。但我爸打來了，這還……不錯。在我知道他的分身為貝卡做了那麼多之後，我對他的感覺就好一些了。我正在工作。沒有了生活之後，一個人能激發出的潛力真是驚人。

寄件者： NB26@zone.com
收件者： Bee1984@gmail.com

說得對啊。我今天早上寫了三千字呢。

寄件者： Bee1984@gmail.com
收件者： NB26@zone.com

好的三千字還是壞的三千字？

寄件者： NB26@zone.com
收件者： Bee1984@gmail.com

現在還說不準。

寄件者： Bee1984@gmail.com
收件者： NB26@zone.com

有什麼新消息？你把伯格之家裡告示牌的錯字改正完了嗎？

寄件者： NB26@zone.com
收件者： Bee1984@gmail.com

還沒啦。不過我是把告示牌換了幾個位置。

狄倫去小波和傑西家過節，他們打了群組電話給我。狄倫說他「認識了一個人」，很快就會帶對方回家拜訪了。喔對，我還收到一張聖誕卡，署名是「愛你的莫里斯」。我花了好幾個小時才想起來對方是誰，還記得勞萊與哈台嗎？

寄件者： Bee1984@gmail.com
收件者： NB26@zone.com

哈！

寄件者： NB26@zone.com
收件者： Bee1984@gmail.com

妳聖誕節午餐吃了什麼？火雞大餐嗎？

寄件者：Bee1984@gmail.com
收件者：NB26@zone.com
泡麵和奇異果。你呢？

寄件者：NB26@zone.com
收件者：Bee1984@gmail.com
艾曼塔起司烤土司。但是要先把發霉的部分切掉才行。

寄件者：Bee1984@gmail.com
收件者：NB26@zone.com
好吃！好吧。聊完這些了，你現在身上穿什麼啊？

小貝

罪惡感並沒有消失，它一直都在——也永遠都會在——但我別無選擇，只能接受。對，我想念尼可拉斯。我想念他的碰觸、擁抱、性愛，還有每天早上不用我開口要求就會放在床邊的咖啡。我想念有他在我身邊，想念他打字時輕敲鍵盤的手指。每當我看見他遺留下來的物品，悲傷感就會狠狠擊中我。我回到家後做的第一件事，就是把床單拆下。床單上還有他的味道。還有**我們的**味道。我把齊格．星塵塞進了一個垃圾袋，它代表著太多回憶了。我們在公寓一起過夜的第一晚，他用和尼克雷同的口吻，開玩笑地說能睡在鮑伊身下其實一直都是他的願望。

我帶著罪惡感和悲傷，但卻不後悔。

我又找回了尼克，拾回我們算是遠距離的感情。我擁有了他的全部，就像他也擁有了我的全部。生活終於沒有這麼累了。現在只有工作和尼克，而不是工作、尼克、尼可拉斯，還有其他的鬧劇。但鬧劇還沒結束。當戲幕再度拉開時，舞台上的人實在出乎意料：是蕾拉。

在那場爭執後，我就再也沒有看過她、也沒有她的消息，而我一直把她在我生命中留下的空洞，視為我活該要承擔的業障。接著，在元旦當天，她突然帶著一個鏗鏘作響的特易購袋子出現在我家門口，眼神暗示著我即將受到人生中最嚴重的一次懲罰。

除了「對不起」之外，我真的不知道我還能說什麼。她推開我，直接走向早餐吧台，一邊倒了兩杯濃厚的琴通寧，一邊指示我「閉上我的狗嘴」，讓她把該說的話說完。在我們吵完架，她收到我的郵件後，一開始，她不知道我到底是病態型的說謊慣犯、唯恐天下不亂的瘋子，還是有幻覺。我的行為讓她所產生的憤怒花了很長一段時間才淡去。但最糟的是，她感到「被背叛、困惑和哀傷」，因為我居然對她瞞著真相這麼久。「我是說，我們**無話不談**耶。這感覺像是妳破壞了我們的信任循環。」

「我現在可以說話嗎？」

「可以。」

我告訴她，我一直都想跟她說的，在很多時候也差點就要說出口了，但我讓事情發展得不可收拾，所以坦白就再也行不通了。「我很後悔。我討厭自己這樣。但是，蕾拉……妳的意思是，妳現在相信我了嗎？」

「相信。不相信。他媽的。對，我相信。這……我了解妳，小貝。有時妳可能是自己最大的敵人，但妳並不殘忍。而妳對尼可拉斯所做的一切都太殘酷了。這一定有原因，我很想相信你是被某個扭曲的神經病所迷惑，因為儘管那都是狗屁，但這是有藥可醫的。但我的直覺知道不是這樣。雖然這一切都很瘋狂，但又都很合理。我一開始讀的那些訊息，妳一直以來說過的話，妳寫在郵件中的東西。都串得起來了。然後，不，我真的不敢相信我會這麼說。」

「你有告訴李維嗎？」

「老天，當然沒有。他會覺得我們兩個人都瘋了。他太理性，無法應付這種事啦，妳知道的。好了。現在，還有一些我需要知道的事。」

隨著琴酒的液面高度越來越低，她對我拋來一個接一個的問題。

清單上的第一個項目是她的分身：沒有孩子的蕾拉。

她有些衝突，我知道她既以蕾拉二號為榮、卻也為她感到哀傷。「我可以看嗎，小貝？妳和她的那些對話？」

我沒有思索這是不是個好主意。我迫不及待想要討她歡心，拯救這段感情。我滑到對話的中間，把手機遞給她，看著她讀信的表情。她的臉上閃過一系列的情緒：錯愕、驚訝、悲傷、困惑。

「老天，這感覺好詭異。」她打了個寒顫。「哈哈鏡的那種詭異。」

「尼克和我也是這麼說的。」

「但她說的對。我確實會說你們在做的事情既算計又殘酷。」

「它是啊——之前是啦。」

她點點頭，喝了一口酒。然後她用更柔和的聲音說：「妳為什麼不告訴我呢，小貝？」

「妳知道為什麼啊。都寫在郵件上了。」

「不，不是這件事。我是說妳選擇結束孕期的事。」

喔，靠。我忘了這件事也寫在裡面。「妳那時候正在進行人工受孕。我……那樣好像不太好。」

她想了一會。「我懂。像另一個我沒辦法接受另一個妳懷孕的事實。妳不告訴我是正確的選擇。」她搖搖頭。「妳發現自己在另一個世界是媽媽的時候，有什麼感覺？」

「嚇都嚇死了。那已經不只是哈哈鏡等級的詭異了。但知道我有辦法照顧小孩，在我幫妳顧雙胞胎時給了我不少幫助。」

「哈！」她露出微笑。這是第一個象徵著友誼還有救的希望信號。「另一個我說她和李維分手了。所以她才沒有堅持要做人工受孕嗎？因為她不想要單親？」

「我不確定，蕾拉。也許是因為人工受孕在尼克的世界比較難達成，因為他們有了艾登堡協議。」

「**什麼**協議？」

我解釋了基礎的概念給她聽，而當時我並不知道，我點燃了一株火苗。

「結紮補助並沒有引起大眾恐慌嗎？」

「也許一開始有吧。他沒有提。」

「老天。你能想像這件事搬到我們的世界來嗎？那會是男權運動的一個起點耶。他們是為了縮限人口才這樣做的？」

「對。」

「因為要保護環境？」

「對。」

「小貝……尼克的世界到底比我們環保**多少**？」

我告訴她我所知的部分。但並不多。我們只有在交叉比對的那幾天裡有談到比較多細節而已。「他們已經擺脫碳能源好幾十年了。我記得從八〇年代就開始了。」

「他們現在是用什麼？」

「呃……」想啊，想啊。「起初是核能吧，我想。然後……應該是太陽能？」

「妳不知道嗎？」

「不知道細節。」

她已經不是用熊一般的眼神瞪視著我了，而是怒視。友情拯救任務正在走下坡——而且很快。這不是蕾拉好朋友模式。這一定是蕾拉的工作模式，強烈、精練、毫不妥協。我覺得自己像是個急欲討好虐待狂老師的學生，提起了尼克他們的無車津貼，還有每年長途飛行的嚴格里程上限（也就是困住了混蛋班尼狄克的禁令），此外，還有他們的國民基礎津貼。

「基礎津貼？好喔……所以他們是非常社會民主主義的社會。」

「之類的。」

「所以他那裡的碳排放量現在是多少？」

「我不知道。呃……我想應該很低吧。」

「政治呢？他那裡的首相現在是誰？」

「我不知道。」

「老天啊，小貝。妳就像新聞上那些不知道脫歐是什麼的人一樣。妳怎麼可以不知道？妳們兩個人每天都在聊什麼啊？」

「呃……」

「妳還看不出來這有多重要嗎？這個平行世界，不知道為什麼，居然找到了辦法，能夠阻止、或者延緩環境浩劫的發生耶？**現在**把妳的手機交出來。」

*

寄件者：NB26@zone.com
收件者：Bee1984@gmail.com

貝爾史丹協會就是一直在警告我不要做這種事。

寄件者：Bee1984@gmail.com
收件者：NB26@zone.com

但他們怎麼會知道呢？你不能查查看就好嗎？拜託？

尼克

也許蕾拉說得對。也許我和小貝是太自私了。我們並沒有將這個「力量」運用在大眾福祉上，將貝爾史丹協會的警告當作一個藉口，把我們的精力全投注在分身任務上，放任小貝的世界焚燒殆盡。就連傑佛瑞都曾經提過這一點：**你不擔心嗎？**

令人羞愧的是：不。我並沒有給這部分應有的關注（「這不是你的問題，尼克，是我。畢竟，我才是那條管道。蕾拉說得對。我就是那種會認為一切最後都會沒事的人。順帶一提，當我告訴她，你的世界在十年前就已經達到我們預計在二〇四〇年時期望能達到的碳排放量時，她就徹底抓狂了。」）。

現在我們多了一個支線任務：拯救小貝的世界。

我花了幾週時間，以門外漢的角度整理一份在我這裡普遍流行的政策項目，並找了幾份網路上公開的文章和同儕評論研究、詳細列出科技與能源——包含家用與工業用——的發展，改寫在郵件裡，再讓小貝轉交給蕾拉（「目前這樣夠嗎？我知道要拯救妳的世界需要很長一段時間，但我還有書要寫。等我寫完，我會再查一查的。」「你做的夠多了！謝了，親親。」）。

至少《暗夜破壞者》的完成指日可待，還剩下最後一個章節。和尼可拉斯一樣，我遲遲無法決定到底要不要讓主角逃過一劫。最後我決定接受小貝和貝卡提議的轉折。我希望貝卡有朝一日會讀到這本書，我已經決定這本書是要獻給她的，我蠻確定我能說服花布哥的——我告訴他「貝卡」是我親愛的已故母親，而史嘉莉則是她忠心的垂耳狗。

但就像大家說的，好心沒好報。一個像加拿大那麼大的風暴就要迎頭撞上來了，蕾拉二號的一通來電，又再度以詭異的同步率帶來了壞消息。

「他知道了，尼克。」

「知道什麼？」

「他知道整個故事都是唬爛的了。他一定是找了人去查，因為貝卡又要求再度延長旅程了。」

「靠。」

「他已經提出申請，要把史嘉莉從紐西蘭帶回來。如果貝卡不服從，她很有可能要面臨綁架的控告。」

「靠。**靠。**」

「不只這樣。他還威脅要完整的監護權，將她完全踢出這個局面。」

「他要怎麼做？」

「貝卡在生完史嘉莉之後，有一段時間的狀況很糟。產後憂鬱。」

「所以？這有什麼問題？」

「李維說他找了專家學者和目擊證人，能發誓說貝卡有一連串的自殘和危險行為，會讓史嘉莉陷入險境。」

「一派胡言。哪來的證人？」

「在上法庭之前，我們都不會知道。」

「但那我們的擔保呢？**我們的**證人呢？李維聯繫上的那個女人呢，他前妻，還有她的家人呢？」

「她姊姊還願意幫忙，但前妻和其他人退縮了。李維說他們甚至連他的電話都不接了。我想班尼狄克想辦法聯絡上她了吧。我們也只有傳言可以用。」

還有來自另一個世界的證據。這在法庭上也站不住腳，對吧？「所以我們就玩完了嗎？」

「就現在的狀況而言，對。徹底玩完了。」

*

寄件者： Bee1984@gmail.com
收件者： NB26@zone.com
真希望他去死。真希望我們能叫你房東的男友去暗殺他。

寄件者： NB26@zone.com
收件者： Bee1984@gmail.com
搞不好還真的可以。可惜他要再過幾個月才會回來。

寄件者： Bee1984@gmail.com
收件者： NB26@zone.com
真可惜。我從來沒有討厭某個人到希望他去死一死。但現在有了。真的好希望他去死啊。

寄件者： Bee1984@gmail.com
收件者： NB26@zone.com

你還在嗎，尼克？

寄件者：Bee1984@gmail.com
收件者：NB26@zone.com

哈囉～～～～～火星上有人嗎？

寄件者：NB26@zone.com
收件者：Bee1984@gmail.com

抱歉，剛接電話。

說句題外話，傑佛瑞一直在煩我，叫我讓妳幫他查一個東西。

寄件者：Bee1984@gmail.com
收件者：NB26@zone.com

我上星期有傳給他／你珍妮的近況對吧？她的貓帶了一隻死老鼠回家，珍妮還通過了她的NVQ 5課程。

寄件者：NB26@zone.com
收件者：Bee1984@gmail.com

不是平常的近況。是一個他在調查的分身任務小支線。他希望你幫忙查查妳那個世界的某個個案研究。如果妳忙不過來的話，就直說吧。沒什麼大不了的。

寄件者：Bee1984@gmail.com
收件者：NB26@zone.com
如果能讓我施展我的新偵探技巧的話，那我當然樂意。這樣可以讓我稍微轉移注意力，不要一直幻想殺掉班尼狄克和擔心蕾拉的事。

小貝

那真的轉移了我的注意力。我真傻，對吧？但沒把事情串起來，還相信尼克所謂的「傑佛瑞的小支線」屁話，我也真的不怪自己。尼克轉錄給我的個案研究是貝爾史丹協會的成員和一個名叫伊恩．歐蘇利文的男子所做的訪談，這個案子太有趣了，使我有點著迷。儘管這篇文章的寫法十分實事求是，但伊恩的故事卻有一股脈動，不只是脈動——而是心臟（「真希望我有時間稍微潤飾一下，小貝，而不只是複製給妳而已。而且紀錄者拒絕寫下髒話，所以妳只好用想像的了。」）。

伊恩的故事始於二〇一五年，他在公司「團康活動」時被一名同事推入泳池中，造成嚴重的頭部創傷（「不敢相信你們的世界也有這種恐怖的東西，尼克。」）。意外過後，他陷入昏迷，並差點就被宣判為腦死。一年後，與專家們的預測相悖，他醒了過來，不止完全恢復認知能力，甚至還有了用韓語溝通的新能力。伊恩從來沒有去過韓國、也沒有學過這個語言，醫生們推斷，個案過去對於韓國恐怖片的一點喜好，已經將這個語言刻劃在他的潛意識中，但伊恩不太確定。他表示，在他昏迷的那一年，他的意識開始體驗到一個生動的夢境。他發現自己住在一個「相似但有微小差異的世界裡，所謂的差異並不是好的那種，因為那裡簡直就是個他X的坑。最XX的部分是，我覺得我好像一直都存在在那裡。好像那裡才是我的現實。好像我一直都是那個版本的『我』，居住在那個他X的坑裡」。

「我先說說我理解的部分喔，尼克。伊恩認為是做夢的東西，其實是他的意識不知為何穿越了次元網，然後——我不知道——與他另一個世界的分身結合在一起了嗎？」

「對。不然妳也可以說是『傑佛瑞現象』。」

伊恩的次元網跨越之旅確實很精彩，但真正產生共鳴的，卻是下一段。

生活在平行時空的這個分身伊恩，搬家去了倫敦，認識並愛上了一名韓裔學生鄭敬秀，他們快樂地同居了幾個月，「儘管我在那裡的媽媽並不接受。這真的是XXX，因為我在這裡和我媽一直都很親近。」而不管他怎麼試著合理化，當他從昏迷中醒來後，都無法阻止他的心為那段喪失的感情哀悼。「好像我的人生摯愛他X的死了一樣。但你最好試著跟他X的心理醫師解釋這種感覺看看。不管是不是他X的夢，我都一直在想，如果我的潛意識給我看了一個我命中注定要在一起的對象呢？我不能就這樣放手。我知道這機會渺茫，但我得看看我能不能在這個世界中找到他。」

他用著「夢中現實」的細節，發現了一個很有可能是對方的人，正在首爾的英國大使館裡擔任翻譯（「哇喔，尼克，他的分身任務讓我雞皮疙瘩掉滿地欸。」）。他飛去韓國，想要小心翼翼地再深入調查下，但當他見到敬秀本人時，他就受不了了：「我無法按捺住自己。那就是他。我知道那就是他。我抱住他，放聲大哭。但他當然完全不知道我是誰，但我知道他的一切。我還是他X的無法相信，當他聽到我跟他說我為什麼要這樣飛來見他時，他沒有轉身就逃。感覺就像是他真的也認識我一樣。」

當他在網路上找資料，想為自己這個他X的經歷找個合理的解釋時，伊恩才被捲入了貝爾史丹的漩渦中（「你是說『瘋子漩渦』吧」），就和尼克在奧斯頓事件之後做的事一樣（「雖然我可以保證，伊恩一定不像我宿醉得那麼嚴重。」）。

當然，最讓我震撼的是，這個故事的核心，還是個愛情故事（「就某方面來說就和我們一樣，尼克。」「對，看來量子異常混亂之地也有自己的愛情故事分類。我們該怎麼稱呼它？」「當然是次元網之戀了。」）。這是個有快樂結局的愛情故事，伊恩最後搬去了首爾，與敬秀展開了新生活。這是尼克和我永遠沒有達成——也無法達成——的快樂結局，所以我沒有對此發表評論，因為我太儒弱了。

「所以你想要我去找找看伊恩或敬秀，希望我能證實在我這邊於二〇一五年開始戀愛、卻在你那邊是陷入昏迷的故事嗎？」

「嗯，追根究底來說，是傑佛瑞想要妳去查的，但長話短說：對。」

「我會盡力的。但機會也許不大。看來有許多不同的現實存在，多重宇宙之所以叫做多重宇宙，是有道理的。」

我以為是**真的**需要運用老偵探的技巧，才能找到「傑佛瑞」想要的資訊。

但我錯了。

＊

寄件者：Bee1984@gmail.com
收件者：NB26@zone.com

我不是在開玩笑，尼克。我花不到兩分鐘的時間，就在臉書上找到了伊恩・凱利・歐蘇利文在我這裡最有可能的分身人選。他不只是愛爾蘭人、住在倫敦，他的感情狀態也顯示他和一個叫鄭敬秀的人結婚了！這一定就是這個個案研究的對象了，對吧？這不可能是巧合。

寄件者：NB26@zone.com
收件者：Bee1984@gmail.com

動作真快啊，小貝。看來沒有規範的社群網站還是有點好處的。

寄件者：Bee1984@gmail.com
收件者：NB26@zone.com

嗯，對，就這一個;)等等喔，我在翻他的照片和影片，來確認一下他們在哪裡相遇的——還好他的隱私設定很鬆散。

寄件者：NB26@zone.com
收件者：Bee1984@gmail.com

好，所以我可以確認他們是在二〇一五年認識的，一年後結婚了。有一段他們的婚禮誓言影片，有趣、甜蜜、又真誠，如果要我說實話，那其實讓我有點想哭。還有這一段，在伊恩的一篇貼文中，他談到他是如何花了好幾年的時間「隱藏自己的真實身份」的，因為他的媽媽是超級虔誠的天主教徒，但在二〇一五年初，「他發生了一些事情」，他決定夠了就是夠了，他值得快樂和滿足的人生。他說這種「感覺」給了他向家人出櫃的力量（他們起初對這件事的反應很糟糕，但後來就放下了），之後他搬到了倫敦，遇到了他可愛的（真的長得很好看的）未來丈夫。

兩邊的故事無疑非常吻合。而且我還是覺得和我們故事的相似之處好令人震驚。

寄件者：NB26@zone.com
收件者：Bee1984@gmail.com
對，我也是。

寄件者：Bee1984@gmail.com
收件者：NB26@zone.com
我懂為什麼傑佛瑞要你去查了。根據兩個伊恩的說法，他們的變異其實幫了他們。有點像是你告訴傑佛瑞珍妮的事，所以也幫助到他了那樣。

寄件者：NB26@zone.com
收件者：Bee1984@gmail.com
對啊。我真厲害。我是變異之王。

寄件者：Bee1984@gmail.com
收件者：NB26@zone.com
這樣對傑佛瑞來說夠了嗎？我可以想辦法看看能不能跟伊恩碰面。

寄件者：NB26@zone.com
收件者：Bee1984@gmail.com
這樣就可以了。謝了，小貝。我會轉達的。

寄件者：Bee1984@gmail.com
收件者：NB26@zone.com

你還好嗎？你聽起來……不太對勁。是班尼狄克的事給你太大的壓力嗎？

寄件者：NB26@zone.com
收件者：Bee1984@gmail.com

對。我真的有點崩潰。

寄件者：Bee1984@gmail.com
收件者：NB26@zone.com

我們會找到辦法的。一定有答案，我們只是還沒想到而已。

尼克

當然，小貝對這件事的看法，對也不對。因為確實有個答案，但不是一個頭腦正常的人會去考慮的答案。

在連鎖飲料店中，一邊看著巨大的笑臉回收箱和大啖澱粉熱量的情侶照片、一邊規劃假設中的謀殺型自殺，大概沒多少比這更不真實的事了。但我還是提議在那裡見面。畢竟，那裡是「我們的老地方」嘛。

他們一起出現了。傑佛瑞帶著他慣有的攻擊性態度，凱文則一如往常地看起來像是在神遊。我直接切入重點——或至少在他們點完咖啡之後就切入重點了。

「我願意參與。你的實驗。我想要試試看。」

傑佛瑞向後靠在椅背上，大吼一聲：「靠北啊。」讓可憐的工作人員再度對他投來一波日漸熟悉的擔心目光。凱文的反應則更溫和一點，只是輕輕一震，好像他剛遭受輕微的電擊。但這對他來說，大概就已經等同於站在桌子上跳舞了吧。

「你為什麼會下定決心？是因為那份個案研究嗎？」凱文傾身靠向桌子。「你有得到次元網另一端的證實了嗎？我對於她的搜尋結果很有興趣。」

我讓他讀了小貝寫的昏迷男郵件，然後在他用問題轟炸我之前繼續說下去：「如果我要這麼做，我有一個很重要的前提。絕對不可以讓人覺得我有可能是自殺的——不論是刻意用藥過量、或是其他說法都不行。」

由於凱文無法保證「如果過了很可觀的時間」，用以讓我昏迷的K他命用量就能退到解剖也驗不出來，這變成了一個無解的難題。把我的屍首完全處理掉，也不可行。無聲無息的消失會讓小波和狄倫擔心，或許就連艾莉卡也會。在經過冗長、混亂而冷血的討論後，傑佛瑞終於想到了一個可能的解決辦法。他願意犧牲他的小電動車（「反正那東西也沒剩多久可以跑了。」），布置一場車禍，讓我坐在駕駛座，並讓電線走火，使我的屍體被燒得越破損越好。「我可以說是我借車給你，因為你想要開回里茲去拜訪家人。」真是簡單明瞭啊。

「你想要什麼時候執行，尼克？」凱文問。「我需要至少一週時間做事前準備。」

我還有一些工作要先完成。寫完小說，再處理一個（假設性的）問題，但我不想跟他們討論這檔事。「二月十四號？」**情人節大屠殺**。有何不可？

凱文站起身。「我會和你保持聯繫。」

我要傑佛瑞留下來一下，跟他說點私事。他二話不說就留下了。

「你改變心意的真正原因是什麼？」

「我愛她。不想要失去她。如果這代表我必須死，那我就準備接受。」

他哼了一聲。以傑佛瑞來說，這有可能是贊同，也有可能是「對啦，最好」。

「你可以為我做一件事嗎？貝卡的老公要展開行動了，所以如果能知道他的意圖，對她的法律團隊會很有幫助。你能幫我跟蹤他一陣子嗎？用你的跟監技巧，幫我看看他有沒有什麼特別的規律，或者他有沒有可疑的行徑？當然，我會付錢的。」

他用難以理解的眼神打量著我，然後把玩起他最愛的甜菊糖包。「你沒那個種啦，尼克。」

「什麼種？」

「你知道我在說什麼。你想要做掉他，對吧？所以你才改變心意。先幹掉他，再解決你自己，就是這樣。」

幹。被看穿了。這麼久了，我早該知道不要低估了傑佛瑞的能力。「我不知道你在說什麼。」

「少來了。如果你無法確保這個女人和她的孩子安全的話，你是不可能同意的。沒問題啊，我不會和警察告密的。那種男人喔？死不足惜啦。所以。你打算要怎麼做？」

這場（此時還是假設性的）謀殺計畫得不是很順利。因為雖然我過去幾個月一直住在一個連環殺手的大腦裡，用各種迂迴的手段殺害他的受害者，但輪到我自己要開始計劃真實的謀殺時，我實在沒有什麼熱情。我跟我筆下那個自以為是的主角不一樣，我不是個反社會瘋子。我也沒有佩托斯的技能（我曾經拜託他表演鎖喉技給我看，讓我當作寫作的資料；那是個**天大的**錯誤）。

「還不確定。埋伏他。或是讓他看起來像是自殺。」

他哼笑了一聲。典型的傑佛瑞組合。「這單靠一個人可做不到啊。」

「你怎麼知道？你去上的跟蹤入門課，還有教這個喔？」

「這是常識。不管他是不是戀童變態，我可不殺人。」

「我沒有叫你這樣做。」

「我是認真的。我欠你的。我會幫你，至少到某個程度。最好保持得越簡單越好。」

「好。可以做得像是擦槍走火的搶劫案？」

「也許喔。在哪裡？」

「他家？我蠻熟悉那裡環境的。那裡很隱密。在車道上埋伏他，等他下班回家之類的？」

我知道這看起來（聽起來）像是怎麼一回事。但老實說，截至目前為止，我都還只是在試水溫而已。又不是真的。我還是覺得很抽離——好像傑佛瑞和我只是在為《暗夜磨壞者》腦力激盪某一條支線而已。

他聳聳肩。「也許行得通。你有想過要用什麼兇器嗎？」

這我**倒是**想過了。用刀的話太粗糙了，光是假設性的想像就讓我一陣打顫，用寫的就已經夠糟了（不過書寫自大狂主角的刺殺盜獵狂想曲，倒是讓我發揮了不少俗爛的譬喻）。用棒子打死他也同樣血腥，所以不考慮。毒殺會是我比較喜歡的選擇（想辦法在某個獵獾農夫的茶杯裡加了一劑古老的除草劑，毒死了他）。但就算我可以弄到致命的毒藥，我要怎麼使用呢？用迂迴的理由不請自來地前往他家，然後趁班尼狄克不注意時把毒藥倒在他的小小玻璃杯裡嗎？

唯一的選擇很明顯了。「用槍吧。」

他哼笑，然後又哼了一聲。「你有槍是吧？」

沒有。但我認識的某個人有。

我不費吹灰之力就獲邀前往花布哥的宅邸。我說自己要不了幾天就會寫完手稿，而為了「真實起見」，想要試著開槍看看。作為我無價的合作夥伴，請問他願意幫我這個忙嗎？

「當然了！我好幾年沒有擊發過一枚子彈啦，但我們還是可以嚇嚇烏鴉的，你說是吧？有何不可！」

我先前唯一一次造訪花布哥的土地時，是搭乘大眾運輸去的：先是火車，然後又轉搭一班過分矯飾的電動巴士，車內聞起來像是濕搭搭的狗毛，慢悠悠地晃過雜草徒生的鄉下小路。但這次我租了一輛車。如果我真的想辦法弄來了一把武器，我不可能不動聲色地把它藏在行李架上、大搖大擺地回家。

等到我終於活絡了一下我的開車技巧，不需要用盡全力阻止自己撞車之後，我便開始在腦中檢視我的計畫。那個**假設性的**計畫。

根據傑佛瑞的說法，我們很幸運，因為班尼狄克是個非常規律的人。「每天都七點整到家。某一天他帶了一個女人回去，但通常都只有他自己一人。」我們只需要期待動手的那一晚，他也是獨自一人就好了（就這點而言，情人節當天似乎不是個很好的選擇）。

傑佛瑞會來柏格之家接我。他會開車載我前往威德維爾，然後在外圍等我。我則要想辦法神不知鬼不覺地溜進去，並躲在E棟過度茂密的植物圍籬陰影之下，等到班尼狄克到家。然後：碰！

接著，希望我能在居民們拉警報之前回到傑佛瑞的車上。

傑佛瑞會帶我去曼徹斯特，前往凱文特地租的庫房（「他和媽媽住在一起，所以不能在他家動手。」）。凱文會製造我的昏迷。然後：切黑幕。然後（希望啦）：哈囉，新世界。

過了幾天昏迷＋死亡的時間後，傑佛瑞會把我的屍體搬到他車上，製造假車禍（他說他已經找好了一個適合的郊區）——**大功告成**。

對，把一切白紙黑字的寫下來，**確實**看起來挺蠢的。

不過這其中的漏洞比篩網上的還多。太多可能出錯的變因了。我——和傑佛瑞——可能會在和凱文碰面前就被逮捕。如果我真的成功了，貝卡很可能被人指控她雇用殺手（不過這會很難拿出證據，因為她完全不知道我們在計畫什麼）。班尼狄克也許會壓制我，反過來拿武器傷害我。如果我真的是拿這當作《暗夜破壞者》的劇情，我大概早就把它刪掉了。我們都知道，所有人都有潛在的暴力因子，但我有嗎？學生時期，我是有打過大衛．梅林一兩次，因為他霸凌我的朋友。幾年前，我也曾在酒吧裡格擋過某個人對我揮來的一拳。就這樣。

我有這個本事嗎？傑佛瑞說我沒有。在事發之前，我都不會知道。假設真的會發生的話。

而當——如果——我的意識真的和尼可拉斯的結合了，如果傑佛瑞是錯的呢？如果昏迷男（還算感人）的故事只是個巧合、或者根本是胡說八道呢？如果並沒有像他們說的那麼無縫呢？如果尼可拉斯和我最後把對方給逼瘋了呢——這樣會變成分裂人格的對戰嗎？

還有小貝。我要拿她怎麼辦？她看穿我就像翻書一樣簡單，但目前為止，她似乎相信，我聽起來「怪怪的」是因為貝卡和史嘉莉的事情讓我壓力太大。拿一個假的前提叫她幫我查昏迷男的事情，感覺實在很不好。但就連在現在的假設階段，我也無法對她坦白。那會讓她擔心過頭的。認真考慮這件事，連**我自己**都擔心至極了。

不管如何，這仍然感覺很不真實。我不需要犯下任何罪行，我不需要真的做出以上任何一件事。或者，至少當車子隆隆駛過花布哥豪宅那段長得荒謬的車道上，我是這麼告訴自己的。

一個身材壯碩的女人在入口迎接我，自稱是花布哥的女兒瑪姬。她符合書本中對鄉下所有刻板印象的描寫（難得一次不是我的菜），面色紅潤，行事果決，身邊跟著一群拉布拉多犬。

「爸爸在書房裡等你呢，尼克。他迫不及待想要見你了。」她頓了頓，然後才打開前門。「你可能穿著大衣會比較好喔。」

她說得對，「真的穿著比較好。宅邸裡潮濕不已，使得室內感覺比屋外冬天的氣息更冷。

「不好意思，屋況不太好，尼克。我們的屋頂最近有點小問題。」看起來，牆壁和地板也是。我們緩緩走過一個昏暗的大廳，地上擺著好幾個水桶，接屋頂上的漏水。木地板扭曲變形，牆上的壁紙也像是脫皮的皮膚一樣剝落。我上次來的時候，屋子有這麼糟嗎？也許只是我沒有注意到——畢竟那時是夏天，而我也許是被來時精彩的車程和花布哥的威士忌給分散了注意力。又或許是這段時間中土地稅的調升，使他們入不敷出了。

書房裡四面環繞著書架，擠滿俗艷的舊椅子。感謝上帝，這裡溫暖多了——違法的壁爐燒著木頭，盡力驅散屋子裡的濕氣。花布哥撐著一支拐杖，從扶手椅上站起來。比起上一次碰面時的狀態，他看起來虛弱了許多，但他仍帶著同樣和樂歡快的態度。

他用罹患著關節炎的手指，和我握了握手。「能見到你真好。」

瑪姬在離開房間前，只留下一句：「別太勞累了，爸爸。」

這次他沒有用酒歡迎我——不過不管我有沒有完成任務，我都得開車回去。花布哥只是請我自己從茶几上的茶壺裡倒一杯茶。這壺茶已經泡了好一陣子，而它的口感讓我心頭一緊，想起莉莉以前喜歡的工業濃度。我們寒暄了一會，花布哥說著自己有多高興能完成我指派他的資料蒐集任務（要是我自己來的話，其實花不到五分鐘就能用 Google 解決了）。

「好啦。」他說。「我們動身吧？」

我跟著他穿過一連串走廊，褪色的牆面上展示著久遠以前的畫作痕跡（大概是賣掉了），最後來到一扇門前，看著一間和艾莉卡的公寓一樓一樣大的儲藏室。石板磚、馬釘、遛狗的牽繩，和一雙雙的威靈頓雨靴，深埋在蜘蛛網下，還有一個隆隆作響的巨大冷凍櫃，看起來幾十年沒有清潔過了。就在這一片混亂的角落，座落著裝槍的保險箱。我以為我會看到鬼鬼祟祟的開鎖動作，但我想太多了。那個幾乎和花布哥一樣古老的保險箱，根本沒上鎖。至少有十幾把獵槍毫無章法地堆在裡頭（少一把他應該也不會發現吧？）。他拿起幾把檢查了一下，然後遞了一把給我。我以前從來沒有拿過槍。槍枝握起來有點滑膩的感覺，而且（老天），握著的感覺……**很不錯。**

「這些槍最近才剛清過，老傢伙，別擔心。它不會走火炸掉你的眼睛的，哈哈。」

「但這確實可以殺人，對吧，伯納德？」

「希望囉，老傢伙。在第一本小說裡確實有殺過人嘛。當然，我們在書裡要用的子彈最近已經被禁止了。真是令人心累又囉唆的洲法呢。」

「我確認一下——要殺人的話，你只要開一槍就好了，對吧？」當然，我在腦中想像的是班尼狄克爬出他流線型的座駕，我拿著一把槍，站在車道上，準備上演一場真實的《妙探尋兇》，而我無疑會搞砸。

「嗯，除非你瞄得**很不準**，不然你一定會造成嚴重的傷害。」

希望我瞄得準。

花布哥將一盒彈藥包塞進羊毛花布的大衣口袋，遞給我一副毛茸茸的護耳罩，然後我們就將槍枝夾在腋下，前往獵場，也就是所謂的後花園。我們花了一點時間才抵達。花布哥的右腿不太好，腳步和喝醉的水手一樣搖晃。這可憐的老傢伙可不像他在電子郵件裡說的那麼健康，而當我們抵達他聲稱的「我們的位置」時，他已經上氣不接下氣了。

花布哥示範給我看如何將子彈裝進槍管裡。當然，在書裡鉅細靡遺地寫過這個過程，一定知道要怎麼做囉，但那是從 Google 搜尋來的結果。這完全是另一碼子事。

「我該瞄準哪裡？」

我們面前站著一排光禿禿、可憐兮兮的樹。說好要獵的烏鴉還沒有上場。花布哥建議我瞄準中間的那棵榆樹，因為反正它隨時都要倒了。要我開槍打一棵正步上黃泉路的樹感覺有點太殘酷了，但如果我連謀殺幾片枯葉的本事都沒有，我在面對真正的活人靶時，我會有什麼感覺？

我瞄準，穩住自己，準備扛住後座力，然後扣下扳機。一秒後，**碰！**後座力不如我預期的強，而我出乎意料地第一發就擊中了那棵可憐的老樹，打斷了它的其中一根樹枝。火藥的味道在空氣中飄散。

「幹得好，老傢伙。現在試著打打看樹幹。」

碰！近距離失誤。

「運氣不好。」他把彈藥包遞給我，在他開槍的時候（他也失誤了），我偷偷藏了幾顆子彈起來。

子彈上膛。瞄準。**碰。**擊中了，樹幹裂成碎片，四處飛散。

「真是天生的射手！這就是你完成小說所需要的資料嗎，老傢伙？」

「大有幫助。」我的腎上腺素噴發，讓我幾乎感覺不到空氣的寒意。**這只是蒐集資料而已。這只是蒐集資料而已。這只是蒐集資料而已。**

「午餐時間囉！」瑪姬呼喊道。

我們又用著水手的步伐回到寒冷的石造建築裡，在書房中用餐，裝著燉菜的托盤放在膝蓋上，成群的拉布拉多眼巴巴地看著我們的每一口進食。花布哥的手顫抖著，我們的小旅行顯然使他累壞了。花布哥實在稱不上是個共同作者，但我還是天花亂墜地說著他如何幫了我無價的大忙。

「你太仁慈，太仁慈了。都是你的功勞，老傢伙。我可以拜託你一件事嗎？」

「當然了。」

「你能幫我把槍收回去嗎？」他搓著自己的左腳。「這老東西又犯毛病啦。」

真的有這麼容易嗎？可不是這麼一回事。還有瑪姬要考慮呢。然後她就說：「我來善後，然後我就要走了，爸爸。」

「妳不住這裡嗎？」

「不。我住在社區的小屋裡。他一個人住在這裡呢。」花布哥已經在火爐前打起瞌睡了。

真的**就是**這麼簡單。我愚蠢的計畫中最有可能出現的障礙，居然就這麼輕易地排除了，讓我既放心又失望。

我幫她把盤子端去廚房，這個如洞穴般的小空間，光線陰暗，更刻畫出腐朽的痕跡：脫落的油布地毯，在她洗碗、我幫忙擦乾時不斷尖叫搖晃的水管，還有一台吱嘎作響的老爐台早已放棄治療地躺在潮濕的地上。

瑪姬匆匆擦過一遍水槽，然後轉向我。「我得對你說句話，尼克。」

腦中疑神疑鬼的那部分告訴我：她看穿了我的腦子，知道我來這裡的真正原因。

「你為我父親所做的事，給了他全新的生命力。你真的做了很了不起的事。在媽媽死後，他一直走不出來。但他又不表現出來。然後他又摔了一跤……現在這讓你們兩人都有錢賺、又有建設性。**謝謝你**對他這麼有耐心。」

她捏了捏我的手臂，然後就帶著成群的拉布拉多離開了。

太棒了。我一點罪惡感都沒有呢。

但我還是偷摸走了一把獵槍。

小貝

人生中最諷刺的事情之一，是奈特告訴我班尼狄克的新聞：「聽好了，小貝。丹尼狄克·梅瑟最近捲入了非常嚴重的性騷擾疑雲當中，媒體準備要發布這則新聞了。希望你還沒有上過他的床囉：）」

新聞一直到隔天才發布。一開始，什麼細節都還沒有公布：《衛報》網站上一篇簡短的文章、《線上郵報》一篇更浮誇、更八卦的小文章，但顯然班尼狄克也成為了與艾普斯坦和韋恩斯坦並駕的共犯之一。這些混蛋們已經逃避該有的懲罰太久太久了。凱特真的沒有食言。

我立刻就傳了訊息給尼克。我希望如果這裡的他可以扳倒，那在尼克的世界裡也可以。

在他的世界裡，是李維在負責他的案子，而雖然有著關鍵性的不同，但我們兩個的世界確實有類似的法律前提。和我世界裡的李維「諮詢」一下，也不會有什麼壞處。兩個法律腦一定比一個要強嘛。蕾拉說得很清楚，要和李維說實話是不可能的選項，但我還是可以提出假設性的情境，我隨時都可以拋出老掉牙的「我聽一個客戶說過」梗。現在想想，我蠻意外蕾拉從來沒有提議過這一點。她知道貝卡與混蛋班尼狄克之間的完整故事，但憑良心說，她那一整天都沈浸在「拯救地球」的狀態中。

我傳訊息問她我能不能去她家。我們之間的橋樑正在修復途中，但可能還需要一點時間才能安心地跨過去。

她回我：「好啊」然後又說：「李維問說妳能不能順便去雜貨店買個牛奶來。」

我買了不只牛奶，還有紅酒、餅乾、品客洋芋片、三大片巧克力，然後又為了中和那些

「壞東西」，後知後覺地買了幾根香蕉。

李維邊開門邊說：「感謝上帝妳來了。」那天晚上，我是絕沒有機會用盡心機地問他問題了。他還穿著工作用的西裝，眼中盡是壓力。在他身後，雙胞胎正尖叫著，而他們的屋子，雖然從來就不是一塵不染，但現在正四處散落著玩具、沒洗的馬克杯、還有外帶餐點的紙盒。

我遍尋不找蕾拉。「她在哪裡？」

「拿著她該死的筆電躲在房間裡。她已經這樣好幾天了。我不知道她出了什麼毛病。我一直想要叫她去看醫生，也許她是憂鬱症了。我知道你們兩人之間有點小問題，但她有跟你說她在煩惱什麼嗎？」

嗯，李維。如果你真的想知道的話，她現在正努力想要拯救世界呢。「沒有耶。我能幫上什麼忙呢？」

他看了一下錶。「妳能哄雙胞胎上床嗎？他們都洗完澡了。我十分鐘後有個電話要接。」

「收到。」

這不像上次這麼容易了，也許是因為孩子們感覺得到家中緊繃的氣氛，又或許是因為我和貝卡的媽媽連線正在消失，但我還是想辦法把他們賄賂上了樓。我們玩了一下積木，又讀了睡前故事給他們聽（我其實挺享受的——也許蕾拉已經讀到煩了，但《怪獸古肥羅》真的很優秀），然後像媽媽（和貝卡？）以前摸著我的頭髮那樣輕撫他們，直到他們昏昏沉沉睡去。我整理了一下房間，然後敲了敲蕾拉的臥室門。

她正坐在床上，頭髮油膩，膝蓋上放著筆電，四周散落著空的怪獸餅乾和起司條的空袋子。她看起來已經好幾天沒有睡了，雙眼布滿血絲，面色發黃。

「老天，蕾拉……是因為尼克傳來的那些東西嗎？」真是個蠢問題。不然呢？但我還是需要一句開場白。

她瞥了我一眼，然後繼續滑著筆電，點擊著游標。「他傳來的每一樣東西，我們這裡都有、或者都有開發出來。」

「所以呢?現在一切都還說不準。等他把小說寫完，他就會傳更多東西來了。我跟妳說過的。」

「妳不懂，小貝。我們**擁有**那些科技啊。我們只是沒有那個政治環境。」

「我們會沒事的。」

「妳又不能**肯定**。」她的語氣聽起來好絕望，好像隨時要哭起來一樣。我從來沒有看過她這樣，她平靜與理性的面具上出現了一道裂痕——是我造成的。

是時候給她一記當頭棒喝了。這通常都是她的工作，不過偶爾換換角色也是不錯的：「聽著，蕾拉。孩子們需要妳。李維需要妳。妳不可能在一週內拯救世界的。現在快點清醒過來，然後去做妳**可以**做得到的事。」

她轉過頭，張開嘴，準備回嘴，但接著她用手揉了揉臉。「喔，**天啊**。」

我在她身邊坐下。「李維真的很擔心妳。我也是。」

「我只是……幹，小貝。我覺得好挫折。」

「我們會找到方法的。我保證。現在去洗澡吧。妳看起來像屎一樣，聞起來也像了。」

她哼了一聲，翻了個白眼。我鬆了口氣：這比較像之前的她了。「好吧，好吧。」她爬下床，往浴室走說，接著又轉過來看我。「妳真的覺得我們可以嗎?」

「我真的、真的這麼想。」看來我還沒完全抑制住自己撒謊的能力嘛。

尼克

當我按下「傳送」鍵，寄出小說的完稿時，這次我並沒有落淚。這是我最好的一本作品。我知道的。我還有更多本事，只是我看不到它出版了（至少在這個世界不行）。花布哥或是另一個幽靈寫手，得負責後續修改的部分。在情人節大屠殺之前，我的一個任務完成了，還剩兩個。這場大屠殺，預計當天晚上就要展開了。準確來說，我還剩下六小時又三十四分鐘。

如果事情悲慘地大失敗，在世人眼中，我就不會是一名小說家了。我會變成一位殺人兇手，或是殺人未遂的兇手。這會成為我遺留後世的名號。**這讓你有什麼感覺呢，尼克？**

說到這個——我完全忘了要留遺囑的事了。白痴。我打開一個新的文件檔，寫說如果我發生了任何事，那我的一切遺產都歸狄倫所有。我只希望看到這份文件的人不要注意存檔時間。我本來還考慮來趟告別之旅。乘火車去布朗姆見見狄倫的新伴侶，然後去見小波和傑西。但是，如果凱文和傑佛瑞真的把事情搞砸了（就我對他們的理解，這只是遲早的事），那麼我在我死前不久就表現得非常不正常的事實，會增加我自殺的可能性，而我不能讓狄倫經歷這種事。

如果我最終與尼可拉斯的意識結合了，在小貝的世界裡，我總是可以和不知道她是我前妻的前妻成為朋友，並將她介紹給「我的」伴郎。繼續多管閒事，只是這次管的是別人的人生。因為如果小貝和我注定要在一起，也許他們也是。小貝世界中的小波值得她能得到的每一絲幸福。

沒有好好和狄倫告別讓我很難過。真的很難過。感覺就像是我背叛了他。因為在小貝的世界裡沒有狄倫，而我會把他留在這個世界裡。我妥協地打了一通電話。我試著讓自己聽起來正常一點。試著不要去想他的房間。試著不說再見。我們在莉莉的追悼會上說過話後，我就知道他會沒事的。這很有幫助。他**必須**沒事。

現在，輪到最困難的任務了。我一直不想面對的那個任務。要寫給小貝的那封電子郵件。我的自白書。每次只要想像她讀到我在最後一刻寫出的東西，就讓我覺得反胃想吐。

我才剛開始寫了十分鐘（而我真正寫下的東西只有「親愛的小貝」），她就像是有讀心術般，偏偏挑在這時傳了一封郵件來：「你把《破壞者》交出去了嗎？」

「我還要先再潤稿一次。」

「別自我懷疑，尼克。你辦得到的！！等你交稿的時候記得跟我說，我可以喝一杯慶祝。」

妳可能要喝不只一杯喔，小貝……

我寫了又寫，直到最後一刻。就只能這樣了。傑佛瑞再過半小時就要到了，而我還有一件事要做。

我把裝著獵槍的運動包放在走廊上，把那封糟糕的郵件留在草稿匣裡，等著寄發，然後敲了敲起居室的門。艾莉卡和狗兒們正依偎在沙發的老位子上。香腸看到我的時候便搖起了尾巴；蘿西抬起眼，哼了一聲，像是在說：**喔，只不過是你嘛**，然後打了個呵欠。

「很抱歉要麻煩妳了，艾莉卡，但妳能幫我照顧蘿西幾天嗎？」**也就是永遠？**

「你出了什麼事嗎？」

「沒有。我寫完了書，有幾個朋友邀請我去和他們一起慶祝。我們要去一趟公路旅行。」

「那個來拜訪過你的人嗎？」

「他是其中之一。」

「怪人一個。」**妳絕對想像不到的。**「妳現在就要走了嗎？」

「對啊。妳確定妳願意幫忙嗎？」

「當然了。」

我走上前，摸了摸蘿西頭上粗糙的毛。「乖女孩。」我的喉頭一陣緊縮，喉結就像傑佛瑞那樣上下跳動著。蘿西和我一起經歷過很多事，儘管牠是個個性奇差的老東西，但牠真的是我最好的朋友。我再也不會見到牠了，但我知道牠和香腸在一起會很快樂的。

艾莉卡小心翼翼地看著我。「你還好嗎，尼克？」

我清了清喉嚨。「對，每次把書寫完的時候，我都會這樣。」

「真高興你做到了。」**高興、快樂**。又是這個愚蠢的詞。**為什麼每個人非得隨時都很快樂啊？**「恭喜你完成了。等你回來之後，我們一定要喝一杯。」

「這樣太好了。謝謝妳。回頭見啦。」

「好，好。」

我背起包包，走進夜色之中。氣溫比我想像的還低，我差點就要回去穿更厚的外套了。但我接著又想：這有什麼差呢？你又穿不了多久了，對吧，尼克？

傑佛瑞準時出現，他的電動車停在人行道旁，不斷咳嗽、嘆息著。我想，如果一切一切順利的話，這台小電動車就會成為我未來臭烘烘的棺材了。

我把背包放在後座，然後坐進副駕駛座裡。四周黑得使我看不清他的表情，但他的肢體動作比以往緊繃得多了。這可代表了一切，因為傑佛瑞總是很緊張的。

就這樣。如果你動手，就真的回不去了。

當他駛離時，我把電子郵件傳給小貝，然後將手機關機。

＊

寄件者：NB26@zone.com
收件者：Bee1984@gmail.com

這是我這輩子寫過最艱困的東西了。也會是妳這輩子讀過最痛苦的信。妳會討厭我一陣子的，我太了解你，知道你一定會的。我衷心希望我能早點和妳分享這些事，但我知道妳會說什麼：別這麼做。這太扯了。太瘋狂了。妳辦不到的，尼克。

我之前沒辦法告訴妳，但現在我必須說了。我受不了讓妳一個人在那裡空等，等著一封永遠不會出現的訊息，卻永遠都不知道為什麼。

我會拜託妳去查那個個案研究，不是為了傑佛瑞，而是為了我。凱文和傑佛瑞相信我們有辦法在一起。但要完成這項任務，我的肉身就不能存在於這個世界裡了。我不知道要怎麼寫才不會讓我聽起來像是要自殺、或是瘋子，但管他的：我在這個世界死去時，我的意識會有一定的機率能夠穿越次元網，與尼可拉斯的意識結合在一起。對，我知道這聽起來是怎麼回事。但妳也看過那篇個案研究了，小貝。妳知道我有機會成功的。妳知道這樣也不會傷害到尼可拉斯的。

但在我這麼做之前，我還有一件事得做。一件和班尼狄克有關的事。這一切都回歸到我們的第一個警訊：《火車怪客》、《越界》。如果一切順利的話，班尼狄克就再也不會傷害任何人了。

我這麼做是為了貝卡和史嘉莉，但也是為了我和妳。

小貝。我愛妳。要是沒有妳，我也不想活。妳說和尼可拉斯在一起時，好像少了點什麼。我就是那缺失的一部分。也許他就是我缺失的一部分。如果有機會的話，如果真有那麼一點點的可能性，我們不就該把握嗎？

我不知道要花多久時間才能找到妳。一週？一個月？但我會去找妳的。

然後我們就可以約十二點在奧斯頓車站的鐘塔下碰面，和先前的計畫一樣。妳穿紅色大衣。我會穿花布毛呢西裝。

等我。

保持信心。

小貝

尼克和尼可拉斯以前總會告訴我，當他們沒有進入「寫作模式」、想不到能夠讓角色活靈活現的詞彙或語句時，會讓人有多挫敗。尼可拉斯的《黑暗中的槍響》初稿裡充斥著「XXX」，這是他在沒辦法立即想到正確形容詞時用來保留空位的方法。

當我讀到那封郵件時，「錯愕」完全不夠貼切，也不是「恐慌」，線上詞彙網的任何形容詞都不夠。所以，這句寫起來應該是這樣的：當小貝讀到那封郵件時，她感到XXX。

郵件傳過來時，我正在準備結束一次丈量。這次的客戶奧莉薇亞，是桃紅太太的伴娘之一，而我讓她插件了，因為儘管桃紅太太有夠挑剔，我還是挺喜歡她的——她是尼克和小貝一開始會產生連結的因素之一（只是那時候尼克還是N. B.）。奧莉薇亞的政治觀點大概會令蕾拉和尼可拉斯髮指，但她並不難搞（「喔，就照妳喜歡的做吧，甜心！」），而且是很好的陪伴。她是右翼版的珍妮，熱情難抑，像是會在家裡貼滿「生命！歡笑！愛！」標語的那種人。

而且她也很八卦，跟我說了許多桃紅太太夢魇般的前夫的故事。「……然後他說他完全不知道那些東西是怎麼出現在他的硬碟裡的。但你不可能隨機在網路上找到那些照片，對吧？她現在已經受夠男人了。她說要試試看去當女同志。我就說，嗯，有何不可呢？」

我把下襬用別針別好，然後兩人一起看向鏡中，確保長度正確。她嘆了一口氣。「妳真是個奇蹟魔術師呀，甜心。」

我拉開她洋裝背部的拉鍊，準備讓她私下著裝，然後看了一下手機。我一直在等尼克通知我他交稿的訊息——終於要有好消息了！而就在奧莉薇亞背對我，開始說起前桃紅先生平凡但為數眾多的怪癖時，我快速瞥了一眼訊息。這可**不是**我一直在等的內容。隨著我往下讀去，房間似乎變得越來越小。奧莉薇亞的聲音逐漸淡去；我幾乎沒有意識到我讓手機掉到地上了。

當我再度恢復意識時，我坐在床沿，奧莉薇亞的臉填滿了我的視線，正用手搓著我的雙手。「嘿，好了，沒事了。沒事的，甜心，妳不會有什麼大礙的。妳今天有吃嗎？是因為低血糖嗎？我如果跳過一餐不吃，就會暈頭轉向的。」

說話。我得說點什麼才行。我喃喃說道：「真的很抱歉，我只是收到一個壞消息。」**壞消息。**真是多重宇宙間最不貼切的描述了。

奧莉薇亞還只穿著內衣褲，就開始主導一切，像是我當初為了狄倫的消息崩潰時，尼可拉斯為我做的那樣。「好。妳就坐在這裡，別亂動。」

我照她說的做了——就算我想移動，我也不確定自己動不動得了。我坐在那裡，仍然只覺得XXX，瞪視著地上的手機。我可以聽見奧莉薇亞在某處翻找著櫥櫃，還有火爐打開時嘶嘶聲。我一陣反胃，真的差點就吐出來了。

我緩緩地讓自己開始思索剛剛讀到的一切。每一個部分，我都小心謹慎，好像自己在應付某種危險的野獸。首先是，謀殺。尼克說他準備去謀殺班尼狄克。《火車怪客》、《越界》。但他下不了手的，我瞭解他。我**瞭解**他。**如果他有辦法這麼做，我就不會對他有感覺了。**我幻想過殺掉班尼狄克，我希望那個混蛋去死，這至少還是我能消化的概念。真的下手去做，又是另外一回事了。

接著是……另一件事。我小心翼翼地靠近，但又畏縮了。不行。不是個好主意。

奧莉薇亞帶著一杯茶回到我身邊。「喝一口吧，親愛的。用糖分舒緩一下錯愕感。雖然沒有科學根據，但就我的經驗而言，糖分在什麼狀況下都有幫助的。」

我用麻木的雙手接過馬克杯，啜了一口，然後一陣瑟縮。她大概用了半公斤的糖吧。

她在我身邊坐下。「妳想要和我聊聊嗎？如果妳不想說的話也沒關係。」然後她說：「是有人過世了嗎，甜心？」

是的。我開始哭。啜泣。她把我拉向她，我把臉埋在她肉感的肩上，她則輕撫著我的頭髮。過世。**他死了。尼克死了。**自殺，或是謀殺。**尼克死了。**

「是你親近的人嗎？」

我點了一下頭。

「我要不要幫你打電話給什麼人呢？」

和尼可拉斯說的話一模一樣。我不打算打給蕾拉——我本來計畫要等丈量結束後去她家一趟，確保她有振作起來，就算一點點也好。

我的啜泣逐漸緩和下來。她遞給我一張紙巾。我想要獨處一下。我**需要**獨處，好讓我能檢查那隻危險怪獸的下半身。「妳人真是太好了。但我會沒事的。算是我意料中的吧。」

「所以是年長的親戚囉？」

「是的。」

「等我確定妳可以站起來之後，我才會離開唷。」

「我沒事，真的。」

我以世界級的演技和足以覆蓋全世界的瞞天大謊，才說服她我不會有事的。但我當然一點都不好。但是。**但是。**在那一切的XXX、恐慌、懼怕、以及未來可能永遠無法填補的孤寂之下，還有一線希望。只有一點點的希望，但希望就是希望。**如果真的可行呢？如果這真的行得通呢？**

尼克

就虎頭蛇尾的標準來說，這大概是最強的一種，或是最爛的一種，如果這是小說的高潮，那麼線上出版網的書評家們大概會氣到中風：「真是對結局太失望了！！作者到底在想什麼啊？？？」

他坐在車上，思索自己的下一步。精緻綿延的森林在車窗前展開，包裹他的視線。這樣的美景，提醒著他大自然的富足，同時也在他心中埋下懷疑的種子。就在那一刻，他突然意識到，他其實想要活下去。

屁話。

我永遠也不可能寫出這種類型的小說，而且真正發生的事情，也比這平庸得多了。

開車時，傑佛瑞和我一句話也沒說。我的脈搏在耳朵裡突突作響，左膝不由自主地跳動著，腦中一直有一個聲音在對我說：**現在夠了嗎，尼克？**我們駛過公園，沿著那條現在和無畏街一樣熟稔的路，來到威德維爾外。真希望我能說，是曲折的命運、或某種更了不起的東西使我停了下來。或者寄了那封信給小貝之後，我的某部分受到了刺激（它確實應該要產生刺激的）。我正準備要打開車門，但就這麼簡單，我清醒了過來。更老掉牙一眼的版本是這樣的：我恢復理智了。我基本上就像一本他媽的小說裡的主角一樣停在原位，在腦中賞了自己一個性別不正確的「別那麼歇斯底里」的一巴掌。就這樣。最糟糕的是，我不敢相信自己居然讓事情發展到現在這樣。

我沒有那個種。最終的結局就是如此：**我就是沒有那個種**。不管是謀殺或是自殺。

傑佛瑞沒有批判我的裹足不前，只是遞了一根大麻菸給我，自己也點燃一根。直到我們把菸抽完之前，兩人都沒有說話。最後他說了一句「管他們去死」，就把菸蒂彈到了街上。看來隨地亂丟的一截垃圾，就是班尼狄克今晚會受到的唯一懲罰了。

「所以我們還要去曼徹斯特嗎？還是我送你回家，尼克？」

「回家。」

「確定？」

「我很確定。」

我們再度沈默地回到柏格之家。當我們在門外停下後，他才又開口說話。「不要自責了。你已經做得比我以為的還要多啦。」

「對。都一路開到他們家門口去了。」

「你沒有這個本事，尼克。早就跟你說過了。」

「你說得對。你可以跟凱文說我很抱歉嗎？」

他點了一下頭。

我爬下車。

「你是不是忘了什麼呀？」

「呃？」

「你的槍。」

「靠。」我**真的**忘了它的存在。

「啊，管他去死。我會把它丟到河裡的。」

「你確定嗎？」

「對啊。」

然後他沒說再見就開走了。

我夾著尾巴、拖著腳步回到屋內，敲了敲艾莉卡的房門，心虛地說了一句「我改變心意了」，然後在她來得及質疑我的公路旅行為什麼取消、或是倒酒給我之前，就趕緊躲回我的避難所裡。我需要讓腦子清醒一下才能面對接下來的事情。傑佛瑞和凱文今晚也許沒辦法成功幹掉我，但我確定小貝一定很想殺了我。

＊

寄件者： NB26@zone.com
收件者： Bee1984@gmail.com

妳原諒我了嗎？

寄件者： Bee1984@gmail.com
收件者： NB26@zone.com

我他媽的當然沒有。

你把我嚇死了。我以為我要失去你了。如果你現在人在這裡，我真的不知道要抱你還是揍你才好。

寄件者： NB26@zone.com

收件者：Bee1984@gmail.com
當然是揍我。或是頭鎚也可以，再用膝蓋撞爆我的蛋蛋。別忘了還有鎖喉技。

寄件者：Bee1984@gmail.com
收件者：NB26@zone.com
計畫要射殺混蛋班尼狄克是一回事，但你居然會考慮讓那兩個瘋子對你做實驗？你真的認為你可以像《時空怪客》裡面那個男的一樣跳進尼可拉斯的身體裡嗎？

寄件者：NB26@zone.com
收件者：Bee1984@gmail.com
那是什麼？

寄件者：Bee1984@gmail.com
收件者：NB26@zone.com
算了，當我沒說。

寄件者：NB26@zone.com
收件者：Bee1984@gmail.com
我最後也沒有真的這樣做，對吧？
而且妳想想，如果真的成功了，我跟尼可拉斯就真的變成字面意義上的共同作者啦。

寄件者：Bee1984@gmail.com
收件者：NB26@zone.com

或者靈魂伴侶。

寄件者：NB26@zone.com
收件者：Bee1984@gmail.com

哈！攜手共進的兄弟。或者共用手臂的兄弟。不，最後這句爛透了。

寄件者：Bee1984@gmail.com
收件者：NB26@zone.com

《妙醫生與騷娘》裡的雙腦人。

寄件者：NB26@zone.com
收件者：Bee1984@gmail.com

會讀心術的人。或者作家。嗯，這個也爛透了。

對，我知道這整件事都很蠢。我知道這不可能行得通的。但我還是覺得我讓貝卡和史嘉莉失望了，或者我讓妳失望了。

寄件者：Bee1984@gmail.com
收件者：NB26@zone.com

在我的世界裡，他們逮到他了，尼克。李維會找到方法的。蕾拉二號會找到方法的。我們會找到方法的。

我要再聯絡一次凱特，看看有沒有還沒被媒體公開的資訊是我們可能可以運用的。也許有些資訊在你那裡也會對應到他某些惡毒的作為。等等唷。

小貝

寫給凱特的信才寫到一半，蕾拉卻突然出現，讓一切又跌到谷底。

*

寄件者： Bee1984@gmail.com
收件者： NB26@zone.com

我從來沒看過她這樣，尼克。比之前糟糕得多了。她說讓這世界改變的唯一辦法，就是證明我們做得到。她說如果我們可以證明這宇宙中還有一個更美好的世界——也就是你的——這也許就是人們採取行動時所需要的推力。

寄件者： NB26@zone.com
收件者： Bee1984@gmail.com

她打算要怎麼證明？

寄件者： Bee1984@gmail.com
收件者： NB26@zone.com

她想要去找有關當局。

寄件者：NB26@zone.com
收件者：Bee1984@gmail.com
什麼當局？

寄件者：Bee1984@gmail.com
收件者：NB26@zone.com
我不知道。英國情報局之類的吧。

寄件者：NB26@zone.com
收件者：Bee1984@gmail.com
她會被貼上陰謀論瘋子的標籤。

寄件者：Bee1984@gmail.com
收件者：NB26@zone.com
你不了解，尼克。嗯，你認識她的分身。只要她下定決心要做某件事，就沒有人能阻止她。

寄件者：NB26@zone.com
收件者：Bee1984@gmail.com
如果妳不把手機給她，她就別無他法囉。唯一的證明就是我們的電子郵件對話紀錄，誰會相信啊？

寄件者：Bee1984@gmail.com

收件者：NB26@zone.com

我希望你說得對，尼克。我真的希望你是對的。

尼克

敲響喪鐘的人是艾莉卡，似乎蠻合適的。我正坐在桌前，筆電開著一份新文件，試著把自己的注意力從正在上演的班尼狄克狗屎秀上轉移。這次我要為了我自己而寫。不是為了花布哥，不是為了任何其他人。我要說的是**我們的**故事，我和小貝。我甚至想好了書名：《不可能的愛：一個搞砸的愛情故事》。這次現實和小說一樣離奇，這正好對應了我原本告訴貝卡那個要寫愛情小說的謊言。

接著，房門傳來叩叩兩聲。然後艾莉卡說：「你有訪客喔，尼克。他們在起居室裡等你。」她的口氣裡不帶往常的煩躁，好像她也知道有什麼嚴重的事情正在發生。我先疑心了起來，是花布哥發現我偷走了他的槍嗎？不——如果是警察的話，艾莉卡剛才就會提到了。也許只是傑佛瑞和凱文，腆著臉想要再來說服我讓他們殺我呢。

而傑佛瑞和凱文**確實**也在，只是不只他們而已。站在壁爐前的是整個協會的人（除了阿迪爾之外）：漢芮塔、艾薩克和黛比。這次沒有溫暖的招呼或微笑了，他們嚴肅得致命，是一群陰謀論瘋子組成的突擊隊。

我脫口而出：「**幹。**」

漢芮塔露出一個冰冷的微笑。「這可不是個優雅的開場白，尼可拉斯，但我懂你的反應。你一定很意外在這裡看到我們吧。由於你都沒有來參加會議，我們只好來找你了。」

「我看得出來。為什麼？」

我瞥了傑佛瑞一眼，但他看天看地、就是不看我。

「我們等等就會聊到了。我們長途跋涉了很久才到呢，你願意先給我們一點飲料嗎？」

在事件瘋狂的發展中，這或許是最平庸的一個小插曲。黛比自告奮勇地幫我一起準備茶和咖啡，一邊嘰哩咕嚕地說著她黑市茄子買賣的最新進展。我腦中湧起一波又一波的恐慌，還有憤怒：是傑佛瑞、還是凱文背叛我的？

等到所有人都在起居室坐定、我又去廚房為艾薩克拿了更多糖包後，漢芮塔便開口了：「我想你知道我們為什麼會來吧？」

「但我們沒有真的做完啊！」我魯莽地喊道。

「什麼？」

「就是……」喔，有什麼好不能說的？「我們在計畫的……那些**瞎搞**啊。」

「你說的是謀殺計畫嗎？」她就事論事地說。「是，我知道那件事。我同樣也知道了凱文的提議。但不要擔心，傑佛瑞和凱文都已經因為他們的參與而受到懲處，他們也向我保證自己深刻反省了。」

「是你告訴她的嗎，傑佛瑞？」

他瞪視著自己的腳，搖了搖頭。

我轉向凱文。「是你嗎？因為我怯場了？」

「不。」他們真的看起來像是被班導師教訓過的學生一樣。

「有件事你必須知道，尼可拉斯。」漢芮塔繼續說。「你還記得我們第一次見面時，你親切地讓我看你的電子郵件紀錄嗎？」

「廢話。」

「我藉此機會複製了你的網域信箱。」

我當下說不出話。我想我可能是嚇傻了。「但這是違法的！」聽起來真可悲。**不公平。**

「你說的沒錯。」

「所以這代表……你讀過我所有的電子郵件了嗎？從頭到尾都看過？」

「是的。」

我覺得自己像是被侵犯了，而且難為情。尤其是我和小貝正努力在精進自己文愛的技巧。

「我得確保你有遵守你那部分的協議。」

「所以妳什麼都知道囉？」

「是的。事實上，其他成員，尤其是艾薩克，都是站在你這邊的，尼可拉斯。」

「你什麼？」

「你和蕾貝卡．梅瑟的感情。你們沒在一起的時候，艾薩克真的很難過。」

要命。他們是不是像肥皂劇成癮的觀眾一樣，一直在追蹤我們的進度？「你知道這件事嗎，傑佛瑞？」

「不。」

「傑佛瑞和凱文都不在電子郵件的存取名單裡。」漢瑞塔說。「只有核心成員才有。」

「但我以為凱文**就是**核心成員。」

「對，但是他同樣也有令人困擾的過去。在我們認可了你的故事時，我就懷疑，他有可能會想要再次嘗試進行他的錯置個體實驗。」

「什麼叫做**再次**？」這就像是一連串的恐怖炸彈攻擊。我才剛從前一個所造成的瓦礫堆下爬出來，另一個炸彈就又落地了。「他之前對誰做過？」

「他自己。幸好當時及時喚醒了他。」

所以當我問他為什麼不對自己做實驗時，他才會避而不談啊。**好吧，好吧。重振防禦措施。**「如果妳一開始就知道我想要幹嘛了，為什麼不立刻就出手制止？」

「我們當然有考慮過。事實上，每一次出現令人困擾的發展時，我們都會投票表決一次要不要這麼做。有好幾次差點就要通過了。」

「你是指班尼狄克的事吧。」

「喔，不，不是。不是那個部分。讓你試著去殺他是全體一致通過的決定。」艾薩克對我眨了眨眼，點了點頭。**天啊。**「把書的點子給另一個世界的人，才是最有爭議的。」

「比**謀殺**還嚴重嗎？」

「對。我們不是**怪物**。是該有人阻止那個男人。而且，對，也許那會破壞現有的平衡，但我們決定冒這個險。我們認定，以長遠的角度來看，他會帶來的傷害絕對大於益處。」

「好。所以現在這一切是為了什麼？」

「當然是新出現的威脅啦。來自蕾貝卡．柯瑞的朋友蕾拉的威脅。我們有點擔心你開始把資訊傳去給她，因為這當然破壞了我們的協議，但又沒有那麼擔心，因為這個資訊傳遞還是單向的。」

「我們只是想要幫助小貝的世界。這不是應該是我們的責任嗎？」

「也許是吧。但我們不能讓冒險讓這樣的管道變成雙向的，讓她的世界來玷污或影響我們的世界。我想我應該不用告訴你，有多少人會把這當成釋放民粹主義的大好機會，又有多少人想讓我們的世界經歷她那裡正在發生的毀壞吧？那些人在這裡還沒有獲勝，並不代表他們**不存在**。所以我們才必須斬斷所有的連結。」

「妳說過沒有人會相信的。」我的聲音聽起來絕望不已。我能有什麼辦法呢？因為貝爾史丹協會雖然很瘋——雖然我想相信我和小貝的連結超越了科技，而沒有任何人可以斬斷這條線——我確實相信漢瑞塔完全有能力做到這一點。她有辦法偷偷複製我的手機並一直監視著我們，而且根據傑佛瑞的說法，她可是毫不費力就摧毀了那個誹謗他們協會的小記者的職業生涯。

「我們還沒準備好承擔這樣的風險。我們已經表決過了。這是最終決議。」

我轉向傑佛瑞，這位原本是我的同盟、也是我手中最好的一張牌。「但你也不想要這樣吧，傑佛瑞。你的女兒怎麼辦？」

他終於抬眼看向我的雙眼。「我阻止不了她，尼克。我也想啊。」他也有把柄落在她手中嗎？也許喔。「我真的很抱歉，老朋友。」

我真希望這時我找到了適當的用詞，直搗她的內心，告訴這個毫無人性的人型機器人，斬斷這條線，也會把我內心的一部分給切除。我想告訴她不需要這樣做，小貝和我會以我們的生命發誓，我們永遠不會再彼此分享任何「現實世界」的細節。如果她改變心意的話，我願意做任何事。但我不能說我做到了，因為我沒有。我做不到。我太震驚了，太麻木了。

漢芮塔舉起一隻手。「還是有好消息的。我們表決過，我也確保班尼狄克．梅瑟不會逃過一劫。你不要擔心，他不會再傷害蕾貝卡或是他女兒史嘉莉了。所有強勢的男人都有秘密，不管是財務或私生活都是，都藏在他們自以為安全和無法入侵的地方。但沒有什麼東西是不能入侵的，而他的某些秘密最高可讓他面臨十年有期徒刑。」

我幾乎聽不進去。我只聽見自己說道：「妳到底是何方神聖，漢芮塔？」

她站起身，撫平自己的裙子。「我們會給你時間說再見的。至少我們還能給你這個。」

＊

寄件者：Bee1984@gmail.com
收件者：NB26@zone.com
老天啊，不。我做不到……我們有多久時間？

寄件者：NB26@zone.com
收件者：Bee1984@gmail.com
二十四小時。

小貝

如果有人告訴你，你只剩下一天可活，你會做什麼呢？這是我們所有人都該銘記在心的哲學。**把每一天都當成最後一天來過。**我們現在就是這種感覺。

所以我們就做了所有瀕死之人會做的事：回憶。我們從每一個經典的故事講起：花布哥、桃紅太太、鮑伊、《越界》，然後討論到也許這真的就是命運。也許拯救史嘉莉就是我們產生變異的真實原因，所以命運才會讓我們相遇（「如果這是真的，命運還真的是個憤世忌俗的大混蛋，小貝。」）。

只剩一天可活。

諷刺的是，是等到蕾拉渴望一切變得更好時，我們才被宣判死刑，而不是我和尼克瘋狂在算計他人的時候。我現在已經不討厭她了，但我當時確實很生她的氣。我現在並不怪她。因為我們的世界確實像是在崩潰了，好像論壇上那些人說的對，我們真的在二〇一六年時進入了一個充滿瘟疫、民粹主義和污染的平行世界。我懂。我真的懂。她的雙胞胎使她充滿了擔心與恐慌。我先前也對史嘉莉有同樣的感覺。

我和尼克邊哭邊笑邊回憶，我試著不要去看時鐘。當被宣判死刑時，時間真的過得好快。

尼克

所以就是這樣。**她都寫完了。**

這是我的版本。小貝也有她的版本。也許吧。

距離我們上一次聯絡已經過了三個星期。某天，我會找到勇氣回頭去看我們交換的最後一封訊息的。

漢芮塔說到做到，班尼狄克再也不是個威脅。也許證據一直都在那裡，也許她偷偷植入了什麼，但無論怎麼說，正義都伸張了。當你因爲嚴重的逃漏稅而被關押，也因為刑事疏忽、欺詐性商業行為、生態滅絕等原因而受到調查時，你就很難追殺你在地球另一端的準前任和她女兒了。而且也許小貝是對的。也許拯救貝卡和史嘉莉就是這一切的目的。如果真是如此，那我還可以接受。

我希望你能知道——我指的是也許某天會讀到這個故事的**你**（而且誰知道呢？我也許會把這個故事傳到自費出版網站上，好好將貝爾史丹協會一軍），老到發臭的老梗「不在乎天長地久、只在乎曾經擁有」之所以會被人講到爛，是有原因的。因為這是真的。有時候愛並不是以你預料中的方式出現的。它會在你最無防備的時候，像傑森·法瑞一樣衝到你身邊，一記迴旋踢擊中你的心靈（我就非要在最後寫一句讓人起雞皮疙瘩的爛譬喻，怎麼樣？）。有那麼一段時間，我擁有過她。這樣就夠了。我非得知足不可。

我們的電子郵件聯繫已經硬生生地斬斷，但我們之間的連結還在。我還感覺得到。我想我永遠都感覺得到。

*

寄件者：NB26@zone.com
收件者：Bee1984@gmail.com
也許我們還是有辦法找到對方的。如果我們是命中註定的一對，有何不可？

寄件者：Bee1984@gmail.com
收件者：NB26@zone.com
也許吧。

寄件者：NB26@zone.com
收件者：Bee1984@gmail.com
也許我能再隨便寄出一封訊息，妳就會收到了。
也許這已經以幾百萬種不同的方式發生過了。

寄件者：Bee1984@gmail.com
收件者：NB26@zone.com
也許會是我寄錯一封寫給機掰客戶的郵件。

寄件者：NB26@zone.com
收件者：Bee1984@gmail.com
在另一個世界裡，也許我們已經在一起了。而且很快樂。

寄件者：Bee1984@gmail.com
收件者：NB26@zone.com
或者每天都為了誰拿回收垃圾出去在鬥嘴。

寄件者：NB26@zone.com
收件者：Bee1984@gmail.com
我們一起度過的這段時間，真的很棒。

寄件者：Bee1984@gmail.com
收件者：NB26@zone.com
不只是很棒而已。這是我眼裡唯一容得下的事物。

寄件者：NB26@zone.com
收件者：Bee1984@gmail.com
我愛妳。

寄件者：Bee1984@gmail.com

收件者：NB26@zone.com

我愛你。

說吧。說再見。我說不出口。

寄件者：寄件系統訊息 <mailer-daemon@googlemail.com>

〔您寄送給 NB26@zone.com 的訊息已受到阻擋。收件者電子郵件地址遭到拒絕：無法存取。〕

最終章：銘記在心的愛情故事

寄件者：Bee1984@gmail.com
收件者：NB26@zone.com
主旨：火星上有人嗎？

嘿，是我。驚不驚喜呀？

和你的世界裡九〇年代經歷過的那場傳染病大流行，我們現在的疫情可說是小巫見大巫呢！我的世界終於贏了一次啦！

現在是封城的第二週。我一個人住在公寓裡，只有瑪格達和約拿斯作為我良好社交距離的陪伴。如果你還在的話，我們才不會把這病毒看在眼裡呢：我們的整個交往過程就是虛擬的封城狀態呀。

在我心中，這些郵件就像是某種瓶中信，只是我把它們丟進多重宇宙的汪洋中了。你大概會說：「真是矯情啊。」但是寫信給你還是有點幫助。我還是像上癮般認為，這一次瓶子就會飄到你那裡了。

寄出囉……

〔您寄送給 NB26@zone.com 的訊息已受到阻擋。收件者電子郵件地址遭到拒絕：無法存取。〕

*

寄件者：Bee1984@gmail.com
收件者：NB26@zone.com
主旨：火星上有人嗎？

我今天重讀了我們的郵件。你看過了嗎？我又哭又笑又覺得畏縮。只要郵件還在，我們就會一直擁有它們的。而一個病毒就能把一切抹去。但是話又說回來，一個病毒就可以把任何人的生命抹去，對吧？

〔您寄送給 NB26@zone.com 的訊息已受到阻擋。收件者電子郵件地址遭到拒絕：無法存取。〕

寄件者：Bee1984@gmail.com
收件者：NB26@zone.com
主旨：火星上有人嗎？

上一次爸打來的時候說了一句很好笑的話：在前疫情世代，你會用咳嗽掩蓋自己放的屁；但現在，你會放屁來掩蓋自己的咳嗽聲。

我今天走出家門去街口的商店幫瑪格達和約拿斯買牛奶，感覺自己像是某種勇敢的末日搜救隊員。你得弓著腰、四下張望、躲避慢跑者和單車騎士，好像他們每個人都帶原一樣。也許他們真的都帶原。對，我知道啦。這不好笑。如果讓你寫的話，你會寫得更好的。

〔您寄送給 NB26@zone.com 的訊息已受到阻擋。收件者電子郵件地址遭到拒絕：無法存取。〕

寄件者：Bee1984@gmail.com
收件者：NB26@zone.com
主旨：火星上有人嗎？

約拿斯今天早上死了。不是因為病毒。他是在睡夢中過世的。來接走他大體的醫護人員穿著全套的防護裝，真的是……XXX。去他的防疫規定，我還是上了樓，去和瑪格達坐坐。她看起來整個人都垮了，並不是因為悲哀，雖然她確實也很難過，但現在她好像終於可以讓自己崩潰了。可以好好睡覺了。

等她醒來之後，我們把公寓打掃了一番。她一直找到他的一些小東西，讓她泣不成聲。這對她來說大概就和我們重看郵件一樣吧。我也哭了。

當她聽到約拿斯得進行「線上葬禮」時，她說：「哈！真可笑。」然後我就知道她會沒事了。

〔您寄送給 NB26@zone.com 的訊息已受到阻擋。收件者電子郵件地址遭到拒絕：無法存取。〕

寄件者：Bee1984@gmail.com
收件者：NB26@zone.com
主旨：火星上有人嗎？

我今天打了視訊給蕾拉，雙胞胎在她後面鬧到快把房子都拆了。疫情已經爆發一個月，她和李維看起來都像是得了創傷症候群一樣。她現在已經不再跟我道歉了。有些事情是道歉也沒用的，就像我對尼可拉斯做的事一樣。

她說她希望新冠病毒可以當作我們的世界的催化劑，好讓我們變得更像你們一點。我呢？我認為我們需要的可不只這樣，但做夢並不犯法嘛！

〔您寄送給 NB26@zone.com 的訊息已受到阻擋。收件者電子郵件地址遭到拒絕：無法存取。〕

寄件者： Bee1984@gmail.com
收件者： NB26@zone.com
主旨：火星上有人嗎？

有件大事喔。

我今天收到了來自尼可拉斯的郵件。

他想和我聊聊。我不知道為什麼。蕾拉發誓她沒有告訴他你（也就是另一個男人）已經完全消失了，但她說謊的功力比我還糟，所以，誰知道呢？

他說等一切穩定下來之後，有些事情他想要親口跟我說。也許是我不想聽的某些話，但是我活該。有很多事我們還是要討論。

例如我們現在在法律上還是夫妻？

〔您寄送給 NB26@zone.com 的訊息已受到阻擋。收件者電子郵件地址遭到拒絕：無法存取。〕

寄件者： Bee1984@gmail.com
收件者： NB26@zone.com
主旨：火星上有人嗎？

我一定會選擇當魚頭人身的人魚。我今天早上才意識到，我從來沒有正面回應過這個問題。

〔您寄送給 NB26@zone.com 的訊息已受到阻擋。收件者電子郵件地址遭到拒絕：無法存取。〕

寄件者：Bee1984@gmail.com
收件者：NB26@zone.com
主旨：火星上有人嗎？

你真該看看我和瑪格達，我們兩個坐在工作桌旁，一起縫著口罩，好像兩個東歐寡婦一樣。我一直在考慮要不要告訴瑪格達，另一個世界的約拿斯做了什麼選擇。但我不會說的。有些事最好一輩子都不要知道。

我沒辦法再聽鮑伊的歌了。還能有多糟糕？這都是你和尼可拉斯的錯。

〔您寄送給 NB26@zone.com 的訊息已受到阻擋。收件者電子郵件地址遭到拒絕：無法存取。〕

寄件者：Bee1984@gmail.com
收件者：NB26@zone.com
主旨：火星上有人嗎？

世界終於又開放了起來。

我和尼可拉斯約了下星期在火車站見。國王十字車站，不是奧斯頓。我不知道事情會怎麼發展。我甚至不知道我能不能好好看著他、而不要覺得他身後拖著你的影子。

不管發生什麼事，我會把我這部分的故事告訴他。他應當知道一切，應當得到一次真相。我希望我至少能有機會這樣做。

〔您寄送給 NB26@zone.com 的訊息已受到阻擋。收件者電子郵件地址遭到拒絕：無法存取。〕

貝爾斯坦／史丹協會曼徹斯特牧業路分會會議紀錄逐字稿，二〇二〇年一月七日

協會秘書：凱文・奧多瓦

主席：漢芮塔・穆耶克

列席：傑佛瑞・吉利森、黛比・高夫、艾薩克・法蘭奇、阿迪爾・辛格

漢芮塔・穆耶克提議協會免除宣讀本協會宗旨的流程，讓我（凱文・奧多瓦）直接開始報告召開這場緊急會議的原因。作為資訊的提供者，我提議讓傑佛瑞・吉利森上台。我和他皆同意此一資訊十分緊急，需要與協會分享。艾薩克・法蘭奇對於此一提議有些擔憂，因為傑佛瑞顯然處於極度激動的狀態。傑佛瑞則回覆艾薩克，請他「閉上他X的嘴，你們他X的，這些核心，這輩子就這一次聽別人說話好嗎」。

艾薩克同意了。

傑佛瑞表示他有尼可拉斯・布雪的消息，手中並握有一份與此案相干的警局筆錄，他準備向協會成員宣讀。筆錄如下：

六月三十日，晚間七點二十九分，員警肖娜・艾利斯與辛迪威・連姆接獲一起重傷害罪的報案，案發地點為辛德巷的柏格之家。憂傷的屋主艾莉卡・柏格女士，向員警表示她的丈夫佩托斯・赫馬襲擊她的一名住客，尼可拉斯・布雪。事發現場位於住客三樓的房間。柏格女士也告訴員警，赫馬先生在員警抵達的時候正在起居室裡休息，並向員警保證屋內並無任何武器，赫馬先生對於警方也不存在任何威脅，因為他「已經發洩了他的怒火，現在正在放聲大哭」。柏格

女士說她不清楚布雪先生的狀態。員警艾利斯前往確認布雪先生的位置與狀態，擁有四級精神鑑定訓練的員警連姆，則接近赫馬先生，準備以重傷害罪名逮捕他，並檢視他是否有用藥的需求。赫馬先生為一間私人保全公司工作，順從員警連姆的指示，並為自己攻擊布雪先生的行為表示後悔。他告訴員警連姆，他和妻子針對打算延長工作合約一年的事起了爭執，而後她坦承，她曾經與布雪先生進行了性行為。這使他怒不可遏，並與布雪先生正面對質。布雪先生的傷勢嚴重，且危及性命，員警艾利斯要求醫護人員到場，並對受害者進行人工呼吸。

傑佛瑞最後表示，尼可拉斯・布雪現在正在加護病房進行急救，而他的前妻與繼子作為他的家屬，正在考慮是否要放棄急救。

漢芮塔提議會議進行短暫休息，因為黛比・高夫和阿迪爾・辛格都因為這則新聞而看起來非常不適。會議再度召開後，漢芮塔提議協會投票表決要如何紀念尼可拉斯・布雪，因為他雖非協會正式成員，但他卻與本協會密切合作。傑佛瑞的回應則是：「他X的還沒死呢，你們這些沒心沒肺的。」

艾薩克提議我們可以「加快腳步」購買花束送至尼可拉斯・布雪的病房，以示支持。傑佛瑞和我提議前往探視尼可拉斯，順道送花。會議到此為止。

12:05 嘿，尼可拉斯。我到車站囉。站在史密斯書店外面。你遲到了嗎？

12:07 還是你改變心意了。就算是，我也不怪你。跟我說一聲就好。而且你想要多殘酷都沒關係。

火車才剛進站。移動中了。 12:07

12:08 我穿紅色大衣。我剪了頭髮喔。自己用指甲剪刀剪的，看起來超難看。

我想我應該認得出妳，小貝。
還沒有過那麼久好嗎。 12:08

12:09 我知道。對不起。我很緊張。

再兩分鐘左右到。 12:09

12:09 謝了。我來找你。

我還是看不到妳。現在這裡是口罩大本營啊。 12:15

嗯，我看到妳了。我在朝妳走過去了。
看到我了嗎？高個子？拿著手機？
帶著彩虹口罩？穿著花布西裝？ 12:15

（全書完）

後記

如果沒有以下這些人的善意、反饋和支持，這本書就不會存在，我對他們所有人都懷有無盡的感激之情。他們應該要得到不只是後記上的感謝詞而已（我喜歡認為還有另一個現實，我可以幫你們每個人買一隻管家機器人來表達我的感謝）：奈傑爾・沃特斯、潔瑪・金、史・沃特斯、保羅・梅洛伊、卡羅爾・沃特斯、艾倫・沃特斯、傑森・阿諾普、麥克・倫迪、莎拉・霍爾茨豪森、佩吉・尼克、勞倫・伯克斯、凱特・辛克萊、佩吉・威克斯、娜奧米・威克斯、尼克・卡林、蘇澤特・卡林、湯姆・C・史丹、泰雅・布特曼和艾倫・凱利。

我也要將感謝與機器人管家送給卓越的經紀人奧利・曼森和A.M.希思；康拉德・威廉斯和布萊克・弗里德曼公司的所有人；史蒂夫・費雪和APA的所有人；以及出版社瘋狂酷炫的創意團隊：愛麗・甘姆、詹米・威特康、弗洛・克拉克、葛蕾絲・丹特、伊莎貝爾・寇本、莎拉・孟若和愛麗絲・葛姆。

夏洛特・布拉賓、米蘭達・希爾和海倫・莫菲特在我跌跌撞撞時抓住了我，踢了我一腳，把我從情節漏洞中拉出來，也幫助我將陳腔濫調降到最低（除了——顯然——在這一頁上，他們就幫不到我了）。感謝你們的多重善意、全面的編輯才華和無限的耐心（因此你們得到了會說話的機器人管家和小貓）。

最後但同樣重要的是，要感謝莎凡納・拉茲和查理・馬丁，他們和往常一樣，看了令人作嘔的初版作品，並忍受了無數次半夜的腦力激盪會議（書裡最好的部分都是你想的，莎莎）。謝謝你們陪我。在這個世界和其他世界裡，我都無法想像沒有你們的生活。

高寶書版集團
gobooks.com.tw

TN 290
愛的多重宇宙
Impossible

作　　者　莎拉．洛茨（Sarah Lotz）
譯　　者　曾倚華
主　　編　楊雅筑
封面設計　謝捲子
內頁排版　賴姵均
企　　劃　鍾惠鈞

發 行 人　朱凱蕾
出　　版　英屬維京群島商高寶國際有限公司台灣分公司
　　　　　Global Group Holdings, Ltd.
地　　址　台北市內湖區洲子街88號3樓
網　　址　gobooks.com.tw
電　　話　(02) 27992788
電　　郵　readers@gobooks.com.tw（讀者服務部）
傳　　真　出版部　(02) 27990909　行銷部 (02) 27993088
郵政劃撥　19394552
戶　　名　英屬維京群島商高寶國際有限公司台灣分公司
發　　行　英屬維京群島商高寶國際有限公司台灣分公司
初　　版　2022年9月

國家圖書館出版品預行編目(CIP)資料

愛的多重宇宙/莎拉.洛茨(Sarah Lotz)著；曾倚華譯.
-- 初版. -- 台北市：英屬維京群島商高寶國際有限公司台灣分公司, 2022.09
　面；　公分. -- (文學新象；TN 290)

譯自：Impossible

ISBN 978-986-506-514-0(平裝)

873.57　　111012777